CHRISTOF A. NIEDERMEIER

Der Tod kam zum Dessert

HINTERHÄLTIGER GIFTMORD Jo Weidinger hat sein Restaurant »Waidhaus« noch nicht lange eröffnet, da bekommt er einen prestigeträchtigen Auftrag: Er soll das Festbankett für den Geburtstag eines bekannten Frankfurter Unternehmers ausrichten. Kurz nach dem Dessert ist der Firmenchef tot. Die Festgesellschaft ist geschockt. Alle Anzeichen deuten auf Mord. Gift in seinem Essen? Das kann Jo unmöglich auf sich sitzen lassen! Als auch noch sein Lehrling Philipp unter Mordverdacht verhaftet wird, bleibt Jo keine andere Wahl: Er muss den hinterhältigen Mörder auf eigene Faust aufspüren! Schnell findet er heraus, dass sich hinter der Maske des erfolgreichen Unternehmers ein skrupelloser Despot verbarg. Unerschrocken stürzt Jo sich in die Ermittlungen und kommt einem tödlichen Komplott auf die Spur. Doch der Mörder ist ihm immer einen Zug voraus und lauert schon auf ihn. Jo bleibt keine andere Wahl – um Philipps Unschuld zu beweisen, muss er alles auf eine Karte setzen …

Christof A. Niedermeier stammt aus der Nähe von Regensburg. Er studierte Kulturwissenschaften in Passau und Norwich/England. Seit über 20 Jahren lebt und arbeitet er in Frankfurt. Neben seiner Arbeit in einem internationalen Großkonzern schreibt er seit vielen Jahren Kriminalromane. Besonders fasziniert ihn an seiner Arbeit als Krimiautor die Psychologie seiner Figuren. Was bringt einen Menschen dazu, einen anderen zu ermorden? Wo liegt die Wurzel des Bösen? Bei seinen Recherchen taucht der Autor regelmäßig in andere Welten ein, wie beispielsweise ins Milieu von Spielcasinos oder in die Megametropole Tokio. Der Autor reist gern, wobei seine besondere Liebe der Sonne Italiens und der leckeren Mittelmeerküche gilt.

Bisherige Veröffentlichungen im Gmeiner-Verlag:
Der Tod kam zum Dessert (2020)
Der Tote im Weinberg (2019)
Tödliches Sushi (2018)

CHRISTOF A. NIEDERMEIER

Der Tod kam zum Dessert

Kriminalroman

GMEINER

Immer informiert

Spannung pur – mit unserem Newsletter informieren wir Sie regelmäßig über Wissenswertes aus unserer Bücherwelt.

Gefällt mir!

Facebook: @Gmeiner.Verlag
Instagram: @gmeinerverlag
Twitter: @GmeinerVerlag

MIX
Papier aus verantwortungsvollen Quellen
FSC® C083411

Besuchen Sie uns im Internet:
www.gmeiner-verlag.de

Im Ehnried 5, 88605 Meßkirch
Telefon 07575/2095-0
info@gmeiner-verlag.de

2. Auflage 2020

Lektorat: Claudia Senghaas, Kirchardt
Herstellung: Mirjam Hecht
Umschlaggestaltung: U.O.R.G. Lutz Eberle, Stuttgart
unter Verwendung eines Fotos von: © helmutvogler / stock.adobe.com
Druck: CPI books GmbH, Leck
Printed in Germany
ISBN 978-3-8392-2701-5

Personen und Handlung sind frei erfunden.
Ähnlichkeiten mit lebenden oder toten Personen
sind rein zufällig und nicht beabsichtigt.

PROLOG

Den ganzen Tag über hatte er auf diesen Moment gewartet. Er wollte ihn auskosten, ihn genießen, ihn bis ins letzte Detail in sich aufnehmen und damit eine Erinnerung schaffen, die ihn für den Rest seines Lebens begleiten würde.

Er hatte so viele Jahre auf seine Rache warten müssen. So viele Gedanken, so viele Ideen, was er ihm antun würde. Was hatte er nicht alles für Pläne geschmiedet, sie sich bis ins Detail ausgemalt, nur um sie dann doch wieder zu verwerfen. Er hatte sich so machtlos, so ohnmächtig gefühlt. Aber damit war es nun vorbei. Endlich war die Zeit gekommen, ihn bezahlen zu lassen – für den unsagbaren Verlust, den er erlitten hatte. Für die endlosen Schmerzen, für die er verantwortlich war, und für all das Unglück und Leid, das er über ihn und seine Familie gebracht hatte.

Er hatte ihn beobachtet, über Wochen, Monate, hatte geduldig auf seine Chance gewartet, auf den richtigen Zeitpunkt. Es musste perfekt sein. Er wollte ihm nah sein, ihm in die Augen sehen, seine Angst spüren, seine Ohnmacht fühlen, weil er nicht wissen würde, wie und aus welcher Ecke der Schlag kommen würde.

Oh ja, er würde jede Sekunde seiner Rache genießen.

Er dimmte das Licht.

Es durfte nicht zu hell im Raum sein. Er wollte sich fühlen wie ein Jäger im Schatten. Der sein Opfer aus der Dunkelheit beobachtete. Kühl, abwägend, jederzeit bereit zuzuschlagen. So sah er sich: als einen erbarmungslosen

Rächer, ohne Gnade, ohne Mitgefühl, nur seinem Ziel verpflichtet.

Er zündete Kerzen an, obwohl er wusste, dass er das nicht durfte. Das alte Holz des Fachwerks konnte jederzeit Feuer fangen, wenn er unachtsam war und eine der Kerzen umstieß. Aber er mochte den Geruch des Feuers, mochte es, mit der Gefahr zu spielen. Im Hintergrund lief leise Musik. Das beruhigte ihn. Half ihm, sich zu konzentrieren und seine Gedanken zu fokussieren. Er musste einen kühlen Kopf bewahren. Durfte auf den letzten Metern keine Fehler machen. Nicht auszudenken, wenn er vorher entdeckt würde!

Er nahm einen Schluck aus der Kaffeetasse. Der bittere Geschmack der Kaffeebohnen passte zu seiner Stimmung. Er griff nach der Schere, die vor ihm auf dem Schreibtisch lag und im flackernden Licht der Kerzen matt glänzte. Sie fühlte sich kalt an. Ein Schauer lief ihm den Rücken hinunter. Er griff nach dem Wetzeisen und begann sie zu schärfen. Nicht, dass sie stumpf gewesen wäre – im Gegenteil. Aber er wollte, dass sie so scharf war wie eine Rasierklinge, wollte, dass die Schnitte so hart und präzise ausfielen, als wären sie mit einem Lineal gezogen worden. Das klirrende Geräusch, als Stahl auf Stahl traf, erfüllte ihn mit tiefer Genugtuung. Sorgsam zog er den Wetzstahl an der scharfen Seite der Schere entlang, wieder und wieder. Zwischendurch prüfte er die Schärfe, so lange, bis er zufrieden war.

Er öffnete die Schublade und nahm ein paar Gummihandschuhe heraus, die er sich vorsichtig über die Hände zog. Keine Spuren! Er durfte keine Spuren hinterlassen! Er nahm eine der vielen Zeitungen vom Stapel neben sich und blätterte sie durch. Die Mischung musste stimmen. Er konnte nicht willkürlich beliebige Buchstaben aneinanderreihen. Es sollte ein Kunstwerk sein. Ein Unikat. Voller Kraft und Stärke. Er nahm eine zweite Zeitung in die Hand, dann eine dritte. Nicht nur die Schrifttype musste stimmen, nein, es musste auch die richtige Farbe sein. Schwarz war gut, natürlich, und Rot. Aber es mussten andere Farben dazukommen – ein giftiges Grün – dunkles Blau – strahlendes Gelb. Er lächelte zufrieden, als er schließlich fündig wurde. Es war für ihn jedes Mal ein besonderes Gefühl, wenn er den ersten Buchstaben ausschnitt. Das kalte Metall der Schere fuhr an dem Papier entlang, schnitt präzise wie ein Skalpell. Wieder lief ihm ein Schauer den Rücken hinunter. Er nahm den Kleber in die Hand, träufelte einen winzigen Tropfen auf das Papier und drückte den ersten Buchstaben fest – sorgsam darauf bedacht, dass der Klebstoff nicht das Papier durchtränkte und einen unschönen Fleck hinterließ.

Absolute Präzision.

Keine Fehler.

Er hätte schneller arbeiten können. Aber das wollte er nicht. Er wollte jede Sekunde davon genießen, zögerte es hinaus, versuchte es in die Länge zu ziehen. Aber schließlich war jeder Buchstabe genau am richtigen Platz.

Zufrieden betrachtete er das Ergebnis seiner Arbeit. Ein Lächeln glitt über seine Gesichtszüge. Die bunten Buchstaben schienen fast über das weiße Papier zu tanzen, strahlten eine Fröhlichkeit und Lebenslust aus, die in auffälligem Kontrast zu der Botschaft standen, die sie übermittelten.

Die Nachricht bestand nur aus einer einzigen Zeile, nur aus einem einzigen Satz:

Morgen wirst Du sterben!

KAPITEL 1

Jo Weidinger wischte sich den Schweiß von der Stirn und atmete tief durch. Der Duft des herannahenden Sommers lag in der Luft. Gott sei Dank hatte sich das Wetter gehalten, dachte er und blinzelte in die Sonne. Für einen Moment fühlte er sich an die Sommertage seiner Kindheit erinnert. Schnell schob er den Gedanken beiseite. Sein Blick wanderte zu der festlich eingedeckten Tafel. Der letzte Gang war abgeräumt, und alles wartete gespannt auf das Dessert.

Jo gab dem Chef de Service ein Zeichen, und fast augenblicklich setzte sich die Servicemannschaft in Bewegung. Die Männer in ihren dunklen Anzügen und die Frauen in ihren strahlend weißen Blusen flitzten unauffällig zwischen den Gästen hin und her. Jo liebte es, den Service bei der Arbeit zu beobachten, die präzisen Handgriffe, das gekonnte Balancieren mit den Tellern – es war fast wie ein Ballett.

Gerne hätte er ihnen länger zugesehen, aber im Nu stand vor jedem der Gäste ein runder Pokal auf dem Tisch. Der samtig-weiche Karamellton der Crème brulée schimmerte verführerisch durch das geschliffene Kristall und ließ einem beim bloßen Hinsehen das Wasser im Munde zusammenlaufen.

Um die Nachspeise hatte Jo sich die meisten Sorgen gemacht. Die Crème brulée durfte nicht zu weich sein, aber auch nicht zu steif werden. Sie draußen unter freiem Himmel und bei steigenden Temperaturen auf den Punkt genau hinzubekommen, stellte eine große Herausforderung für die Kochmannschaft dar. Doch Jo hatte vorgesorgt. Die Crème war in Kühlboxen gelagert worden und kam bei der Zubereitung in Formen, die mit Eiswürfeln ausgelegt waren. So blieb sie kalt, als sie über den offenen Gaskochern mit Zucker karamellisiert wurde. Ein enormer Aufwand. Aber das Ergebnis konnte sich sehen lassen.

Jetzt fehlte nur noch die Nachspeise für das »Geburtstagskind«. Jo blickte hinüber zu Philipp, der ungeduldig am Ausgang zum großen Innenhof stand, in dem sich die Tischreihen des Festbanketts entlang zogen.

Der Junge wirkte blass und angespannt. Neben ihm stand einer der Kellner mit einem Feuerzeug in der Hand und wartete auf Jos Zeichen. Der junge Küchenchef nickte den beiden zu. Hastig zündete der Kellner die Wunderkerzen an. Philipp trat hinaus in den Garten und setzte sich vorsichtig in Bewegung. Die Eistorte war der krönende Abschluss. Fast wie die Parade beim Galadiner auf einem Kreuzfahrtschiff.

Es wollte so gar nicht zu Philipps sommersprossigem Lausbubengesicht und seiner schlaksigen Figur passen, wie er sich bemühte, würdevoll wie ein englischer Butler an der Festtafel entlang zu schreiten. Jo konnte sich ein Lächeln nicht verkneifen. Philipp konnte von Glück reden, dass seine Kollegen aus dem »Waidhaus« ihn nicht sahen. Ein Raunen begleitete den Jungen, als er mit seiner Eistorte und den funkensprühenden Wunderkerzen an den Gästen vorbeimarschierte. Noch eine gekonnte Drehung, und er setzte sein Kunstwerk behutsam ab.

Die Gäste applaudierten, einige riefen sogar Bravo. Philipp machte eine Verbeugung und brachte ein verlegenes Grinsen zustande. Auch wenn er sonst nicht auf den

Mund gefallen war, schien die große Kulisse ihn beeindruckt zu haben. Jo nickte seinem Lehrling aufmunternd zu. Die Wunderkerzen brannten aus, und mit zwei, drei schnellen Handgriffen zog Philipp sie heraus. Geschafft!

Jo sah hinüber zu Hans Kronlechner. Der Unternehmer war eine beeindruckende Persönlichkeit. Seine markant geschnittenen Gesichtszüge, sein ausgeprägtes Kinn und die durchdringenden blauen Augen strahlten eine natürliche Autorität aus. Trotz seiner grauen Schläfen hätte Jo ihn jünger geschätzt. Aber wie die geschwungene Zahl auf der Torte bewies, war heute sein 50. Geburtstag.

Kronlechner erhob sich.

»Ich freue mich, dass Sie heute so zahlreich gekommen sind«, sagte er und ließ den Blick die Tafel entlang gleiten. »Wo könnte ich meinen Geburtstag besser feiern als hier? Zum Glück hat Petrus es gut mit mir gemeint. Jedenfalls hat er uns zu meinem Ehrentag feinstes Geburtstagswetter beschert.«

Obwohl der Satz selbstironisch klingen sollte, schwang dabei ein gutes Stück Selbstgefälligkeit mit. Der Unternehmer warf einen Blick auf die junge Frau, die neben ihm saß.

»Der Dank für dieses kulinarische Ereignis gebührt allerdings meiner Frau.«

Er hielt einen Moment inne. Die Gäste applaudierten.

»Sie hat ein besonderes Händchen für solche Anlässe.«

Die junge Frau schenkte ihm ein strahlendes Lächeln. Kronlechner zwinkerte ihr zu und wandte sich wieder an die Geburtstagsgäste.

»Dabei hat sie mich völlig im Dunklen darüber gelassen, was mich heute erwartet. Ich wusste nicht einmal, ob wir Gäste haben würden.«

Ein ungläubiges Raunen ging durch die Reihen. Kronlechner lächelte zufrieden.

»Lassen Sie uns auf unsere charmante Gastgeberin anstoßen.«

Die Geburtstagsgäste erhoben ihre Gläser in Richtung Silvia Kronlechner und prosteten ihr zu. Der Unternehmer beugte sich zu ihr hinunter und gab ihr einen Kuss.

»So, und jetzt werde ich meine Eistorte kosten, bevor sie mir wegschmilzt«, sagte er und warf einen Blick auf Philipp, der neben ihm stand. »Das wollen wir dem jungen Mann nicht antun, wo er sich so viel Mühe gegeben hat! Meine Damen und Herren, das Dessert ist eröffnet!«

Kronlechner setzte sich. Die Geburtstagsgesellschaft applaudierte. Der Unternehmer lehnte sich hinüber zu seiner Frau und flüsterte ihr etwas ins Ohr. Dann wandte er sich seinem Dessert zu. Er schluckte den ersten Bissen hinunter und verdrehte die Augen.

»Köstlich, ein Gedicht«, rief er aus und nickte Philipp anerkennend zu. »Sie haben sich selbst übertroffen, junger Mann!«

Jo blickte hinüber zu Philipp. Der Junge konnte stolz auf sich sein! Umso mehr erstaunte ihn die Reaktion seines Lehrlings. Statt sich zu freuen, machte er ein verschlossenes, fast feindseliges Gesicht. Jo schüttelte den Kopf. Aber vielleicht war Philipp auch nur nervös. Zum Glück merkte Kronlechner nichts davon. Er war viel zu sehr mit seinem Dessert beschäftigt. Gerade ließ er sich wieder einen Löffel auf der Zunge zergehen, als er auf einmal die Augen aufriss. Jeglicher Ausdruck wich aus seinen Zügen. Für den Bruchteil einer Sekunde saß er völlig regungslos, dann verzerrte sich sein Gesicht zu einer schrecklichen Grimasse. Sein Körper zuckte krampfartig, seine Augen wurden glasig.

Ohne einen Laut fiel er nach vorne, schlug mit dem Kopf gegen die Tischplatte und rutschte seitlich vom Stuhl auf den Boden. Dort blieb er regungslos liegen. Die Gespräche am Tisch verstummten schlagartig. Jo lief ein eisiger Schauer den Rücken hinunter. Regungslos stand er da und sah, wie einzelne Gäste aufsprangen und auf den Unternehmer zustürzten.

Jemand schrie nach einem Rettungswagen. Eine Frau fiel in Ohnmacht. Silvia Kronlechner stand benommen auf und wollte zu ihrem Mann, doch ein Freund zog sie zur Seite. Ein stämmiger Mann, der als einer der Ersten bei Kronlechner gewesen war, beugte den Kopf hinunter zum Brustkorb des Unternehmers und lauschte nach dem Herzschlag. Er legte beide Hände auf Kronlechners Oberkörper und bemühte sich, mit kräftigen Stößen das Herz zum Schlagen zu bringen. Ein zweiter Mann, der sich ebenfalls hingekniet hatte, fühlte nach dem Puls. Jemand hatte den Kopf des Unternehmers angehoben und eine eilig herbeigeschaffte Decke daruntergelegt.

Der stämmige Mann drückte, ließ ab, drückte, fünf Mal, sechs Mal … zehn Mal …

Seine Bemühungen wurden immer verzweifelter. Wieder und wieder lauschte er nach dem Herzschlag. Schließlich setzte er sich auf. Ein drahtiger Mann, der jede seiner Bewegungen genau beobachtet hatte, stand auf einmal neben ihm.

»Machen Sie weiter!«, befahl er in scharfem Ton.

»Es hat keinen Sinn«, erklärte der Stämmige stockend. »Er ist tot.«

Der Drahtige verharrte regungslos. Es schien, als habe er nicht verstanden, was der andere Mann gesagt hatte. Dann fasste er sich.

»Herzinfarkt?«, wollte er wissen.

Die beiden Männer, die bei dem Toten knieten, warfen sich unsichere Blicke zu. Der stämmige Mann, offenbar ein Arzt, räusperte sich. Mit leiser Stimme sagte er:

»Sieht nach einer Vergiftung aus.«

In diesem Augenblick riss sich Silvia Kronlechner los und stürzte auf ihren am Boden liegenden Mann zu. Sie sah in seine glasigen Augen und schien nicht zu begreifen, was passiert war.

»Tut etwas!«, rief sie verzweifelt. »Mein Gott, ihr müsst doch etwas tun!«

Ihre Stimme erstarb. Keiner der Männer machte Anstalten, ihrer Aufforderung Folge zu leisten. Eine bleierne Stille legte sich über die Anwesenden. Der Arzt erhob sich. Hilflos blickte er sie an.

»Silvia, wir haben alles versucht. Hans ist tot.«

Die junge Frau sah ihn verständnislos an. Es war, als habe sie nicht gehört, was er gesagt hatte. Sie schien wie in Trance. Der stämmige Mann vermied es, ihr in die Augen zu sehen.

»Tot?«, fragte sie mit leerem Blick. Der Stämmige nickte und legte den Arm um ihre Schultern.

»Komm, Silvia, ich bringe dich ins Haus.« Widerstandslos ließ sich Silvia Kronlechner wegführen. Erst jetzt erwachte Jo aus der eigenartigen Starre, die ihn umfangen hatte. Er hätte nicht sagen können, weshalb, aber er hatte sofort gewusst, dass Kronlechner tot war, bevor er auf der Tischplatte aufgeschlagen war. Es war diese Leere in seinen Augen gewesen, diese schreckliche Leere. Es war, als habe er dem Tod selbst ins Antlitz gesehen. Jo schauderte. Um ihn herum herrschte Fassungslosigkeit. Der Drahtige hatte die ganze Zeit auf den Toten gestarrt. Mit einem Mal straffte er sich.

»Lassen Sie ihn liegen«, befahl er dem zweiten Mann, der weiter bei dem Toten kniete. »Wir müssen die Polizei verständigen. Dr. Becker, Sie kümmern sich um die Mitarbeiter. Keiner verlässt das Gelände, bevor die Polizei eingetroffen ist.«

Becker nickte. Dann drehte er sich um und verschwand in Richtung des großen Gebäudes. Der Drahtige warf einen Blick auf die Umstehenden.

»Mein Name ist Robert Mertens. Ich bin der Sicherheitschef von Pro Health Pharma«, sagte er. Er stockte kurz.

»Leider konnten die Ärzte Dr. Kronlechner nicht mehr helfen«, fuhr er mit rauer Stimme fort.

»Bitte verlassen Sie das Gelände nicht, bis die Polizei eingetroffen ist und Ihre Personalien aufgenommen hat. Lassen Sie alles an den Tischen so, wie es ist, und begeben Sie sich in die Halle.«

Die Gäste leisteten der Aufforderung stumm Folge. Mertens wandte sich an einen in der Nähe stehenden Mitarbeiter des Werkschutzes.

»Meier, rufen Sie die Polizei! Aber nicht die normale Streife. Wir brauchen die Kriminalpolizei. Und zwar schnell.«

Der Angesprochene nickte und zog ein Mobiltelefon aus der Tasche. Inzwischen hatten sich die übrigen Sicherheitsleute um ihren Chef versammelt. Erst jetzt fiel Jo auf, dass im Garten und am Eingang insgesamt fast zehn in die blaue Uniform des Werkschutzes gekleidete Männer gestanden hatten. Mertens gab knappe Anweisungen, wie sie sich auf dem Gelände verteilen sollten. Drei blieben im Garten und postierten sich so, dass sie alles überblicken konnten. Mertens sah sich um. Er entdeckte Jo, der noch immer in seiner Nähe stand.

»Sind Sie der Küchenchef?«

Jo nickte.

»Schalten Sie die offenen Feuer aus und begeben Sie sich mit Ihren Leuten in die Halle.«

Jo nickte wieder. Er drehte sich um und ging hinüber zu den Köchen, die an den Gasbrennern und Grills ausgeharrt hatten. Er wies sie an, der Aufforderung von Mertens Folge zu leisten. Danach suchte er nach Philipp. Der Junge hatte sich in die Nähe des Eingangs verkrochen.

»Komm, Philipp, lass uns ins Haus gehen«, sagte er und legte dem Jungen beruhigend die Hand auf die Schulter. Philipp war blass und machte einen fahrigen Eindruck. Der plötzliche Tod des Unternehmers schien ihn sehr mitgenommen zu haben. Schweigend folgten sie den anderen in das gesichtslose, graue Betongebäude, in dem sich die Kantine von Pro Health Pharma befand.

In der Ferne konnte Jo das Geheul von Martinshörnern hören. Wahrscheinlich der Krankenwagen, dachte er und warf einen Blick auf seine Uhr. Zu seiner Überraschung war kaum eine Viertelstunde vergangen, seit sie das Dessert serviert hatten. Als sie in der Halle ankamen, führte ein Sicherheitsmann gerade zwei Polizeibeamte in Uniform in den Garten. Die meisten Gäste standen in Gruppen zusammen und unterhielten sich mit gedämpfter Stimme. Jo setzte sich auf einen freien Stuhl etwas abseits von den anderen. Er sah sich nach Philipp um. Der Junge hatte sich in einer Ecke auf den Boden gesetzt und die Arme um seine Knie geschlungen. Sein Kopf war gesenkt. Jo brauchte einen Moment, um seine Gedanken zu ordnen. Am liebsten wäre er jetzt allein gewesen. Unwillkürlich schüttelte er den Kopf. Wochenlang beschäftigte man sich mit Tausend Einzelheiten und fragte sich, ob die Crème brulée zu Fisch als Hauptgericht passte. Und mit einem Mal spielte das alles keine Rolle mehr. Er dachte an seinen eigenen Tod. Ob es ihn auch so plötzlich treffen würde? Schnell schob er den Gedanken beiseite. Stattdessen versuchte er sich auf die Menüfolge für den Abend zu konzentrieren.

Nach einer Weile blickte er hinüber zu Philipp. Der Junge saß zusammengekauert auf dem Boden. Sein rotblonder Haarschopf wirkte noch ungestümer als sonst. In den letzten zweieinhalb Jahren war Philipp ihm richtig ans Herz gewachsen. Er war der erste Lehrling, den er im »Waidhaus« ausbildete. Jo überlegte, ob er aufstehen und zu Philipp hinübergehen sollte. Doch was konnte er ihm sagen? Das Ganze hatte ihn selbst mehr mitgenommen, als er es sich eingestehen wollte.

Unter den Gästen machte sich Unruhe breit. Sie hatten mittlerweile fast eine Stunde gewartet, ohne dass sich etwas getan hätte. Ein Mann im Smoking fragte die beiden Wachleute aufgebracht, wie lange man hier sinnlos herumsitzen müsse. Das sei wirklich eine Zumutung. Die beiden Wachmänner warfen sich ratlose Blicke zu. Einer zuckte mit den Schultern. Auf einmal kam Bewegung in den Saal. Ein etwa 55-jähriger Mann betrat den Raum, in seinem Schlepptau zwei uniformierte Polizisten und ein jüngerer Mann in Zivil. Der Ältere warf einen prüfenden Blick auf die Gäste.

»Ich bin Hauptkommissar Milde. Ich leite die Ermittlungen in diesem Fall.«

Seine Stimme klang müde. Trotzdem sprach er laut und verständlich.

»Sie alle haben den tragischen Tod von Dr. Kronlechner miterlebt.«

Milde machte eine Pause.

»Die genaue Todesursache steht nicht fest. Bis zum Ergebnis der Obduktion müssen wir daher routinemäßig alle Möglichkeiten prüfen.«

Er machte wieder eine Pause.

»Wir werden nun Ihre Personalien aufnehmen.«

Ein Murmeln ging durch den Saal.

»Was soll das?«, fragte der Mann im Smoking. »Es handelt sich um einen Herzinfarkt, wozu benötigen Sie da unsere Personalien?«

Milde warf ihm einen abschätzigen Blick zu.

»Kriminalwachtmeister Ebling«, er nickte in Richtung des jungen Mannes, »und seine Kollegen werden der Reihe nach zu Ihnen kommen und Ihre Personalien aufnehmen. Sollte Ihnen etwas Besonderes aufgefallen sein, teilen Sie das bitte einem der Kollegen mit.«

Die Beamten machten sich an die Arbeit. Der Hauptkommissar blickte sich suchend um und kam dann zielstrebig auf die Ecke zu, in der sich das Gros der Kochmannschaft versammelt hatte.

»Wer von Ihnen ist Jo Weidinger?«, wollte er wissen.

»Das bin ich.«

»Sie hatten die Gesamtleitung über die Küche?«, fragte Milde und musterte ihn aufmerksam.

Jo nickte.

»Gut«, antwortete der Hauptkommissar. »Ich brauche eine Liste aller Mitarbeiter, die heute im Einsatz waren. Haben Sie so etwas?«

»Ja, die Dispositionsliste. Ich glaube, sie ist in der Küche, bei meinen Sachen.«

Milde überlegte kurz.

»Gut, kommen Sie mit.«

Wortlos folgte Jo dem Kommissar zur Küche, wo zwei Männer in weißen Overalls gerade dabei waren, die Küchenutensilien zu untersuchen.

»Was soll das?«, fragte Jo aufgebracht. Köche waren, was ihr Arbeitsgerät anging, sehr eigen. Die beiden Beamten unterbrachen ihre Arbeit. Ihre Blicke gingen fragend in Richtung Milde.

»Hier hat niemand etwas verloren!«, rief Jo und vergaß in der Aufregung, dass es sich gar nicht um seine eigene Küche handelte.

»Die Kollegen von der Spurensicherung machen nur ihre Arbeit«, erklärte der Hauptkommissar in ruhigem Ton. »Solange wir eine Vergiftung nicht ausschließen können, müssen wir alle Spuren sichern.«

Als vorhin das Wort »Gift« gefallen war, hatte Jo nicht realisiert, was es bedeutete. Erst jetzt dämmerte es ihm.

»Sie denken, dass etwas in *meinem* Essen gewesen ist?«, fragte er ungläubig.

Milde räusperte sich.

»Niemand verdächtigt Sie oder einen Ihrer Mitarbeiter. Wir wollen nur sichergehen, dass wir nichts übersehen.«

Jo war fassungslos. Vergiftet! Von seinem Essen! Der Gedanke war ungeheuerlich. Die Männer von der Spurensicherung nutzten die Pause und machten sich an die Arbeit.

»Die Dispositionsliste, bitte«, sagte der Hauptkommissar.

Ach ja, die Liste. Jo ging hinüber in die Ecke, in der er seine Kiste abgestellt hatte. Milde war mitgekommen und ließ ihn nicht aus den Augen. Der Dispositionsordner lag obenauf. Jo reichte ihn dem Beamten.

»Da finden Sie alles drin. Personal, Menüfolge, den Serviceplan, die Einkaufsliste und die Rechnungen.«

Milde schlug den Ordner auf und blätterte darin.

»Sehr gut, kann ich das mitnehmen?«

»Sicher. Brauche ich aber später wieder. Ich muss noch die Rechnungen für die Lieferanten bezahlen. Außerdem benötige ich die Unterlagen für meine Buchführung.«

Milde nickte.

»Ist das die Liste der eingesetzten Mitarbeiter?«, fragte er. Ohne eine Antwort abzuwarten, öffnete Milde den Ordner und nahm die Liste heraus. Er drehte sich zu einem Streifenbeamten um, der ihnen gefolgt war, und gab ihm die Anweisung, die Liste zu kopieren und in die Halle zu bringen.

»Ich hätte einige weitere Fragen an Sie«, meinte der Hauptkommissar beiläufig.

Jo nickte stumm.

»Wir gehen am besten nach oben, dort haben wir mehr Ruhe«, schlug er vor.

Jo folgte dem Kriminalbeamten die Treppe hinauf in den ersten Stock. Hier gab es einen separaten Empfang, der allerdings nicht besetzt war. Sie gingen den Gang entlang und kamen zu mehreren Büros, die durch große Milchglasscheiben voneinander getrennt waren. Der Kommissar öffnete eine der Türen und betrat den Raum. In der Mitte standen ein großer Tisch und ein paar Bürostühle.

Der Hauptkommissar hatte dunkles, ein wenig schütteres Haar, das an einigen Stellen grau zu werden begann. Er schien gutem Essen gegenüber nicht abgeneigt zu sein. Jedenfalls neigte er zu Fülle. Trotz des warmen Wetters trug er ein kariertes Jackett und eine unauffällig gemusterte Krawatte. Einen Kriminalkommissar hätte sich Jo anders vorgestellt: jünger und dynamischer. Milde lehnte sich zurück und zog ein Notizbuch aus seinem Jackett hervor.

»Es stört Sie hoffentlich nicht, wenn ich mir Notizen mache?«, fragte er und zückte einen Stift. Jo schüttelte den Kopf.

»Sie hatten die Gesamtaufsicht über das Bankett, ist das richtig?«

»Ja.«

»Da war sicher einiges an Planung nötig, oder?«

»Wir haben für 300 Gäste gekocht. Die meisten Leute machen sich keine Vorstellung, was das für eine Arbeit ist«, erwiderte Jo.

»Wie viele Köche waren heute im Einsatz?«, wollte Milde wissen.

»25.«

»Sie eingerechnet?«

Jo nickte.

»Arbeiten diese Leute fest für Sie? Haben Sie auch Aushilfen engagiert?«

»Von meiner eigenen Küchenmannschaft war nur Philipp Meissner, unser Auszubildender, dabei. Mein Restaurant ist nicht sehr groß. Veranstaltungen in so einer Dimension übernehmen wir normalerweise nicht.«

Milde machte sich einen Vermerk in sein Notizbuch.

»Sie kannten also viele der Köche gar nicht?«

»Der größte Teil der Mannschaft ist bei Feinkost Gräfe beschäftigt. Das müssen so 15 Leute gewesen sein. Der Rest kam von der Werkskantine.«

Milde dachte an die dürftige Qualität des Essens im Polizeipräsidium und war ernsthaft erstaunt.

»Kommt es oft vor, dass Sie mit einer zusammengewürfelten Mannschaft arbeiten?«

Jo zuckte mit den Schultern.

»Natürlich hat es Vorteile, wenn die Küchenbrigade aufeinander eingespielt ist. Aber bei so einer großen Veranstaltung muss man meist mit verschiedenen Teams arbeiten. Oft hat man gar nicht die freie Auswahl, sondern muss sich nach den Wünschen des Auftraggebers richten.«

»Hat Dr. Kronlechner Sie persönlich engagiert?«, fragte Milde weiter.

»Nein, der Auftrag kam von seiner Frau. Es sollte eine Überraschung für ihn sein.«

»Wie kam Frau Kronlechner gerade auf Sie?«

»Keine Ahnung. Sie und ihr Mann sind ein paar Mal bei uns im ›Waidhaus‹ zum Essen gewesen. Muss ihr wohl geschmeckt haben.«

Jo war selbst überrascht gewesen, als Silvia Kronlechner ihn vor einem halben Jahr mit dem Festbankett beauftragt hatte. Jo war damals unschlüssig, ob er den Auftrag überhaupt annehmen sollte. Es war eine große Verantwortung. Zudem hatte er mit der Arbeit im Restaurant mehr als genug um die Ohren. Am Ende hatte ihn die Herausforderung gereizt.

»War es Ihre Idee, auch mit Köchen aus der Kantine zu arbeiten?«

»Nein. Mir wäre es lieber gewesen, wenn ich nur mit Köchen von Gräfe gearbeitet hätte. Aber Frau Kronlechner wollte wohl Geld sparen.«

»Tatsächlich?«

Milde sah ihn überrascht an.

»Mein ehemaliger Chef pflegte immer zu sagen: Von den Reichen kann man das Sparen lernen.«

»Da haben Sie wahrscheinlich recht«, erwiderte der Hauptkommissar und lachte. Er wurde aber gleich wieder ernst.

»Gab es Abstimmungsprobleme?«

Jo wunderte sich, dass der Hauptkommissar sich für solche Details interessierte.

»Keine größeren. Funktioniert wie beim Militär. Jede Teileinheit wird von einem Sous-Chef geführt. Als Chef de Cuisine gibt man seine Anweisungen an die Sous-Chefs, die selbstständig ihre Leute einteilen. Die gesamte Mannschaft sieht man nur bei der Einteilung am Morgen, und am Ende, wenn man Manöverkritik macht.«

Milde nickte. Er schien zu überlegen, ob er alles gefragt hatte.

»Wieso haben Sie nicht drinnen gekocht? Wäre das nicht einfacher gewesen?«

»Kundenwunsch«, erklärte Jo lakonisch. »Frau Kronlechner wollte ihrem Mann etwas Besonderes bieten. Deswegen mussten wir das Bankett als eine Art Kochshow im Freien inszenieren. Hat unsere Arbeit nicht leichter gemacht. Aber Sie wissen ja, wenn eine Frau sich einmal etwas in den Kopf gesetzt hat …«

Milde, der über 25 Jahre verheiratet war, nickte verständnisvoll.

»Gab das nicht Probleme mit den Lebensmitteln?«, fragte der Hauptkommissar. »Es ist heute ziemlich warm.«

Ein heikler Punkt, der Jo im Vorfeld einiges Kopfzerbrechen bereitet hatte. Bei Fisch und Geflügel musste man höllisch aufpassen.

»Alles eine Frage der Logistik«, erwiderte er, »mit den modernen Kühlaggregaten bekommt man das hin.«

»Sie können also ausschließen, dass die Kühlkette unterbrochen wurde?«, fragte Milde.

»Soweit es uns betrifft, auf jeden Fall. Aber bei einer Lebensmittelvergiftung wäre sicher nicht nur eine Person betroffen gewesen«, fügte Jo spitz hinzu.

»Da haben Sie recht«, antwortete der Hauptkommissar und kratzte sich am Kinn.

»Eine Sache wollte ich Sie noch fragen. Ist Ihnen irgendetwas Ungewöhnliches aufgefallen?«

Jo sah den Hauptkommissar verständnislos an.

»Hat sich einer Ihrer Leute auffällig benommen? War jemand besonders nervös?«

Jo runzelte die Stirn und dachte nach. Dann schüttelte er den Kopf.

»Es war zwischendurch hektisch. Aber das ist es in unserem Job immer. Es gab ein paar Reibereien, aber nichts Großes.«

Milde nickte und machte sich eine kurze Notiz. Schließlich klappte er sein Notizbuch zu.

Jo sah auf die Uhr. In dem Moment klopfte es an der Tür, ein Kriminalbeamter streckte den Kopf herein.

»Ich bräuchte dich mal kurz, Roland.«

Milde entschuldigte sich und stand auf. Der andere Mann hielt ihm die Tür auf.

Jo versuchte zu verstehen, was draußen gesprochen wurde, konnte aber nur leises Murmeln hören. Nach ein paar Minuten war der Hauptkommissar zurück.

»Jetzt hätte ich doch noch ein paar Fragen an Sie. Vorher muss ich allerdings eine andere Befragung durchführen. Dauert nicht lange.«

»Ich muss in mein Restaurant. Wir sind heute Abend ausgebucht«, protestierte Jo. Milde sah den anderen Beamten an.

»Wir werden uns bemühen, Ihre Zeit nicht über Gebühr in Anspruch zu nehmen.«

Jo nickte widerwillig. Milde bedankte sich und ließ ihn allein in dem kahlen Raum zurück. Jo rutschte unruhig auf seinem Stuhl hin und her. Die Fragen des Hauptkommissars hatten ihn nachdenklich gemacht. Er war zwar absolut sicher, dass es unter seiner Leitung zu keinen Fehlern gekommen war, aber wenn einer der Lieferanten geschlampt hatte ... Nicht auszudenken, wenn es am Essen gelegen hatte! Andererseits war Jo überzeugt, dass Kronlechner nicht an verdorbenen Lebensmitteln gestorben war. Eine Lebensmittelvergiftung verlief völlig anders. Die ersten Symptome traten meist erst Stunden später auf. Tote gab es fast nie. Und wenn, traf es meist ältere Menschen, deren Immunsystem ohnehin geschwächt war. Kronlechner hatte dagegen einen sehr fitten und gesunden Eindruck gemacht.

Jo fragte sich, wie der stämmige Arzt überhaupt sicher sein konnte, dass es sich nicht um einen Herzinfarkt gehandelt hatte. So etwas kam bei Unternehmern schließlich häufiger vor, gerade in diesem Alter. So oder so, falls Kronlechner tatsächlich vergiftet worden war, würde es für die Polizei bestimmt nicht einfach werden, den Täter zu finden. Je nach Art des verwendeten Gifts konnte er es Stunden vorher aufgenommen haben.

Jo wusste nicht, wie richtig er mit seiner Vermutung lag. Kriminalhauptkommissar Milde, 57 Jahre alt, verheiratet, zwei Kinder, war alles andere als glücklich über diesen Fall. Als seine Dienststelle kurz nach dem Eintreffen der ersten Streife informiert worden war, hatte ihn der wachhabende Beamte zu Hause in Mainz in seinem Gemüsegarten aufgetrieben. Etwas säuerlich fuhr er nach Frankfurt hinüber. Bestimmt hatte ein übereifriger Hausarzt die Anzeichen eines Schlaganfalls oder Herzinfarkts falsch gedeutet. Aber der Rechtsmediziner, der eine halbe Stunde nach ihm am

Tatort eingetroffen war, bestätigte den Verdacht. Dr. Peimann, ein Veteran mit mehr als 30 Jahren Berufserfahrung, galt als einer der besten Rechtsmediziner des Landes und wurde oft zu schwierigen Fällen hinzugezogen. Soweit Milde sich erinnern konnte, hatte er mit seiner ersten Einschätzung am Tatort bisher selten falsch gelegen.

Als der Hauptkommissar sich über den Toten beugte und in die Leere in seinen Augen blickte, hatte Dr. Peimann seine Untersuchung gerade abgeschlossen.

Der Rechtsmediziner ging von einer Vergiftung mit einem Insektizid oder einem ähnlichen Mittel aus. Seiner Meinung nach handelte es sich um ein sehr schnell wirkendes Gift, das der Unternehmer erst während des Banketts zu sich genommen haben musste – vermutlich sogar nur einige Minuten vor seinem Tod.

Hoch wirksame Insektizide waren nicht frei verkäuflich. Man konnte daher mit an Sicherheit grenzender Wahrscheinlichkeit ausschließen, dass es zufällig ins Essen geraten war. An die Möglichkeit eines Selbstmords glaubte der Hauptkommissar nicht eine Sekunde. Warum sollte sich ein erfolgreicher Unternehmer ausgerechnet beim Festbankett zu seinem 50. Geburtstag das Leben nehmen? Mildes Erfahrung nach suchten Selbstmörder die Einsamkeit.

Was nur eine Schlussfolgerung übrig ließ: Mord!

Milde hatte bereits an vielen Tatorten gestanden. Trotzdem gelang es ihm nicht, seine Fälle mit der kühlen Routine zu betrachten, die viele seiner Kollegen schon nach wenigen Dienstjahren an den Tag legten. Wenn er in die leeren, ausdruckslosen Augen der Toten blickte, fühlte er sich jedes Mal unbehaglich. Es war, als läge in diesen Augen ein stummer Vorwurf. Obwohl das Unsinn war, konnte er sich nie ganz davon freimachen.

Sein Stellvertreter, Oberkommissar Holger Arnold, zeigte ihm die Gästeliste, die inzwischen zusammengestellt worden war. Sie enthielt unter anderem den Oberbürgermeister der Stadt Frankfurt, mehrere Bundes- und Landtagsabgeordnete sowie die Wirtschaftsminister der hessischen und der rheinland-pfälzischen Landesregierung. Dazu bekannte Persönlichkeiten aus Wirtschaft, Kultur und Gesellschaft. Das konnte heiter werden, wenn er die alle verhören musste, dachte Milde grimmig. Ein Mord an einem erfolgreichen Unternehmer vor mehr als 300 Gästen, die meisten davon aus der sogenannten besseren Gesellschaft. Das war für die Presse ein gefundenes Fressen. Milde stöhnte innerlich, als er nur daran dachte. Für einen Moment wünschte er, er hätte den Fall abgeben können. Aber das war natürlich Unsinn. Besser, wenn er sich auf die Ermittlungen konzentrierte. Und die waren erstaunlich schnell in Gang gekommen.

Trotzig saß der junge Mann vor ihm. Wie alt mochte er sein – 16? 17? Milde hatte einen Sohn in ähnlichem Alter und konnte sich daher gut in ihn hineinversetzen. Dass ein so junger Mensch etwas mit dem Tod eines bekannten Unternehmers zu tun haben sollte, widersprach jeder Erfahrung. Dennoch gab es genau dafür Hinweise: Ein Mitarbeiter von Pro Health Pharma hatte sich gemeldet und zu Protokoll gegeben, dass er den Jungen ein paar Mal in der Nähe des Werksgeländes gesehen hatte. Er war ihm aufgefallen, weil er sich auffällig für die Vorgänge rund um das Verwaltungsgebäude interessierte.

Der Mitarbeiter hatte ihn wiedererkannt und nach einigem Zögern – schließlich wollte er keinen Unschuldigen belasten – der Polizei einen Hinweis gegeben. Sie hätten der Beobachtung wahrscheinlich keine größere Bedeutung beigemessen, wenn nicht ausgerechnet dieser junge Mann für die Zubereitung des Desserts von Kronlechner verantwortlich gewesen wäre. Wenn Dr. Peimann richtiglag, musste Kronlechner das Gift nur wenige Minuten vor seinem Tod zu sich genommen haben. Das passte zeitlich nur mit dem Dessert zusammen. Außerdem war die Eistorte die einzige Speise, von der ausschließlich der Unternehmer gegessen hatte.

Gut möglich, dass alles nur Zufall war. Trotzdem mussten sie dem Hinweis nachgehen. Die Spurensicherung hatte die Sachen des jungen Mannes durchsucht. In seiner Jacke, die in der Küche über einem Stuhl hing, fanden sie ein Fläschchen, das den Ermittlern verdächtig vorkam. Es war sorgfältig verpackt auf dem Weg ins Labor. Zudem waren sie auf einen Umstand gestoßen, der ein völlig neues Licht auf den Fall warf. Robert Mertens, der Sicherheitschef von Pro Health Pharma, hatte gegenüber Oberkommissar Arnold zu Protokoll gegeben, dass Kronlechner in den letzten Monaten vor seinem Tod eine Reihe von Drohbriefen erhalten hatte. Der letzte war am Vortag per Post gekommen.

Arnold konnte sich später, als er Milde die Geschichte erzählte, kaum beruhigen. In Arnolds Augen war es unglaublicher Leichtsinn, dass die Polizei nicht eingeschaltet worden war – zumal Mertens früher selbst als Polizist gearbeitet hatte.

Der Sicherheitschef des Unternehmens verteidigte sich damit, dass Kronlechner in der Vergangenheit häufig Drohbriefe erhalten hatte, es aber eine ausdrückliche Anweisung von ihm gab, die Polizei außen vor zu lassen.

Arnold hatte die Briefe sofort zusammen mit dem ominösen Fläschchen ins Labor nach Wiesbaden fahren lassen, wo sie kriminaltechnisch untersucht werden sollten.

Milde überlegte, wie er das Gespräch beginnen sollte. Solange sie nicht wussten, was in dem Fläschchen war, lag gegen den jungen Mann nichts vor.

»Wie heißen Sie?«, fragte er.

Der junge Mann schien sich unwohl zu fühlen und vermied es, dem Hauptkommissar in die Augen zu sehen. Trotzig hatte er die Arme vor dem Körper verschränkt.

»Philipp Meissner«, antwortete er knapp.

»Alter?«

»18.« Die Antwort kam wie aus der Pistole geschossen.

Milde hätte ihn jünger geschätzt. Durch den strubbeligen Haarschopf und die vielen Sommersprossen sah er mehr wie ein großer Junge denn wie ein junger Erwachsener aus.

»Seit drei Wochen«, fügte er hinzu.

Milde musste sich ein Lächeln verkneifen. Sein Sohn hatte noch drei Monate bis zu seinem 18. Geburtstag, nervte aber schon jetzt alle damit, dass er bald »erwachsen« war, insbesondere seine jüngere Schwester.

»Wie lange arbeiten Sie schon bei Herrn Weidinger?«

Der Junge runzelte die Stirn und überlegte.

»Seit ungefähr zweieinhalb Jahren«, sagte er.

»Sie sind in der Ausbildung?«

»Ja. Ich mache in einem halben Jahr Prüfung.«

»Und trotzdem hat Herr Weidinger Sie zu so einem großen Bankett mitgenommen?«

»Was hat denn das damit zu tun?«, entgegnete Philipp und sah den Hauptkommissar mit abschätzigem Gesichtsausdruck an. »Dass ich in der Ausbildung bin, heißt nicht, dass ich nicht kochen kann!«

»Da haben Sie recht. Was war bei dem Bankett Ihre Aufgabe?«

»Ich habe mich um das Dessert gekümmert.«

»Eine ziemliche Verantwortung«, gab der Hauptkommissar zu bedenken.

»Ich hab nicht das ganze Dessert gemacht, sondern nur die Eistorte«, erwiderte Philipp, nun etwas ruhiger.

»Ah ja, die Eistorte. Die war speziell für Herrn Dr. Kronlechner bestimmt, nicht?«

»Ja.«

Philipp sah den Kommissar mit einem feindseligen Gesichtsausdruck an.

»Ich mache immer die Desserts, das ist mein Spezialgebiet. Da gab es nie Beschwerden!«, fügte er trotzig hinzu.

»Kannten Sie Herrn Kronlechner vorher?«, wechselte Milde das Thema.

Er achtete genau auf jede Gesichtsregung. Der junge Mann zögerte einen Moment.

»Er war mal mit seiner Frau bei uns im Restaurant. Unser Dessert hat ihm besonders gut geschmeckt. Jedenfalls wollte er sich bei der Küche dafür bedanken. Herr Weidinger hat mich dazugeholt, weil ich das Dessert zubereitet habe.«

»Und das war das einzige Mal, dass Sie Herrn Kronlechner begegnet sind?«

Der junge Mann zögerte wieder.

»Ja«, sagte er schließlich, wobei er dem prüfenden Blick des Hauptkommissars auswich. Milde spürte instinktiv, dass Philipp Meissner ihn belog.

Mit einem Mal war sein Jagdinstinkt geweckt. Er überlegte, ob er ihn mit der Beobachtung des Zeugen konfrontieren sollte, der ihn mehrmals in der Nähe des Werksgeländes gesehen hatte. Zu schade, dass die Laborergebnisse noch nicht vorlagen!

»Vielen Dank, Sie können gehen«, sagte er und erhob sich. Der junge Mann schien überrascht, dass das Gespräch so schnell beendet war. Seine Miene hellte sich auf, und im nächsten Moment war er aus dem Zimmer verschwunden. Er hatte sich nicht einmal von Milde verabschiedet. Der Hauptkommissar nahm sich ein paar Minuten Zeit und ließ sich durch den Kopf gehen, was sie bisher herausgefunden hatten. Danach rief er nach seinem Stellvertreter und besprach mit ihm das weitere Vorgehen. Arnold sollte die Arbeiten am Tatort abschließen und anschließend ins Büro zurückfahren. Er selbst wollte ein zweites Mal mit dem Chef des jungen Mannes sprechen, der nebenan wartete. Vielleicht konnte er so mehr über Philipp Meissner erfahren.

Jos Stimmung verschlechterte sich von Minute zu Minute. Es war eine Frechheit von der Polizei, ihn so lange warten zu lassen! Er war drauf und dran, seine Sachen zu packen, als der Hauptkommissar hereinkam. Er entschuldigte sich. Jo nickte widerwillig. Er war müde, verschwitzt und wollte endlich nach Hause.

»Ich wollte Sie etwas zum Dessert fragen«, erklärte Milde und schlug sein Notizbuch auf.

»Wieso, war damit etwas nicht in Ordnung?«, fragte Jo misstrauisch.

»Wir wissen bisher nicht, was den Tod von Herrn Kronlechner verursacht hat. Im Moment versuchen wir, uns ein möglichst vollständiges Bild der Abläufe zu machen«, wiegelte Milde ab.

Jo sah ihn zweifelnd an.

»Haben Sie die Zubereitung des Desserts selbst beaufsichtigt oder war dafür einer der Sous-Chefs verantwortlich?«

»Um die Crème brulée habe ich mich selbst gekümmert. Es war nicht einfach, sie draußen bei der Hitze auf den Punkt hinzubekommen.«

Der Hauptkommissar nickte.

»Und die Eistorte?«

»Die konnten wir schlecht draußen machen. Die wäre uns sofort weggeschmolzen. Philipp hat sie deswegen drinnen in der Küche zubereitet.«

»Allein?« Milde zog die Augenbraue fragend nach oben.

»Ja.«

»Sollte die Torte nicht der krönende Abschluss sein?«

»Ja.«

»Und da war es kein Risiko, es Ihren Lehrling allein machen zu lassen?«

Der Hauptkommissar berührte einen wunden Punkt. Ursprünglich waren für das Bankett 30 Köche vorgesehen gewesen, aber beim Morgenappell waren nur 25 aufgetaucht! Dadurch war Jos Planung völlig über den Haufen geworfen worden. Da sie so knapp besetzt waren, musste er selbst im Garten mit anpacken und hatte nicht einen Augenblick Zeit gefunden, sich um Philipp und die Eistorte zu kümmern.

»Philipp ist für sein Alter sehr weit. Vor allem, was die Zubereitung von Süßspeisen angeht. Die sind sein Spezialgebiet.«

Milde nickte.

»Seit wann arbeitet er bei Ihnen im Restaurant?«

»Seit er mit der Lehre begonnen hat, das heißt, seit ungefähr zweieinhalb Jahren.«

»Stammt er aus der Gegend?«

»Nein, er kommt aus Oberbayern, aus der Nähe von Rosenheim.«

Milde stutzte.

»Er wohnt nicht zu Hause bei seinen Eltern?«

»Nein. Er hat ein Zimmer bei einer meiner Mitarbeiterinnen.«

»Wieso hat er sich nicht bei sich zu Hause eine Lehrstelle gesucht?«

Jo hatte sich das auch gefragt. Da es in der Gastronomie nicht so einfach war, einen guten Lehrling zu bekommen, hatte er damals keine unnötigen Fragen gestellt.

»Ich glaube, er wollte auf eigenen Füßen stehen. Das ist manchmal einfacher, wenn man nicht mehr zu Hause wohnt. Aber wieso wollen Sie das alles wissen?«

Milde zögerte.

»Ich kann Ihnen im Moment dazu nichts Näheres sagen.«

Langsam dämmerte Jo, worauf Milde hinauswollte.

»Sie glauben, dass Philipp etwas mit dem Tod von Herrn Kronlechner zu tun hat?«, fragte er ungläubig.

An Mildes Gesichtsausdruck konnte er erkennen, dass er ins Schwarze getroffen hatte. Er lachte laut.

»Sie wollen mich auf den Arm nehmen!«, rief er aus.

»Ich fürchte, nein«, antwortete Milde ernst.

Jo schüttelte den Kopf.

»Das ist absurd. Warum sollte Philipp Herrn Kronlechner vergiften? Er kannte den Mann doch kaum.«

»Ich kann Ihnen keine näheren Einzelheiten geben, aber wir haben ernst zu nehmende Hinweise, denen wir nachgehen müssen«, beharrte Milde. »Je schneller wir das Ganze klären können, umso besser. Das ist auch im Interesse des Jungen.«

Nach kurzem Überlegen setzte Jo sich auf und sah Milde mit festem Blick an.

»Da Sie offensichtlich einen meiner Mitarbeiter verdächtigen, bin ich davon ebenfalls betroffen. Zumindest indirekt. Wenn etwas mit den Lebensmitteln nicht gestimmt hat, bin letztendlich ich dafür verantwortlich. Deswegen werde ich aus Eigenschutz keine weiteren Fragen beantworten.«

Er stand abrupt auf.

Milde erhob sich und steckte sein Notizbuch ein.

»Das ist nicht hilfreich.« Milde konnte seine Verärgerung nicht verbergen. »Ich muss Sie dringend bitten, über den Inhalt unseres Gesprächs Stillschweigen zu bewahren.«

Jo zuckte achtlos mit den Schultern. Der Hauptkommissar hatte ihm gar nichts vorzuschreiben! Sie verließen das Büro und gingen schweigend nach unten. Als sie in der Halle ankamen, verabschiedeten sie sich wortlos. Jo ging zurück in die Küche, um seine Utensilien zu holen. Doch sie waren verschwunden. Er schüttelte den Kopf.

Unfassbar, was die Polizei sich hier erlaubte!

Ratlos starrte er auf die leere Küche. Dann machte er sich auf die Suche nach Philipp. Als er nach draußen kam, bemerkte er, dass der Motorroller des Jungen verschwunden war. Offensichtlich hatte er sich bereits auf den Heimweg gemacht.

Auf der Fahrt zurück zerbrach Jo sich den Kopf darüber, was der Hauptkommissar mit seiner merkwürdigen Andeutung gemeint haben könnte. Wenn wirklich eine Lebensmittelvergiftung vorlag, konnten sie es doch nicht Philipp in die Schuhe schieben! Jo hatte die Anlieferung des Eises am Morgen selbst beaufsichtigt. Es war direkt vom Kühlwagen in den Gefrierschrank in der Küche gebracht worden.

Danach war es erst wieder unmittelbar bei der Zubereitung herausgenommen worden. Wenn es Salmonellen oder eine andere Verunreinigung enthalten hatte, war es das Verschulden der Eisfirma.

So oder so ergab das alles keinen Sinn. Kronlechner hatte auf ihn einen kerngesunden Eindruck gemacht. Es war völlig ausgeschlossen, dass er ein paar Minuten nach dem Verzehr eines verdorbenen Desserts die Besinnung verlor und an Ort und Stelle verstarb. Es handelte sich schließlich nicht um Kugelfisch! Wie konnte die Polizei überhaupt so schnell wissen, woran Kronlechner gestorben war? Mussten sie dafür nicht erst eine Autopsie durchführen?

Er schüttelte wieder den Kopf. Wahrscheinlich handelte es sich alles nur um ein großes Missverständnis, versuchte er sich zu beruhigen.

KAPITEL 2

Als er beim »Waidhaus« ankam, musste er aussteigen und das Tor öffnen. Wieder einmal schalt er sich selbst, dass er bisher nicht dazu gekommen war, einen automatischen Toröffner installieren zu lassen. Der Kies knirschte unter den Reifen, als er auf den Hof fuhr. Nachdem er den Volvo in der Garage abgestellt hatte, ging er hinüber zum Haupthaus. Für einen kurzen Augenblick blieb er stehen. Jetzt, wo keine Gäste da waren, lag das alte Fachwerkhaus in majestätischer Ruhe vor ihm. Das »Waidhaus« war sein ganzer Stolz. Ein Forstmeister hatte es Mitte des 19. Jahrhunderts an einer einzigartigen Stelle errichten lassen – hoch über dem Rhein, genau gegenüber vom Loreleyfelsen. Der atemberaubende Blick in die enge Felsenschlucht, in der früher so viele Schiffer in den tückischen Strudeln ihr Leben verloren hatten, war für Jo jedes Mal ein erhebendes Gefühl. Sooft er schon hier oben gestanden und hinuntergeblickt hatte – er konnte sich nie daran sattsehen.

Niemand im Rheintal konnte seinen Gästen eine vergleichbare Aussicht bieten! Er war dem Forstmeister unendlich dankbar, dass er das Gebäude gerade hier hatte bauen lassen. Dem brachte das »Waidhaus« allerdings weniger Glück. Bei der Wahl des Standortes hatte er sich mehr von der damals grassierenden ersten Welle der Rheinromantik leiten lassen als von dienstlichen Erfordernissen. Auf Dauer konnte die herrliche Aussicht nicht über die damit verbundenen Probleme hinwegtäuschen: das Haus lag zu weit vom Forstrevier entfernt. Die dadurch nötigen Fahrtwege waren auf Dauer nicht hinnehmbar. Der Forstmeister wurde versetzt, und die Forstverwaltung ließ ein neues Gebäude im Landesinneren errichten, das den forstwirtschaftlichen Anforderungen besser genügte. Das alte Forsthaus wurde stattdessen für Lagerzwecke genutzt und verkam im Laufe der Zeit immer mehr. Das Dach leckte an verschiedenen Stellen, und die Feuchtigkeit griff das Fachwerk an.

Als die neu angefachte Rheinromantik in den 50er-Jahren des 20. Jahrhunderts und der beginnende Massentourismus an eine Nutzung als Gasthaus oder Pension denken ließ, schreckten der traurige bauliche Zustand und die hohen Auflagen des Denkmalschutzes mögliche Interessenten immer wieder ab.

Als Jo sich für das »Waidhaus« zu interessieren begann, war die Forstverwaltung ihm sehr weit entgegengekommen. Der verantwortliche Revierförster wollte das Problem ein für alle Mal gelöst haben und bot Jo das Anwesen auf 99 Jahre Erbacht an – zu äußerst günstigen Konditionen. Im Gegenzug musste er sich verpflichten, das Haus von Grund auf zu sanieren und es in den ursprünglichen baulichen Zustand zu versetzen. Voller Optimismus und Tatendrang machte Jo sich an die Arbeit, musste aber bald erkennen, dass er sich damit einiges aufgeladen hatte. Die Instandsetzung war erheblich aufwendiger als ursprünglich gedacht und verschlang ein Vermögen. Trotzdem bereute er den Erwerb des Hauses nicht. Das »Waidhaus« war ein richtiges Schmuckstück geworden, um das er von vielen beneidet wurde. Im Erdgeschoss des Haupthauses waren das Restaurant und die Küche untergebracht. Im ersten Stock befand sich seine Wohnung.

Jo blickte auf die Uhr und schnitt eine Grimasse – fast 18 Uhr. In einer Stunde würden die ersten Gäste kommen. Er konnte nur hoffen, dass seine Mannschaft auch ohne ihn und Philipp gut vorgearbeitet hatte. Durch einen Seiteneingang gelangte er in die Küche. Als er eintrat, wandten sich ihm alle Blicke zu. Da er seine Mitarbeiter immer zur Pünktlichkeit anhielt, war es besonders peinlich, wenn er selbst zu spät kam.

»Hola, Scheffe, schön, dass du kommst. Habt ihr noch Party gemacht, während wir uns hier die Finger mit dem Gemüse wund schnippeln?«

Es war Pedro, der alte Frechdachs, der sich eine spitze Bemerkung nicht verkneifen konnte. Pedro Sanchez gehörte quasi zum Inventar des Hauses.

Eines Tages war er ohne Vorankündigung aufgetaucht und hatte seine Bewerbungsmappe auf den Tisch gelegt. Das »Waidhaus« stand damals kurz vor der Eröffnung, und Jo war tatsächlich auf der Suche nach einem Koch, hatte aber keine Zeit gefunden, eine Stellenanzeige aufzugeben. Lediglich ein paar Bekannten gegenüber hatte er erwähnt, dass er jemanden einstellen wolle. Es war für Jo ein Rätsel, wie Pedro so schnell davon erfahren hatte. Nachdem er ihn ein wenig besser kannte, wunderte es ihn allerdings nicht mehr. Der junge Spanier war ein echter Tausendsassa. Trotz der knappen Freizeit, die ihm die Arbeit im »Waidhaus« ließ, war er Mitglied in mehreren Vereinen, spielte Fußball in der zweiten Mannschaft des SV Vesalia 08 und verfügte über einen riesigen Bekanntenkreis.

Philipp war nicht da. Wahrscheinlich war er erst einmal in seine Wohnung gefahren, um sich umzuziehen. Pedro wollte gerade eine weitere spitze Bemerkung nachschieben, als er Jos ernste Miene bemerkte. Schnell klappte er den

Mund zu. Aus Erfahrung wusste er, dass mit seinem Chef nicht zu spaßen war, wenn er schlechte Laune hatte. Jo warf einen Blick in die Runde und fragte, ob die Mädchen vom Service schon da seien. Pedro nickte. Jo bat Anton, ihren Salatmann, das Serviceteam hereinzurufen. Nachdem alle in der Küche versammelt waren und ihn gespannt ansahen, räusperte er sich.

»Ihr wisst, dass Philipp und ich heute bei der Geburtstagsfeier von Dr. Kronlechner in Frankfurt gekocht haben. Dabei gab es einen tragischen Zwischenfall.«

Er machte eine Pause.

»Dr. Kronlechner ist völlig überraschend bei der Feier verstorben. Wie ihr euch vorstellen könnt, gab es ein Durcheinander. Die Polizei ist dabei, die Angelegenheit zu untersuchen. Anscheinend glauben sie, dass es sich um eine Vergiftung handelt.«

Der letzte Satz hing bedeutungsschwanger im Raum.

»Eine Vergiftung? Soll das heißen, dass etwas mit den Lebensmitteln nicht gestimmt hat?«, fragte Pedro in die Stille hinein.

Jo zuckte mit den Schultern.

»Ich glaube nicht. Dafür ging es viel zu schnell. Für mich sah es wie ein Herzinfarkt aus.«

Er spürte, wie Ute ihn aufmerksam musterte. Vielleicht ahnte sie, dass mehr dahintersteckte. Doch sie war klug genug, keine Fragen zu stellen.

»Wir haben absolut sorgfältig gearbeitet. So wie immer. Wenn etwas mit den Lebensmitteln nicht in Ordnung war, hat es nicht an uns gelegen. Das könnt ihr auch jedem sagen, der euch auf das Thema anspricht«, fügte Jo hinzu.

Er spürte die Verunsicherung im Raum. So ein Vorfall konnte den Ruf eines Hauses schnell ruinieren. Wer wollte in einem Restaurant essen, in dem verdorbene Lebensmittel auf den Tisch kamen? Mit betretenen Mienen gingen seine Mitarbeiter zurück auf ihre Posten.

Nachdem er sich geduscht und umgezogen hatte, stürzte Jo sich auf die Arbeit. Er wollte wenigstens einen Teil der verlorenen Zeit aufholen. Eine halbe Stunde später tauchte Philipp in der Küche auf. Jo war gerade dabei, die Soße für den Hirschbraten abzuschmecken. Deswegen nickte er seinem Lehrling nur kurz zu.

Der Junge machte einen verstörten Eindruck. Den ganzen Abend war er still und in sich gekehrt. Jo gingen die seltsamen Fragen des Hauptkommissars nicht aus dem Kopf. Mehrfach war er versucht, Philipp beiseitezunehmen und ihm davon zu erzählen. Andererseits wollte er den Jungen nicht zusätzlich beunruhigen. Schließlich war der Tag anstrengend genug gewesen.

Als am nächsten Morgen der Wecker klingelte, kam Jo nur mit Mühe aus dem Bett.

Er hatte nicht gut geschlafen. Die Ereignisse des Vortages hatten ihn mehr mitgenommen, als er sich eingestehen wollte. Das gute Wetter hatte sich gehalten, und das »Waidhaus« würde wahrscheinlich voll werden. Während er sich einen Kaffee aufbrühte, hörte er die Nachrichten im Radio. Der Tod des Unternehmers war dem regionalen Sender eine Meldung wert. Gespannt hörte er zu. Zu seinem Erstaunen war dabei keinerlei Rede von einer möglichen Vergiftung. Der Sprecher betonte die Tragik, dass der Unternehmer ausgerechnet bei seiner Geburtstagsfeier so plötzlich und unerwartet verstorben sei, und würdigte die Verdienste Kronlechners für die wirtschaftliche Entwicklung im Rhein-Main-Gebiet. Anscheinend hatte er nicht nur ein großes Werk in Frankfurt-Höchst, sondern noch ein zweites in Ingelheim am Rhein betrieben. Danach ging es mit Sport weiter. Jo schaltete das Gerät ab.

Obwohl er nicht eingeteilt war, tauchte Philipp pünktlich gegen zehn Uhr in der Küche auf. Jo hatte ihm bereits einige Male gesagt, dass er am Sonntag nicht zu kommen brauche, aber Philipp beharrte darauf. Er wollte genau so viel leisten wie die anderen. Trotz seines schlechten Gewissens, dass der Junge mehr arbeitete, als er als Auszubildender gedurft hätte, war Jo ihm dankbar. Wenn das »Waidhaus« voll besetzt war, wurde jede Hand gebraucht. Zumal Ute am Sonntag ihren freien Tag hatte.

Jo hätte Philipp gerne beiseite genommen, um zu hören, wie er sich fühlte.

Vor den anderen wollte er ihn aber nicht fragen. Vielleicht ergab sich später eine Möglichkeit. Gegen zwölf Uhr war die Gaststube gut gefüllt, und die Bestellungen begannen hereinzutröpfeln. Kurze Zeit später war die Bestellwand mit vielen Orderzettelchen gefüllt. In der Küche ging es jetzt rund. Jeder Handgriff musste sitzen. Auch wenn der Druck dann besonders groß war, liebte Jo solche Tage. Erst da konnte eine gute Küchenmannschaft beweisen, was in ihr steckte.

Gegen 14 Uhr wurde es ruhiger. Obwohl sie bereits während des Kochens versuchten, Ordnung zu schaffen und Anton fleißig spülte, standen überall gebrauchte Töpfe, Pfannen und Tiegel herum. Schon als Lehrling hatte Jo diesen Teil seines Berufs gehasst: den Abwasch. Dank zweier Hochleistungsgeschirrspülmaschinen verlor die unangenehme Aufgabe aber viel von ihrem Schrecken. Ab halb drei gab es für die Küchenmannschaft eine Pause von zwei

Stunden. Jo machte eine Runde durchs Lokal und begab sich anschließend hinaus auf die Terrasse. Die Sonne stand hoch über dem Rhein und spiegelte sich tausendfach auf den Wellen wider. Es war, als hätte jemand eine riesige Zahl funkelnder Diamanten ausgeschüttet. Die Terrasse war gut besucht. Jo grüßte ein paar bekannte Gesichter und wechselte einige Worte mit Klara, seiner Chefbedienung. Sie war ein wenig außer Atem. Es lagen ein paar Meter zwischen dem Kuchenbüfett und der Terrasse. Wenn viel los war, mussten die Bedienungen sich sputen, um alle Wünsche zu erfüllen. Das »Waidhaus« bot seinen Gästen nur eine kleine Auswahl an hausgemachten Kuchen und Gebäck, die sie meistens am Vortag zubereiteten. Das Angebot kam dennoch gut an.

Nachdem er sich versichert hatte, dass Klara und das Serviceteam gut alleine zurechtkamen, ging er nach oben in seine Wohnung und legte sich hin.

Er wollte nur ein wenig dösen, aber war nach ein paar Minuten fest eingeschlafen. Als er eine Stunde später aufwachte, fühlte er sich deutlich frischer. Er ging in die Küche in seiner Wohnung und warf seine chromblitzende Hightech-Espressomaschine an, die er vor einiger Zeit von einem seiner Lieferanten geschenkt bekommen hatte. Sie war etwas kompliziert in der Bedienung, und es hatte Jo anfangs einige Mühe gekostet, sie zum Laufen zu bringen. Doch es hatte sich gelohnt: Sie kochte erstaunlich guten Espresso. Nachdem der Kaffee durchgelaufen war, setzte er sich hin und vertiefte sich in die Zeitung. Gestern war er nicht dazu gekommen und nahm sich dafür nun umso mehr Zeit.

Gegen halb fünf ging er nach unten ins Restaurant. Nach und nach trudelte die Küchenmannschaft ein – zuerst, wie immer, Anton, der sich gleich daran machte, den Salat zu waschen. Als Nächstes kamen Karl-Heinz und Philipp.

Schließlich tauchte Pedro auf. Er war wie immer der Letzte.

Durchs offene Fenster zog frische Luft herein. Es war angenehm warm. Die Nachmittagsgäste hatten sich größtenteils auf den Heimweg gemacht, und so konnten sie sich in Ruhe auf das Abendessen konzentrieren. Es herrschte eine gute Stimmung in der Küche, sie flachsten ein wenig herum. Jo warf Philipp einen prüfenden Blick zu, aber der Junge schien die tragischen Ereignisse des Vortages inzwischen weggesteckt zu haben.

Gerade als Jo dabei war, den Hirschbraten anzusetzen, eine der Spezialitäten des Hauses, hörte er einen Wagen auf den Hof fahren. Wahrscheinlich hatte er wieder einmal vergessen, das Hoftor zuzumachen, dachte er und ärgerte sich über sich selbst. Für die Gäste gab es einen eigenen Parkplatz, gleich oben an der Straße.

Jo sah es nicht so gern, wenn der Hof mit Autos zugeparkt wurde, denn dann kam die schöne Fassade des »Waidhauses« nicht ausreichend zur Geltung. Er sah hinaus und überlegte, ob es unhöflich wäre, die neuangekommenen Gäste zu bitten, ihr Auto oben auf dem Parkplatz abzustellen. Die Frage erledigte sich allerdings von selbst: Hauptkommissar Milde und sein Assistent Ebling stiegen aus einem beigefarbenen Opel Caravan. Sie sahen sich um. Dann kamen sie zielsicher auf den Seiteneingang zu. Milde warf einen Blick durchs Fenster und klopfte. Nach dem Verlauf des gestrigen Gesprächs verspürte Jo keine große Lust, nochmals mit der Polizei zu reden. Schließlich öffnete er die Tür und ließ die beiden Beamten herein. Milde grüßte knapp, sah dabei aber über Jos Schulter nach Philipp.

»Was gibt's?«, fragte Jo kühl.

»Ich wollte nicht zu Ihnen, sondern zu Herrn Meissner«, erwiderte Milde und sah weiter an Jo vorbei, was diesen zunehmend ärgerlich machte. In der Küche war es schlagartig still geworden. Alle starrten den Hauptkommissar an.

»Herr Meissner, ich muss etwas mit Ihnen besprechen. Am besten kommen Sie mit raus«, erklärte Milde in Richtung des Jungen. Philipp sah verunsichert zu Jo, der ratlos mit den Schultern zuckte. Schließlich legte Philipp den Kochlöffel beiseite, den er in der Hand hielt, und folgte den beiden Beamten wortlos nach draußen. Jo sah, wie Milde ein Papier aus der Tasche zog und es Philipp zeigte. Obwohl er angestrengt durchs offene Fenster lauschte, konnte er nicht verstehen, was gesprochen wurde.

»Die nehmen den Kleinen mit«, sagte Pedro trocken. Jo hatte gebannt nach draußen gestarrt und gar nicht gemerkt, dass der junge Spanier neben ihm stand. Er schüttelte den Kopf und wollte etwas erwidern, als er sah, dass der jüngere der beiden Beamten Philipp die Hand auf die Schulter legte und ihn zum Wagen führte. Jo hätte später nicht sagen können, wie er auf den Hof gelangt war, aber in der nächsten Sekunde stand er Auge in Auge mit Hauptkommissar Milde.

»Was machen Sie da?«, rief er aufgebracht. Es fehlte nicht viel und er wäre auf die Beamten losgegangen.

»Wir tun nur unsere Arbeit«, entgegnete Milde kühl.

»Lassen Sie den Jungen sofort los! Wir sind doch nicht in einem Polizeistaat.«

Jo war richtig in Fahrt. Mit Genugtuung sah er, dass das Wort »Polizeistaat« den Hauptkommissar getroffen hatte.

»Wir haben verschiedene Fragen an Herrn Meissner. Er kommt freiwillig mit«, erwiderte der Beamte ärgerlich.

»Die wollen mich mit nach Frankfurt nehmen. Sie denken, dass ich den Kronlechner umgebracht habe, und wenn ich nicht freiwillig mitgehe, nehmen sie mich fest«, rief Philipp aus dem Hintergrund.

Jo starrte ihn fassungslos an. Für einen Moment fühlte er sich in eine Erzählung von Franz Kafka versetzt.

»Kann ich mit Philipp sprechen?«

Milde zögerte.

»Der Junge hat hier niemanden. Ich habe seiner Mutter versprochen, dass ich mich um ihn kümmere.«

Milde sah Jo prüfend in die Augen. Dann nickte er seinem Assistenten zu, der neben Philipp am Wagen stand. Die beiden Beamten zogen sich ein wenig zurück.

Philipp versuchte gleichgültig auszusehen, aber man merkte sofort, dass es nur gespielt war.

»Wie fühlst du dich?«, fragte Jo und ärgerte sich gleichzeitig, dass ihm nichts Besseres einfiel.

»Scheiße«, antwortete Philipp geradeheraus und brachte ein schiefes Grinsen zustande. »Ich habe mit dem Tod von Herrn Kronlechner nichts zu tun, das müssen Sie mir glauben, Chef.«

Philipp hatte den Satz unvermittelt hervorgestoßen. Beschwörend sah er Jo in die Augen. Dieser nickte stumm und klopfte seinem Lehrling beruhigend auf die Schulter.

»Mach dir keine Sorgen, das ist bestimmt alles nur ein Missverständnis«, sagte er und versuchte zuversichtlich zu klingen. Für einen Moment schwiegen beide.

»Hör zu, Philipp. Ich werde dir so schnell wie möglich einen Anwalt besorgen. Ich glaube, es ist am besten, wenn du bis dahin gar nichts mehr sagst, hast du verstanden?«

Der Junge nickte und warf den beiden Polizisten einen trotzigen Blick zu. Dann setzte er sich ins Auto. Kriminalwachtmeister Ebling schlug die Tür hinter ihm zu und klemmte sich hinters Steuer. Hauptkommissar Milde trat mit finsterer Miene auf Jo zu.

»Ich wollte Ihnen Gelegenheit geben, sich zu verabschieden. Stattdessen hetzen Sie den Jungen unnötig gegen uns auf. Sie tun ihm damit keinen Gefallen! Außerdem behindern Sie die Ermittlungen.«

»Dass ich nicht lache! Sie wollen nur die Unerfahrenheit des Jungen ausnutzen! Es ist sein gutes Recht, dass er einen Anwalt hat. Das sollten Sie am besten wissen.«

Die spitze Bemerkung trug nicht gerade zur Verbesserung der Laune des Hauptkommissars bei. Mit einem grimmigen Blick stieg er hinten in den Wagen ein und setzte sich neben Philipp.

Mein Gott, war der Junge blass, dachte Jo. Aber wenigstens machte er ein verächtliches Gesicht – wie immer, wenn er bockig war. Jo konnte sich ein böses Lächeln nicht verkneifen. An dem Verhör würde der Hauptkommissar keine große Freude haben. Ebling startete den Wagen und setzte zurück. Jo winkte Philipp zum Abschied zu. Dann waren sie weg.

KAPITEL 3

Auch wenn er versucht hatte, sich Philipp gegenüber nichts anmerken zu lassen, machte Jo sich große Sorgen. Was hatte das alles zu bedeuten? Und wie kam die Polizei zur Annahme, Philipp habe den Unternehmer ermordet?

Jo schüttelte den Kopf. Gedankenverloren starrte er auf die Kieselsteine in seiner Auffahrt. Ein Gefühl der Beklemmung überkam ihn. Doch er riss sich zusammen. Philipp brauchte seine Hilfe! Als Erstes musste er ihm einen Anwalt besorgen. Die Frage war nur, wo er auf die Schnelle einen guten Strafverteidiger herbekommen sollte. Sein Freundeskreis war nicht sehr groß. Seit er das »Waidhaus« eröffnet hatte, bestand sein Leben fast nur aus Zwölf- bis 14-Stundentagen. Da blieb nicht viel Zeit zur Pflege von Bekanntschaften.

Für einen Moment wünschte er, Tante Traudl und Onkel Max wären hier.

Onkel Max mit seiner ruhigen und besonnenen Art wäre bestimmt etwas eingefallen. Er war selbst Jurist und wusste in fast allen Lebenslagen guten Rat. Ob er einen erfahrenen Strafverteidiger in der Gegend kannte? Onkel Max war Notar – zu Hause in Niederbayern. Da beschäftigte er sich mehr mit Hausverkäufen und der Erstellung von Testamenten als mit Mordfällen. Jo schüttelte den Kopf. Nein, er musste sich selbst helfen.

Angestrengt dachte er nach.

Auf einmal schlug er sich mit der Hand an die Stirn!

Einer seiner Stammgäste, Dr. Frank, war ein bekannter Strafverteidiger. Jo hatte einige Male über ihn in der Zeitung gelesen. Er war einer der Seniorpartner in einer großen Kanzlei in Frankfurt und kam regelmäßig mit seiner Frau ins »Waidhaus«. Soweit Jo sich erinnern konnte, wohnte er in der Nähe von Wiesbaden.

Auf einmal war er voller Tatendrang. Hoffentlich konnte Dr. Frank sich gleich um die Sache kümmern. Irgendwo musste er seine Karte haben.

Als er die Küche betrat, waren alle Augen auf ihn gerichtet.

»Tja, da müssen wir wohl heute ohne Philipp auskommen«, sagte er und grinste schief.

Um ihn herum blickte er in betretene Gesichter.

»Guckt nicht so! Das ist bestimmt alles ein riesiges Missverständnis«, meinte er.

Pedro fing sich als Erster.

»Können die denn Philipp einfach so mitnehmen?«, fragte er ungläubig.

Jo zuckte mit den Schultern.

»Angeblich wollen sie nur mit ihm reden und haben ihn nicht verhaftet. Trotzdem werde ich dem Jungen zur Sicherheit einen Anwalt besorgen. Je schneller wir die Sache aus der Welt schaffen, desto besser.«

Er versuchte zuversichtlich zu klingen, aber so recht wollte ihm das nicht gelingen.

»Ich möchte nicht, dass über den Vorfall getratscht wird, verstanden? Sonst fangen die Leute an, sich allen möglichen Unsinn zusammenzufantasieren.«

Pedro, Karl-Heinz und Anton nickten zustimmend. Jo lächelte erleichtert. Wenigstens auf seine Mannschaft konnte er sich verlassen. Das war auch dringend nötig. Ihm schwante, dass die nächste Zeit für sie alle nicht einfach werden würde.

»Sie haben Herrn Weidinger gesagt, Sie hätten nichts mit dem Mord an Dr. Kronlechner zu tun«, sagte Hauptkommissar Milde und ließ Philipp dabei nicht aus den Augen. Der junge Mann sah schnurgerade aus und beachtete den Hauptkommissar scheinbar gar nicht. Stattdessen betrachtete er den Hinterkopf von Kriminalwachtmeister Ebling. Dessen Haare waren extrem kurz geschnitten. Fast wie bei einem Soldaten. Er hatte eine eigenartige Kopfform, fand Philipp, irgendwie eckig. Von hinten sah es fast aus wie ein Quadrat. Wenn die Lage nicht so ernst gewesen wäre, hätte er vermutlich lachen müssen. So aber saß er nur stumm da mit abweisendem Gesichtsausdruck und starrte nach vorne.

»Das Gift war in der Eistorte, die Sie zubereitet haben. Wenn Sie es nicht waren, wer dann?«

Philipp ließ sich nicht aus der Reserve locken und schwieg eisern weiter.

»Kannten Sie Dr. Kronlechner?«

Milde versuchte an seinem Gesichtsausdruck eine Reaktion abzulesen. Philipp bemerkte den durchdringenden Blick des Kriminalbeamten, drehte den Kopf zur Seite und sah zum Fenster hinaus. Draußen zog die wunderbare Landschaft des Mittelrheintals an ihnen vorbei. Doch obwohl er direkt auf den Fluss blickte, nahm er ihn nicht wahr.

»Wenn Sie uns nichts sagen, können wir Ihnen auch nicht helfen«, versuchte Milde weiter ihn in ein Gespräch zu ziehen. »Sie müssen wissen, dass wir in alle Richtungen ermitteln. Wir wollen Ihnen ja helfen, Herr Meissner, aber wenn Sie weiter so unkooperativ sind, verstärkt das den Eindruck, dass Sie es tatsächlich waren.«

Philipp biss sich auf die Lippen. Er musste sich stark beherrschen, nicht doch etwas zu sagen. Aber der Ratschlag von Jo ging ihm nicht aus dem Kopf. Er straffte die Schultern. Kriminalwachtmeister Ebling sah durch den Rückspiegel nach hinten. Die Augen der beiden Beamten trafen sich. Milde sah ihn fragend an. Ebling zuckte mit den Schultern. Milde seufzte. Zeit, die Daumenschrauben anzuziehen.

»Also schön«, sagte er. »Wenn Sie es nicht anders wollen.«

Er nestelte an seinem Gürtel.

»Hände nach vorne«, befahl er barsch.

Philipp sah ihn fragend an, machte aber keine Anstalten, der Aufforderung des Beamten Folge zu leisten. Milde griff nach seinem Arm und ließ eine Handschelle darum einrasten. Philipp zuckte zusammen, als er das harte Metall auf der Haut spürte. Im nächsten Augenblick klickte die Handschelle um sein zweites Handgelenk. Der junge Mann wurde eine Spur blasser. Schlagartig wurde ihm das volle Ausmaß seiner Lage bewusst. Er war ein Mordverdächtiger! Und mit einem Mal überkam ihn ein Gefühl, das ihn sehr lange nicht mehr befallen hatte:

Angst.

Jo ging nach oben in seine Wohnung und suchte die Privatnummer von Dr. Frank heraus. Nach zweimaligem Klingeln hatte er den Anwalt in der Leitung. Jo erzählte ihm, was vorgefallen war. Der Anwalt hörte ruhig zu und unterbrach ihn nur einige Male, um die ein oder andere Frage zu stellen.

»Was halten Sie von der Sache?«, wollte Jo wissen.

»Anscheinend wird Ihr Auszubildender als Beschuldigter geführt. Wobei mir nicht so recht klar ist, warum. So wie Sie es mir geschildert haben, gibt es keinen Anhaltspunkt dafür, dass Ihr Lehrling etwas falsch gemacht hat.«

»Mir ist das Ganze auch völlig schleierhaft«, erklärte Jo ratlos. »Philipp kannte Herrn Kronlechner ja kaum.«

»Wenn ich Ihren Auszubildenden vertreten soll, bräuchte ich eine Vollmacht von ihm. Wie ist sein voller Name?«, fragte Dr. Frank.

»Philipp Meissner.«

»Gut«, der Anwalt machte sich eine Notiz. »Wo sagten Sie, hat die Polizei ihn hingebracht? Nach Frankfurt?«

Jo bejahte die Frage.

»Wer führt die Ermittlungen?«

»Ein Hauptkommissar Milde.«

»Ah, das dachte ich mir. Er ist der Leiter der Mordkommission. Ein guter Mann, sehr sachlich. Mit dem kann man reden.«

»Meinen Sie, dass Philipp heute wieder nach Hause kann?«, wollte Jo wissen.

»Schwer zu sagen. Wenn die Polizei ihn nicht festnimmt, kann er jederzeit gehen. Ich werde mich schlaumachen, was sie gegen Philipp in der Hand haben. Wie kann ich Sie am besten erreichen?«

Jo gab dem Anwalt seine Handynummer. Er war erleichtert, dass Dr. Frank den Fall übernahm.

Was ihm allerdings schwer im Magen lag, war der Anruf bei Philipps Mutter. Es war ihr nicht leichtgefallen, ihren Sohn so weit weg von zu Hause in die Lehre gehen zu lassen. Zumal er damals erst 16 gewesen war. Aber wenn Philipp sich etwas in den Kopf setzte, war er davon meistens nicht mehr abzubringen. Bevor er bei Jo angefangen hatte, war er mit seiner Mutter und seiner jüngeren Schwester ins »Waidhaus« zu Besuch gekommen. Die kleine Familie war Jo auf Anhieb sympathisch gewesen. Der Vater war früh gestorben, wobei Jo nicht wusste, woran.

Ellen Meissner war eine patente Frau, selbstbewusst und fröhlich, trotz der schwierigen Lebensumstände. Zwei Kinder ohne Mann durchbringen zu müssen, war jedenfalls keine leichte Aufgabe. Jo vermutete, dass das auch der Grund dafür war, wieso Philipp gleich nach der zehnten Klasse einen Beruf erlernen wollte. Denn von seinen Noten her hätte er sicher das Abitur schaffen können.

Soweit Jo sich erinnern konnte, arbeitete Frau Meissner bei einem Steuerberater als Sekretärin. Philipp hatte ein sehr enges Verhältnis zu seiner Mutter. Wann immer es möglich war, fuhr er nach Hause. Seine Mutter rief oft an, um zu hören, wie es ihm ging. Für einen Moment überlegte er, ob er Ute bitten sollte, Frau Meissner die schlechte Nachricht zu übermitteln. Doch er schob den Gedanken beiseite. Diesen Anruf musste er selbst erledigen. Die Uhr zeigte Viertel nach Sechs. Er suchte in seinem Adressbuch nach der Nummer. Nach dem fünften Klingeln meldete sich eine weibliche Stimme.

»Melanie Meissner.«

»Hallo, hier ist Jo Weidinger. Ich hätte gern deine Mutter gesprochen.«

»Einen Moment, ich hol sie.«

Es dauerte einige Augenblicke, dann war Philipps Mutter am Apparat.

»Hallo, Herr Weidinger, was gibt's?«

Die Überraschung über seinen Anruf war unverkennbar.

»Ich wollte mich wegen Philipp melden.«

Er hörte, wie ihr Atem stockte.

»Ist ihm etwas passiert?« Die Frage kam wie aus der Pistole geschossen.

»Nein, es geht ihm gut«, beruhigte Jo sie. Er machte eine Pause.

»Wir hatten gestern ein Bankett. Dabei gab es einen Todesfall. Wahrscheinlich eine Vergiftung. Hatte vielleicht etwas mit den Lebensmitteln zu tun. Die Polizei stellt einige Nachforschungen an und hat Philipp zum Verhör mitgenommen. Ich dachte, dass Sie das wissen sollten.«

Am anderen Ende der Leitung war es still.

»Hallo, hören Sie mich?«

Frau Meissner schwieg.

»Hat es etwas mit der Familie Kronlechner zu tun?«, fragte sie unvermittelt.

»Ja«, antwortete er. »Woher wissen Sie das? Es war die Geburtstagsfeier von Herrn Kronlechner. Er hatte während des Essens einen Anfall, an dem er gestorben ist.«

»Oh mein Gott!«, rief Ellen Meissner aus. »Er hat mir versprochen, nichts Dummes zu tun! Oh, mein Gott!«

Ihre Stimme ging in ein Schluchzen über. Jo wusste nicht, was er erwidern sollte.

Es war ihm ein Rätsel, wieso Philipps Mutter so die Fassung verlor. Mit einem Mal schien sie sich bewusst zu werden, dass er wartete. Stockend sagte sie, sie würde gleich losfahren, und legte auf.

Jo starrte auf den Telefonapparat. Woher hatte Philipps Mutter gewusst, dass es sich um Kronlechner handelte? Und was meinte sie damit, dass Philipp ihr versprochen hatte, nichts Dummes zu tun? Langsam begann Jo sich ernsthaft Sorgen zu machen. Und warum wollte sie gleich losfahren? Von Rosenheim bis an den Rhein waren es mehr als 500 Kilometer. Sie konnte unmöglich noch heute nach Oberwesel kommen. Je mehr er darüber nachdachte, umso rätselhafter erschien ihm das Ganze.

Vielleicht war es am besten, Ute Bescheid zu geben. Falls Philipps Mutter wider Erwarten auftauchte, konnte Ute sie in ihrer ehemaligen Pension unterbringen. Aber erst musste er in der Küche nach dem Rechten sehen.

Dort herrschte eine seltsam gedrückte Stimmung. Normalerweise ging es bei ihnen immer lustig zu. Pedro sorgte mit seinem Temperament dafür, dass es genug zu lachen gab. Vor allem mit Philipp gab oft einen Scherz den anderen. Pedro liebte es, den Jungen aufzuziehen. Der blieb ihm allerdings selten etwas schuldig.

Karl-Heinz in seiner bedächtigen Art ließ sich dagegen nie aus der Ruhe bringen – egal, wie hektisch es um ihn herum zuging. Er war ein Genießer und aß für sein Leben gerne, was man seiner Körperfülle auch ansah. Wenn Pedro ihn deswegen manchmal anspitzte, lachte Karl-Heinz nur.

»Ich bin der Einzige, der Werbung für unser Restaurant macht. Ein Koch muss etwas darstellen, und man muss sehen, dass es ihm schmeckt«, pflegte er zu sagen. Seiner Meinung nach waren Jo, Pedro und Philipp viel zu dünn.

Karl-Heinz hatte ursprünglich Metzger gelernt. Auf die Dauer war ihm die harte Arbeit im Schlachthof aber zu eintönig gewesen. Deswegen hatte er umgesattelt und eine Lehre als Koch angeschlossen. Da er aufgrund seiner früheren Tätigkeit besonders gut mit dem Messer umgehen konnte, kümmerte er sich meistens um Fisch und Fleisch. Und dann waren da noch Anton und Ute. Anton war als Spätaussiedler mit seiner Familie aus Kasachstan gekommen. Er hatte in seiner alten Heimat als Schweißer gearbeitet, fand aber in Deutschland keine Arbeit in seinem Beruf –

vielleicht auch, weil er älter war und die deutsche Sprache nicht sehr gut beherrschte. Der Pfarrer von Oberwesel, der der guten Küche sehr zugetan war und deswegen öfter im »Waidhaus« speiste, hatte Jo angesprochen, ob er nicht Arbeit für einen zuverlässigen Handwerker habe. Nach der Eröffnung des Restaurants gab es verschiedene Reparaturen am Haus, und so hatte Jo Anton stundenweise engagiert. Dabei bekam er einen sehr guten Eindruck von ihm. Anton redete zwar nicht viel, war aber sehr geschickt mit den Händen und sich für keine Aufgabe zu schade. Jo wusste das sehr zu schätzen. Deswegen hatte er sich nach einiger Zeit dazu entschlossen, ihm eine feste Stelle als Tellerwäscher anzubieten. Obwohl das für ihn eine Umstellung war und er eine Küche kaum je von innen gesehen hatte, sagte Anton zu. Mit der Zeit hatte er sich zum Salat- und Gemüsemann hochgearbeitet und half gelegentlich sogar auf anderen Posten aus, wenn es nötig war.

Blieb noch Ute. Sie war so etwas wie die gute Seele des »Waidhauses«. Wie Pedro war sie von Beginn an dabei. Sie und ihr Mann hatten in Oberwesel eine Pension betrieben, in der Jo während der Bauarbeiten einige Monate gewohnt hatte. Kurz bevor er das Restaurant eröffnete, verstarb Utes Mann völlig überraschend.

Das war für sie ein schwerer Schlag gewesen. Nicht nur, dass auf einmal ein wichtiger Teil in ihrem Leben fehlte, sie stand auch von heute auf morgen alleine mit der Arbeit da. Ute hatte in erster Linie für die Gäste gekocht, während ihr Mann sich um alles andere kümmerte: Zimmerreservierungen, Reparaturen, Buchhaltung. Für sie alleine war die Arbeit nicht zu stemmen. Schweren Herzens hatte sie sich dazu entschlossen, die Pension aufzugeben. Da stand sie nun, ohne Mann und ohne eine Aufgabe. Da sie gern ihre

Zeit mit Menschen verbrachte und hervorragend kochen konnte, hatte Jo sie spontan gefragt, ob sie nicht bei ihm in der Küche arbeiten wolle.

Ihre bodenständige Art und ihr hintergründig-verschmitzter Humor hatten ihm von Anfang an gut gefallen. Nach einigem Überlegen sagte sie zu. Für Jo ein echter Glücksgriff, denn Ute war für ihn mehr wert als zwei ausgelernte Gesellen. Dazu war sie eine rheinische Frohnatur, die immer gute Laune um sich herum verbreitete und der man ihre 60 Jahre nicht ansah.

Jo legte sein Handy bereit für den Fall, dass Dr. Frank sich meldete. Es war angenehm warm draußen, und sie hatten die Terrasse geöffnet. Nach und nach kamen Gäste und Bestellungen herein. Bald waren sie so beschäftigt, dass keine Zeit blieb, sich über die aufregenden Ereignisse des Tages Gedanken zu machen. Gegen 20 Uhr klingelte Jos Handy. Er war gerade dabei, überbackene Schweinemedaillons auf einen Teller zu arrangieren. Schnell wischte er sich die Hände ab und bat Pedro, für ihn zu übernehmen. Um etwas mehr Ruhe zu haben, ging er mit dem Handy hinaus auf den Flur.

Es war Dr. Frank. Er informierte Jo darüber, dass Philipp offiziell festgenommen worden war. Damit konnte die Polizei ihn für 24 Stunden in Gewahrsam behalten. Für Montag früh war ein Haftprüfungstermin anberaumt worden.

»Das können die nicht machen!«, rief Jo ungläubig.

»Ich fürchte doch«, antwortete der Anwalt. »Ich habe mit Hauptkommissar Milde selbst gesprochen. Er wollte mir nichts Konkretes sagen. Erst will er meine Vollmacht sehen. Ich werde morgen Vormittag zum Polizeipräsidium fahren und die nötigen Formalitäten erledigen. Der Haftprüfungstermin ist für elf Uhr angesetzt.«

»Und dann?«

»Hängt vom Richter ab«, erwiderte Dr. Frank. »Wenn er das Material der Polizei für ausreichend hält, kann er Haftbefehl erlassen. Dann würde Philipp erst einmal in Untersuchungshaft kommen.«

Der Jurist schwieg für einen Moment.

»Was ist mit Philipps Eltern? Wäre gut, wenn wir uns morgen mit ihnen treffen könnten. Sie sollten auch Kleidung für die nächsten paar Tage mitbringen. Dann kann er sich wenigstens umziehen.«

»Ich habe mit seiner Mutter telefoniert. Sie wollte direkt kommen. Es ist allerdings ein gutes Stück zu fahren. Ich weiß nicht, ob sie es heute schafft.«

»Gut«, sagte der Strafverteidiger. »Übrigens war Milde nicht begeistert, dass Sie dem Jungen geraten haben, keine Aussage zu machen.« Der Jurist lachte leise. »Er hat sich stocksteif auf einen Stuhl gesetzt und kein Wort gesagt. Sie haben angeboten, ihm Kleidung aus seiner Wohnung zu holen, aber er wollte ihnen nicht sagen, wo er wohnt. Das hat Milde und seine Leute entnervt.«

Dr. Frank lachte wieder. Philipps Verhalten bei der Polizei schien ihm sichtlich Vergnügen zu bereiten. Doch er wurde gleich wieder ernst.

»Milde hat mir versprochen, bis zum Haftprüfungstermin am Montag kein weiteres Verhör mehr durchzuführen. Vor dem Ermittlungsrichter muss die Polizei dann die Karten auf den Tisch legen.«

Der Anwalt hielt inne.

»Ich kenne Milde. Er ist kein Heißsporn, der vorschnell jemanden verhaftet«, erklärte er nachdenklich. »Wenn er sich zu so einem Schritt entschließt, hat er bestimmt gute Gründe. Mal sehen, was Philipp uns morgen erzählt.«

Dr. Frank hatte für zehn Uhr einen Besuchstermin bei Philipp bekommen. Sie vereinbarten, sich vorher in einem Café in der Nähe des Justizgebäudes in der Innenstadt zu treffen, wo das Treffen des Anwalts mit Philipp und anschließend die Anhörung stattfinden sollten.

Um sich abzulenken, machte Jo wie jeden Abend seine Runde durchs Restaurant.

Es gab viele Stammgäste, die auf eine persönliche Begrüßung durch ihn Wert legten.

Die Bestellungen kamen weiter in stetem Fluss, und alle mussten sich auf ihren Posten ranhalten. Gegen halb zehn wurden die Bestellungen spürbar weniger, und sie konnten sich daran machen, einen Teil der Küchengeräte zu putzen. Gegen 23 Uhr waren sie in der Küche fertig. Jo aß einen Happen. Anschließend ging er in seine Wohnung.

Philipp zuckte zusammen, als die schwere Metalltür krachend hinter ihm ins Schloss fiel. Fassungslos starrte er auf die durchgelegene Gummimatratze, die auf einer abgenutzten Metallpritsche lag. In der Hand hielt er Bettzeug und eine schmuddelige Wolldecke, die er in der Kleiderkammer bekommen hatte. Sie roch nach kaltem Rauch. Philipp, der passionierter Nichtraucher war, verzog angewidert das Gesicht. In der Ecke gab es eine metallene Kloschüssel, die ebenfalls bessere Tage gesehen hatte. Das Fenster war vergittert, ließ sich augenscheinlich aber zumindest kippen. Von den Wänden blätterte der Putz. Es lag ein eigenartiger Geruch in der Luft. Es gab einen Schrank und einen Schreibtisch, dazu ein Miniwaschbecken und einen Kühlschrank. Das gesamte Mobiliar machte einen abgenutzten, schmutzigen Eindruck. Bis zu diesem Moment hatte er gehofft, dass die Polizisten ihn nach dem Verhör, bei dem er schweigend vor ihnen gesessen hatte, zurück nach Hause bringen würden und er in seinem eigenen Bett schlafen konnte. Aber nachdem sie ihn erkennungsdienstlich behandelt hatten, seine Fingerabdrücke genommen und Fotos von ihm geschossen hatten, war er von zwei uniformierten Beamten in die Haftanstalt in Frankfurt-Preungesheim gebracht worden. Er spürte einen Kloß im Hals. Wie hatte es nur so weit kommen können? Er war sich so sicher gewesen, dass man ihm nichts würde nachweisen können. Vor seinem inneren Auge tat sich ein großes schwarzes Loch auf, das ihn unwiderstehlich nach unten zog. Verzweiflung erfasste ihn mit voller Wucht bis in die letzte Faser seines Körpers. Und mit einem Mal liefen ihm die Tränen über die Wangen.

Jo hatte gerade die Tür zu seiner Wohnung hinter sich geschlossen, als das Telefon klingelte.

Es war Ute.

»Sag mal, mein Lieber, kann es sein, dass du vergessen hast, mir etwas zu sagen?«, meinte sie mit tadelnder Stimme.

Jo brauchte einen Moment. Dann fiel es ihm siedend heiß ein.

»Ist Philipps Mutter wirklich gekommen?«, fragte er kleinlaut.

»Und ob. Sie sitzt seit einer Stunde bei mir im Wohnzimmer auf der Couch und weint sich die Seele aus dem Leib. Was ist denn los?«

Jo entschuldigte sich und erzählte Ute, was er von Dr. Frank erfahren hatte.

Ute schüttelte den Kopf.

»Diese Polizisten haben eine Meise, den Jungen ins Gefängnis zu stecken! Und das werde ich Philipps Mutter auch sagen«, erklärte sie resolut.

»Du musst es ihr aber schonend beibringen, okay?«

»Mach dir keine Sorgen, mein Lieber. Das kriege ich hin.«

Jo war froh, dass es Ute gab. Wenn jemand Philipps Mutter beruhigen konnte, war sie es. Gott sei Dank war morgen sein freier Tag, dachte er, bevor er erschöpft einschlief.

KAPITEL 4

Am nächsten Morgen riss der Wecker Jo aus dem Schlaf. Er trank einen Kaffee im Stehen und machte sich auf den Weg. Utes Haus lag mit dem Auto keine zehn Minuten vom »Waidhaus« entfernt. Im Gegensatz zu Jo war sie eine passionierte Frühaufsteherin. Im Haus duftete es nach frischem Zimt. Das konnte nur eines bedeuten: Ute hatte ihren berühmten Apfelkuchen gebacken!

Wären da nicht der moderne Umluftherd und der Kühlschrank gewesen, hätte man glauben können, in Utes Küche sei die Zeit vor 100 Jahren stehen geblieben.

Die Küchenschränke waren aus dunklem, altem Eichenholz gefertigt und liebevoll restauriert. An den Wänden hingen Küchengeräte aus der Frühzeit der industriellen Fertigung, und in den Regalen stand wunderschönes, handbemaltes Porzellan.

Utes ganzer Stolz war ein alter Holzofen, den sie von ihrer Mutter geerbt hatte. Es dauerte zwar morgens eine Weile, ihn anzufeuern, aber Ute kochte damit viel lieber als mit ihrem modernen Herd. Sie war fest davon überzeugt, dass das Essen besser schmeckte.

Philipps Mutter schlief noch, und so saßen sie zu zweit an Utes langem Eichenholztisch, der ihre Küche so behaglich machte. Ute hatte Jo ein großes Stück Apfelkuchen auf den Teller gepackt. Der bloße Anblick ließ ihm das Wasser im Mund zusammenlaufen. Um die Zeit zu verkürzen, brachte Ute ihn auf den neuesten Stand in Sachen Klatsch und Tratsch. Wer sich von wem getrennt hatte, wer frisch verliebt war und was es sonst an Neuigkeiten in der Stadt gab – Ute wusste über alles Bescheid. Jo fragte sich oft, wie sie das anstellte. Wahrscheinlich betrieb sie einen eigenen Geheimdienst, dachte er und grinste. Auch wenn Jo nicht aus der Gegend stammte und sich vom öffentlichen Leben in der Stadt weitgehend fernhielt, hörte er Ute immer gern zu. Sie konnte sehr witzig erzählen, oft mit einem spöttischen Unterton, aber nie verletzend oder böse. Nachdem sie fast eine halbe Stunde geplaudert hatten, das heißt, Ute plauderte und Jo hörte zu, kam Ellen Meissner in die Küche.

Sie schien gut geschlafen zu haben und machte einen gefestigteren Eindruck. Auf Dauer konnte sich niemand der behaglichen Atmosphäre von Utes Hexenhaus entziehen. Ellen Meissner bekam ebenfalls ein Stück Apfelkuchen und einen großen Pott frisch aufgebrühten Früchtetees. Nach kurzer Zeit unterhielten die drei sich angeregt. Schließlich wurde es Zeit aufzubrechen.

Sie fuhren mit Jos Volvo.

»Wo haben Sie die Kleine untergebracht?«

Ellen Meissner lachte auf.

»Die ›Kleine‹ ist inzwischen fast 15. Sie würde es sich verbitten, wenn ich einen Aufpasser für sie organisieren würde.«

Jo schüttelte den Kopf. Als er Philipps Schwester zuletzt gesehen hatte, hatte sie noch sehr kindlich auf ihn gewirkt. Unfassbar, wie die Zeit verflog.

»Was genau ist passiert?«, wollte Philipps Mutter wissen.

Jo schilderte ihr, wie das Bankett verlaufen war und wie es zu dem Tod des Unternehmers gekommen war. Er erzählte ihr auch von den seltsamen Fragen der Polizei und der Festnahme am darauffolgenden Tag.

Ellen Meissner hörte ihm ruhig zu. Nur ab und zu stellte sie eine Frage. Als er fertig war, sah sie zu ihm hinüber und fragte: »Hat Ihnen mein Sohn je etwas über unsere Familie erzählt?«

Sie merkte, dass er nicht wusste, worauf sie hinauswollte.

»Ich meine darüber, dass Philipp bis zum achten Lebensjahr hier aufgewachsen ist?«

Jo starrte sie ungläubig an.

»Philipp redet nicht gern darüber«, sagte sie. »Ich selbst komme aus der Nähe von Rosenheim, aber mein Mann stammte von hier. Seine Familie hat 150 Jahre ihren eigenen Wein angebaut, ganz in der Nähe, zwischen Ingelheim und Bingen.«

Wehmütig blickte sie hinaus auf die Weinberge, die sich sanft die Hänge hinaufzogen. »Mein Mann war Winzer mit Leib und Seele. Nach dem Abitur habe ich ein paar Monate bei einer Event-Agentur in München gejobbt, die bundesweit Veranstaltungen organisiert hat. Wir haben uns auf einer Weinmesse in Oberfranken kennengelernt, bei der ich als Hostess gearbeitet habe. Es war Liebe auf den ersten Blick. Keine vier Wochen später bin ich zu ihm ins Rheintal gezogen. Obwohl ich von Weinbau keine Ahnung hatte, habe ich mich schnell eingelebt. Mein Mann hat sich um den Wein und ich mich um die Vermarktung und die Buchhaltung gekümmert. Bald kamen die Kinder, zuerst Philipp, dann Melanie. Wir waren so glücklich …«

Sie schluckte.

»Wir expandierten im Betrieb und erweiterten unser Angebot. Alles lief bestens, bis zu dem Tag, an dem Hans Kronlechner in unser Leben trat.«

Sie hielt inne.

»Das ist fast zehn Jahre her. Eines Tages stand ein Anwalt vor unserer Tür, der uns im Namen von Herrn Kronlechner eine große Summe für unser Weingut bot. Er sagte, Kronlechner wolle seinen eigenen Wein anbauen, und unser Hof sei ideal für ihn gelegen.«

Jo konnte Bitterkeit in ihrer Stimme spüren.

»Mein Mann fühlte sich geschmeichelt, dass ein so bekannter Unternehmer ausgerechnet unser Weingut erwerben will. Aber ein Verkauf kam für ihn nicht in Frage. Mein Mann hätte den Hof nie hergegeben – nicht für alles Geld der Welt.«

Sie sah wieder hinaus.

»Der Anwalt kam danach zwei Mal wieder und hat uns immer höhere Summen geboten. Schließlich hat mein Mann ihm gesagt, dass unser Weingut unverkäuflich sei. Danach haben wir nichts mehr von Hans Kronlechner gehört. Drei Monate später kam die Lebensmittelaufsicht zu uns. Sie hatten einen Tipp bekommen, dass mein Mann seinen Wein mit einer Chemikalie versetzt, einem Mittel so ähnlich wie Glykol.«

Jo war zwar sehr jung gewesen, als der Glykolskandal die Weinwelt erschüttert hatte, konnte sich jedoch gut daran erinnern.

»Sie haben auch etwas gefunden. Der junge Wein, der frisch in den Tanks lagerte, war mit der Chemikalie versetzt. Mein Mann fiel aus allen Wolken. Er hätte das nie gemacht. Wir hatten so etwas gar nicht nötig. Unser Wein war erstklassig.«

Sie schwieg gedankenverloren.

»Wir haben ein eigenes Gegengutachten machen lassen, aber das Ergebnis war das Gleiche. Mein Mann war völlig ratlos. Er konnte sich nicht erklären, wie das Mittel in den

Wein gekommen war. Wir haben Anzeige gegen unbekannt erstattet, aber es gab keinerlei Beweise für Sabotage. Die Polizei hat auch gar nicht richtig gesucht. Für sie waren wir die Schuldigen. Am Ende mussten wir alles vernichten: die Ernte eines ganzen Jahres.«

Sie waren inzwischen durch Bingerbrück gefahren und kamen auf die Schnellstraße Richtung Autobahn.

»Im Jahr davor hatten wir eine neue Abfüllanlage gekauft und die großen Weintanks installiert. Das war ein großer Schritt für uns. Den Ausfall eines Jahrgangs hätten wir vielleicht verkraften können, aber von heute auf morgen war der Ruf des Weinguts ruiniert. Niemand wollte mehr bei uns kaufen, obwohl die anderen Jahrgänge alle sehr gut waren und bei Weinverkostungen regelmäßig Auszeichnungen erhielten.«

Sie hielt wieder inne. »Unsere Hausbank war nicht bereit, uns einen Überbrückungskredit zu gewähren. Wir haben gebettelt. Wir haben sie angefleht, aber die Bank ist hart geblieben.«

Ellen Meissner schüttelte den Kopf, als könne sie es nicht glauben.

»Als wir nicht mehr bezahlen konnten, hat die Bank unsere Hypothek und die übrigen Kredite fällig gestellt. Mein Mann hat alle Hebel in Bewegung gesetzt, aber er konnte nichts dagegen tun. Er musste mit ansehen, wie das Weingut seiner Familie versteigert wurde.«

Sie sah zu ihm hinüber.

»Und wissen Sie, wer unser Weingut ersteigert hat?«

»Kronlechner?«

»Ja, der saubere Dr. Kronlechner.«

Ellen Meissner klang verbittert.

»Er hat es am Ende viel billiger bekommen als für das, was er uns zuletzt geboten hat. Die Bank hat ihm kräftig dabei geholfen. Später haben wir erfahren, wieso er unser Weingut unbedingt haben wollte. Es ging ihm gar nicht darum, Wein anzubauen. Er wollte seine Fabrik erweitern. Er hat nämlich nicht nur in Frankfurt-Höchst ein Werk, sondern auch eines in Ingelheim. Da war unser Weingut ihm im Weg. Mein Mann hat gegen Kronlechner geklagt, aber wir konnten nicht beweisen, dass er etwas mit der Sabotage unseres Weins zu tun hatte. Die Klage wurde abgewiesen.«

Jo wechselte auf die Autobahn nach Mainz.

»Wir blieben auf einem Berg Schulden sitzen, und mein Mann musste eine Arbeit in Hessen annehmen. Hier hätte ihn niemand beschäftigt.« Sie sah wieder hinaus. »Er musste jeden Tag mehr als zwei Stunden fahren. Mein Mann hat wie besessen gearbeitet, damit wir von unseren Schulden herunterkommen. Eines Abends …«, an dieser Stelle stockte ihre Stimme, »eines Abends, er hatte wieder einmal sehr lange gearbeitet, muss er am Steuer eingeschlafen sein. Er ist mit seinem Wagen gegen einen Brückenpfeiler geprallt. Er war sofort tot.«

Ellen Meissner brauchte eine Weile, ehe sie fortfuhr.

»Mein Mann hatte eine hohe Lebensversicherung abgeschlossen – gleich zu Beginn unserer Ehe, als ich mit Philipp schwanger war. Er wollte, dass wir versorgt wären, falls ihm etwas zustößt. Von dem Geld konnte ich unsere Schulden zurückbezahlen und ein wenig für die Kinder beiseitelegen.«

Sie stockte wieder.

»Ich fühlte mich so einsam in der Zeit. Freunde und Bekannte gingen mir aus dem Weg. Da entschloss ich mich, von hier wegzugehen und neu anzufangen. All die Erinnerungen und die scheelen Blicke, mit denen wir bedacht wurden. Ich konnte es nicht mehr ertragen. Deswegen bin ich mit meinen Kindern zurück nach Oberbayern gegangen. Ich wollte nicht, dass sie jeden Tag an das Unglück erinnert werden. Deswegen habe ich auch meinen Mädchennamen angenommen. Ich wollte, dass die Kinder völlig unbelastet von der Vergangenheit aufwachsen können.«

Jo sah zu ihr hinüber und bemerkte, dass ihr eine Träne über das Gesicht lief.

Schnell wischte sie sie weg. Er wusste nicht, was er sagen sollte, und so schwiegen beide.

Unvermittelt fragte sie mit erstickter Stimme: »Glauben Sie, dass Philipp etwas mit dem Tod von Hans Kronlechner zu tun hat?«

Die Frage traf Jo unvorbereitet. Er brauchte eine Weile, um über die veränderte Situation nachzudenken. Jetzt verstand er erst, wieso Ellen Meissner am Abend zuvor so heftig reagiert hatte. Ihr Sohn hatte ein Motiv!

»Philipp mag für die eine oder andere Dummheit gut sein, aber er würde nie einem Menschen etwas antun«, sagte Jo bestimmt.

Ellen Meissner sah ihn dankbar an.

»Aber wieso hat die Polizei ihn dann festgenommen?«

Jo wusste darauf keine Antwort. Vielleicht hatten sie Philipp überprüft und waren auf die alte Geschichte gestoßen. Aber reichte das aus, um jemanden festzunehmen?

»Dr. Frank ist ein erstklassiger Strafverteidiger. Er bekommt Philipp bestimmt frei«, versuchte er Ellen Meissner aufzumuntern.

Inzwischen waren sie an Mainz vorbeigefahren und näherten sich Frankfurt. Es herrschte reger Morgenverkehr, und sie brauchten eine Weile, um in die Innenstadt zu gelangen. Jo steuerte den Volvo in ein Parkhaus in der

Nähe des Justizgebäudes. Zu Fuß gingen sie zu dem Café, in dem sie sich mit Dr. Frank treffen wollten.

Der Anwalt wartete bereits auf sie und erhob sich zur Begrüßung. Er fragte, was sie trinken wollten, und winkte die Bedienung heran. Nachdem Dr. Frank mit einigen Worten das Eis gebrochen hatte, lenkte er das Gespräch auf Philipp. Dabei ging er behutsam vor, sodass Ellen Meissner rasch Vertrauen zu ihm fasste. Sie erzählte die gleiche Geschichte, die Jo auf der Fahrt gehört hatte.

Dr. Frank machte sich Notizen. Ab und zu unterbrach er sie mit einer Frage, um das eine oder andere Detail zu klären. Schließlich klappte er sein Notizbuch zu und sah auf die Uhr.

»Es wird Zeit«, sagte er und rief die Bedienung, um zu bezahlen.

Gemeinsam gingen sie hinüber zum Justizgebäude. Am Eingang mussten sie ihre Ausweise abgeben und erhielten Besucherkarten. Ein Beamter führte sie nach oben in den ersten Stock. Er hielt vor einem Zimmer, öffnete die Tür und bedeutete ihnen einzutreten. Es war ein kahler Raum mit einem einfachen Tisch und mehreren Stühlen. Es gab keine Bilder oder andere Einrichtungsgegenstände. Nach einigen Minuten öffnete sich die Tür erneut und ein anderer Beamter brachte Philipp herein.

»Mama!«, rief er aus und stürzte auf seine Mutter zu. Sie war aufgesprungen und drückte ihn fest an sich. Der Beamte hüstelte verlegen und sagte dann, sie hätten eine halbe Stunde. Danach zog er sich zurück und verschloss die Tür von außen. Erst nach einer Weile löste sich Philipp sanft von seiner Mutter und sah die beiden Männer an.

Jo begrüßte ihn mit Handschlag und stellte ihn Dr. Frank vor. Philipp sah blass und übernächtigt aus. Er trug seine

Kochmontur. Offensichtlich hatte er darin geschlafen. Er wirkte ein wenig verloren, brachte aber ein schiefes Grinsen zustande.

»Ich wusste nicht, dass ich einen Anwalt brauche.«

Dr. Frank lächelte und schüttelte ihm kräftig die Hand.

»Jetzt holen wir Sie erst einmal hier heraus. Dann sehen wir weiter«, meinte er und sah Philipp aufmunternd an.

»Vielleicht sind Sie in einer Stunde frei.«

Philipps Miene hellte sich auf.

»Einige Fragen hätte ich, bevor wir mit der Polizei sprechen. Außerdem müssen Sie eine Vertretungsvollmacht unterschreiben.«

Philipp nickte und setzte sich.

»Sie können mich ruhig duzen«, bot er an, was der Anwalt mit einem Lächeln quittierte. Nachdem sie die Formalitäten geregelt hatten, öffnete Dr. Frank sein Notizbuch.

»Hast du bei der Polizei eine Aussage gemacht?«

Philipp schüttelte den Kopf.

»Herr Weidinger hatte mir geraten, nichts zu sagen. Da habe ich mich dran gehalten.«

Er grinste und schien sehr zufrieden mit sich.

»Sie wollten meine Adresse und mein Geburtsdatum wissen, aber ich habe zur Decke hinaufgesehen und gar nichts gesagt.«

Er grinste wieder spitzbübisch.

»Sie haben mich gefragt, ob ich den Kronlechner vorher gekannt habe, aber ich habe so getan, als wären sie Luft. Das ist ihnen gehörig auf den Keks gegangen.«

Jo musste sich ein Lächeln verkneifen.

»Haben sie sonst etwas gefragt oder dir gesagt, warum sie dich mitgenommen haben?«, wollte Dr. Frank wissen.

Philipp schüttelte den Kopf.

»Sie haben mir gedroht, dass ich meine Lage verschlimmere und sie mich länger dabehalten, wenn ich nichts sage. Aber als sie gesehen haben, dass das bei mir nichts bringt, hat der Hauptkommissar gesagt, er gibt mir eine Nacht zum Nachdenken, vielleicht werde ich dann gesprächiger. Danach haben sie mich in eine Gefängniszelle gesteckt.«

Ellen Meissner, die ihrem Sohn bislang ruhig zugehört hatte, hielt sich vor Schreck die Hand vors Gesicht. Philipp griff nach der Hand seiner Mutter und tätschelte sie beruhigend. Dr. Frank runzelte die Stirn. Er sah nachdenklich aus.

»Selbst wenn ich die Familiengeschichte in Betracht ziehe, gibt es keinen ausreichenden Grund für eine Festnahme. Vielleicht erzählst du mir erst einmal, wie das Bankett mit Dr. Kronlechner aus deiner Sicht abgelaufen ist.«

Philipp nickte. Seine Version der Geschichte deckte sich mehr oder weniger mit Jos eigenen Beobachtungen. Philipp war die meiste Zeit in der Küche gewesen und hatte die Eistorte zubereitet. Danach hatte er serviert. Einige Minuten später war Kronlechner zusammengesackt und verstorben. Dr. Frank, der die ganze Zeit über Notizen gemacht hatte, legte den Stift zur Seite. Er schien zu überlegen, wie er fortfahren sollte. Er warf Philipp einen prüfenden Blick zu.

»Gibt es sonst etwas, das ich wissen sollte?«

Jo sah Philipp in die Augen. Für einen Moment schien der Junge zu zögern, sagte dann aber mit geradem Blick: »Nee, das ist alles.«

»Gut, ich werde versuchen, Hauptkommissar Milde aufzutreiben und ein Wörtchen mit ihm zu wechseln«, meinte Dr. Frank, erhob sich und klopfte an die Tür. Ein Beamter öffnete und ließ ihn hinaus. Ellen Meissner und Jo blieben bei Philipp. Jo erzählte ein paar Geschichten aus dem »Waidhaus«. Trotz der Anspannung, die den beiden ins

Gesicht geschrieben war, schaffte er es, Mutter und Sohn ein wenig abzulenken. Auch wenn Jo sich nichts anmerken ließ, gab ihm Philipps Antwort auf die letzte Frage zu denken. Dieses Zögern war ein untrügliches Zeichen. Da steckte mehr dahinter! Jo war allerdings unschlüssig, vor wem Philipp etwas geheim halten wollte – vor seinem Anwalt oder vor seiner Mutter …

Nach einer Weile betrat Dr. Frank wieder den Raum.

»Die Akte, die ich von der Polizei erhalten habe, ist leider nicht sehr aussagekräftig. Bei der kurzen Ermittlungszeit ist das nicht verwunderlich. Trotzdem gibt es einiges, was mir Kopfzerbrechen bereitet. Das endgültige Ergebnis der Autopsie liegt noch nicht vor, aber die Polizei scheint von einer Vergiftung auszugehen.«

Er machte eine Pause und sah Philipp eindringlich an.

»Nach Lage der Dinge hätte die Polizei dich nicht festnehmen dürfen. Da muss mehr dahinterstecken. Du hast wirklich keine Ahnung, was das sein könnte?«

Philipp zögerte wieder und warf seiner Mutter einen unsicheren Blick zu. Schließlich schüttelte er den Kopf. Dabei vermied er es, Dr. Frank in die Augen zu sehen.

Der Anwalt war sich unschlüssig, wie er das Verhalten seines Mandanten deuten sollte. Doch aus Philipp war nicht mehr herauszubekommen.

»Okay, schauen wir mal, was die Staatsanwaltschaft über die Angaben in der Akte hinaus zu bieten hat«, sagte Dr. Frank. »Wenn der zuständige Staatsanwalt einen Haftbefehl beantragen will, muss er seine Karten auf den Tisch legen. Der Ermittlungsrichter entscheidet dann, ob er dem Antrag stattgibt oder nicht. Wenn der Staatsanwalt allerdings nicht mehr gegen dich in der Hand hat als das«, Dr. Frank hob die dünne Akte hoch, »müssen wir uns keine großen Sorgen machen. Sie haben zwar deine Identität überprüft und die Prozessakte über die Auseinandersetzung deiner Familie mit Dr. Kronlechner eingesehen, aber das reicht auf keinen Fall für einen Haftbefehl. Hoffen wir, dass der Staatsanwalt nicht eine Überraschung für uns bereithält.«

Er sah auf die Uhr. Es war fast elf.

Er schloss die Akte, erhob sich und klopfte an die Tür. Der Beamte öffnete. Das Gebäude, in dem sie sich getroffen hatten, lag direkt neben dem Justizpalast. Die beiden Gebäude waren durch eine Glasbrücke im ersten Stock miteinander verbunden, sodass sie direkt hinübergehen konnten. Die beiden Justizbeamten, die vor der Tür gewartet hatten, nahmen Philipp in ihre Mitte. Dr. Frank, Ellen Meissner und Jo folgten dicht hinter ihnen.

Der Gerichtssaal war so trist wie Jos Stimmung. Der Raum war mit dunkelgrauem Linoleum ausgelegt. Die Tische und Stühle hatten schon bessere Tage gesehen. Selbst der Richtertisch wirkte abgenutzt. Hauptkommissar Milde und ein Mann in dunkler Robe saßen bereits im Gerichtssaal. Vor sich hatten sie einige Aktenordner liegen. Dr. Frank begrüßte die beiden. Der Mann in der dunklen Robe war Jo auf Anhieb unsympathisch. Er warf ihnen einen abschätzigen Blick zu. Dann schüttelte er Dr. Frank die Hand, hielt es aber nicht für nötig, auch Philipp und seine Mutter zu begrüßen. Philipp und sein Verteidiger setzten sich an den Tisch neben den beiden Beamten. Ellen Meissner und Jo nahmen dahinter Platz. Einer der Justizbeamten baute sich in der Nähe der Tür auf.

Als der Richter den Raum betrat, erhoben sich alle. Mit gemessenen Schritten ging er nach vorne und setzte sich an den Richtertisch. Unter dem Arm trug er eine Akte, die er sorgfältig vor sich auf den Tisch legte und aufschlug. Er musterte Philipp gründlich über den Rand seiner Brille hinweg und warf danach einen Blick in die Runde.

»Sind wir vollzählig?«, wollte er wissen.

Der Mann in der dunklen Robe nickte.

»Gut, dann eröffne ich die Sitzung. Es geht um den Erlass eines Haftbefehls gegen den Beschuldigten Philipp Meissner. Ich stelle fest, der Beschuldigte, sein Rechtsbeistand Rechtsanwalt Dr. Frank sowie Staatsanwalt Dr. Höhne sind anwesend. Anträge?«

Der Staatsanwalt erhob sich und nahm zwei Dokumente aus seiner Aktentasche, von denen er eines dem Richter und eines Dr. Frank reichte. Beide warfen einen prüfenden Blick darauf. Dr. Frank runzelte die Stirn. Seine Miene wurde während des Lesens immer finsterer. Der Staatsanwalt räusperte sich und sagte mit kalter, nasaler Stimme:

»Die Staatsanwaltschaft beantragt im Fall des Geschädigten Dr. Kronlechner den Erlass eines Haftbefehls gegen den Beschuldigten Philipp Meissner wegen des dringenden Verdachts eines Tötungsdelikts.«

An der Stelle machte er eine theatralische Pause.

»Nach den bisherigen Ermittlungen geht die Staatsanwaltschaft von Mord aus.«

Ellen Meissner stieß einen erschreckten Schrei aus und wurde leichenblass. Sie schwankte. Für einen Moment befürchtete Jo, sie würde in Ohnmacht fallen, doch sie fasste sich. Dr. Frank erhob sich und protestierte heftig.

»Die Staatsanwaltschaft hat uns diese Unterlagen vorenthalten. Damit war für uns eine vernünftige Vorbereitung auf diesen Termin unmöglich«, schimpfte er.

»Ich habe die Ergebnisse der Autopsie und der Laboruntersuchungen selbst gerade erst von der Kriminalpolizei erhalten«, entgegnete Höhne kühl. »Es war leider nicht mehr möglich, die Verteidigung zu unterrichten.«

Der Richter sah die beiden Streithähne nachdenklich an. Dann sagte er:

»Ich kann verstehen, dass Sie verärgert sind, Dr. Frank. Aber ich fürchte, wir werden Staatsanwalt Höhne glauben müssen. Haben Sie in der Sache Einwendungen gegen die von der Staatsanwaltschaft vorgelegten Unterlagen?«

»Da ich sie bisher nicht prüfen konnte, kann ich dazu schlecht etwas sagen. Ich behalte mir deshalb einen späteren Einspruch vor.«

Der Richter nickte.

Der Staatsanwalt konnte sich ein triumphierendes Lächeln nicht verkneifen. Der Richter wandte sich an Philipp.

»Herr Meissner, die Staatsanwaltschaft erhebt schwere Vorwürfe gegen Sie. Die Autopsie hat ergeben, dass Dr. Kronlechner mit dem Gift Sarinat getötet wurde. Nach den Recherchen der Kriminalpolizei handelt es sich um ein sehr seltenes Gift, das in Deutschland verboten und damit nicht frei verkäuflich ist. Ein Unfall kann daher mit an Sicherheit grenzender Wahrscheinlichkeit ausgeschlossen werden. Laut der Laboruntersuchung war das Gift in der Eistorte, die Dr. Kronlechner als Nachspeise erhalten hat. Soweit ich den Unterlagen entnehmen kann, haben Sie die Torte zubereitet. Ist das richtig?«

Philipp war noch blasser geworden, als er es ohnehin war. Er nickte.

»Können Sie sich erklären, wie das Gift in die Torte gelangt ist?«

Philipp schüttelte stumm den Kopf.

»Herr Meissner, die Polizei hat in Ihrer Jacke ein Fläschchen gefunden, in dem genau dieses Gift enthalten war. Haben Sie dafür eine Erklärung?«

Nachdem Philipp bisher stumm dagesessen hatte, brach es nun aus ihm heraus.

»Ich kenne dieses Gift nicht und weiß auch nicht, wie es in die Torte gekommen ist! Damit habe ich nichts zu tun! Ich habe nur meine Arbeit gemacht. Ich verstehe nicht, was das soll!«

Plötzlich hatte er rote Flecken im Gesicht.

»Genau um das herauszufinden, sind wir hier«, entgegnete der Richter trocken. »Aber Sie müssen uns schon helfen. Wenn ich es recht verstehe, haben Sie bislang jede Auskunft verweigert.«

Er sah Philipp wieder über den Rand seiner Brille an.

»Kannten Sie Herrn Dr. Kronlechner vorher?«

Philipp nickte. Er vermied es, dem Richter in die Augen zu sehen, was dieser sehr wohl bemerkte.

»Laut den Unterlagen der Polizei hatte Ihre Familie vor zehn Jahren eine gerichtliche Auseinandersetzung mit Herrn Kronlechner. Ihr Vater hat ihm vorgeworfen, er habe die Weintanks mit einer Chemikalie versetzt und so Ihre Familie um ihr Weingut gebracht. Wussten Sie davon, als Sie vor zwei Jahren Ihre Lehrstelle im Restaurant ›Waidhaus‹ angetreten haben? Sie waren ja ein Kind, als die Sache passiert ist.«

Philipp sah starr geradeaus und zeigte keine Reaktion. Der Richter warf ihm einen prüfenden Blick zu.

»Ihr Vater ist später bei einem Autounfall ums Leben gekommen, ist das richtig? Auf dem Nachhauseweg von seiner neuen Arbeitsstelle, die über 150 Kilometer entfernt lag?«

Der Richter beobachtete ihn sehr genau. Philipp biss sich auf die Lippen.

»Dr. Kronlechner ist für den Tod meines Vaters verantwortlich. Den hätten Sie damals verurteilen sollen«, stieß er unvermittelt hervor. »Er hätte es verdient gehabt, bestraft zu werden.«

Jo spürte, wie Ellen Meissner sich neben ihm verkrampfte. Philipp blickte dem Richter geradewegs in die Augen.

»Ich habe dem Kronlechner nichts getan. Das habe ich meiner Mutter versprochen, und daran habe ich mich gehalten.«

Der Richter schien ein wenig ratlos zu sein. Er warf einen Blick in seine Unterlagen.

»Herr Meissner, ich will ehrlich zu Ihnen sein. Die Indizien, die die Polizei bislang zusammengetragen hat, belasten Sie schwer. Haben Sie eine Erklärung, wie das Gift in die Torte gelangt sein könnte?«

Philipp überlegte. Plötzlich fasste er sich an die Stirn.

»Natürlich, das hatte ich ganz vergessen!«

Er klang auf einmal sehr aufgeregt.

»Als ich dabei war, den Teig für die Torte anzurühren, rief ein Mann von draußen herein, ich solle zum Telefon in der Halle kommen, da sei ein dringender Anruf für mich. Ich bin vor in die Halle gegangen und habe nach einem Telefon gesucht. Aber da gab es keines. Danach bin ich zurück in die Küche.«

»Fanden Sie das nicht merkwürdig?«, wollte der Richter wissen.

»Ein bisschen«, antwortete Philipp, »aber ich dachte, es ist vielleicht ein Scherz von einem der anderen Köche. Es kommt häufiger vor, dass man sich gegenseitig einen Streich spielt.«

»Das ist eine reine Schutzbehauptung!«, rief der Staatsanwalt dazwischen. »Dazu eine äußerst fadenscheinige. Kommt jetzt der große Unbekannte ins Spiel?«

»Nein, so ist es gewesen«, beharrte Philipp.

»Haben Sie jemanden in der Küche gesehen, oder ist Ihnen jemand entgegengekommen, als Sie zurückgingen?«

Philipp dachte angestrengt nach und schüttelte den Kopf. Der Richter sah ihn nachdenklich an. Schließlich sagte er an Philipp gewandt:

»Herr Meissner, da Sie bislang in den Vernehmungen geschwiegen haben, konnte die Polizei diesem Punkt nicht nachgehen. Ich bin sicher, dass Hauptkommissar Milde Ihre Aussage überprüfen wird.«

Er sah den Kriminalbeamten an, der zustimmend nickte.

»So wie der Sachverhalt sich bislang darstellt, sind Sie der Hauptverdächtige. Da es sich um ein Kapitalverbrechen handelt, sehe ich keine andere Möglichkeit, als den beantragten Haftbefehl zu erlassen und die Untersuchungshaft anzuordnen.«

Er nahm das Dokument, das der Staatsanwalt ihm gegeben hatte, und zeichnete es ab. Ellen Meissner, die starr neben Jo gesessen hatte, fing an zu weinen. Philipp drehte sich zu seiner Mutter um.

»Mama, du musst mir glauben, ich habe damit nichts zu tun!«, flüsterte er ihr zu. Ellen Meissner nickte stumm. Sie wischte sich die Tränen aus dem Gesicht und sah ihren Sohn fest an.

»Wir stehen das gemeinsam durch.«

Für einen Moment hellte sich Philipps Miene auf. Er brachte den Anflug eines Lächelns zustande. Seine Mutter umarmte ihn. Danach brachten ihn die Justizbeamten weg.

Dr. Frank hatte in der Zwischenzeit leise mit dem Staatsanwalt und dem Hauptkommissar gesprochen. Milde räusperte sich. Er wandte sich an den Anwalt und sagte: »Dr. Frank, ich muss Ihnen eine Mitteilung machen. Wir haben einen Durchsuchungsbeschluss für die Wohnung Ihres Mandanten erwirkt. Wenn Sie wollen, können Sie bei der Durchsuchung selbstverständlich anwesend sein.«

Dr. Frank nickte und fragte, wann die Durchsuchung stattfinden solle. Milde antwortete, die Kollegen der Spurensicherung würden unten im Hof warten, und sie könnten direkt losfahren. Der Anwalt wandte sich an Philipps Mutter und sagte ihr, er würde mit der Polizei fahren. Sie sah ihn mit abwesendem Blick an und nickte schwach. Sie gingen nach unten und trennten sich am Eingang. Jo brachte Frau Meissner zu seinem Wagen.

Als sie sich bei Ingelheim befanden, fragte Frau Meissner unvermittelt: »Herr Weidinger, Sie haben in den letzten beiden Jahren viel mehr Zeit mit meinem Sohn verbracht als ich. Ist Ihnen in letzter Zeit etwas an ihm aufgefallen? Hat er sich verändert? Wirkte er verschlossener als sonst?«

Jo runzelte die Stirn. Er wunderte sich, dass Ellen Meissner sich diese Fragen stellte. Aber vielleicht war es unumgänglich. Philipp hatte ein Motiv, er hatte die Gelegenheit, und die »Tatwaffe« war bei seinen Sachen gefunden worden. Da konnte man durchaus ins Zweifeln kommen. Jo warf ihr einen prüfenden Blick zu und sagte: »Sie müssen sich um Philipp keine Sorgen machen. Ich würde nicht für viele Menschen meine Hand ins Feuer legen, aber Philipp ist einer davon.«

Er sah zurück auf die Straße.

»Wenn Philipp sich an Kronlechner hätte rächen wollen, hätte er ihm vielleicht das Auto zerkratzt oder seine Villa mit Farbe beschmiert. Aber einen Menschen umbringen? Das würde er nie tun!«

Ellen Meissner schwieg für eine Weile. Dann sagte sie: »Ich danke Ihnen. Wissen Sie, im Gerichtssaal bin ich selbst für einen Moment in Zweifel geraten. Philipp hat seinen Vater sehr geliebt. Als er gestorben ist, war es für uns alle ein schwerer Schlag. Aber für Philipp war es am allerschlimmsten.«

Sie stockte.

»Als er damals für seine Lehre zurück an den Rhein gehen wollte, war ich strikt dagegen. Ich habe alle Hebel in Bewegung gesetzt, dass er bei uns in Rosenheim bleibt, aber er hat sich nicht abhalten lassen. Sie wissen ja, was für ein Dickkopf er sein kann.«

Bei diesen Worten mussten sie beide lächeln.

»Ich habe befürchtet, dass er eine Dummheit macht. Aber ich glaube, Sie haben recht: Wenn Philipp etwas getan hätte, hätte er Kronlechner mit faulen Eiern beworfen oder ihn mit Farbe bespritzt. In mancher Hinsicht ist er wie ein kleiner Junge.«

Sie sah nachdenklich zum Fenster hinaus.

»Ich hoffe, dass der wahre Täter bald gefunden wird. Ich finde, wir haben genug durchgemacht. Es wäre an der Zeit, dass wir auch einmal Glück haben.«

KAPITEL 5

Die restliche Fahrt hingen beide ihren Gedanken nach. Bei Bingen verließen sie die Schnellstraße und fuhren am Rhein entlang Richtung Boppard. Es war ein herrlicher Frühlingstag. Die Sonne spiegelte sich tausendfach auf den Wellen wider und verwandelte den Rhein in ein Glitzermeer. Die Ausflugsboote waren voll besetzt, und auf den Sonnendecks drängten sich Scharen von Touristen. Jo konnte sich nie sattsehen an dieser einzigartigen Landschaft mit ihrem Fluss, der breit und träge dahinfloss, den steilen Hängen mit ihren vielen Weinbergen und den malerischen Burgen, die majestätisch über dem Tal thronten.

Mit einem Mal fühlte er sich besser. Es war, als habe ihm der vertraute Anblick des Rheintals neue Zuversicht gegeben. Er sah hinüber zu Ellen Meissner und überlegte, was er mit ihr machen sollte. Die Polizei würde in Kürze in Utes Pension auftauchen und Philipps Zimmer durchsuchen. Besser, wenn er Ellen Meissner erst einmal mit ins »Waidhaus« nahm. Dort konnte sie ein wenig abschalten. Zu Hause angekommen, führte er Philipps Mutter auf die Terrasse und brachte ihr eine Tasse Kaffee. Sie lächelte ihn dankbar an.

Er hörte das Telefon klingeln und ging zurück ins Haus. Ute war dran.

»Die Polizei ist hier!«, rief sie aufgeregt. »Sie stellen in Philipps Zimmer alles auf den Kopf. Ich konnte nichts dagegen tun!«

»Ganz ruhig, Ute.«

»Sie haben mir einen Durchsuchungsbeschluss unter die Nase gehalten, und als ich sie trotzdem nicht reinlassen wollte, haben sie mich einfach beiseitegeschoben«, empörte sie sich. »Am Ende stellen sie mir das Haus auf den Kopf.«

»Ich glaube nicht, dass sie das dürfen. Der Durchsuchungsbeschluss gilt bestimmt nur für Philipps Zimmer. Sein Anwalt ist mit dabei. Wenn du Zweifel hast, ob das Vorgehen der Polizei korrekt ist, kannst du dich an Dr. Frank wenden. Er hilft dir sicherlich weiter.«

»Das ist der lange Schlanke in einem dunkelgrauen Anzug, nicht?«

»Genau der.«

»Na, gut, aber wenn sie mein Zimmer durchsuchen wollen, steige ich ihnen aufs Dach, Polizei hin, Durchsuchungsbeschluss her«, schnaubte sie.

Jo musste sich ein Grinsen verkneifen. Mit Ute sollte sich Hauptkommissar Milde besser nicht anlegen!

Er überlegte, ob er wieder hinaus zu Ellen Meissner gehen sollte, entschied sich aber dafür, sie ein wenig allein zu lassen.

Nach einer halben Stunde kam sie herein und fragte, ob sie einige Telefonate machen dürfe. In all der Hektik hatte sie am Morgen ihr Mobiltelefon in Utes Haus vergessen. Sie wollte sich die nächsten Tage freinehmen und darüber mit ihrem Chef sprechen. Danach rief sie bei einer Freundin an, ob sie sich so lange um ihre Tochter kümmern könne. Der letzte Anruf fiel ihr sichtlich am schwersten – sie musste Melanie Bescheid geben, dass sie erst in ein paar Tagen wiederkam und dass ihr Bruder weiterhin von der Polizei festgehalten wurde. Als sie vom Telefon zurückkam, sah Jo, dass sie geweint hatte.

»Wollen Sie etwas essen?«, fragte er, weil ihm nichts Besseres einfiel. »Wenn Sie wollen, koche ich Ihnen Ihr Lieblingsgericht.«

»Das ist lieb von Ihnen«, erwiderte Ellen Meissner und lächelte tapfer. »Aber im Moment krieg ich keinen Bissen runter. Ich bin noch viel zu aufgeregt.«

Jo nickte verständnisvoll. Nachdem sie eine Weile schweigend nebeneinander gesessen hatten, läutete das Telefon erneut.

Es war Dr. Frank.

»Ist Frau Meissner bei Ihnen?«, wollte der Anwalt wissen.

»Ja, warten Sie, ich stelle Sie auf Lautsprecher«, antwortete Jo und drückte einen Knopf an seinem Telefon.

»Die Durchsuchung ist beendet. Die Polizei ist sehr gründlich vorgegangen. Sie haben sogar den Müll sauber verpackt und mitgenommen. Soweit ich es sehen konnte, haben sie allerdings nichts Besonderes gefunden.«

»Das ist gut, nicht?«

»Ja. Allerdings war nicht unbedingt zu erwarten, dass sie etwas finden. Jedenfalls ist das für sich kein Beleg, dass Philipp nichts mit dem Mord an Dr. Kronlechner zu tun hat.«

»Wie geht es weiter?«, fragte Ellen Meissner.

»Zunächst werde ich die vollständige Akte bei der Staatsanwaltschaft anfordern und sie mir gründlich durchlesen. Möglicherweise ergeben sich daraus Erkenntnisse, die einen anderen Täter nahelegen oder mit denen wir die Unschuld von Philipp beweisen können. Anschließend werde ich mich um einen Gesprächstermin mit Philipp bemühen und die einzelnen Punkte mit ihm durchgehen.«

Zu Jos Erleichterung kam kurz danach Ute mit ihrem Peugeot angefahren.

Sie war wegen der Hausdurchsuchung sehr verärgert und rauschte voller Energie herein. Auch wenn sie sich sonst praktisch nie die Laune verderben ließ, hatte sie der unerwartete Besuch der Polizei aus dem Gleichgewicht gebracht. Sie redete sich in Rage und schimpfte kräftig auf die Polizei. Am liebsten wäre sie losgezogen und hätte Philipp eigenhändig aus dem Gefängnis befreit. Nachdem sie Dampf abgelassen hatte, setzte sie sich resolut hin und legte einen Arm um Ellen Meissner.

»Machen Sie sich keine Sorgen um Ihren Jungen. Philipp ist ein anständiger Mensch, und ich bin sicher, dass die Polizei das in den weiteren Ermittlungen auch feststellen wird. Bestimmt ist er in null Komma nichts zu Hause.«

Ellen Meissner sah sie dankbar an. Irgendwie kam einem alles ein bisschen weniger schlimm vor, wenn Ute da war. Nachdem sie sich unterhalten hatten, ließ sich Philipps Mutter von Ute zu einem Spaziergang am Rhein überreden.

Als er alleine war, ging Jo hinaus auf die Terrasse und setzte sich auf einen seiner schönen Holzstühle. Von hier aus konnte er den Rhein überblicken. Es herrschte reger Verkehr. Ein altes Frachtschiff, das mit Kohlen beladen war, lieferte sich ein aussichtsloses Rennen mit einem der großen, modernen Tanker.

Stück für Stück schob sich der Tanker näher heran und setzte schließlich zum Überholen an. Jo liebte es, den Schiffen zuzusehen. Schon als Kind hatte ihn alles fasziniert, was mit dem Wasser zu tun hatte. Als er klein gewesen war, nahm ihn sein Vater mit auf eines der Ausflugsboote, die die Donau zwischen Regensburg und Passau befuhren. Jahre später musste sich Jo Geschichten anhören, wie er mit großen Augen und offenem Mund vor dem Schiff gestanden hatte. Der Tanker war inzwischen an dem Frachter vorbeigezogen und befand sich fast auf gleicher Höhe mit dem »Waidhaus«. Auch wenn man erst den Eindruck gewinnen konnte, dass sie langsam und träge dahinglitten, waren die Binnenschiffe erstaunlich schnell. Manchmal saß Jo stundenlang da und beobachtete sie. Aber heute fehlte ihm dafür die innere Ruhe. Seine Gedanken kehrten zu der einen Frage zurück: Wer hatte Hans Kronlechner ermordet?

Auch Hauptkommissar Milde beschäftigte der Fall. Wenn auch aus anderen Gründen. Eigentlich hätte er zufrieden sein können: Bereits kurz nach dem Mord konnten sie einen Verdächtigen präsentieren. Alle Indizien, die sie bislang gefunden hatten, deuteten auf Philipp Meissner. Trotzdem fühlte sich Milde nicht wohl dabei. Sicher, man konnte dem Jungen ein Motiv unterstellen, er hatte die Eistorte zubereitet, und das Giftfläschchen war in seiner Jacke gefunden worden.

Aber bei allen drei Punkten hatte Milde Bedenken: War es vorstellbar, dass ein achtjähriger Junge einen so starken Hass auf einen Menschen entwickelte, dass er zehn Jahre später zurückkehrte und ihn ermordete? Und wenn er sich nach so langer Zeit tatsächlich dazu entschlossen haben sollte, Rache zu üben – warum brachte er den Unternehmer nicht auf eine Weise um, bei der der Verdacht nicht sofort auf ihn fiel? Er hätte ihm auch ohne Weiteres vor seiner Villa auflauern und mit einem Messer töten können. Warum der komplizierte Weg mit dem Gift?

Daran knüpfte sich eine weitere offene Frage: Woher kam das Gift? Die Untersuchung hatte ergeben, dass es sich um Sarinat handelte. Ein Insektizid, das in der ehemaligen Sowjetunion hergestellt worden war. Es basierte auf einer organischen Phosphorverbindung, wie sie auch für das in Westeuropa gängige Insektengift E 605 verwendet wurde. Nur hatten die sowjetischen Wissenschaftler die Wirkung verdoppelt. In der Praxis zeigte sich jedoch, dass es zu Rückständen kam, die sich bereits in geringen Mengen als für den Menschen gefährlich erwiesen. Nach einigen Todesfällen war das Insektizid auch in Osteuropa verboten worden. Es wurde allerdings weiterhin von einigen Firmen hergestellt, die es nach Afrika exportierten, wo es gegen Heuschreckenplagen eingesetzt wurde, denen mit den üblichen Insektenbekämpfungsmitteln nicht beizukommen war. Für den Kauf wurde eine spezielle Genehmigung benötigt. Wie war es Philipp Meissner gelungen, an dieses Gift heranzukommen?

Schließlich war da die Sache mit dem Giftfläschchen. Es war zwar in der Jacke des Jungen gefunden worden, aber es befanden sich darauf keine Fingerabdrücke.

Wieso war er einerseits so schlau, seine Fingerabdrücke abzuwischen, aber andererseits so dumm, es wieder einzustecken? Er hätte es schließlich leicht irgendwo im Gebäude verschwinden lassen können. Oder noch einfacher, er hätte den restlichen Inhalt in die Spüle kippen, das Fläschchen auswaschen und in den Mülleimer werfen können. Wieso hatte er es wieder eingesteckt?

Milde schüttelte den Kopf.

Seine Erfahrung sagte ihm, dass bei der Geschichte etwas faul war. Andererseits verhielten Mörder sich manchmal sehr eigenartig. Oft scheiterten sie an Details, die sie trotz genauester Planung schlichtweg übersahen. Oder sie waren so nervös, dass sie solch offensichtliche Fehler machten, dass sie den Verdacht der Ermittler sofort auf sich lenkten. Und dann gab es die Fälle, wo ein Mörder so deutliche Spuren hinterließ, dass man den Eindruck gewinnen konnte, er wolle gefasst werden und für seine Tat büßen. Wobei man Letzteres bei Philipp Meissner wirklich nicht sagen konnte. Milde hatte selten einen Verdächtigen erlebt, der so verstockt und unzugänglich war wie der junge Mann.

Milde ärgerte sich, dass er zugelassen hatte, dass Philipp Meissner bei der Festnahme nochmals mit seinem Chef gesprochen hatte. Dadurch wurde der Junge geradezu aufgestachelt, sich unkooperativ zu verhalten. Sie hatten kein Wort mehr aus ihm herausbekommen. Durch sein Schweigen hatte sich Philipp Meissner noch verdächtiger gemacht. Für den Staatsanwalt war der Fall ohnehin klar.

Milde schnitt eine Grimasse. Er konnte Höhne nicht ausstehen. In seinen Augen war der Staatsanwalt ein aufgeblasener Wichtigtuer, dem es in erster Linie um die eigene Karriere ging. Milde hatte bereits bei mehreren Fällen mit ihm zusammengearbeitet und sich oft über ihn geärgert. Höhne übte großen Druck auf die Ermittlungen aus und wollte seine Fälle immer so schnell wie möglich vor Gericht bringen.

Milde war von Haus aus vorsichtig und versuchte die Ermittlungen möglichst wasserdicht zu bekommen, bevor sie den nächsten Schritt unternahmen. Er musste selbst von der Schuld eines Verdächtigen überzeugt sein und ging oft auch Spuren nach, die auf eine Entlastung hindeuteten. Das brachte ihm zwar in den Reihen der Polizei den Ruf eines Zauderers ein, es hatte ihn aber mehrfach davor bewahrt, die Ermittlungen vorschnell in eine falsche Richtung zu lenken. Denn das war bei jeder Mordermittlung eine große Gefahr. Wenn man sich zu sehr auf eine Spur versteifte, verlor man leicht den Blick auf das Gesamtbild.

So konnte es passieren, dass man viel Zeit mit einer falschen Fährte vergeudete. Zu seinem Bedauern konnte er in diesem Fall dem Druck des Staatsanwalts jedoch nicht viel entgegensetzen. Die Indizienlage war zu eindeutig. Und mit kriminalistischem Gespür brauchte er Staatsanwalt Höhne gar nicht erst zu kommen. So oder so mussten sie versuchen, etwas aus dem Jungen herauszubekommen. Milde hatte mit Philipps Anwalt telefoniert und für den folgenden Tag ein gemeinsames Gespräch verabredet. Nachdem nun eindeutige Indizien auf dem Tisch lagen, hatte Dr. Frank ihm zugesagt, dass er seinem Mandanten zur Aussage raten werde.

Gerade als Milde überlegte, ob er die Unterlagen erneut Punkt für Punkt durchgehen sollte, öffnete sich die Tür und Holger Arnold kam herein. Er setzte sich auf den freien Schreibtisch gegenüber und machte ein zufriedenes Gesicht. Milde kannte seinen Stellvertreter gut genug, um zu wissen, dass er gute Nachrichten brachte.

»Was gibt's?«

»Die Spurensicherung ist mit den Drohbriefen fertig.«

Arnold machte eine Pause. Er liebte dramatische Momente.

»Und?«, fragte Milde ungeduldig.

»Fehlanzeige. Es gibt keine Fingerabdrücke.«

Milde sah ihn irritiert an.

»Tja, früher wären wir mit unserem Latein am Ende gewesen. Aber dann haben sie an einer der Briefmarken Speichelreste gefunden.«

Arnold grinste triumphierend. Er war ein großer Verfechter moderner Ermittlungsmethoden. Alle Nase lang ging er auf irgendein Seminar, um sich auf den neuesten Stand der Kriminaltechnik bringen zu lassen.

»Die Jungs im Labor machen einen genetischen Fingerabdruck. Wenn alles glattgeht, wissen wir in ein bis zwei Tagen, ob der junge Meissner die Briefe geschickt hat.«

»Erstklassige Arbeit, Holger! Habt ihr eine Speichelprobe von dem Jungen genommen?«

»Ist in Arbeit.«

Die Briefe waren ein wichtiges Indiz. Über mehr als ein halbes Jahr hatte Kronlechner Drohbriefe bekommen, insgesamt fast ein Dutzend. Die Machart war immer gleich. Kronlechner wurde angedroht, er müsse bald für seine Untaten bezahlen, der Tag der Abrechnung sei nahe oder man werde ihn bald bestrafen. Mehrmals fand sich darin der ominöse Satz:

»Wir beobachten Dich.«

Die einzelnen Briefe waren mühevoll aus Zeitungsbuchstaben zusammengeklebt worden und sehr kurz. Sie hatten Kopien der Briefe zum Bundeskriminalamt geschickt. Dort gab es Spezialisten, die aus der Wortwahl, dem Satzbau, den grammatikalischen und orthographischen Fehlern und dem Gesamteindruck Rückschlüsse auf den Absender zogen. Milde hielt nicht sehr viel von solchen Ansätzen, da sie nicht auf harten Fakten, sondern nur auf vergleichender Analyse und subjektiven Einschätzungen basierten. In seinen Augen war es mehr Kaffeesatzleserei als echte Polizeiarbeit. Trotzdem lieferten solche Auswertungen manchmal brauchbare Hinweise, die bei der Fahndung nach einem Täter hilfreich sein konnten. Gerade, wenn man einen Verdächtigen im Visier hatte, war es ein guter Test, ob er in das vorgegebene Raster passte. Auffällig war, dass die ersten vier Briefe vor dem Haus oder am Wagen von Kronlechner abgelegt worden waren. Ab dem fünften Brief wurden sie per Post zugestellt. Alle Briefe waren in unterschiedliche Briefkästen im Rheintal eingeworfen worden, jeweils in einem Umkreis von rund 30 Kilometer von Oberwesel entfernt, wo Philipp Meissner wohnte.

Eines musste man dem Briefschreiber lassen. Er war gründlich vorgegangen und hatte sich viel Mühe gegeben, keine Spuren zu hinterlassen. Doch dann hatte er eine der Briefmarken abgeleckt, um sie festzukleben. Ein winziger Fehler, der ihm nun möglicherweise zum Verhängnis wurde.

Milde hatte sich die ganze Zeit über gefragt, was die Briefe bezwecken sollten. Falls der unbekannte Absender dem Unternehmer Angst einjagen wollte, hatte er jedenfalls keinen Erfolg gehabt. Kronlechner hatte es nicht einmal für nötig befunden, die Polizei einzuschalten. Stattdessen wies er seinen Sicherheitschef an, die Sache selbst in die Hand zu nehmen. Mertens erhöhte daraufhin die Kontrollfahrten des Werkschutzes, die routinemäßig auch die private Villa des Unternehmers in Ingelheim einschlossen. Das war alles gewesen an zusätzlichen Schutzmaßnahmen.

Der letzte Brief war einen Tag vor Kronlechners Tod gekommen. Anders als die Schreiben davor enthielt er eine konkrete Drohung. Diese bestand aus einem einzigen Satz:

»Morgen wirst Du sterben!«

Mertens hatte Kronlechner daraufhin gedrängt, endlich die Polizei einzuschalten. Doch der Unternehmer wies den Vorschlag barsch zurück. Ein wenig schien ihn die Todesdrohung aber dennoch beeindruckt zu haben, denn er ordnete an, die Sicherheitsmaßnahmen bei der Geburtstagsfeier deutlich zu erhöhen. Das erklärte, wieso so viele Wachleute vor Ort gewesen waren.

Geholfen hatte es ihm nichts, dachte Milde bitter. Manchmal fragte er sich, wieso die Menschen der Polizei so wenig Vertrauen entgegenbrachten. Gerade als ehemaliger Polizeibeamter hätte Mertens die Gefahr erkennen müssen, die hinter solchen Drohbriefen stecken konnte. Der Sicherheitschef verteidigte sich damit, dass er Kronlechner wiederholt geraten habe, zur Polizei zu gehen, aber dieser immer abgelehnt habe. Der Unternehmer wollte die Angelegenheit ohne öffentliches Aufsehen regeln.

Nach Mertens Angaben hatte Kronlechner in den letzten Jahren immer wieder Drohungen erhalten – größtenteils aus dem Milieu militanter Tierschützer. Es war sogar zweimal in die Forschungslabors des Unternehmens eingebrochen worden. Die Tierschützer ließen Versuchstiere frei und verwüsteten die Anlage.

Milde seufzte. Es war müßig, darüber zu spekulieren, ob sie den Anschlag auf Kronlechner hätten verhindern können. Besser, wenn er sich darauf konzentrierte, den Mörder zu überführen. Zusammen mit Arnold ging er die Unterlagen durch. Sie kamen überein, zunächst das geplante Verhör mit Philipp Meissner abzuwarten und dann ein Zwischenfazit zu ziehen.

Eines war jedoch klar: Es sah nicht gut aus für den jungen Mann.

Philipp hörte, wie der Schlüssel ins Schloss seiner Zellentür gesteckt wurde. Noch bevor die Tür aufschwang, war er auf den Beinen und starrte mit bangem Blick auf den Eingang. Das Frühstück hatte es gegen 6.30 Uhr gegeben, das Mittagessen begann erst um 11.45 Uhr. Dazwischen war er eingesperrt. Was hatte der unerwartete Besuch zu bedeuten?

Ein Justizvollzugsbeamter steckte seinen Kopf herein.

»Genug gepennt«, sagte er in jovialem Ton. »Mitkommen!«

»Wo gehen wir hin?«, fragte Philipp misstrauisch.

»Zum Onkel Doktor«, antwortete der Beamte und ließ ihn aus der Zelle heraustreten.

Es ging den Flur entlang und durch mehrere Gittertüren, die der Beamte jeweils sorgsam hinter sich verschloss. Dabei achtete er peinlich genau darauf, dass Philipp den Schlüssel nicht zu sehen bekam. Ein Mitgefangener hatte Philipp erklärt, wieso die »Schließer«, wie die Beamten im Knastjargon genannt wurden, ihre Schlüssel so stark von den Gefangenen abschirmten. Es gab »Spezialisten«, die allein aufgrund des visuellen Eindrucks in der Lage waren, mit einfachen Hilfsmitteln aus der Gefängniswerkstatt einen funktionsfähigen Schlüssel anzufertigen und damit aus der Zelle zu fliehen.

Der Beamte blieb vor einer weißen Tür im Medizinzentrum stehen und klopfte.

»Ja, bitte?«, rief eine Stimme von drinnen.

Der Justizvollzugsbeamte öffnete die Tür und schob Philipp hinein.

»Der Gefangene Philipp Meissner zum Aufnahmegespräch«, sagte er zu einem Mann in mittleren Jahren, der hinter einem großen Schreibtisch saß. Er nickte. Der uniformierte Beamte verabschiedete sich und war im nächsten Augenblick verschwunden.

»Mein Name ist Dr. Kolberg«, sagte er mit einer leicht schnarrenden Stimme. »Ich bin der Anstaltsarzt.«

Er schien auf eine Reaktion von Philipp zu warten, aber dieser sah ihn nur stumm an.

»Sie können sich setzen«, erklärte der Mediziner und warf einen Blick auf die Akte vor sich.

»Ist das Ihr erster Tag in U-Haft?«

Philipp schüttelte den Kopf.

»Mein zweiter«, nuschelte er.

»Na, dann wissen Sie ja etwas, wie es läuft. Alter?«

»18.«

»Sind Sie zum ersten Mal im Gefängnis?«

»Ja.«

»Haben Sie irgendwelche chronischen Krankheiten?«

»Nein.«

»Nehmen Sie Medikamente?«

»Warum sollte ich? Mir fehlt nichts«, erwiderte Philipp abweisend.

Der Arzt blickte ihn über den Rand seiner Brille an.

»Rauchen Sie?«

»Nein. Ich nehme auch keine Drogen und trinke keinen Alkohol, wenn das Ihre nächste Frage ist«, antwortete Philipp sichtlich verärgert.

»Davon würde ich Ihnen auch dringend abraten. Das Zeug, was die Gefangenen sich gelegentlich an selbst gemachtem Alkohol zusammenbrauen, ist mit äußerster Vorsicht zu genießen. Wenn Sie das trinken, landen Sie schneller bei mir auf der Station, als Ihnen und mir lieb ist.«

»Keine Sorge, ich bin nicht blöd«, meinte Philipp von oben herab.

Der Mediziner ließ sich von seinem provozierenden Ton nicht aus der Ruhe bringen.

»Hatten oder haben Sie psychische Probleme? Hatten Sie schon einmal eine depressive Phase in Ihrem Leben?«

»Sie wollen wissen, ob ich einen an der Waffel habe?« Philipp lachte ungläubig.

»Sie sollten das nicht auf die leichte Schulter nehmen«, tadelte Dr. Kolberg ihn. »Gerade bei Insassen, die zum ersten Mal im Gefängnis sind, besteht ein erhöhtes Risiko für psychische Probleme. Sollten Sie in nächster Zeit niedergeschlagen sein oder depressive Gedanken haben, kommen Sie direkt zu mir. Dann verschreibe ich Ihnen ein Medikament. Warten Sie nicht zu lange. Wenn man mal richtig in eine Depression reingerutscht ist, wird es schwierig rauszukommen. Gerade hier drin.«

»Da müssen Sie sich um mich keine Gedanken machen, ich komm zurecht«, presste Philipp zwischen den Zähnen hervor.

»Hoffen wir, dass Sie das in zwei oder drei Wochen auch noch so sehen«, entgegnete der Anstaltsarzt trocken. »Bleibt mir nur, Ihnen alles Gute zu wünschen. Halten Sie sich von Drogen und anderem Ärger fern und achten Sie auf eine gute Hygiene.«

»Was? Das ist ja wohl der größte Witz!«, brach es aus Philipp heraus. »Die Seife, die ich bekommen habe, stinkt gotterbärmlich. Wie soll man sich damit waschen? Außerdem stinkt meine Bude und ist dreckig. Ich wollte putzen, aber als ich den Beamten gefragt habe, ob ich Putzmittel kriegen kann, hat er Nein gesagt, ohne jede Erklärung!«

»Vermutlich wollte er Sie gar nicht erst auf dumme Gedanken bringen. Ein paar Russen haben aus den Putzmitteln einen Alkoholersatz hergestellt. Ist Ihnen nicht gut bekommen. Seitdem sind die Putzmittel unter Verschluss.«

Philipp sah den Mediziner ungläubig an. Aber in seinem Gesicht konnte er keine Spur ausmachen, dass es sich um einen Scherz handelte.

»Eines noch«, sagte der Mediziner und reichte ihm einen Zettel hinüber.

»Was ist das?«

»Ein Merkblatt über Sexualpraktiken im Gefängnis und wie Sie sich dabei schützen können.«

»Sie glauben, ich bin schwul?«, rief Philipp und lachte ungläubig.

»Nein, keineswegs. Deswegen gebe ich Ihnen das Merkblatt. Damit Sie sich schlaumachen können und nicht unvorbereitet sind.«

Philipp starrte den Arzt fassungslos an. Erst jetzt dämmerte ihm, was Dr. Kolberg meinte. Er schluckte.

»Es gibt Übergriffe auf Häftlinge?«, fragte er.

»Nicht, dass es mir offiziell bekannt wäre«, erwiderte der Anstaltsarzt, ohne eine Miene zu verziehen. »Alles, was ich Ihnen sagen will, ist: Seien Sie vorsichtig.«

Unwillkürlich war Philipp blass geworden.

»Ich will in meine Zelle«, sagte er mit belegter Stimme.

»Natürlich«, antwortete Dr. Kolberg und griff nach dem Telefonhörer.

Jo sah auf die Uhr und merkte, dass fast drei Stunden vergangen waren, seit er sich auf seine Terrasse gesetzt hatte. Die Sonne war weitergewandert und stand tief über dem Rheintal. Gedankenverloren strich er sich die Haare aus der Stirn. Man konnte es drehen und wenden, wie man wollte: Wenn nicht ein Zeuge auftauchte, der bestätigen konnte, dass Philipp die Küche für ein paar Minuten verlassen hatte, blieb nur er als Täter übrig. Denn an der Festtafel hatte es keine Möglichkeit gegeben, das Gift über die Torte zu träufeln. Jo hatte Philipp keine Sekunde aus den Augen gelassen, seit er am Ausgang zum Garten aufgetaucht war.

Doch selbst wenn man beweisen konnte, dass jemand anderes die Gelegenheit gehabt hätte, die Torte zu vergiften, bedeutete das nicht, dass Philipp unschuldig war. Erst wenn man einem anderen die Tat schlüssig nachweisen konnte, war der Junge aus dem Schneider.

Für den Mörder musste die Tat höchst riskant gewesen sein. Zwar hatte er Philipp weggelockt, aber während dieser Zeit hätte jemand anderes in die Küche kommen können. Außerdem lief der Täter Gefahr, dass Philipp schneller als erwartet aus der Halle zurückkam und ihn beim Verlassen der Küche bemerkte. Wäre er nicht absolut sicher gewesen, dass Philipp nicht das Zeug zum Mörder besaß, hätte er ihn wahrscheinlich für den Täter gehalten. In den drei Stunden, in denen er intensiv darüber nachgedacht hatte, wurde Jo klar, dass sie ihre Hoffnung nicht auf die Polizei setzen konnten. Für sie war der Fall vermutlich abgeschlossen. Damit blieb ihnen nur eine Alternative: Sie mussten den Täter selbst finden.

Die Frage, auf die sie als Erstes eine Antwort finden mussten, war, wer außer Philipp ein Motiv gehabt hatte, den Unternehmer zu ermorden. Wenn Kronlechner immer so skrupellos zu Werk ging wie bei Philipps Familie, musste es eine Reihe von Menschen geben, die eine Rechnung mit ihm zu begleichen hatten. Sie mussten so schnell wie möglich mehr über Kronlechners Umfeld in Erfahrung bringen und eine Liste erstellen, wer in der Vergangenheit Streit mit ihm gehabt hatte. Vielleicht kannte Dr. Frank einen Privatdetektiv, den man damit beauftragen konnte.

Jo hatte eine Fernsehserie im Hinterkopf, bei der ein Detektiv mit einem Anwalt zusammenarbeitete. Gemeinsam lösten sie die kniffeligsten Fälle und bewiesen im

Handumdrehen die Unschuld ihrer Mandanten. Auch wenn er wusste, dass Fernsehen nicht das wirkliche Leben repräsentierte, zog er sich innerlich daran hoch. So ausweglos die Lage erscheinen mochte, vielleicht würde sich die verworrene Geschichte bald zum Positiven wenden.

Um sich für die anstehende Aufgabe zu stärken, kochte er sich ein Omelette mit viel Speck und Zwiebeln. Nachdem er die letzten Reste aus der Pfanne gekratzt hatte, sah er länger aus dem Fenster. Er spielte mit dem Gedanken, sich eine Nachspeise zuzubereiten. Am liebsten hätte er eine Apfeltarte gegessen. Doch das war ihm zu aufwendig. Besser, wenn er sich an die Arbeit machte.

Er ging in sein Büro und setzte sich ans Telefon. Es war kurz nach halb sechs. Sandner würde bestimmt noch in der Redaktion sein. Er sucht die Nummer heraus und griff zum Hörer. Zu seiner Überraschung ging der Journalist selbst ans Telefon.

»Sandner hier.«

»Hallo, Klaus, hier ist Jo.«

Am anderen Ende herrschte für einen Moment überraschtes Schweigen.

»Jo! Was für ein Zufall! Ich wollte dich gerade anrufen! Wie geht es dir?«

Der junge Küchenchef konnte spüren, dass in der Frage mehr mitschwang als die übliche Höflichkeitsfloskel.

»Ganz gut«, erwiderte er vorsichtig.

»Ehrlich? Ich habe gehört, dass die Polizei heute Haftbefehl gegen einen deiner Mitarbeiter erlassen hat.«

Jo zuckte zusammen.

»Woher weißt du das?«

»Wenn einer der bekanntesten Unternehmer der Gegend überraschend und unter mysteriösen Umständen aus dem

Leben scheidet, spricht sich das schnell herum. Dem müssen wir nachgehen.«

»Woher weißt du das mit Philipp?«, fragte Jo aufgebracht. »Von der Polizei?«

Klaus Sandner zögerte.

»Du weißt, dass ich dir über unsere Quellen nichts sagen darf. Offiziell hat die Polizei eine Nachrichtensperre verhängt. Aber bei so einem prominenten Fall sickert immer etwas durch. Wir haben eine Reihe von Informationen erhalten – aus unterschiedlichen Ecken. Natürlich haben wir auch Kontakte bei der Polizei und der Staatsanwaltschaft.«

Jo war wie vor den Kopf geschlagen.

»Bist du nicht von anderen Reportern angerufen worden?«, wollte Sandner wissen.

»Bis jetzt nicht. Montag ist unser freier Tag, da stelle ich das Telefon auf den Anrufbeantworter um.«

Während er sprach, wanderte sein Blick suchend über den Schreibtisch. Neben dem Computer stand ein unauffälliger schwarzer Kasten, der ihn höhnisch anzugrinsen schien. Das rote Lämpchen blinkte eifrig.

»Und?«

»Acht.«

Je länger das Telefonat dauerte, umso flauer wurde Jo im Magen.

»Kannst du uns da nicht heraushalten?«, fragte er hilflos.

»Keine Chance«, erklärte Sandner bedauernd. »Die Geschichte wird auf jeden Fall groß laufen. Mit oder ohne uns. Ich kann dir nur versprechen, dass wir ausgewogen darüber berichten werden.«

Jo konnte nicht fassen, dass die Polizei die Presse verständigt hatte.

»Darf ich dir ein paar Fragen stellen?«

Am Ton der Stimme konnte Jo erkennen, dass Sandner als Journalist fragte. Er zögerte.

»Wir können uns gerne persönlich treffen, wenn dir das lieber ist.«

Jo überlegte.

»Im Moment nicht.«

»Hat Philipp einen Anwalt?«

Jo zögerte wieder.

»Ja, Dr. Frank.«

»Den bekannten Strafverteidiger?«

»Ja.«

Sandner pfiff durch die Zähne. Die Frage brachte Jo auf eine Idee. Dr. Frank verfügte bestimmt über Erfahrung im Umgang mit der Presse.

»Wenn du willst, kann ich den Kontakt zu ihm herstellen.«

»Echt?« Sandner klang plötzlich aufgeregt. »Der Fall brennt uns echt auf den Nägeln, wenn ich ehrlich bin. Wir waren heute früh die Einzigen, die die Geschichte im Blatt hatten. Den Vorsprung würden wir uns gerne erhalten. Bis wann könntest du ein Treffen arrangieren?«

Jo versprach, umgehend mit Dr. Frank zu telefonieren. Erst jetzt fiel ihm ein, dass er aus einem anderen Grund bei Sandner angerufen hatte.

»Dann musst du mir auch einen Gefallen tun.«

»Lass hören.«

»Ihr stellt bestimmt ein umfangreiches Dossier über Kronlechner zusammen.«

»Natürlich, ist in Arbeit.«

»Kann ich eine Kopie davon bekommen?«

Jo konnte hören, wie Sandner die Luft anhielt.

»Bitte. Es ist sehr wichtig.«

»Also gut«, ließ Sandner sich breitschlagen. »Aber du darfst niemand erzählen, dass du es von mir bekommen hast. Dafür könnte ich mächtig Ärger kriegen.«

»Keine Sorge.«

»Wofür brauchst du die Informationen?«, wollte Sandner wissen.

»Nur so.«

»Aha.«

Obwohl ihn der Gedanke beunruhigte, dass die Presse von der Festnahme Wind bekommen hatte, war Jo mit dem Ergebnis des Gesprächs zufrieden. Wenn Dr. Frank mit Klaus Sandner redete, konnten sie vielleicht verhindern, dass die Presse gegenüber Philipp voreingenommen wurde. Er hoffte nur, dass der Anwalt das genauso sehen würde.

Jo hatte sich bis dahin keine Gedanken darüber gemacht, was die Festnahme für das »Waidhaus« bedeutete. Wenn sich herumsprach, dass einer seiner Mitarbeiter möglicherweise jemand vergiftet hatte, würde es viel Gerede geben. Und das war für den Ruf seines Restaurants alles andere als wünschenswert. Umso wichtiger war es, schnell zu handeln. Dr. Franks Mobiltelefon war ausgeschaltet. So blieb Jo nichts anderes übrig, als ihm eine Nachricht mit der dringenden Bitte um Rückruf zu hinterlassen.

Danach drückte er, durch Sandners Worte neugierig geworden, die Wiedergabetaste seines Anrufbeantworters. Entgegen Sandners Vermutung fand sich darauf allerdings kein einziger Anruf von einem Journalisten. Stattdessen waren es sechs Tischreservierungen, einer seiner Weinlieferanten bat um Rückruf, und ein Mitspieler aus seinem Schachclub hatte versucht ihn zu erreichen. Jo zog sein Reservierungsbuch aus der Schublade und trug die Reservierungswünsche ein. Mittags kamen oft Geschäftsleute, die mit ihren Kunden im »Waidhaus« aßen, manche sogar bis aus Frankfurt oder Köln. Das »Waidhaus« hatte sich nach und nach zu einem Geheimtipp im Mittelrheintal gemausert und war inzwischen selbst unter der Woche gut besucht. Nachdem er die Reservierungen telefonisch bestätigt hatte, ging er hinaus zu seinem Briefkasten und holte die Zeitung. Rasch blätterte er sie durch. Im Regionalteil stieß er auf den Artikel, von dem Klaus Sandner gesprochen hatte. Der Bericht war nicht sehr groß. Die Schlagzeile lautete: »Tragischer Tod: Unternehmer verstirbt bei Geburtstagsfeier«.

Darin wurde über das Festbankett und sein tragisches Ende berichtet. Dazu gab es einen Lebenslauf des Unternehmers und einen Abriss seiner geschäftlichen Aktivitäten. Der Bericht äußerte die Vermutung, es könnte sich um einen Herzinfarkt gehandelt haben. Der Artikel endete mit den Worten:

»Die routinemäßig hinzugezogene Kriminalpolizei wollte sich zunächst nicht zu den Untersuchungen äußern. Aus Justizkreisen verlautete jedoch, dass in alle Richtungen ermittelt werde.« Das war weitaus weniger dramatisch, als er befürchtet hatte.

Da er im Moment nichts weiter tun konnte, machte er sich an die Menüplanung für die kommende Woche. Die Grundkarte des »Waidhauses« war sehr übersichtlich. Wie bei den meisten guten Restaurants kam es auf die Tageskarte an. Jo bot seinen Gästen jeden Tag ein Menü an, für das sich vor allem die Geschäftsleute entschieden. Dabei versuchte er, seine Gerichte jahreszeitlich zu variieren und saisonale Spezialitäten anzubieten. Er legte besonderen Wert darauf, frische Zutaten aus der Region zu verwenden und seinen Gästen die Vorzüge der rheinischen Küche näher zu bringen. Als Restaurant mit gehobenem Anspruch musste er allerdings auch der französischen Küche Tribut zollen. Deswegen versuchte er sich an Gerichten der Haute Cuisine, wobei er sich vor allem an der leichten Mittelmeerküche der Provence orientierte. Jo machte es Spaß, sich mit dem Menüplan zu beschäftigen. Da konnte er seiner Kreativität freien Lauf lassen. In der kommenden Woche wollte er den Schwerpunkt auf Geflügel legen. Als Höhepunkt plante er eine Barbarieentenbrust mit gebratener Entenleber und Kartoffelgratin an Honig-Koriander-Sauce. Er ging im Kopf die Zutaten durch, die er benötigen würde, und überlegte, wo er sie am besten bekommen konnte. Jo kaufte für sein Leben gerne ein. Der tägliche, berufsmäßige Umgang mit Lebensmitteln hatte nichts an dieser Leidenschaft geändert. Im Lauf der Zeit hatte er sich ein kleines, aber feines Netz an Lieferanten aufgebaut. Dabei achtete er streng auf gute Qualität und ökologischen Anbau. Nur wenn er etwas Besonderes benötigte, das er nicht in der Gegend einkaufen konnte, fuhr er zu einem der Spezialgeschäfte nach Wiesbaden, Koblenz oder Mainz. Ab und zu musste er auch nach Frankfurt in die Großmarkthalle. Diese war für ihn, wie für jeden guten Koch, ein wahres Eldorado. Neben exotischen Früchten, frischen Kräutern und Gewürzen gab es dort auch eine Auswahl an Fisch- und Fleischspezialitäten aus aller Herren Länder. Jo liebte es, mit den Händlern zu fachsimpeln und sich ausgiebig über die Vor- und Nachteile der Lebensmittel aus bestimmten Regionen zu unterhalten. Auch die anschließenden Verhandlungen über den Preis machten ihm viel Spaß. Bereits als Lehrling hatte er versucht, dem Chefkoch beim Einkauf zur Hand zu gehen. Dabei hatte er sehr viel über Lebensmittel gelernt – jedenfalls wesentlich mehr als auf der Berufsschule. Als Jo dabei war, sich den Hauptgang für Mittwoch durch den Kopf gehen zu lassen, klingelte das Telefon.

Es war Dr. Frank. Als er von Jos Telefonat mit Klaus Sandner erfuhr, zeigte er sich alles andere als begeistert.

»Wer ist dieser Sandner überhaupt?«, wollte der Anwalt wissen.

»Ich kenne ihn seit gut drei Jahren«, antwortete Jo. »Wir sind zusammen im selben Schachclub. Da sehen wir uns regelmäßig zu den Spielen. Außerdem kommt er gelegentlich mit seiner Frau zu uns ins ›Waidhaus‹ zum Essen. Er ist stellvertretender Chefredakteur beim ›Rheinischen Tagblatt‹.«

Dr. Frank war unschlüssig.

»Ist er vertrauenswürdig?«

»Wie er als Journalist ist, weiß ich nicht – ich kenne ihn nur privat. Er hat mir allerdings versprochen, dass er für eine faire Berichterstattung in seiner Redaktion sorgen wird. Haben Sie den Artikel gesehen, den das ›Rheinische Tagblatt‹ heute geschrieben hat?«

Dr. Frank verneinte, woraufhin Jo versprach, ihm den Artikel ins Büro zu faxen.

»Wann will Herr Sandner das Gespräch führen?«

»So schnell wie möglich.«

Nach kurzem Überlegen willigte der Anwalt ein. Jo schlug vor, sich im »Waidhaus« zu treffen, das lag für beide ungefähr auf halbem Weg. Nachdem er Sandner informiert hatte, versuchte Jo sich auf die Menüplanung zu konzentrieren.

Gegen 19 Uhr traf Dr. Frank im »Waidhaus« ein. Jo hatte einen Imbiss vorbereitet. Der Jurist war den Tag über nicht dazu gekommen, etwas zu essen, und war ihm für die Stärkung dankbar. Während sie aßen, las sich der Anwalt den Artikel aus dem »Rheinischen Tagblatt« durch. Er schien damit zufrieden zu sein.

»Wie ist das Gespräch mit Philipp gelaufen?«, wollte Jo wissen, nachdem der Anwalt aufgegessen hatte.

»Er hat den Mann, der ihn in die Halle gelockt hat, nicht gesehen«, erklärte Dr. Frank. »Es gibt daher keine Beschreibung. Wir haben somit nur die Möglichkeit, ihn anhand der Stimme zu identifizieren. Solange wir nicht wissen, wer der Mann ist, hilft uns das allerdings nicht viel. Ich glaube ohnehin nicht, dass diese Spur zu viel führen wird.«

»Wieso? Das ist doch ein wichtiger Hinweis! Wenn Philipp einige Zeit nicht in der Küche war, könnte jemand anderes das Gift in das Eis getan und das Fläschchen in Philipps Jacke gesteckt haben«, wandte Jo ein.

»Richtig. Aber wenn der Mann etwas mit der Sache zu tun hat, wird er uns kaum den Gefallen tun, sich zu melden.«

Dr. Frank machte eine Pause.

»Der Staatsanwalt hält es ohnehin für eine Erfindung von Philipp. Solange wir keine Zeugen finden, die Philipps Aussage bestätigen, können wir das nicht widerlegen. Haben Sie denn nicht irgendjemanden bemerkt? Sie müssen doch auch in der Küche gewesen sein.«

Jo schüttelte den Kopf.

»Ich habe nur einmal bei Philipp nach dem Rechten gesehen. Das muss so gegen elf Uhr gewesen sein. Danach hatte ich keine Zeit mehr. Draußen war es sehr hektisch«, fügte er entschuldigend hinzu.

»Schade.«

Dr. Frank klang resigniert.

»Wir könnten einen Privatdetektiv engagieren«, schlug Jo vor.

»Sie meinen, so wie im Fernsehen?«

Dr. Frank lächelte, wurde aber gleich wieder ernst.

»Ermittlungen sind Aufgabe der Polizei. Es würde Philipp mehr schaden als nützen, wenn wir einen Privatdetektiv beauftragen. Die Polizei verfügt über modernste Ermittlungsmethoden, hat Zugang zu allen Zeugen und zu allen Akten. Was sollte da ein Einzelner auf eigene Faust erreichen? Hauptkommissar Milde ist ein solider Mann. Wenn er etwas findet, das Philipp entlastet, wird er uns darüber informieren.«

»Aber wir können nicht einfach tatenlos rumsitzen!«, rief Jo aufgebracht.

»Ich fürchte, es bleibt uns nichts anderes übrig. Im Moment spricht leider alles gegen Philipp.«

Jo kam ein schlimmer Verdacht.

»Sie glauben, Philipp könnte tatsächlich etwas mit dem Tod von Kronlechner zu tun haben?«, fragte er vorwurfsvoll.

Der Jurist zuckte mit den Schultern.

»Ich stelle nie eigene Mutmaßungen an. Ich gehe von dem aus, was die Polizei ermittelt und was mein Mandant dazu sagt. Als Strafverteidiger kann ich es mir nicht leisten, voreingenommen zu sein.«

Er starrte nachdenklich auf den leeren Teller.

»Wir können es drehen und wenden, wie wir wollen, die Indizien sprechen für sich. Sicher, es gibt einige Punkte, die Fragen aufwerfen. Wieso hat Philipp das Giftfläschchen in seine Jacke gesteckt? Er hätte es schließlich wegwerfen können. Wieso gibt es auf dem Fläschchen keine Fingerabdrücke, wenn er es benutzt hat? Man hat keine Handschuhe bei ihm gefunden. Wieso sollte er es erst abwischen und dann doch behalten? Das ergibt keinen Sinn. Nächste Frage: Woher ist das Gift gekommen? Es ist kein alltäglicher Wirkstoff, den man in der nächsten Drogerie kaufen kann. Wie sollte ein 18-Jähriger da herankommen? Alles offene Fragen, auf die die Polizei bislang keine schlüssigen Antworten geben kann. Ob das für einen begründeten Zweifel ausreicht, wird sich zeigen. Einfach wird es jedenfalls nicht für uns.«

Jo war enttäuscht. Er hatte geglaubt, dass wenigstens Dr. Frank von Philipps Unschuld überzeugt sein würde.

»Wir müssen etwas unternehmen!«, beharrte er. »Bestimmt gibt es andere Leute, die etwas gegen Kronlechner hatten.«

Dr. Frank schüttelte den Kopf.

»Ihr Einsatz in allen Ehren, Herr Weidinger. Aber im Augenblick sind uns die Hände gebunden. Wir müssen abwarten, was die weiteren Ermittlungen der Polizei ergeben. Vielleicht bietet sich dann ein Ansatzpunkt, an dem wir einhaken können.«

Jo konnte seine Enttäuschung nicht verbergen. Wie sollte Philipp seine Unschuld beweisen, wenn nicht einmal sein eigener Verteidiger ihm glaubte?

Sie saßen eine Weile stumm nebeneinander. Jo war froh, als es an der Tür klopfte. Er öffnete und begrüßte Klaus Sandner.

»Bin ich zu spät?«, fragte der Journalist und grinste entschuldigend. »War etwas hektisch in der Redaktion.«

Dr. Frank stand auf und schüttelte ihm die Hand.

»Sie sind der Verteidiger von Philipp Meissner?«, eröffnete Sandner das Gespräch.

Dr. Frank nickte.

»Stimmt es, dass Haftbefehl erlassen worden ist?«

Jo schluckte. Dr. Frank ließ sich dagegen nichts anmerken.

»Woher haben Sie das? Von der Staatsanwaltschaft?«

»Sie wissen, dass ich Ihnen das nicht sagen kann. Lassen Sie es mich so formulieren: Wir haben die Information aus Justizkreisen erhalten.«

Es entstand eine Pause.

»Können Sie die Festnahme Ihres Mandanten bestätigen?«, hakte Sandner nach.

Dr. Frank schüttelte langsam den Kopf.

»Sie dementieren es aber auch nicht?«

»Ich möchte dazu nichts sagen.«

Der Journalist sah ihn forschend an.

»Ich will ehrlich zu Ihnen sein. Wir werden es morgen auf jeden Fall bringen. Wir haben es aus sicherer Quelle.«

»Was sonst noch?«

»Wir werden schreiben, dass die Polizei von einer Vergiftung ausgeht und es in diesem Zusammenhang eine Festnahme gegeben hat. Philipps Familiennamen werden wir selbstverständlich abkürzen. Außerdem werden wir darauf hinweisen, dass die Unschuldsvermutung gilt.«

Sandner hielt einen Augenblick inne.

»Stimmt es, dass man Ihrem Mandanten ein Tötungsdelikt vorwirft?«

»Auch dazu möchte ich gegenwärtig nichts sagen.«

»Hat Ihr Mandant ein Geständnis abgelegt?«

»Mein Mandant hat deutlich gemacht, dass er nichts mit dem Tod von Herrn Kronlechner zu tun hat. Es wäre mir sehr daran gelegen, dass es nicht zu Vorverurteilungen in der Presse kommt. Ich habe das Gefühl, dass die Staatsanwaltschaft etwas voreilig ist.« Dr. Frank war sichtlich verärgert. Hatte er sich doch aus der Reserve locken lassen!

»Deswegen wollte ich mit Ihnen sprechen. Meiner Zeitung ist es wichtig, den Sachverhalt nicht einseitig darzustellen«, versicherte Sandner ihm. »Stehen Sie für ein Interview zur Verfügung, sobald die Staatsanwaltschaft eine offizielle Verlautbarung gemacht hat?«

»Die Untersuchungen dauern an. Es würde mich wundern, wenn es in dieser frühen Phase zu Verlautbarungen käme«, brummte Dr. Frank.

»Da habe ich anderes gehört«, behauptete Sandner. »Die Behörden scheinen sich ihrer Sache sehr sicher zu sein.«

Dr. Frank musterte den Journalisten nachdenklich.

»Rufen Sie mich an, wenn es so weit ist«, sagte er schließlich.

Während des Gesprächs hatte Dr. Frank einige Male auf die Uhr gesehen.

Nachdem alles gesagt war, verabschiedete er sich zügig und machte sich auf den Weg zurück nach Frankfurt. Als sie alleine waren, saßen Klaus Sandner und Jo eine Weile stumm nebeneinander.

»Wie geht es dir mit der Sache?«, wollte Sandner wissen. »Das muss eine gehörige Belastung für dich sein.«

Als er Jos vorsichtigen Gesichtsausdruck sah, musste er lachen.

»Ich frage nicht als Journalist, sondern als Freund.«

Jo gab seine abwehrende Haltung auf.

»Kannst du dir ja vorstellen. Besonders schlimm ist es für Philipps Familie.«

Er machte eine Pause.

»Der Junge ist unschuldig!«, rief er unvermittelt und schlug mit der Faust auf den Tisch. Klaus Sandner sah ihn überrascht an. So emotional kannte er seinen Freund gar nicht.

Jo wechselte das Thema und kam auf die nächste Schachpartie zu sprechen.

Am Sonntag war der Tabellenführer der Regionalliga bei ihnen zu Gast. Das würde ein hartes Match geben. Sie plauderten über die besten Eröffnungsvarianten und wie der Gegner am ehesten zu packen sei. Nach einer Weile sah Sandner auf die Uhr.

»Oh, schon so spät. Ich muss los!«

Jo brachte ihn zu seinem Wagen. Als Sandner eingestiegen war, öffnete er das Fenster und reichte Jo einen Umschlag heraus.

»Hier ist das versprochene Dossier über Kronlechner.«

Jo bedankte sich, und Sandner fuhr los. Zurück im Haus ging Jo nach oben in seine Wohnung und setzte sich in seinen Lieblingssessel vor dem großen Fenster, das er sich extra hatte einbauen lassen. Von hier aus hatte man einen herrlichen Blick auf den Rhein. Es dämmerte, und bei den Schiffen, die ruhig ihre Bahnen zogen, brannten bereits die Positionslichter. Jo öffnete den Umschlag und zog einen Schwung Papiere heraus. Sie waren fein säuberlich abgeheftet. Das Dossier enthielt einen Lebenslauf, Kopien alter Artikel über Kronlechner und seine Firma sowie eine Rubrik, die mit »Gerüchte« überschrieben war. Insgesamt waren es fast 30 Seiten. 30 Seiten auf graues Recyclingpapier kopiert. Das war alles, was von einem Leben übrig blieb, dachte Jo melancholisch.

Hans Kronlechner stammte aus einer Unternehmerfamilie. In den 1920er-Jahren hatte sein Urgroßvater in Ingelheim eine Firma für die Herstellung von Düngemitteln gegründet. Sie war rasch gewachsen. Nach und nach verlagerte sie in den 30er-Jahren ihre Produktion auf die Chemie. Bei einem Luftangriff gegen Ende des Zweiten Weltkriegs wurden große Teile der Produktionsanlagen zerstört. Nach dem Krieg wagte Kronlechners Großvater einen Neuanfang und begann sich der medizinischen Forschung und Herstellung von Medikamenten zu widmen. Eine gute Entscheidung, denn in den 60er- und 70er-Jahren wuchs dieser Unternehmensteil besonders stark. Nachdem sein Vater überraschend an einem Herzinfarkt gestorben war, übernahm Kronlechner Ende der 90er-Jahre die Leitung des Unternehmens. In den Unterlagen war ein Artikel darüber, der mit einem Foto von Hans Kronlechner illustriert war. Bereits damals, gerade Anfang 30, hatte er einen harten und energischen Gesichtsausdruck. Obwohl er zu dem Zeitpunkt selbst nur über wenig Erfahrung in der Geschäftsführung verfügte, wechselte er innerhalb kürzester Zeit die gesamte Führungsmannschaft seines Vaters aus und übernahm allein die Leitung des Unternehmens. Rasch erweiterte er das Unternehmen und kaufte ein angeschlagenes Pharmaunternehmen in Frankfurt. Parallel dazu stieß Kronlechner die Chemiesparte ab und konzentrierte sich ausschließlich auf den Pharmabereich. Dabei ging er nicht zimperlich vor. Über Widerstände aus der Belegschaft setzte er sich rigoros hinweg. Auch Proteste von Umweltschützern bei der Erweiterung des Werks in Ingelheim, bei dem ein Naturschutzgebiet im Weg war, und gegen die Tierversuche in seinen Forschungslabors in Frankfurt schienen ihn wenig zu kümmern. Ein Artikel berichtete sogar davon, dass militante Tierschützer in eines der Versuchslabore eingebrochen waren und die Tiere befreit hatten.

Trotz dieser Widerstände baute Kronlechner sein Unternehmen weiter aus. Pro Health Pharma beschäftigte fast 20.000 Mitarbeiter und gehörte damit zu den größten Arbeitgebern im Rhein-Main-Gebiet. Für Kronlechner zahlte sich der wirtschaftliche Erfolg mit gesellschaftlicher Anerkennung aus. Er erhielt zahlreiche Auszeichnungen und verfügte über erstklassige Beziehungen in die Politik. Der rüde Umgang mit Mitarbeitern und Umweltschützern schien dabei nicht zu stören. Gerade im strukturschwächeren Rheinland-Pfalz zählte jeder Arbeitsplatz doppelt. So umfassend das Dossier über den Unternehmer war, so dünn fiel das Profil über den Privatmann Kronlechner aus: Heirat mit Anfang 30, aber anscheinend keine Kinder.

Jedenfalls fand Jo darüber nichts in den Unterlagen. Vor zwei Jahren hatte er sich scheiden lassen – nach fast 18 Ehejahren. Ein Jahr später folgte die Hochzeit mit seiner jetzigen Frau. Zu Jos Bedauern enthielt das Dossier keinerlei Informationen zu den beiden Ehefrauen. Er legte die Unterlagen beiseite und dachte darüber nach. Irgendwo in Kronlechners Vergangenheit musste der Schlüssel für seine Ermordung liegen.

Die Unterlagen gaben ihm ein paar vage Anhaltspunkte, halfen ihm aber nicht wirklich weiter. Er brauchte unbedingt mehr Informationen. Da Dr. Frank auf seinen Vorschlag mit dem Privatdetektiv ablehnend reagiert hatte, blieb Jo nur eine Möglichkeit: Er musste selbst Erkundigungen einziehen!

Wer konnte ihm mehr über Pro Health Pharma sagen? Nachdem Jo eine Weile angestrengt nachgedacht hatte, fasste er sich an die Stirn.

Natürlich! Peter Hartmann!

Er kannte ihn zwar nicht sehr gut, aber einen Versuch war es wert. Hartmann spielte wie Sandner und er im selben Schachclub. Soweit Jo sich erinnern konnte, hatte er einige Zeit bei Pro Health Pharma im Werk in Ingelheim gearbeitet, war dann aber zu einem anderen Arbeitgeber in Frankfurt gewechselt. Jo hatte ein, zwei Mal gegen ihn gespielt, aber sie waren nie über ein unverbindliches Gespräch unter Schachkollegen hinausgekommen.

Unter der Woche blieb Jo praktisch keine Zeit fürs Training. Wenn überhaupt, konnte er sich nur am Montagabend zu Trainingsspielen mit Clubkameraden verabreden. Trotz des fehlenden Trainings gehörte Jo zu den besten Spielern im Club. An den Auswärtsspielen konnte er meistens nicht teilnehmen, schließlich musste er spätestens um 18 Uhr in seinem Restaurant sein. Seine Klubkameraden waren dennoch froh, dass er wenigstens bei den Heimpartien mitspielte, denn sie hatten in den letzten beiden Jahren altersbedingt ein paar gute Spieler verloren und kämpften gegen den Abstieg.

Nach einigem Suchen fand er Hartmanns Nummer im Telefonbuch. Jo gab vor, vergessen zu haben, wer ihr Gegner am Sonntag war und wann es genau losging.

Wenn Hartmann überrascht war, dass Jo deswegen ausgerechnet bei ihm anrief, ließ er sich nichts anmerken. Nachdem sie sich eine Weile über die bevorstehende Schachpartie unterhalten hatten, lenkte Jo das Gespräch auf Hans Kronlechner und fragte Hartmann, ob er von den tragischen Ereignissen gehört habe.

»Ja, auf seiner Geburtstagsfeier zum 50., bitter so etwas!«

»Hast du nicht mal da gearbeitet?«

»Fast drei Jahre.«

»War bestimmt interessant.«

»Nicht wirklich«, erwiderte Hartmann und lachte. »Grundlagenforschung ist vor allem Routinearbeit. Man forscht viel, aber es kommt meistens nichts dabei heraus. Wenn man Glück hat, führt eine Entdeckung irgendwann zu einem Medikament. Aber das meiste, was man macht, ist für die Katz.«

»Was war Kronlechner für ein Mensch?«

»Keine Ahnung, ich kannte ihn kaum. Ich habe ihn vielleicht ein oder zwei Mal bei einer Betriebsversammlung gesehen. Da gab er den engagierten und dynamischen Unternehmer, dem das Wohl und Wehe seiner Mitarbeiter am Herzen liegt. Wobei das meines Erachtens größtenteils Show gewesen ist.«

»Ich dachte, er war mit seinem Unternehmen sehr erfolgreich?«

»Das schon. Als Chef war er trotzdem nicht sehr angenehm. Er hat seinen Führungsleuten ordentlich Gas gegeben. Wer nicht spurte, flog raus. Die haben den Druck eins zu eins an ihre Mitarbeiter weitergegeben. Das findet nicht jeder gut. Ich auch nicht, deswegen habe ich gewechselt. Das Betriebsklima war mir zu schlecht.«

»Hatte er Feinde?«

»Na ja, Feinde ist vielleicht zu viel gesagt. Aber er ist vielen Leuten auf die Füße getreten und hat sich mit seiner Art nicht nur Freunde gemacht. Speziell bei den Umweltschützern. Die haben sich auf ihn eingeschossen und der Firma einigen Ärger gemacht.«

»Ärger? Inwiefern?«

»Die haben oft vor den Werkstoren demonstriert. Ein paar von den Spinnern haben sich gelegentlich an unser Werkstor gekettet, sodass niemand raus und rein konnte. Dann musste jedes Mal die Polizei anrücken und die Kerle mit dem Bolzenschneider losmachen. Es ist vorgekommen, dass sie in unser Werksgelände eingedrungen sind, Wände beschmiert und Autoreifen zerstochen haben. Einmal sind sie sogar in eines der Labore eingebrochen und haben die Versuchstiere freigelassen. Dabei haben sie einen der Wachmänner niedergeschlagen.«

»Weißt du, was das für Leute waren?«

»Es gibt eine Gruppe, die besonders radikal ist. Die hatte die Polizei als Erstes im Verdacht, aber man konnte ihnen nichts nachweisen. Daneben gibt es einige Bürgerinitiativen, die sind aber harmlos. Wieso interessiert dich das?«

»Kronlechner war ein paar Mal bei uns im Restaurant zu Gast. Wenn so etwas passiert, merkt man erst, wie wenig man über einen Menschen weiß. Wahnsinn, wie schnell es manchmal gehen kann.«

»Da hast du recht. Aber das Sterben trifft zum Glück meistens die anderen.«

Hartmann lachte.

»Weißt du, wer diese Tierschützer sind, ich meine die, die bei Pro Health Pharma eingebrochen sind?«, fragte Jo weiter.

»Keine Ahnung. Wieso interessierst du dich für diese Spinner? Hast du Angst, sie stürmen dein Lokal, weil du tote Tiere verarbeitest?«

Hartmann lachte über seinen Witz. Jo lachte gezwungenermaßen mit.

»War Kronlechner verheiratet?«, wechselte er das Thema. »So etwas muss für seine Ehefrau sehr schlimm sein.«

»Bestimmt. Zumal er mit seiner neuen Frau nicht sehr lange verheiratet gewesen ist. Nur ein oder zwei Jahre. Mit seiner ersten Frau war er, glaube ich, sehr lange zusammen. Als ich weggegangen bin, ging das Gerücht um, dass er etwas mit einer Mitarbeiterin hat. Die arbeitete angeblich in der Anwendungsforschung. Das ist die Königsdisziplin in unserem Geschäft. Da geht es um die Medikamente, die vor der Markteinführung stehen. Die Frau muss mindestens 20 Jahre jünger gewesen sein als er. Aber so ist das in diesen Kreisen wohl, da geht der Trend zur jüngeren Zweitfrau.«

Hartmann lachte.

»Ich habe sie mal in der Kantine gesehen. Sah nicht schlecht aus.«

Sie wechselten das Thema und kamen zurück zum Schach. Der Tabellenführer lag allen sehr im Magen, denn die letzte Auseinandersetzung war mit Pauken und Trompeten verloren gegangen. Nach Möglichkeit wollten sie sich eine so peinliche Niederlage diesmal ersparen.

»Hast du Lust, mal wieder ein paar Trainingspartien zu spielen?«, fragte Hartmann.

»Gerne. Ich melde mich in den nächsten Tagen wegen eines Termins.«

Nach dem Telefonat ließ Jo das Gespräch Revue passieren. Hatten möglicherweise radikale Umweltschützer etwas mit dem Tod von Kronlechner zu tun? Vielleicht hatten sie dem Unternehmer einen Denkzettel verpassen wollen, und etwas war schiefgegangen? Immerhin schien die Gruppe, von der Hartmann gesprochen hatte, vor Einbruch und sogar Körperverletzung nicht zurückzuschrecken.

Es war keine heiße Spur, aber irgendwo musste er anfangen.

Außerdem brauchte er unbedingt mehr Informationen über Kronlechners Familienverhältnisse. Er hatte einmal gelesen, dass bei zwei Drittel aller Tötungsdelikte eine

Beziehungstat dahintersteckte. Wenn es stimmte, dass Kronlechner seine erste Frau wegen einer Jüngeren verlassen hatte, lag da möglicherweise ein Motiv.

Philipp stand am Rand des Basketballfelds und beobachtete die Spieler. In der Schule hatte er gern Basketball gespielt und war ganz gut gewesen, aber hier hatte er sich bisher nicht getraut. Insgesamt waren sieben Spieler auf dem Feld. Es ging heftig zur Sache. Von körperlosem Spiel konnte jedenfalls keine Rede sein. In einem normalen Spiel mit Schiedsrichter wären wohl mehrere der Akteure vom Feld geflogen.

»Warum spielst du nicht mit?«, fragte ihn ein schmaler Mann mit einer auffälligen Narbe über dem rechten Auge während einer Pause. »Vom Zugucken ist noch keiner fitter geworden.«

»Lass den Milchbubi, den brauchen wir nicht«, meinte ein anderer Mann verächtlich. Er war etwa 25, hatte breite Schultern und aufgepumpte Muskeln, wie man sie nur vom zu viel Gewichtestemmen und der Einnahme von Steroiden bekam. Die Spitzen seiner Haare waren auffällig blondiert.

Was für ein Arschloch, dachte Philipp und straffte die Schultern. Von so einem Kerl wollte er sich keinesfalls einschüchtern lassen. Einer der Mitgefangenen hatte ihm geraten, sich nichts gefallen zu lassen und vor allem keine Angst zu zeigen, sonst würde er schnell als »Sklave« eines anderen Gefangenen enden. Philipp zog seine Jacke aus und legte sie auf den Boden.

Der Mann mit der Narbe grinste.

»Mal ’nen Basketball in der Hand gehabt?«

»Klar«, antwortete Philipp großspurig.

»Gut, du bist in unserem Team«, erwiderte sein Gegenüber und warf ihm den Ball zu.

Angesichts der Tatsache, dass sehr hart gespielt wurde, passte Philipp den Ball schnell weiter zu einem seiner Mitspieler. Dieser zog zum Korb, doch sein Wurf ging kläglich vorbei. Ihre Gegner machten es nicht besser, sodass sie wieder Angriffsrecht bekamen. Philipp dribbelte ein wenig, wobei er den Ball eng am Körper führte. Es gelang ihm, einen Gegenspieler auszutricksen und auf einen freien Mitspieler zu passen. Doch obwohl man nicht freier zum Wurf kommen konnte, gelang es ihm nicht, den Ball im Korb unterzubekommen. Innerlich schüttelte Philipp den Kopf, ließ sich jedoch nichts anmerken. Da seine Kameraden bemerkt hatten, dass er von allen am besten spielte, überließen sie ihm großzügig den Ball. Diesmal kam er gegen den breitschultrigen Kerl mit den blondierten Haarspitzen. Er warf sich Philipp regelrecht entgegen, sodass er abdrehte und den Ball mit seinem Körper abschirmte. Dies schien seinen Gegenspieler nicht gerade zu erfreuen, und er schubste Philipp kräftig von hinten, um ihn aus dem Gleichgewicht zu bringen. Statt sich davon aus der Ruhe bringen zu lassen, nahm Philipp den Schwung mit, drehte sich um die eigene Achse und zog an seinem Gegenspieler vorbei. Der blondierte Mann versuchte ihn zu fassen zu bekommen, war aber zu langsam. Philipp sprang hoch und versenkte den Basketball sauber im Korb. Seine Teamkameraden applaudierten und johlten.

»Da hast du dich gehörig von dem Milchbubi abzocken lassen«, spottete der Mann mit der Narbe.

»Reines Glück«, gab der Mann mit den blondierten Haaren zurück.

»Das sagen die Verlierer immer.«

Beim nächsten Spielzug schaffte Philipp es wieder, sich an seinem Gegenspieler vorbeizuschlängeln und einen weiteren Korb zu werfen. Jetzt war er im Spiel drin und hatte richtig Spaß daran. Fast hätte er vergessen, dass er im Gefängnis war.

Beim folgenden Angriff kam er wieder gegen den Mann mit den blondierten Haaren. Dieser wollte sich offensichtlich kein zweites Mal von Philipp düpieren lassen und packte ihn am Trikot.

»Hey«, rief Philipp vorwurfsvoll und streckte instinktiv den Hintern hinaus, um sich Abstand zu verschaffen. Doch statt loszulassen, versetzte sein Gegenspieler ihm so einen heftigen Stoß, dass Philipp ins Stolpern geriet und den Ball verlor.

»Du blöde Schwuchtel«, schrie der blonde Mann und versetzte Philipp einen weiteren Stoß. Dann stürzte er auf ihn zu und packte ihn am Kragen. Philipp war so erschrocken, dass er sich im ersten Moment gar nicht zur Wehr setzte.

»Was ist hier los?«, rief einer der Justizbeamten, der plötzlich am Spielfeldrand aufgetaucht war, mit Nachdruck in der Stimme.

»Nichts«, knurrte der blondierte Mann und ließ Philipp los.

»Schluss für heute«, sagte der Beamte in etwas ruhigerem Ton. »Packt zusammen und nehmt die Spielgeräte mit.«

Er ließ die beiden Streithähne nicht aus den Augen. Obwohl Philipp das Herz in die Hose gerutscht war, als der kräftige Mann wie eine wilde Furie auf ihn zugekommen war, versuchte er, sich nichts anmerken zu lassen.

»Wir zwei sind noch nicht fertig miteinander«, zischte

der Blonde Philipp zu und sah ihn hasserfüllt an. »Und das nächste Mal kannst du dich nicht hinter einem Schließer verstecken«, drohte er.

»Blas dich nicht so auf, Sven«, brummte der Mann mit der Narbe. Er war etwa 40 Jahre alt.

»Was mischst du dich denn ein?«, fragte der Angesprochene ungehalten und sah den Mann mit der Narbe böse an. »Das ist nicht deine Sache! Kümmer dich lieber um deinen eigenen Dreck.«

»Ich mache es aber zu meiner Sache«, antwortete sein Gegenüber, ohne sich im Geringsten von Svens aggressivem Ton einschüchtern zu lassen. »Zieh Leine, bevor ich böse werde.«

Der Mann mit der Narbe hatte nicht sehr laut gesprochen, aber in seiner Stimme lag ein Unterton, der deutlich machte, dass mit ihm nicht zu spaßen war.

Sven sah ihn mit einem merkwürdigen Blick an, den Philipp nicht recht zu deuten wusste. Wortlos machte der Mann mit den blondierten Haaren kehrt und verließ das Spielfeld.

»Danke«, sagte Philipp an den Mann mit der Narbe gerichtet.

»Keine Ursache, Kleiner. Aber wenn ich du wäre, würde ich Sven in nächster Zeit aus dem Weg gehen«, riet er ihm.

Philipp nickte stumm.

»Und pass auf, dass die Wärter deine Tür abends richtig abschließen. Das ist sicherer für dich.«

Philipp sah ihn entgeistert an.

»Du meinst, der Typ kann sich frei im Gefängnis bewegen und zu mir in meine Zelle kommen?«, fragte Philipp ungläubig.

Der schmale Mann zuckte mit den Schultern und lächelte vielsagend. Dann machte er kehrt und war im nächsten Augenblick im Zellenblock verschwunden.

Fassungslos starrte Philipp ihm hinterher. Seine Hände wurden feucht, sein Herz krampfte sich zusammen.

Jetzt hatte er richtig Angst …

KAPITEL 6

Die Nacht schlief Jo nicht gut. Er träumte, dass die Polizei hinter ihm her war und er mit Philipp in eine Zelle gesperrt wurde. Sie beteuerten ihre Unschuld, aber die Wärter lachten nur höhnisch. Mitten in der Nacht wachte er schweißgebadet auf. Er brauchte eine Weile, bevor er realisierte, dass er zu Hause in seinem Bett lag und alles in Ordnung war.

Am Morgen fühlte er sich wie gerädert. Trotzdem stand er früh auf. Nach einer kalten Dusche ging es ihm besser, und er beschloss, vor dem Frühstück Fahrrad zu fahren. Er zog seine Sportsachen an und machte sich auf den Weg nach unten. Immer, wenn er Stress hatte oder ihn etwas belastete, setzte er sich auf sein Fahrrad und drehte eine Runde. Im Lauf der Zeit hatte er sich einige Strecken zurechtgelegt, auf denen er gut abschalten konnte. Und je größer der Stress, umso steiler wurde die Strecke. Heute entschied er sich für einen mittelschweren Anstieg durch die Weinberge. Dazu musste er erst hinunter ins Tal rollen, um sich anschließend über einen der vielen schmalen Wege, die von den Winzern mit ihren kleinen Traktoren benutzt wurden, nach oben zu kämpfen. Teilweise waren die Hänge extrem steil und wiesen Steigungen mit mehr als 15 Prozent auf. Da konnte man sich richtig verausgaben.

Es war ein klarer Morgen, der Fahrtwind wirbelte ihm durch die Haare und bauschte seine Fahrradjacke auf. Er trat kräftig in die Pedale und wurde immer schneller.

Das Gefühl, mit fast 70 Stundenkilometern den Hang hinunterzurauschen, war unbeschreiblich. Er legte sich in die Kurven, um möglichst wenig Geschwindigkeit zu verlieren. Nach einigen viel zu kurzen Minuten war er unten im Tal. Die Abfahrt war jedes Mal wie ein Rausch für ihn, ein absoluter Adrenalinkick.

Er bog nach rechts ab und fuhr in Richtung Oberwesel. Um die Muskeln aufzuwärmen, radelte er ein Stück am Rhein entlang. Nach etwa drei Kilometern bog er in einen der engen, steilen Weinbergswege ab. Jetzt musste er richtig arbeiten. Der Schweiß lief ihm in Strömen den Rücken hinunter. Umdrehung für Umdrehung biss er sich in den Hang und ging zunehmend in einen langsamen Wiegetritt über. Als er oben auf der Ebene angelangt war, atmete er tief durch. Er lockerte die Beine und trat danach kräftiger in die Pedale. Über einen Feldweg gelangte er zurück zur Straße. So früh am Morgen war kaum jemand unterwegs, sodass er in Ruhe zum »Waidhaus« fahren konnte. Einige Minuten später rollte er in den Hof und stieg ab. Er stellte das Rad in den Schuppen und ging hinüber zum Haus. Seine Fahrradmontur war durchgeschwitzt und klebte ihm auf der Haut. Als er mit der Zunge über die Lippen fuhr, konnte er den Geschmack des Salzes spüren.

Nachdem er geduscht hatte, ging er nach unten und setzte sich ins Büro. Er hatte einigen Papierkram zu erledigen: Rechnungen prüfen, Lagerabgänge dokumentieren, Bestellungen vorbereiten und die Belege für die Buchhaltung sortieren. Jo hasste diesen Teil seiner Arbeit und drückte sich nach Möglichkeit davor. Das ging eine Weile gut, bis sich schließlich die Papierstapel auf seinem Schreibtisch türmten und er sie nicht mehr ignorieren konnte. Dann machte er sich jedes Mal widerwillig daran und quälte sich mehr schlecht als recht durch Rechnungen und Belege. Er ärgerte sich jedes Mal über sich selbst und dass er es nicht schaffte, jeden Abend die Tagespost zu erledigen.

Er stand eben viel lieber in der Küche an seinem chromblitzenden Herd und kochte, als sich im Büro mit dem Papierkram zu beschäftigen.

Heute war er froh, dass er sich darum kümmern konnte. Dann machte er sich nicht so viele Gedanken über Philipp, der alleine in einer engen Gefängniszelle sitzen musste. An seinen freien Tagen war der Junge am liebsten draußen in der Natur. Sein bester Freund arbeitete im Hunsrück in einem Tierpark, wo Philipp viel Zeit verbrachte. Er liebte Tiere und konnte sie stundenlang beobachten. Als ein Jäger dem Wildpark vor einiger Zeit einen jungen Rehbock gebracht hatte, der von einem Auto schwer verletzt worden war, wollte der Tierarzt ihn einschläfern. Philipp, der zufällig gerade dort gewesen war, hatte vehement dafür gekämpft, dem Rehbock eine Chance zu geben. In den folgenden Wochen hatte er fast jede freie Minute im Tierpark verbracht und sich aufopferungsvoll um das Tier gekümmert. Mit viel Einsatz war es ihm schließlich gelungen, den jungen Rehbock auf die Beine zu bekommen.

Merkwürdig, dass er gerade jetzt daran denken musste.

Nach gut zwei Stunden hatte Jo die letzte Rechnung überprüft und die dazugehörige Überweisung ausgefüllt. Er steckte die Überweisungsformulare in ein Kuvert und legte die Ausgangspost zu seinen Autoschlüsseln, um sie bei der nächsten Fahrt nach Boppard bei der Bank einzuwerfen.

Er sah auf die Uhr. Es war kurz nach halb zehn. Die ganze Zeit über lauschte er unterschwellig, ob er nicht oben an der Straße den klapprigen VW von Fridolin Bauer hörte. Obwohl der Druck bei der Post in den letzten Jahren erheblich zugenommen hatte, ließ Fridolin sich nicht aus der Ruhe bringen. Wenn er ein Schwätzchen halten wollte, tat er das, ob es seinem Vorgesetzten gefiel oder nicht.

Da es in der unmittelbaren Nähe des »Waidhauses« keine weiteren Häuser gab, war es den Zeitungszustellern zu mühselig, bis zu ihm zu kommen. Stattdessen bekam Jo seine Zeitung per Post zugeschickt. Normalerweise machte ihm das nichts aus, aber heute wartete er ungeduldig, dass Fridolin endlich auftauchte. Er war gespannt, was Sandner aus der Geschichte gemacht hatte.

Um sich die Wartezeit zu verkürzen, nahm er den Reservierungsordner und sah nach, wer sich für heute angekündigt hatte. Wie jedes gute Restaurant lebte das »Waidhaus« hauptsächlich von seinen Stammgästen. Zu seiner Enttäuschung war aber niemand besonderes dabei.

Gegen zehn Uhr hörte er Fridolins VW brummen. Jos Briefkasten war oben an der Straße aufgestellt, damit der Postbote nicht bis nach unten zum Haus laufen musste. Fridolin hatte die Post eingeworfen und winkte Jo zu, als er anfuhr. Die Briefe warf Jo achtlos auf seinen Schreibtisch und stürzte sich auf die Zeitung. Das »Rheinische Tagblatt« berichtete, dass die Polizei beim Tod von Kronlechner von einer Vergiftung ausging. In diesem Zusammenhang sei es zu einer Verhaftung gekommen. Das war alles – keine weiteren Details, keine Namen. Sandner hatte Wort gehalten! Jo gab sich allerdings keinen Illusionen hin: Auch wenn er sich auf seine Leute verlassen konnte, würde es sich bestimmt innerhalb kürzester Zeit herumsprechen, dass es sich bei der von der Polizei verhafteten Person um

Philipp handelte. In einer ländlich geprägten Region wie dem Rheintal konnte man nichts lange geheim halten.

Nachdem seine Mannschaft nach und nach eingelaufen war, scharte Jo seine Mitarbeiter um sich und teilte ihnen mit, dass die Polizei einen Haftbefehl beantragt hatte und Philipp für weitere Untersuchungen festgehalten wurde. Er bat seine Leute ausdrücklich, mit niemandem darüber zu sprechen. Wie am Sonntag bei der Festnahme sah er nur betretene Mienen und verlegene Gesichter. Selbst Pedro hüllte sich in Schweigen. Ute nahm ihn beiseite und informierte ihn, dass Philipps Mutter nach Frankfurt gefahren sei, um ihren Sohn zu besuchen. Sie hatte sich zudem mit Dr. Frank verabredet.

Als sie nach dem Mittagessen gerade dabei waren, die Küche sauber zu machen, fuhr Ellen Meissner auf den Hof. Statt auszusteigen, blieb sie im Wagen sitzen. Jo warf Ute einen Blick zu. Er überlegte, ob er zu ihr hinausgehen und sie ins Haus bitten sollte. In dem Moment stieg sie aus und kam mit zögerlichen Schritten auf den Seiteneingang zu. Sie wirkte blass und hatte verweinte Augen.

In Jos Büro brachte sie ihn und Ute auf den neuesten Stand.

Milde hatte Dr. Frank mitgeteilt, dass sich bislang kein Zeuge gemeldet habe, der Philipps Aussage, dass er die Küche während der Zubereitung der Torte verlassen habe, bestätigen könne. Darüber hinaus hatte Dr. Frank von Philipp erfahren, dass die Polizei einen genetischen Fingerabdruck von ihm genommen hatte. Trotz hartnäckiger Nachfrage von Seiten des Anwalts hatte Milde sich aus »ermittlungstaktischen Gründen« geweigert, ihnen zu sagen, wofür dieser benötigt wurde. Besonders die Tatsache, dass die Polizei daraus so ein Geheimnis machte, trieb Dr. Frank Sorgenfalten auf die Stirn. Was Ellen Meissner am härtesten traf, war die Tatsache, dass Philipp zur weiteren Untersuchungshaft in ein reguläres Gefängnis verlegt worden war. Um ihn zukünftig besuchen zu können, musste sie eine Besuchsgenehmigung beantragen, sodass sie ihren Sohn vorläufig nicht sehen konnte.

Als sie ihnen davon erzählte, brach sie in Tränen aus. Ute und Jo versuchten gemeinsam, sie zu trösten, was ihnen aber nicht so recht gelingen wollte.

Schließlich überredete Ute Ellen Meissner zu einem Spaziergang an der frischen Luft. Jo war darüber sehr froh, denn er fühlte sich Philipps Mutter gegenüber hilflos. Nachdem sich die beiden Frauen auf den Weg gemacht hatten, blieb Jo in seinem Büro sitzen. So konnte es nicht weitergehen!

Er ließ sich das Gespräch mit Peter Hartmann durch den Kopf gehen. Die Frage, die ihn am meisten beschäftigte, war, wie er mehr über das Privatleben von Kronlechner herausfinden konnte. Er und seine neue Frau waren zwar einige Male im »Waidhaus« gewesen, aber damals hatte Jo mit ihr nur ein paar unverbindliche Worte gewechselt. Nachdem Silvia Kronlechner das Geburtstagsbankett bei ihm in Auftrag gegeben hatte, trafen sie sich einige Male, und er lernte sie besser kennen. Trotzdem hätte er nicht wirklich sagen können, was für ein Mensch sie war. In einem stimmte er Hartmann zu: Sie war wesentlich jünger als ihr Mann. Jo schätzte sie in seinem Alter – Anfang 30. Zweifelsohne war sie eine sehr schöne Frau: makelloses Gesicht, schulterlange, blonde Haare, schlanke Figur. Dazu war sie relativ groß, bestimmt 1,75 Meter. Wenn sie gewollt hätte, hätte sie mit ihrem Aussehen bestimmt als Model arbeiten können. Das Beeindruckendste waren aber ihre geheimnisvollen blauen Augen, die jeden sofort in ihren Bann zogen. Obwohl sie zu Jo sehr freundlich gewesen war, strahlte sie eine gewisse Unnahbarkeit aus.

Für einen Moment fragte er sich, ob sie ihren Mann ermordet haben könnte. Er stellte sich vor, wie sie sich anschlich und das Giftfläschchen aus ihrer Tasche zog, ein kaltes Lächeln auf den Lippen. Er musste selbst über die Vorstellung lachen. Warum hätte Silvia Kronlechner ihren Mann umbringen sollen? Die beiden waren nicht sehr lange verheiratet gewesen und hatten auf ihn einen glücklichen Eindruck gemacht. Der unerwartete Tod ihres Mannes schien die junge Frau schwer getroffen zu haben. Ihre Verzweiflung und der Schock waren nicht gespielt gewesen. Da war Jo sich sicher. Außerdem hätte sie als Ehefrau bestimmt andere Möglichkeiten gehabt, als ihren Mann ausgerechnet bei einem Festbankett mit 300 Teilnehmern zu vergiften, bei dem alle Augen auf sie gerichtet waren. Er dachte darüber nach, ob Silvia Kronlechner während des Banketts verschwunden war, konnte sich aber nicht erinnern. Viel verdächtiger erschien Jo ohnehin die ehemalige Frau des Unternehmers. Wenn Kronlechner sie wegen einer Jüngeren verlassen hatte, lag hier vielleicht der Schlüssel: Eifersucht, verletzte Eitelkeit, Rache – starke Motive für einen Mord.

Er durfte allerdings die Tatsache nicht außer Acht lassen, dass ein Mann Philipp aus der Küche gelockt hatte. Das war keinesfalls ein Zufall! Für ihn war klar, wie sich das Ganze abgespielt haben musste: Jemand rief den Jungen nach draußen in die Halle. Um dorthin zu gelangen, musste er ein Stück laufen. Während er nach einem Telefon suchte, das es gar nicht gab, waren schnell einige Minuten vergangen. Der Mörder schlüpfte in dieser Zeit in die Küche, träufelte das Gift in die Torte und verrührte es.

Anschließend steckte er das Giftfläschchen in Philipps Jacke. Falls jemand zufällig hereinkam, konnte er behaupten, er habe sich in der Tür geirrt oder sei neugierig auf die Nachspeise gewesen. Das war zweifelsohne riskant und erforderte ein hohes Maß an Kaltblütigkeit, erschien ihm aber als durchaus machbar. Aus eigener Erfahrung wusste er, dass man mit selbstbewusstem Auftreten und ein wenig Frechheit sehr weit kommen konnte. Als Teenager hatten sein bester Freund und er sich einen Sport daraus gemacht, umsonst in Konzerthallen zu kommen. Dafür ließen sie sich alles Mögliche einfallen. Ein paar Mal waren sie früh zur Konzerthalle gegangen und hatten so getan, als wären sie Roadies. In einem unbeobachteten Moment schnappte sich jeder eine Kiste mit Equipment aus einem der Lastwagen und marschierte damit in die Halle. Erst beim vierten oder fünften Mal waren sie damit aufgeflogen. Mit der Zeit bekamen sie in dem Spiel so viel Routine, dass sie selbst dann gut durchkamen, wenn sie angesprochen wurden. Mal verkleideten sie sich als Sanitäter, mal als Handwerker. Meist musste man nur herausfinden, wer für die Elektrik verantwortlich war und wie die Telefonnummer von der Pforte lautete. Dann riefen sie dort an und sagten dem Pförtner, dass in Kürze zwei Lehrlinge mit wichtigem Material kämen, die sofort in die Halle zum Chefelektriker geschickt werden sollten. Es war erstaunlich, wie einfach das ging und wie leicht Menschen sich täuschen ließen. Dagegen war es ein Kinderspiel, jemanden aus einer Küche zu locken. Die Werkskantine lag etwas abseits, sodass das Risiko, gesehen zu werden, vergleichsweise gering gewesen war.

Nach Lage der Dinge musste er davon ausgehen, dass der Mann, der Philipp aus der Küche gelockt hatte, der Mörder war. Falls eine der beiden Ehefrauen darin verstrickt war, musste sie einen Helfer gehabt haben. Oder sie hatte einen professionellen Killer engagiert. Doch das konnte er sich nicht so recht vorstellen. Ein Mitwisser war ein erhebliches Risiko. Abgesehen davon, dass man sich damit erpressbar machte. Und wo sollte man in Deutschland als normaler Mensch einen Profikiller herbekommen?

Jo hätte zu gern gewusst, was in Kronlechners Testament stand. Das Erbe musste beträchtlich sein. Wer auch immer davon profitierte, gehörte zum engsten Kreis der Verdächtigen. War Silvia Kronlechner die Haupterbin, oder gab es Kinder aus der ersten Ehe, denen die Hälfte des Vermögens zustand?

Wie konnte er das in Erfahrung bringen? Er schüttelte den Kopf. Es war so, wie Dr. Frank gesagt hatte: Als Privatermittler stand man schnell vor verschlossenen Türen. Die Polizei konnte das Testament sicher einsehen. Für Milde war es zudem bestimmt kein Problem, die beiden Ehefrauen zu überprüfen. Vielleicht hatte Dr. Frank die Möglichkeit, einen Einblick in Kronlechners Testament zu bekommen. Er musste unbedingt mit dem Anwalt darüber reden.

Um nicht noch mehr Zeit ungenutzt verstreichen zu lassen, entschloss er sich, bei seinen Nachforschungen mit den Umweltschützern anzufangen. Die Tatsache, dass sie bei Pro Health Pharma eingebrochen waren und einen Wachmann niedergeschlagen hatten, zeigte, dass sie vor der Anwendung von Gewalt nicht zurückschreckten. Er musste sich unbedingt mehr Informationen über die einzelnen Gruppen beschaffen. Jo setzte sich an den Computer und suchte im Internet nach Informationen zu den Tierschützern. Das Angebot schien unüberschaubar. Er brauchte eine Weile, um sich darin zurechtzufinden. Schließlich stieß er auf eine Gruppe, die aggressiv gegen die Tierversuche von Pro Health Pharma vorging und mit Ankettungen an die Werkstore und Sitzblockaden von sich reden machte. Die Gruppe war als Verein eingetragen und verfügte über eine eigene Homepage, auf der die wichtigsten Daten über die Organisation verzeichnet waren. Jo notierte sich die Telefonnummer und den Namen des Vorsitzenden.

KAPITEL 7

Am nächsten Morgen war Jo früher als sonst auf den Beinen. Er hatte sich entschlossen, diese Woche selbst gemachte Bandnudeln mit Trüffeln auf die Karte zu setzen. Dafür musste er nach Frankfurt zum Großmarkt fahren. Auf dem Weg dorthin machte er bei einem Geldautomaten halt, um sich mit dem nötigen Bargeld zu versorgen. So früh am Morgen herrschte nicht sehr viel Verkehr, so dass er gut durchkam. An der Großmarkthalle angekommen, hatte er Glück und bekam einen Parkplatz direkt am Eingang. Obwohl es erst halb sieben war, ging es in der Halle zu wie auf einem orientalischen Basar: Waren wurden hereingebracht, Obst und Gemüse wurde begutachtet, Preise wurden verhandelt. Der Duft von exotischen Gewürzen lag in der Luft, und alle paar Meter konnte man etwas anderes riechen. Obwohl er nur Trüffel brauchte, schlenderte Jo durch die Halle und blieb an verschiedenen Ständen stehen. Schließlich kam er bei Johann Bachmann an. Er kannte den Händler seit Jahren. Bachmann hatte sich auf Gemüse spezialisiert, bot aber auch – je nach Saison – eine große Auswahl hochwertiger Pilze an. Neben heimischen Köstlichkeiten wie Steinpilzen, Pfifferlingen und Maronen gab es französische Perlpilze, asiatische Shitakepilze und Trüffel. Obwohl es vereinzelt einige Sorten aus Osteuropa gab, war das Angebot an Pilzen zu dieser Jahreszeit relativ ausgedünnt. Bachmann begrüßte Jo mit einem kernigen Händedruck. Er war ein großer, kräftiger

Mann von Mitte 50. Er lachte gern und laut und liebte es, mit seinen Kunden zu fachsimpeln, wobei er allerdings das Geschäft nie aus den Augen verlor. Jo war es ein paar Mal so gegangen, dass er wegen eines bestimmten Pilzes gekommen war und sich von Bachmann zu deutlich mehr überreden ließ. Allerdings nicht zu seinem Schaden: Auf das Urteil des Gemüsehändlers konnte er sich blind verlassen. Bachmann verfügte über ein hervorragendes Netz von Zulieferern und bot nur erstklassige Qualität an. Die hatte zwar ihren Preis, aber gerade für seine Pilzgerichte bekam Jo sehr viele Komplimente von den Gästen.

»Wie sieht es aus mit Trüffeln?«, wollte er von Bachmann wissen.

»Die weißen haben ihre beste Zeit hinter sich. Man bekommt zwar von den Italienern welche angeboten, die sind aber nicht zu empfehlen. Anders sieht es beim Schwarzen Wintertrüffel aus. Ich habe gerade eine frische Lieferung bekommen. Gestern im Perigord gepflückt, die sind eins a.«

Jo sah sich die Pilze näher an und roch an ihnen. Der kräftige, scharfe Geruch mit dichtem Waldaroma sagte ihm, dass die Trüffel frisch waren. Die schwarz-grauen Knollen sahen zudem hervorragend aus. Er entschied sich für 1.500 Gramm. Trüffel wurden grammweise abgerechnet, sodass allein die Stelle hinter dem Komma einen großen Unterschied machte. Sie feilschten ein wenig, wurden sich aber schnell handelseinig. Um eineinhalb Kilo Trüffel reicher und knapp 2.000 Euro ärmer verließ Jo die Großmarkthalle. Er verstaute die Trüffel in seiner Kühlbox und machte sich auf den Rückweg.

Der morgendliche Pendlerverkehr hatte eingesetzt, und Jo musste sich stärker auf die Straße konzentrieren. Stoßstange an Stoßstange quälte sich die Blechlawine im Schneckentempo die A 5 hinunter. In der Ferne waren die Glastürme der Bankenmetropole zu sehen, aber Jo hatte den Blick stur geradeaus gerichtet. Als er Frankfurt hinter sich gelassen hatte, war er froh, dass er nicht in einer Großstadt leben musste.

Zurück im »Waidhaus« verstaute er seine wertvolle Fracht im Kühlhaus und ging hinüber in die Küche. Gegen zehn Uhr kam Ute. Kurz danach liefen Anton und Karl-Heinz ein. Pedro ließ sich wie üblich als Letzter blicken. Ute nahm Jo beiseite und brachte ihn auf den neuesten Stand in Sachen Philipp. Dr. Frank hatte Ellen Meissner mitgeteilt, dass sie Philipp nur alle zwei Wochen sehen durfte. Sie war nach Frankfurt gefahren, um sich die nötige Besuchserlaubnis zu besorgen. Ute war über die Besuchsregelung sehr aufgebracht. Wie konnte man einer Mutter verbieten, ihren Sohn so oft zu sehen, wie sie wollte?

»Vielleicht bekommen wir auch so einen Besuchsschein. Dann können wir uns abwechseln, und Philipp bekommt wenigstens alle paar Tage Besuch von einem von uns«, schlug Jo vor.

»Das ist eine super Idee«, rief sie und klatschte begeistert in die Hände.

»Ich werde nachher gleich mit Dr. Frank telefonieren, an wen wir uns da wenden müssen«, versprach er.

Nach dem Mittagessen kam Ellen Meissner ins »Waidhaus«, um sich zu verabschieden. Nach längerem Überlegen hatte sie sich schweren Herzens dazu durchgerungen, nach Hause zu fahren. Im Moment konnte sie ohnehin nichts für Philipp tun. Außerdem wollte sie ihre Tochter nicht weiter alleine lassen, der die Festnahme ihres Bruders ebenfalls sehr zusetzte. Trotzdem plagte Ellen Meissner ein schlechtes Gewissen, weil sie Philipp alleine ließ. Ute und Jo versuchten gemeinsam, ihr den Gedanken auszureden, aber so recht wollte es ihnen nicht gelingen. Erst als Jo erwähnte, dass sie beide versuchen wollten, ebenfalls eine Besuchsgenehmigung zu bekommen, hellte sich Ellen Meissners Miene auf. Zum Abschied umarmte sie Ute und Jo herzlich. Dann machte sie sich auf den Heimweg.

»Duschtag!«, sagte der Justizvollzugsbeamte und grinste. Philipp sprang von seinem Bett auf, in dem er gelegen und gelesen hatte. Er hatte sich sehr auf diesen Tag gefreut. Einmal die Woche durfte er in dem großen Waschraum ausgiebig duschen. Er hatte zwar auch in seiner Zelle ein Waschbecken, das er für die tägliche Körperhygiene nutzen konnte, aber es war nur klein und das Wasser allenfalls lauwarm. Fröhlich griff Philipp nach seinem Handtuch und folgte dem Beamten in Richtung Waschraum. Dort gab es 30 Duschen und richtig heißes Wasser. Philipp zog sich im Vorraum aus und betrat den großen, weiß gekachelten Duschraum. Gut 25 Männer waren im Raum, und der Dampf des heißen Wassers schlug ihm entgegen. Für einen Moment blieb er am Eingang stehen. Mit bangem Blick suchte er die Reihen ab. Er lächelte erleichtert. Von Sven, dem Mann mit den blondierten Haarspitzen und den aufgepumpten Muskeln, war nichts zu sehen. Anscheinend war Sven in einer anderen »Dusch-Schicht« eingeteilt. Vielleicht duschte er aber auch nicht gern mit anderen – so schwulenfeindlich, wie er sich auf dem Basketballplatz präsentiert hatte.

Philipp drückte einen der Seifenspender, die an der Wand angebracht waren, und ließ das Duschgel in seine Hand laufen. Was für ein Luxus! Fast wie im Hotel, dachte er und grinste schief. Er trat auf eine freie Dusche zu, drehte den Hahn auf und genoss das angenehm prickelnde Gefühl des heißen Wassers auf der Haut. Er seifte sich gründlich ein, wusch die Haare und versuchte jeden Moment auszukosten. All der abgestandene Geruch in seiner Zelle, die vielen Stunden des Alleinseins, all die sorgenvollen Gedanken, denen er sich nicht entziehen konnte, all der Druck, der ihm permanent auf den Magen schlug, fielen von ihm ab. Obwohl er wusste, dass er im Gefängnis war und er auf der Hut sein musste, schloss er die Augen und gab sich diesem wunderbaren Gefühl hin. Wenn er unter dem heißen Wasser stand, die angenehme Wärme um sich spürte, war es so, als wäre er gar nicht hier. Es war die einzige Zeit, in der er sich frei fühlte, ganz bei sich und alles um sich herum vergaß – das Eingesperrtsein, die Angst, verurteilt zu werden, das schlechte Essen, die Gewalttäter, Vergewaltiger und Mörder, von denen er umgeben war – alles fiel von ihm ab. Philipp war so in Gedanken versunken, dass er nicht bemerkte, wie sich der Duschraum nach und nach leerte, bis er schließlich alleine war.

»Noch fünf Minuten«, hörte er einen der Vollzugsbeamten von draußen hereinrufen. Er öffnete die Augen und erschrak. Am Eingang stand Sven und beobachtete ihn. Er trug einen eng geschnittenen Sportanzug, der ihn noch breiter erschienen ließ. Die Hände hatte er in den Hosentaschen vergraben.

»Sieh mal an, wen wir hier haben«, sagte der Mann mit den blondierten Haaren und grinste süffisant.

»Der kleine Pisser vom Sportplatz. Und diesmal ist er allein.«

Philipp hatte das Wasser abgedreht und sich schnell die Haare getrocknet. Er schlang sich das feuchte Handtuch um die Hüften und marschierte Richtung Ausgang. Dabei versuchte er cool und überlegen zu wirken, obwohl die Situation ihn durchaus nervös machte.

Als er drei Meter von Sven entfernt war, stellte sich dieser breitbeinig hin und versperrte ihm den Weg. Philipp blieb stehen.

»Was soll das?«, sagte er mit fester Stimme.

»Was soll was?«, fragte Sven zurück und nahm die Hände aus den Taschen.

»Ich will keinen Ärger mit dir.«

Philipp versuchte sich seine Furcht nicht anmerken zu lassen und sah Sven geradewegs in die Augen.

In dem Blick des Mannes lag etwas für ihn Unbestimmbares, eine Art erwartungsvolles Glitzern, aber auch etwas leicht Entrücktes. Für einen Moment fragte Philipp sich, ob Sven Drogen genommen hatte.

»Ich weiß nicht, was du von mir willst. Ich hab dir nichts getan.«

»Du blöder Pisser hast mich vor allen auf dem Sportplatz lächerlich gemacht«, fauchte Sven. Mit einem Mal stand Wut in seinem Gesicht.

Unwillkürlich wich Philipp einen Schritt zurück. Nervös wanderten seine Augen hin und her. Er konnte nicht fliehen. Es gab keinen zweiten Ausgang. Und nirgendwo irgendetwas, das er als Waffe für seine Verteidigung nutzen konnte!

Sven hatte einen Schritt nach vorne gemacht. Alles an seiner Körperhaltung sagte, dass er auf Ärger aus war.

»Weißt du, was das Beste ist?«

Sven grinste böse.

»Die Kameralinsen beschlagen durch den Wasserdampf, hast du das gewusst?«

Er deutete auf die Kamera, die am Eingang von der Decke hin.

»Die Schließer können nicht sehen, was hier drin passiert. Es ist alles wie im Nebel.«

Auf einmal blitzte etwas in seiner Hand. Der breitschultrige Mann hielt eine selbst gebastelte Klinge in der Hand. An einem Holzstück hatte er eine Glasscherbe mit einem Klebeband fixiert. Die Glasspitze war scharf wie eine Rasierklinge ausgeschliffen.

Philipp spürte, wie seine Kehle trocken wurde. Tausend Gedanken rasten durch seinen Kopf. Sollte er um Hilfe rufen? Aber was, wenn Sven dann direkt zustach? Er wich weiter zurück. Sven kam immer näher. Sein Gesicht war hassverzerrt.

Philipp kam spontan ein Gedanke. Er riss das nasse Handtuch von seinen Hüften und packte es mit beiden Händen fest an, damit er es zur Abwehr nutzen konnte.

»Ich kann Karate«, log er und wich einen weiteren Schritt zurück.

»Na, dann zeig, was du kannst, Karatekid«, höhnte Sven und machte einen Satz nach vorn.

Philipp schrie auf, als Sven mit seiner Waffe zustieß …

Jo war froh, dass das Restaurant am Abend ausgebucht war und sie viel zu tun hatten. So fiel es ihm leichter, die Gedanken an Philipp zu verdrängen. Die Tagliatelle mit Trüffel gerieten hervorragend. Als er später seine Runde durch die Gaststube machte, blickte er in lauter zufriedene Gesichter.

Jean Lecoute, einer seiner Stammgäste, verwickelte ihn in ein Gespräch über die Unterschiede zwischen Deutschland und Frankreich. Der Franzose lebte zwar seit mehr als 20 Jahren in Deutschland, trauerte der französischen Küche aber immer noch nach.

»Deine Trüffel-Nudeln sind ein Gedischt«, erklärte Lecoute und schnalzte mit der Zunge. »Bist du dir wirklisch sischär, dass du keine französischen Ahnen hast?«

»Ich fürchte, ich muss dich enttäuschen. Meine Vorfahren waren alle aufrechte, niederbayerische Bauern«, erklärte Jo und grinste.

»Ah, wer kann das mit Bestimmtheit sagän? Immerhin sind Napoleons Männär oft genug dursch Bayärn gezogen!«

Jo musste lachen. Er liebte diese Plaudereien mit seinen Gästen, speziell, wenn sie so nett waren wie Lecoute. Nachdem er an dem einen oder anderen weiteren Tisch ein paar Worte gewechselt hatte, machte er sich zufrieden auf den Weg zurück in die Küche. Die Trüffelnudeln waren jedenfalls ein voller Erfolg.

Die Küchenmannschaft hatte in der Zwischenzeit aufgeräumt, und seine Mitarbeiter saßen, wie fast jeden Abend, zusammen und unterhielten sich.

Pedro wollte wissen, was es Neues gab. Jo erzählte, dass Philipps Familie ihn nur alle zwei Wochen besuchen dürfe. Pedro schüttelte ungläubig den Kopf.

Sonst blödelten sie nach hektischen Tagen gern ein wenig herum, aber nach der schlechten Nachricht war die Stimmung sehr gedrückt, sodass sich alle zügig auf den Heimweg machten.

Am nächsten Morgen wachte Jo früh auf. Er hatte gut geschlafen und fühlte sich erstmals seit Tagen richtig erholt. Das weckte seine Lebensgeister, er sprühte vor Energie und Tatendrang. Als Erstes wollte er den Tierschützern auf den Zahn fühlen. Er überlegte, ob er in den Verein eintreten sollte, verwarf den Gedanken aber gleich wieder. Dafür ließ ihm das »Waidhaus« schlichtweg zu wenig Zeit. Außerdem konnte er sich schlecht tageweise an irgendwelche Werkstore anketten lassen. Detektivarbeit war nicht so einfach, wie er gedacht hatte. Vielleicht konnte Sandner etwas über die Gruppe herausfinden. Während er überlegte, kam ihm eine neue Idee: Wieso gab er sich nicht selbst als Journalist aus? So konnte er unverbindlich Kontakt mit der Gruppe aufnehmen, und niemand würde Verdacht schöpfen, wenn er viele Fragen stellte. Je mehr er darüber nachdachte, umso besser gefiel ihm die Idee. Er setzte sich an seinen Computer und recherchierte im Internet nach Umweltmagazinen. Nach kurzer Zeit stand auf seinem Zettel eine Auswahl von Fachmagazinen, die für seinen Plan in Frage kam. Nachdem er im Internet einiges über Tierschutz gelesen hatte, fühlte er sich bereit für seine neue Rolle. Er suchte die Nummer heraus, die er sich am Vortag notiert hatte, und griff zum Hörer. Zu seinem Bedauern lief eine Ansage, dass das Büro nur am Mittwoch und am Donnerstag zwischen 17 und 20 Uhr besetzt sei. Er schwankte, ob er eine Nachricht hinterlassen sollte, entschied sich aber dagegen. Besser, wenn er es später erneut versuchte.

Um sich für das Schachmatch am Sonntag warm zu spielen, lud er sein Schachprogramm. Da ihm wenig Zeit blieb, an den Trainingseinheiten der Mannschaft teilzunehmen, war der Computer die beste Möglichkeit, sich fit zu halten.

Ab und zu kam einer seiner Schachkameraden abends im Restaurant vorbei. Wenn sie in der Küche fertig waren, konnte er meist ein oder zwei Partien spielen, bevor er zu müde wurde, um sich zu konzentrieren.

Jo war mit dem Schachspielen aufgewachsen. Sein Vater war ein leidenschaftlicher Schachspieler und hatte ihm früh die Grundzüge beigebracht. Als Jo in die Schule kam, beherrschte er das Spiel bereits sehr gut. Auf dem Gymnasium gehörte er zum Schachteam seiner Schule und schlug reihenweise Gegner, die einige Jahre älter waren. Der Ehrgeiz packte ihn, und er verbrachte viele Stunden damit, Eröffnungen zu pauken und große Schachpartien nachzuspielen. Die impulsive Spielweise eines Bobby Fischer oder die kühle Schacharithmetik eines Anatoli Karpow hatten ihn gleichermaßen fasziniert und herausgefordert. Von diesem Grundstock zehrte er bis heute. Nachdem er die erste Partie gegen sein »Grandmaster Chess V«-Programm gewonnen hatte, beging er zu Beginn der zweiten Partie einen Leichtsinnsfehler, der ihn in eine ungünstige Position brachte. Lag man einmal gegen den Computer zurück, war es fast unmöglich, die Partie zu drehen. Unerbittlich und ohne ihm den Gefallen zu tun, selbst einen Fehler zu machen, spulte die Maschine ihr Pensum ab. Jos Lage wurde immer aussichtsloser, und so war er froh, als das Telefon klingelte und ihm eine Atempause verschaffte.

Es war Klaus Sandner. Es gab aufregende Neuigkeiten: Die Staatsanwaltschaft hatte am Nachmittag eine Pressekonferenz angesetzt.

»Was wollen sie da verkünden?«, fragte Jo alarmiert.

»Ich hatte gehofft, dass du mir das sagen kannst«, erwiderte der Journalist, »meine üblichen Quellen halten sich bedeckt. Ich habe versucht, Dr. Frank zu erreichen, aber sein Büro hat mir gesagt, dass er außer Haus ist.«

»Gibt der Staatsanwalt nicht vorher bekannt, worum es geht?«, fragte Jo.

»Hier in Koblenz ist das kein Problem. Da kenn ich die

Leute. Die sagen mir immer etwas. Aber dieser Höhne scheint ein ausgesprochener Fatzke zu sein und macht ein großes Geheimnis darum. Es geht definitiv um den Kronlechner-Fall.«

»Kannst du mich mitnehmen?«

»Du willst zur Pressekonferenz gehen?«, fragte Sandner verblüfft.

»Ja.«

»Hm, ich wollte nicht selbst da hin, sondern einen meiner Leute schicken. Ich hab heute viel zu tun und hatte nicht vor, nach Frankfurt zu fahren.«

»Bitte, Klaus, du würdest mir einen großen Gefallen tun.«

Sandner überlegte.

»Also schön«, brummte er widerstrebend, »aber das bleibt bitte unter uns. Mein Chefredakteur würde mir aufs Dach steigen, wenn er mitbekommt, dass ich neugierige Köche zu Pressekonferenzen mitschleppe.«

»Ist ja nur einer. Außerdem werde ich mich so unauffällig verhalten, dass du gar nicht merkst, dass ich da bin.«

»Wäre auch besser. Kann mir nicht vorstellen, dass Höhne sich über deine Anwesenheit freut.«

Sie vereinbarten, dass Sandner ihn gegen 12.30 Uhr im Restaurant abholen sollte.

Danach rief Jo bei Dr. Frank an, konnte ihn aber ebenso wenig erreichen. Sein Büro teilte ihm mit, dass der Anwalt in einem anderen Fall bei Gericht sei und frühestens am späten Nachmittag zurückerwartet werde.

Nachdem er den Hörer aufgelegt hatte, starrte er auf das Schachbrett vor sich.

Was hatte diese Pressekonferenz zu bedeuten? Waren neue Aspekte aufgetaucht, die Philipp entlasteten? Warum aber hatte die Staatsanwaltschaft dann nicht Philipps Anwalt informiert? Langsam begann er sich ernsthaft Sorgen zu machen.

Auf dem Schachbrett sah die Lage nicht besser aus. Nach einer gründlichen Analyse entschied er sich, die Partie zu beenden.

Er blickte auf die Uhr und bekam einen Schreck: höchste Zeit, sich an die Vorbereitung des Mittagessens zu machen! Da er früher wegmusste, wollte er den anderen wenigstens vorher Arbeit abnehmen. Als Pedro eintraf, gab er ihm Bescheid, dass er heute früher gehen müsse, und erklärte ihm den Grund. Die Zeit verging wie im Flug. Beinahe hätte Jo verschwitzt, dass Klaus Sandner gleich kam! Er spurtete die Treppe hoch, zog hastig die Kochmontur aus, duschte im Eiltempo und schlüpfte in eine bequeme Jeans. Als er unten war und zum Abschied den Kopf in die Küche steckte, fuhr Klaus Sandner gerade auf den Hof. Jo gab schnell ein paar Anweisungen und kontrollierte zwei Teller, die dampfend auf der Anrichte standen: Wachtelessenz mit Trüffelklößchen unter Blätterteighaube.

»Ich glaube, den Rest kriegen wir ohne dich hin, Scheffe«, meinte Pedro und schob Jo mit sanfter Gewalt aus der Küche.

Sandner winkte zur Begrüßung und öffnete die Autotür. Jo ließ sich auf den Beifahrersitz fallen.

»Schade, dass wir keine Zeit zum Essen haben«, begrüßte ihn Sandner. »Deine Entenbrust mit frischem Frühlingsgemüse ist jedes Mal ein Gedicht.«

Er schnalzte mit der Zunge.

»Du bist jederzeit herzlich eingeladen«, antwortete Jo.

»Ich nehme dich beim Wort«, erwiderte der Journalist und grinste. »Meine Frau kocht zwar gern, aber mit dir kann sie es nicht aufnehmen.«

Jo musste lachen. Das sollte Sandner seine Frau besser nicht hören lassen! Sie plauderten munter weiter und waren in Frankfurt angelangt, ehe sie sich versahen.

Vor dem Gerichtsgebäude wartete Sandners Fotograf. Er war von Wiesbaden herübergekommen, wo sich ein großer Verkehrsunfall ereignet hatte.

Sandner stellte die beiden vor, gab dem Fotografen allerdings keine Erklärung, wer Jo war und warum er den Journalisten begleitete. Es schien diesen auch nicht weiter zu interessieren. Er hatte nur Augen für seine Kamera: eine moderne Spiegelreflexkamera mit großem Objektiv, an der er beständig herumhantierte. Anerkennend blickte Jo auf die Profikamera. Früher hatte er selbst viel fotografiert. Aktuell ließ das »Waidhaus« ihm kaum mehr Zeit dafür.

Am Empfang zeigte Sandner seinen Presseausweis vor. Er hatte sie alle drei unter »Rheinisches Tagblatt« angemeldet. Anstandslos hakte der Beamte sie auf seiner Liste ab. Die Pressekonferenz fand im zweiten Stock statt. Als sie dort ankamen, war der Raum bereits gut gefüllt. Sandner begrüßte einige Kollegen mit Handschlag und wurde sofort in ein Gespräch verwickelt. Der Fotograf machte sich auf die Suche nach einer günstigen Position, von der aus er seine Kamera in Stellung bringen konnte. Jo war überrascht, dass es so einen Andrang gab. Rechts und links wurden sogar zwei Fernsehkameras aufgebaut. Unschlüssig sah er sich um und verzog sich nach hinten in die letzte Reihe. Er wusste nicht, ob die Pressekonferenz vom Staatsanwalt allein abgehalten wurde oder ob Milde mit von der Partie war. Besser, wenn er dem Hauptkommissar nicht über den Weg lief.

Pünktlich um 14 Uhr betrat der Staatsanwalt den Raum und warf einen Blick in die Runde. Er lächelte zufrieden.

Die Fotografen begannen zu knipsen. Mit nach oben gereckten Schultern bahnte Höhne sich seinen Weg zum Podium. In seinem Schlepptau folgten Hauptkommissar Milde und sein Stellvertreter. Sie nahmen rechts und links von Höhne Platz, der sich im Blitzlicht der zahlreichen Kameras sichtlich wohlfühlte. Die Fernsehleute und zwei Radiojournalisten, die an ihren tragbaren Aufnahmegeräten zu erkennen waren, bauten ihre Mikrofone vor Höhne auf. Jo duckte sich und spähte zwischen einem korpulenten Journalisten und einem etwas schmaleren Kollegen hindurch. Es war unschwer zu verkennen, dass Milde über den Trubel nicht begeistert war.

Der Hauptkommissar war tatsächlich alles andere als glücklich über die Pressekonferenz. Die Polizei führte gegenwärtig zusätzliche Zeugenbefragungen durch, und es musste noch die eine oder andere offene Frage geklärt werden. Höhne hatte Mildes diesbezügliche Bedenken mit einer wegwerfenden Handbewegung vom Tisch gewischt.

»Schön, dass Sie unserer Einladung so zahlreich gefolgt sind«, setzte Höhne an. »Für diejenigen von Ihnen, die mich nicht kennen, darf ich mich zunächst vorstellen. Mein Name ist Hartmut Höhne, ich bin der leitende Staatsanwalt in diesem Fall. Neben mir sitzen Hauptkommissar Milde und Oberkommissar Arnold von der Kriminalpolizei.«

Höhne blickte in die Runde und vergewisserte sich, dass alle Aufmerksamkeit auf ihn gerichtet war. Seine kalten Augen leuchteten triumphierend.

»Bitte entschuldigen Sie die kurzfristige Einladung zu dieser Pressekonferenz, aber uns ist im Fall Dr. Kronlechner dank des unermüdlichen Einsatzes der Kriminalpolizei ein Durchbruch gelungen.«

Er nickte herablassend in Richtung Milde, der den Ausführungen des Staatsanwalts ohne erkennbare Regung folgte. Höhne machte eine effektheischende Pause.

»Es steht zweifelsfrei fest, dass Dr. Kronlechner ermordet worden ist.«

Ein Raunen ging durch den Raum. Die Journalisten kritzelten hektisch auf ihre Notizblöcke.

»Ich bin stolz darauf, Ihnen verkünden zu können, dass der mutmaßliche Täter verhaftet werden konnte.«

Höhne blickte selbstgefällig in die Runde. Es fehlte nicht viel, und man hätte ihn als Pfau im Zoo ausstellen können, dachte Jo und schnitt eine Grimasse.

»Wie wurde Herr Kronlechner ermordet?«, rief ein junger Mann in einer abgewetzten Lederjacke dazwischen.

»Dr. Kronlechner wurde mittels eines Insektizids mit dem Namen Sarinat getötet«, antwortete Höhne.

»Wieso sind Sie so sicher, dass es nicht ein Unfall oder Selbstmord gewesen sein kann?«, hakte der junge Mann nach.

»Bei dem Gift handelt es sich um eine seltene, in Deutschland verbotene Substanz. Ein Unfall ist daher ausgeschlossen. Es gibt keinerlei Anhaltspunkte, die einen Selbstmord nahelegen würden. Außerdem haben wir Reste der tödlichen Substanz beim mutmaßlichen Täter gefunden.«

Wieder ging ein Raunen durch den Saal.

»Wie ist es Ihnen gelungen, den Täter so schnell zu finden?«, wollte ein älterer Journalist wissen, der eine dicke Hornbrille trug.

»Sarinat ist ein sehr schnell wirkendes Gift. Dr. Kronlechner verstarb innerhalb weniger Minuten, nachdem er es zu sich genommen hatte. Dadurch konnten wir den Kreis der Verdächtigen eingrenzen«, erklärte Höhne.

»Soll das heißen, Herr Kronlechner ist bei seiner eigenen Geburtstagsfeier vor mehr als 300 seiner engsten Freunde und Familienangehörigen ermordet worden?«, fragte eine Journalistin in einem karierten Sakko ungläubig.

»Daran bestehen keinerlei Zweifel«, erklärte Höhne mit bedeutungsschwangerer Stimme.

»Sie meinen, es war wie eine öffentliche Hinrichtung?«, rief der junge Mann mit der Lederjacke dazwischen. Er schien über die dramatische Wendung des Falles völlig aus dem Häuschen zu sein.

»Die Wertung der Tat bleibt Ihnen überlassen«, erwiderte Höhne in herablassendem Ton. »Aber zweifelsohne hat der Täter Zeit und Ort mit Bedacht ausgewählt.«

Der junge Mann schrieb eifrig mit.

»Wie ist die Vergiftung konkret abgelaufen?«, wollte eine junge Frau wissen, die ein großes Aufnahmegerät um ihren Hals hängen hatte.

»Dr. Kronlechner bekam als Einziger einen besonderen Nachtisch, eine Eistorte. Der Täter wusste das und hat das Gift gezielt eingesetzt. Aufgrund der Dosierung gehen wir von einer Tötungsabsicht aus.«

Jo bemerkte bitter, dass das »mutmaßlich« inzwischen unter den Tisch gefallen war.

Am liebsten wäre er aufgesprungen und hätte laut protestiert.

»Habe ich es richtig verstanden, dass das Gift in einer Eistorte war?«, hakte der junge Mann in der Lederjacke nach. Höhne nickte, woraufhin der Journalist sich wieder eifrig Notizen machte.

»Wie ist es dem Täter gelungen, an die Torte heranzukommen?«, wollte der ältere Journalist mit der Hornbrille wissen. »Es kann schließlich nicht jeder einfach in die Küche marschieren.«

»Das haben Sie richtig erkannt«, sagte Höhne in gönnerhaftem Ton. »Der Täter war bei einem der Service-Unternehmen beschäftigt, die mit der Durchführung der Veranstaltung beauftragt wurden. Er war unmittelbar mit der Zubereitung der Eistorte befasst.«

»Können Sie uns etwas über den Täter sagen?«, fragte die junge Frau vom Radio.

»Sein Name ist Philipp M., er ist 18 Jahre alt und arbeitet als Koch.«

»Ein 18-Jähriger!«, rief der junge Mann mit der Lederjacke dazwischen. »Welchen Grund hat ein 18-Jähriger, einen bekannten Unternehmer umzubringen?«

Der junge Mann schien regelrecht begeistert darüber.

»Zum Motiv wollen wir uns aus ermittlungstaktischen Gründen im Moment nicht äußern. Nur so viel: Der Täter hat Dr. Kronlechner vorher mehrere anonyme Drohbriefe geschickt. Den letzten hat Dr. Kronlechner am Tag vor seinem Tod erhalten. Darin wurde ihm angekündigt, dass er am nächsten Tag sterben werde.«

Der letzte Satz schlug ein wie eine Bombe. Die Geschichte hatte alle Zutaten für einen echten Knüller. Ein bedeutender Unternehmer, eine schöne, junge und am Boden zerstörte Ehefrau, ein Giftmord vor 300 Menschen, dazu eine Todesdrohung ein Tag vorher. Was für eine Story!

»Wenn es Todesdrohungen gegen Dr. Kronlechner gab, wieso wurde er nicht von der Polizei beschützt?«

Die Frage kam von Klaus Sandner. Er hatte sich von der allgemeinen Aufregung nicht anstecken lassen. Auch wenn Höhne versuchte, sich nichts anmerken zu lassen, versetzte ihm die Frage einen Dämpfer. Er war unschlüssig und gab die Frage an Hauptkommissar Milde weiter, der den Ausführungen des Staatsanwalts aufmerksam gelauscht hatte.

»Dr. Kronlechner hat in der Vergangenheit wiederholt Drohbriefe erhalten. Bedauerlicherweise hat er die Polizei darüber nicht informiert, sondern sich lieber auf seinen Werkschutz verlassen«, antwortete Milde.

»Hat der mutmaßliche Täter die Tat gestanden?«, fragte Sandner weiter.

Höhne und Milde tauschten Blicke aus.

Der Hauptkommissar antwortete: »Bisher nicht. Wir sind gegenwärtig dabei, weitere Verhöre durchzuführen.«

»Können Sie ausschließen, dass jemand anderes für die Tat in Betracht kommt?« Sandner blieb hartnäckig.

»Darauf gibt es keinerlei Hinweise. Alle Indizien deuten eindeutig auf den Mann, den wir verhaftet haben«, antwortete Höhne unwirsch. Sandner verdarb ihm sichtlich die Freude an seiner Pressekonferenz.

»Vielen Dank für Ihre Fragen. Wir werden Sie selbstverständlich über den weiteren Fortgang der Ermittlungen informieren.«

Höhne erhob sich abrupt. Einige Journalisten protestierten gegen das rasche Ende der Pressekonferenz.

»Können Sie uns sagen, wo der Mann, den Sie verhaftet haben, gearbeitet hat?«, tönte der junge Mann mit der abgeschabten Lederjacke über den Lärm des beginnenden Aufbruchs hinweg. Höhne schüttelte knapp den Kopf und bahnte sich den Weg zum Ausgang.

»Die Öffentlichkeit hat ein Recht darauf, mehr über die Hintergründe der Tat zu erfahren!«, rief er Höhne hinterher. Der Staatsanwalt beachtete ihn nicht. Er war wütend. Die Pressekonferenz war aus seiner Sicht perfekt gelaufen, bis dieser Schnösel vom »Rheinischen Tagblatt« anfing, dumme Fragen zu stellen.

Hatte er nicht ausreichend klargemacht, dass eindeutige Hinweise vorlagen, dass Philipp Meissner der Täter war? Die Drohbriefe hatte er sich bewusst bis zum Ende aufgehoben, um einen dramatischen Schlusspunkt zu setzen. Stattdessen kamen Fragen nach einem Geständnis oder möglichen anderen Tätern. Im Stechschritt machte er sich auf den Weg zurück zu seinem Büro und stoppte nicht einmal für die Fernsehkameras, die versuchten, ihn bei seinem Abgang groß ins Bild zu bekommen.

Milde war sitzen geblieben, machte sich nun aber schnell davon, als er merkte, dass sich das Interesse der Medien nach Höhnes Abgang auf ihn und Arnold zu konzentrieren begann.

»Herr Hauptkommissar, was können Sie uns zum Motiv der Tat sagen?«, fragte der junge Mann in der Lederjacke. Er hatte Milde am Ärmel gepackt. Der Hauptkommissar kannte ihn von einem anderen Fall. Ein unangenehmer Kerl. Er arbeitete für eine Boulevardzeitung und schrieb regelmäßig über Kriminalfälle – je blutrünstiger, umso besser. Milde machte sich los und bahnte sich kommentarlos den Weg durch den Pulk der Journalisten. Insgeheim war er schadenfroh. Die Fragen des Journalisten des »Rheinischen Tagblatts« waren völlig berechtigt.

Es gab einige offene Punkte, und die Sachlage war nicht so eindeutig, wie Höhne sie dargestellt hatte. Dem Staatsanwalt war seine Selbstdarstellung wichtiger als eine gründliche Ermittlung. Das rächte sich nun. Statt dass sie in Ruhe den offenen Fragen nachgehen konnten, würden überall Reporter herumschwirren und nach Informationen suchen. Milde fiel es nach wie vor schwer zu glauben, dass ein

Kind so einen Hass auf einen Menschen entwickelt haben sollte, dass es fast zehn Jahre später, als junger Erwachsener, einen Mord beging. Aber die Ergebnisse der gentechnischen Analyse bewiesen eindeutig, dass die Drohbriefe von Philipp Meissner stammten. Trotzdem – ein Drohbrief war das eine, ein Mord das andere. So oder so, die Indizien würden für eine Anklage und höchstwahrscheinlich für eine Verurteilung ausreichen. Schade, dass sie auf dem Giftfläschchen keine Fingerabdrücke des Jungen gefunden hatten, denn dann wäre der letzte Zweifel beseitigt gewesen. Aber vielleicht machte er sich schlichtweg zu viele Gedanken. Manchmal musste man einsehen, dass die Fakten die Fakten waren und man mit seinem persönlichen Gespür falschlag.

Milde hatte gegenüber Dr. Frank ein schlechtes Gewissen. Er hätte den Anwalt des Jungen gern vorab über die Ergebnisse der gentechnischen Analyse informiert, aber Höhne hatte es ihm ausdrücklich untersagt. Der Strafverteidiger würde vermutlich sehr ungehalten sein, wenn er von den Briefen erst aus der Zeitung erfuhr. Trotzdem war Milde gespannt, welche Erklärung sich Philipp Meissner dafür einfallen lassen würde. Er hatte bestimmt nicht damit gerechnet, dass sie ihn mit den Briefen in Verbindung bringen konnten. Die modernen Analysemethoden und insbesondere der genetische Fingerabdruck, für den inzwischen minimale Spuren ausreichten, waren ein wahrer Segen für die Polizeiarbeit.

KAPITEL 8

Adrenalin pumpte durch Philipps Körper. Seine Nerven waren zum Zerreißen gespannt. Den ersten Stoß von Sven hatte er mit seinem Handtuch abwehren können, aber die rasiermesserscharfe Klinge hatte ihn am Handrücken erwischt. Blut lief ihm über die Hand, aber das spürte er kaum. Seine ganze Aufmerksamkeit war auf seinen Angreifer gerichtet. Er wich einen Schritt zurück und dann noch einen.

Plötzlich spürte er etwas Hartes hinter sich – die Wand! Nun konnte er Sven nicht weiter ausweichen. Auf einmal verengte sich sein Blick. Er sah nur Sven und seine Klinge vor sich, alles andere um ihn herum verschwamm. Es war, als befände er sich in einem Tunnel. Alles schien wie in Zeitlupe abzulaufen. Er wusste, dass er sich nicht auf einen längeren Kampf einlassen konnte. Schließlich würde er Svens Stichbewegungen nicht ewig mit dem Handtuch abwehren können. Er musste ihn überraschen, ihm die Klinge aus der Hand schlagen, ihn vielleicht sogar zu Boden werfen und dann flüchten – das war seine einzige Chance. Der muskelbepackte Mann war knapp einen Meter von ihm entfernt. Er konnte spüren, wie sein Körper sich verhärtete. Er hatte nur einen einzigen Versuch. Wenn er sich von der Wand abdrückte und sich mit aller Wucht abstieß wie ein Katapult, konnte er ihn vielleicht überwältigen. Philipp spannte jeden Muskel in seinem Körper an.

Plötzlich gellte eine Stimme scharf durch den Raum.

»Sven!«

Philipps Angreifer fuhr herum. Am Eingang stand der schmale Mann mit der Narbe über dem Auge, der Philipp auf dem Basketballplatz geholfen hatte.

»Was soll das?«

»Halt dich raus, Tom«, knurrte Sven. »Das geht nur den kleinen Mistkäfer und mich was an.«

»Du steckst sofort dein Messer weg und lässt ihn in Ruhe.«

Obwohl die Worte gefährlich leise gesprochen waren, verfehlten sie ihre Wirkung nicht.

»Ich lass mir von dir nichts vorschreiben«, behauptete Sven, allerdings mit deutlich weniger Überzeugung in der Stimme als eben.

»Zwing mich nicht, dir dein Messer wegzunehmen«, antwortete Tom kühl. »Du weißt, dass ich es kann.«

In dem Moment tauchte ein Justizbeamter im Waschraum auf.

»Was ist hier los?«, wollte er wissen. »Die Duschzeit ist seit fünf Minuten vorbei.«

Wie von Zauberhand war Svens Klinge aus dem Sichtbereich des Beamten verschwunden.

»Was ist das da?«

Der Beamte deutete auf mehrere Blutspuren, die von Philipps Handrücken auf den Boden getropft waren.

Philipp sah Sven an. Dieser warf ihm einen einschüchternden Blick zu. Philipps Augen wanderten weiter zu Tom. Dieser schüttelte kaum wahrnehmbar den Kopf und sah ihn eindringlich an. Die Sekunden schienen sich endlos in die Länge zu ziehen.

»Was ist denn nun?«, hakte der Beamte ungeduldig nach. »Irgendjemand verletzt?«

Da Philipp das Handtuch inzwischen in beiden Händen hielt, konnte der Beamte die Wunde an seinem Handrücken nicht sehen.

»Ich hatte Nasenbluten«, erklärte Philipp. »Hat wieder aufgehört.«

»So, so, Nasenbluten also«, meinte der Beamte skeptisch.

Philipp nickte bestätigend.

»Na gut, ziehen Sie sich an. Und dann ab in die Zellen. Das gilt für alle hier.«

Sven setzte sich augenblicklich in Bewegung und drückte sich unauffällig an dem Beamten vorbei. Dieser machte ebenfalls kehrt und verließ den Duschraum.

»Danke«, sagte Philipp mit tonloser Stimme.

»Kein Problem, Kleiner«, meinte Tom lässig. »So ist das im Knast. Kumpels müssen sich gegenseitig den Rücken freihalten. Diesmal hab ich dir geholfen, das nächste Mal hilfst du mir, oder?«

»Klar«, antwortete Philipp und nickte dankbar. Wobei er sich nicht so recht vorstellen konnte, dass ein Typ wie Tom jemals seine Hilfe brauchen würde.

»Mach, dass du in deine Zelle kommst, denn dort bist du vor Sven sicher«, sagte Tom und klopfte Philipp jovial auf die Schulter.

Philipp zog sich rasch an und machte sich aus dem Staub. Tom blieb einen Augenblick am Eingang zum Duschraum stehen und starrte gedankenverloren auf die weißen Kacheln. Ein zufriedenes Lächeln glitt über sein Gesicht. Dann machte er kehrt und verschwand in Richtung seiner Zelle.

Jo fühlte sich nach der Pressekonferenz niedergeschlagen. Offensichtlich war die Polizei davon überzeugt, dass die Drohbriefe von Philipp stammten. Falls das wirklich zutraf und sich eindeutig belegen ließ, hatte der Junge sich richtig reingeritten. Jetzt war Jo klar, wieso Philipp so herumgedruckst hatte, als Dr. Frank ihn gefragt hatte, ob es sonst etwas gäbe, was er wissen sollte. Etwas Dümmeres hätte ihm wirklich nicht einfallen können! Auch wenn es für die Polizei jetzt endgültig bewiesen sein musste, dass Philipp der Täter war, änderten die Briefe nichts an Jos Überzeugung, dass sein Lehrling unschuldig war. Im Gegenteil, für ihn war es umso mehr ein Beweis, dass Philipp nichts mit dem Mord zu tun hatte. So hatte er es Kronlechner heimzahlen wollen. Er dachte, er könne mit den Drohbriefen Kronlechner Angst machen und ihn wenigstens ein bisschen dafür bestrafen, was er seiner Familie angetan hatte. Er würde vermutlich enttäuscht sein, wenn er hörte, dass die Briefe Kronlechner völlig kalt gelassen hatten. Der Unternehmer hatte es nicht einmal für nötig befunden, die Polizei einzuschalten. Jo schüttelte den Kopf. Das Einzige, was Philipp mit seiner kindischen Aktion erreicht hatte, war, dass er sich nun in einer nahezu ausweglosen Lage befand. Trotzdem fragte er sich, wieso das Ganze der Polizei nicht mehr zu denken gab. Philipp war manchmal impulsiv, aber der Junge war nicht dumm. Warum sollte er Kronlechner vorwarnen und die Tat trotzdem ausführen? Ihm musste doch klar gewesen sein, dass der Verdacht auf ihn fallen würde.

Sandner hatte inzwischen die wichtigsten Fakten an seine Redaktion geschickt. Der Fotograf war bereits auf dem Weg zum nächsten Verkehrsunfall: Auf der Autobahn war ein Lastwagen randvoll mit frischen Fischen umgekippt und hatte seine eisige Fracht quer über die Fahrbahn verteilt. Tote Fische auf der Autobahn – so etwas wollten die Leser sehen.

»Sieht nicht gut aus für den Jungen«, meinte Sandner.

Jo nickte stumm.

»Bist du weiter davon überzeugt, dass er nichts mit der Geschichte zu tun hat?«

»Philipp mag für die eine oder andere Dummheit gut sein. Aber Mord? Niemals!«

»Hm. Dein Vertrauen in ihn in allen Ehren, aber bei der Indizienlage wird es verdammt schwer für ihn, seine Unschuld zu beweisen. Kannst du mir etwas zu dem ominösen Motiv sagen?«

Jo schüttelte den Kopf. Sandner zuckte mit den Schultern und grinste entschuldigend.

»Macht nichts. Kriegen wir trotzdem heraus. Meinst du, dass Dr. Frank mir heute ein Interview gibt?«

Richtig, Dr. Frank, den hatte er völlig vergessen! Er musste den Anwalt dringend über die neueste Entwicklung informieren. Gott sei Dank hatte er dessen Nummer in seinem Mobiltelefon gespeichert. Er entschuldigte sich bei Klaus Sandner und rief von einer ruhigen Ecke aus an. Diesmal bekam er den Anwalt direkt an die Strippe. Er informierte ihn über den Verlauf der Pressekonferenz. Als er zu den Drohbriefen kam, konnte sich Dr. Frank einen Fluch nicht verkneifen.

»Das hat uns gerade noch gefehlt!«, stöhnte der Anwalt.

»Ändert nichts daran, dass Philipp mit dem Mord nichts zu tun hat.«

»Wieso sind Sie so sicher?«

»Weil ich den Jungen kenne.«

»Sie würden sich wundern, wie man sich täuschen kann. Ich hab mal eine Mandantin vertreten, die ihren Lebensgefährten umgebracht hat. Sie war eine zierliche Person. Das typische nette Mädel von nebenan, das niemandem etwas zuleide tun kann und für jeden ein gutes Wort hat. Trotzdem hat sie ihren Lebensgefährten regelrecht massakriert. Der Tatort sah aus, als wäre jemand mit einer Kettensäge zu Gange gewesen. Als die Polizei am Tatort eintraf, saß sie seelenruhig daneben und hat die Beamten freundlich angelächelt. Die konnten gar nicht glauben, dass so ein Persönchen so ein Massaker veranstalten kann.«

»Wie kam es dazu?«

Der Anwalt zuckte mit den Schultern.

»Wie das manchmal so geht. Er hat sie jahrelang geschlagen und missbraucht. Irgendwann war offensichtlich der Punkt erreicht, an dem sie ausgerastet ist. So ist es häufig bei häuslicher Gewalt. Irgendwann bringt ein Tropfen das Fass zum Überlaufen.«

»Nicht bei Philipp. Dazu ist der Junge viel zu klug.«

»So, so. Und wieso hat er Drohbriefe an Dr. Kronlechner geschickt? Kommt mir nicht sehr clever vor.«

»Warum hätte er ihn vorwarnen sollen, wenn er es war?«

»Stimmt«, gab der Anwalt zu. »Trotzdem werde ich ein ernstes Wörtchen mit Philipp reden müssen. Wenn er will, dass ich ihn verteidige, will ich keine weiteren Überraschungen erleben.«

Obwohl es kein guter Zeitpunkt schien, fragte Jo den Juristen, ob er bereit sei, dem »Rheinischen Tagblatt« ein Interview zu geben. Nach kurzer Überlegung sagte Dr. Frank zu. Jo ging zurück zu Sandner und nickte.

»Dr. Frank ruft dich später in der Redaktion an. Er fährt erst einmal zu Philipp und zieht ihm wegen der Briefe die Ohren lang.«

Auf der Rückfahrt sah Jo schweigend zum Fenster hinaus. Man konnte es drehen und wenden, wie man wollte: Wenn sie nicht bald etwas fanden, das Philipp entlastete, würde er eine lange Zeit hinter Gittern verbringen müssen. Als sie am »Waidhaus« angekommen waren und Jo den Griff der Autotür bereits in der Hand hielt, drehte er sich noch einmal um.

»Vielen Dank für deine Hilfe. Ich weiß das wirklich sehr zu schätzen, Klaus.«

Sandner machte eine abwehrende Handbewegung.

»Einen Rat wollte ich dir mitgeben«, sagte er und sah Jo an. »Nachdem bekannt ist, dass die Polizei jemanden festgenommen hat, werden die lieben Kollegen vom Boulevard nicht lockerlassen. Wenn du Pech hast, ziehen sie dich und das ›Waidhaus‹ voll in die Geschichte hinein.«

Sandner machte eine Pause.

»Kannst du dich an den jungen Typen mit der Lederjacke erinnern?«

Jo nickte.

»Er heißt Dieter Klein und schreibt für den ›Mainzer Express‹. Der kennt keine Skrupel, wenn er an einer Geschichte dran ist. Es würde mich nicht wundern, wenn er bei dir aufkreuzt, um dich auszuhorchen. Nimm dich in Acht vor ihm. Ich würde ihm an deiner Stelle nicht ein Wort glauben, was er dir sagt.«

Jo fragte sich, warum Sandner das alles für ihn tat. Schließlich kannten sie sich gar nicht so gut. Er dankte dem Journalisten mit einem Nicken. Dann brauste Sandner davon.

Jo blickte auf die Uhr: Zeit, das Abendessen vorzubereiten. Als Tagesgericht gab es Rheinischen Sauerbraten. Allerdings mit Rinder- statt Pferdefleisch. Obwohl Jo ein großer Freund der traditionellen Küche war, musste er manchmal Zugeständnisse an den Zeitgeist machen. Pferdefleisch war zwar sehr schmackhaft, aber in einer Zeit, in der Pferde fast wie Haustiere gehalten wurden, hätte es wohl einen mittleren Aufstand gegeben, wenn er Pferdefleisch serviert hätte.

Bevor er anfing, wollte er bei den Tierschützern anrufen und einen Termin vereinbaren. Die Pressekonferenz hatte ihm deutlich vor Augen geführt, dass von der Polizei keine Hilfe mehr für Philipp zu erwarten war. Er setzte sich an seinen Schreibtisch und griff nach dem Hörer. Diesmal hatte er mehr Glück. Nach dem zweiten Klingeln meldete sich eine dunkle Männerstimme.

Jo stellte sich als Tobias Mörschel vor, einen Namen, den er aus dem Impressum der Zeitschrift »Tierschutz jetzt!« abgeschrieben hatte. Er gab vor, an einer Reportage über die Tierschutzinitiativen in Frankfurt und der näheren Umgebung zu schreiben. In diesem Zusammenhang sei er auf die Initiative »Pro Tierschutz e.V.« gestoßen. Das Wort »Presse« wirkte wie ein »Sesam-öffne-dich«. Sein Gegenüber klang sehr interessiert. Jo stellte ein paar Fragen, wie groß die Gruppe sei, welche Ziele sie verfolgten und was sie bisher erreicht hätten. Schließlich fragte er, ob sie sich zu einem persönlichen Gespräch treffen könnten. Jo schlug den kommenden Montag vor. Sein Gegenüber willigte ein. Sie vereinbarten, sich gegen 17 Uhr in den Räumen des Vereins zu treffen. Erst nach dem Telefonat fiel Jo auf, dass der Mann seinen Namen nicht genannt hatte. Er überlegte, ob er deswegen ein zweites Mal anrufen sollte. Das schlechte Gewissen, dass er sein Gegenüber angelogen hatte, nagte an ihm. Lügen waren ihm zuwider, aber er befürchtete, dass die Tierschützer sich weigern würden, mit ihm zu sprechen, wenn er ihnen die Wahrheit erzählte.

Der Rheinische Sauerbraten kam gut an, aber die Kartoffelravioli mit schwarzem Trüffel und glasierter Wachtelbrust, die sie heute auf der Tageskarte anboten, erwiesen sich als absoluter Renner, sodass nach dem Abendessen ein guter Anteil der Trüffel verkauft waren. Das war gut so, denn Trüffel verloren durch Verdunstung jeden Tag ein bisschen Gewicht und damit an Wert. Der Wasserverlust war zwar minimal, aber wenn man pro Kilo zwischen 1.000 und 1.500 Euro bezahlen musste, war selbst ein kleiner Gewichtsverlust bares Geld.

Es war jedes Mal ein eindrucksvolles Zeremoniell, wenn die Trüffel samt einer Waage an den Tisch gebracht und vor den Augen der Gäste gewogen wurden. Anschließend raspelten sie die Trüffel über die Nudeln – rund zehn Gramm pro Teller.

Wenn es sich einrichten ließ und er nicht dringend in der Küche gebraucht wurde, kam Jo dafür selbst an den Tisch. Die Begeisterung in den Augen seiner Gäste zu sehen, wenn ihnen der unbeschreibliche Duft in die Nase stieg, war für ihn jedes Mal ein erhebendes Gefühl.

Später am Abend, als sie gemeinsam um den schönen alten Eichentisch saßen und sich über die Reste hermachten, berichtete er vom Verlauf der Pressekonferenz.

Wie immer hörten Anton und Karl-Heinz nur zu und stellten keine Fragen.

»Wenn ich gewusst hätte, was er in seinem Zimmer alles treibt, wäre ich hochgegangen und hätte ihm die Hosen strammgezogen«, sagte Ute resolut und schüttelte den Kopf über so viel Unvernunft.

Pedro machte ein nachdenkliches Gesicht. Dem jungen Spanier war genauso wie Jo klar, dass es sehr schlecht um Philipp stand.

»Denkst du, sie lassen ihn vor einem möglichen Prozess nach Hause?«, wollte Pedro wissen.

»Bei Mordverdacht?«

Jo schüttelte den Kopf.

»So oder so hoffe ich, dass die Sache schnell aufgeklärt wird und Philipps Unschuld bewiesen wird. Voraussichtlich werden wir trotzdem einige Zeit auf ihn verzichten müssen.«

»Wenn du willst, kann ich in den nächsten paar Wochen auf meinen freien Tag verzichten«, bot Pedro an. Jo sah ihn erstaunt an.

»Bist du sicher?«

»Klar, für 'ne Zeit lang ist das kein Problem.«

Ute und Karl-Heinz zogen spontan mit. Jo freute sich sehr darüber, aber er wusste, dass es nicht ewig so weitergehen konnte. Kochen war ein anstrengender Beruf. Da brauchte man seine Auszeiten. Wenn Philipp nicht bald freikam, musste er sich nach einer Aushilfe umsehen.

Als er abgeschlossen hatte und nach oben in seine Wohnung gegangen war, klingelte das Telefon. Es war Dr. Frank.

»Wie war das Gespräch?«, wollte Jo wissen.

»Wie Sie vermutet haben. Philipp wollte Dr. Kronlecher Angst einjagen und ihm den Spaß an seiner Geburtstagsfeier verderben. Von Sarinat hat er vorher nie etwas gehört und wüsste nicht, wie er es sich besorgen sollte. Außerdem hat er mir sehr klar zu verstehen gegeben, dass er nicht so blöd wäre, das Gift ausgerechnet in die Speise zu schütten, für die er selbst verantwortlich ist.«

Der Anwalt machte eine Pause.

»Wissen Sie, es gibt manchmal Mörder, die sich so dilettantisch bei der Tatausführung anstellen, dass man den Eindruck bekommen könnte, sie wollten erwischt werden. Bei Philipp kann davon keinerlei Rede sein. Er behauptet nach wie vor steif und fest, dass er mit dem Mord nichts zu tun hat.«

»Ich glaube ihm«, sagte Jo mit Nachdruck in der Stimme. Ein Lächeln huschte über Dr. Franks Gesicht.

»Hoffen wir, dass das Gericht es genauso sieht«, erwiderte er skeptisch. »Philipp hat mir ausdrücklich aufgetragen, Ihnen zu sagen, dass es ihm sehr leidtut und er auf keinen Fall möchte, dass Sie oder das ›Waidhaus‹ hineingezogen werden.«

»Wieso ist er mit der Geschichte nicht früher herausgerückt?«, wollte Jo wissen.

»Seine Mutter sollte nichts davon erfahren. Er hat befürchtet, dass sie sich zu sehr aufregt, wenn sie davon hört. Er hat beim Anfertigen der Briefe Handschuhe angezogen, hat die Buchstaben aus Zeitungen ausgeschnitten und aufgeklebt. Die Zeitungen hat er anschließend direkt in einen Container geworfen, der einige Kilometer von seiner Wohnung entfernt steht. Er dachte, dass es nicht herauskommt. Was geht nur in dem Kopf von so einem Jungen vor?«

Der Anwalt seufzte. Wenn die Lage nicht so ernst gewesen wäre, hätte Jo wahrscheinlich schmunzeln müssen. Buchstaben aus Zeitungen ausschneiden – meine Güte, was war Philipp für ein Kindskopf!

»Etwas anderes: Was müssen wir tun, um eine Besuchserlaubnis im Gefängnis zu bekommen?«

»Sie wollen Philipp im Gefängnis besuchen?«, fragte der Anwalt überrascht.

»Ja, natürlich.«

»Ich muss sagen, Sie kümmern sich wirklich um Ihre Mitarbeiter.«

Jo zuckte mit den Schultern. Würde das nicht jeder machen?

»Ich kann Ihnen allerdings diesbezüglich keine großen Hoffnungen machen. Die Gefängnisverwaltung ist meist sehr restriktiv.«

Obwohl Jo wie jeden Abend geschafft war, konnte er nicht einschlafen. Der Mordfall beschäftigte ihn mehr denn je. War es eine spontane Tat von jemandem, der Kronlechner abgrundtief hasste und eine Gelegenheit genutzt hatte, die sich zufällig bot? Wo aber kam dann das Gift her? Man schleppte schließlich nicht einfach ein tödliches Insektizid mit sich herum.

Vielleicht hatte jemand seit Langem beschlossen, Kronlechner zu beseitigen, und wartete auf den richtigen Augenblick. In dem Fall konnte es nur jemand sein, der gut mit den persönlichen Verhältnissen des Unternehmers vertraut war. Er musste unbedingt einen besseren Einblick in Kronlechners persönliches Umfeld gewinnen. Jo überlegte hin und her, wen er kannte, der ihm dazu Näheres sagen konnte. Über die Grübelei schlief er ein.

Die Zeitungen schrieben am nächsten Tag ausführlich über den Fall. Das »Rheinische Tagblatt« hob sich wohltuend von der übrigen Berichterstattung ab. Sie informierte sachlich und ausgewogen über die Ansicht der Staatsanwaltschaft, wies jedoch auch auf offene Fragen hin, die nicht ausreichend beantwortet seien.

Außerdem hatte Sandner ein Interview mit Dr. Frank gebracht, der sich nachdrücklich dagegen verwahrte, seinen Mandanten vorzuverurteilen. Der Anwalt machte deutlich, dass die Indizienlage keineswegs so eindeutig sei, wie die Staatsanwaltschaft sie dargestellt habe.

Die anderen Zeitungen berichteten dagegen, dass der Fall praktisch gelöst sei, und lobten die hervorragende

Arbeit der Polizei, die nicht einmal eine Woche gebraucht hatte, um den Täter zu überführen. Besonders reißerisch war der Artikel im »Mainzer Express«, der Boulevard-Zeitung, für die der junge Mann in der Lederjacke schrieb. Über dem Artikel prangte in großen Lettern: »Eiskalter Mord – Unternehmer heimtückisch getötet«. Der Beitrag hob darauf ab, dass das Gift in der Eistorte gewesen war. Die Tat wurde als brutale, öffentliche Hinrichtung eines verdienten und beliebten Unternehmers dargestellt. Klein bezeichnete Philipp als eiskalten Mörder, dessen genaues Motiv von der Polizei gegenwärtig untersucht werde. Jo war empört. Er verspürte große Lust, sich beim Chefredakteur darüber zu beschweren. Nachdem seine erste Wut verraucht war, besann er sich eines Besseren. Er wollte nicht ohne Not die Aufmerksamkeit auf das »Waidhaus« lenken.

In den folgenden Tagen ließ ihm das Restaurant für seine Ermittlungen kaum Zeit.

Eine der Aushilfsbedienungen hatte sich beim Reiten das Bein gebrochen, und er musste sich kurzfristig um Ersatz kümmern. Am Samstagmorgen bekamen sie von einem Lieferanten eine Ladung welken Salats, den er zurückschicken musste. Dazu kündigte sich einer seiner Weinlieferanten an, um ihm einige neue Spezialitäten aus seinem Sortiment zu präsentieren. Zu guter Letzt erhielt er zwei Mahnungen, weil er die dazugehörigen Rechnungen verlegt hatte. Das war nicht nur peinlich, sondern er musste aufpassen, dass nicht der Ruf seines Hauses darunter litt. Die Gastronomie war eine Problembranche: viele Restaurants wechselten die Inhaber schneller als die Blumendekoration, und oftmals blieben die Lieferanten auf ihren Rechnungen sitzen. Deshalb reagierten sie auf Zahlungsverzögerungen äußerst sensibel.

Langsam wurde ihm das alles zu viel – er war nicht nur Küchenchef, sondern gleichzeitig Chef de Service, Sommelier und Buchhalter in einer Person.

Das »Waidhaus« hatte sich gut entwickelt und war in letzter Zeit oft ausgebucht. Finanziell wäre es kein Problem gewesen, eine weitere feste Kraft einzustellen.

Jo schwebte jemand vor, der Erfahrung im Service und als Sommelier hatte und sich zusätzlich um die Buchhaltung kümmern konnte.

Das Dumme war, dass er keine Zeit hatte, sich um die Einstellung zu kümmern.

Es war keine leichte Aufgabe, den richtigen Mitarbeiter zu finden. Jo hatte ein kleines, aber feines Team aufgebaut. Jeder Neue musste nicht nur die nötige fachliche Qualifikation mitbringen, sondern auch menschlich dazu passen.

Den größten Teil seiner Zeit verbrachte er schließlich mit seinen Mitarbeitern im »Waidhaus«. Da wollte er sich nicht mit jemandem umgeben, den er nicht leiden konnte.

Philipp sah einigen Männern beim Kartenspielen zu. Sie spielten sehr konzentriert und redeten wenig. Und wenn, taten sie es auf Russisch. Philipp kannte das Kartenspiel nicht. Wenn er es richtig verstanden hatte, spielten die Männer um Geld. Oder viel mehr um das, was im Gefängnis als Ersatzwährung diente: Zigaretten.

Wobei er gehört hatte, dass es angeblich Spiele gab, bei denen um »echtes« Geld gespielt wurde, und das um hohe Summen. Zwar durften Gefangene kein Bargeld besitzen – es gab nur ein Konto bei der Gefängnisverwaltung, auf das Verwandte einzahlen konnten, und mit dem Geld konnte man dann zum Beispiel im Gefängnisladen einkaufen –, aber laut den Gerüchten musste jeder der Spieler außerhalb des Gefängnisses einen Bürgen stellen, und die Spielschulden mussten grundsätzlich auf täglicher Basis ausgeglichen werden. Ein Mitgefangener hatte ihm dringend davon abgeraten, in so eine Kartenrunde einzusteigen, denn wer nicht direkt bezahlen konnte, lief Gefahr, hohe Schulden aufzuhäufen und in Abhängigkeiten zu geraten. Philipp genoss die Zeit außerhalb seiner Zelle, denn auch wenn er sich die Unterlagen für seine Abschlussprüfungen hatte zusenden lassen und fleißig lernte, fiel ihm mit der Zeit die Decke auf den Kopf. Das permanente Eingesperrtsein machte ihm zu schaffen, und so war er um jede Minute froh, die er nicht auf elf Quadratmeter eingepfercht war. Jeden Tag gab es am Nachmittag zwei Stunden »Freizeit« für die Gefangenen. Das hieß tatsächlich so. Philipp schnitt eine Grimasse. Freizeit – was für ein zynischer Begriff dafür, fand er. Während dieser Zeit wurden die Zellen aufgeschlossen, und die Gefangenen konnten, wenn sie wollten, in die Bibliothek gehen und sich Bücher ausleihen, Schach oder verschiedene Gesellschaftsspiele mit Mitgefangenen spielen oder im Gefängnisladen einkaufen.

Anfangs hatte sich Philipp nicht aus seiner Zelle getraut. Er wollte keinesfalls nochmals in die Lage kommen, in eine physische Auseinandersetzung mit Sven zu geraten. Aber schließlich hatte er es nicht mehr ausgehalten. Bei seinen ersten »Ausflügen« achtete er streng darauf, dass er nie allein war. Aber wie er zu seinem Glück schnell feststellte, war der Mann mit den blonden Haarspitzen in einer anderen Abteilung des Gefängnisses untergebracht, sodass er ihm in der täglichen »Freizeit« nicht über den Weg laufen konnte.

Philipp spürte, dass jemand neben ihn trat. Vorsichtig wandte er den Blick zur Seite. Ein Lächeln ging über sein Gesicht.

»Tom, schön dich zu sehen. Wie geht's dir?«

»Wie soll's gehen?«, antwortete der Mann mit der Narbe und lachte. »Gefängnis halt – da ist jeder Tag scheiße.«

»Da hast du recht«, pflichtete Philipp ihm bei und grinste schief.

»Wie kommst du zurecht, wenn du allein auf deiner Zelle bist?«, wollte der Ältere von ihm wissen.

»Ganz okay«, nuschelte Philipp. Er wollte keinesfalls, dass Tom ihn für ein Weichei hielt, weil ihm das Gefängnis so zu schaffen machte.

»Wirklich?«

Tom sah ihn durchdringend an.

Philipp verzog keine Miene. Der ältere Mann lächelte.

»Gut. Vermutlich kriegst du irgendwann den Blues. Geht jedem so, der zum ersten Mal im Knast ist.«

Er spuckte aus. Philipp war darüber etwas irritiert, sagte aber nichts.

»Ich wollte etwas mit dir besprechen«, sagte Tom beiläufig.

»Worum geht's?«, fragte Philipp neugierig.

»Nicht hier«, erwiderte Tom. »Da hören zu viele Leute zu.«

Sie zogen sich in eine ruhige Ecke des Aufenthaltsbereichs zurück und setzten sich an einen Tisch. Tom sah sich nach den Wärtern um. Zwei Justizbeamte standen an unterschiedlichen Ecken des Aufenthaltsraums und beobachteten gelangweilt die Gefangenen. Niemand achtete auf sie. Tom beugte sich zu Philipp hinüber.

»Ist deine Zelle durchsucht worden?«, wollte er wissen.

»Ja«, antwortete Philipp. »Zwei Tage, nachdem ich angekommen war. Was für ein Unsinn! Wie hätte ich mir auf die kurze Zeit etwas Illegales beschaffen sollen? Ich kannte doch gar niemanden hier drinnen.«

Tom grinste.

»Wenn du Drogen bräuchtest, wüsstest du am selben Tag, von wem du was bekommen kannst«, sagte er. »Sie kontrollieren die Zellen oft unmittelbar nach der Einweisung. Einfach, um zu sehen, ob du was brauchst und es dir besorgt hast.«

»Bei mir haben sie nichts gefunden«, erklärte Philipp stolz.

»Dachte ich mir. Du bist kein Pothead, so was sieht man sofort.«

Philipp wusste nicht genau, warum, aber irgendwie fühlte er sich durch den Satz geschmeichelt. Vielleicht, weil es bedeutete, dass Tom ihn so einschätzte, dass er sein Leben im Griff hatte – trotz des Gefängnisses.

Tom machte eine Pause. Er schien zu überlegen. Dann beugte er sich zu Philipp hinüber.

»Ich bräuchte einen Gefallen von dir.«

Philipp sah ihn überrascht an.

»Worum geht's?«, wollte er wissen.

»Du musst etwas für mich aufbewahren.«

»Was denn?«

»Mein Handy.«

»Du hast ein Telefon hier drin?«

Philipp war perplex.

»Klar. Wie sollte ich sonst ungestört nach draußen telefonieren?«, erwiderte Tom lässig.

Philipp sah sich nach den Wärtern um. Sie schienen beide weiter kein Interesse an ihnen zu haben.

»Ist das nicht streng verboten?«, flüsterte er Tom zu.

Der Mann mit der Narbe grinste.

»Hier ist viel verboten. Heißt nicht, dass man sich dran halten muss.«

»Warum soll ich dein Handy für dich aufbewahren, brauchst du es nicht selbst?«

»Schon, aber ich hab gehört, dass die Schließer demnächst meine Zelle durchsuchen wollen.«

»Woher? Mir haben sie gesagt, ich muss jederzeit mit einer Kontrolle rechnen, und das wird spontan und nach dem Zufallsprinzip entschieden.«

»Ich hab da so meine Quellen«, gab Tom sich geheimnisvoll.

»Was passiert, wenn sie das Ding bei mir finden?«

»Das werden sie nicht«, versuchte Tom ihn zu beruhigen. »Bei einem Neuling wie dir machen sie nicht kurz hintereinander Kontrolle. Schon gar nicht, wenn sie nichts gefunden haben und du einen normalen Eindruck machst. Die wissen ja, dass du nicht mal rauchst.«

Philipp blieb skeptisch.

»Trotzdem, was kriege ich im Ernstfall für 'ne Strafe?«

»Ein Handy ist nicht schlimm. Die wissen, dass zwei Stunden Telefonieren im Monat viel zu wenig ist. Gerade bei jemandem wie mir, der Familie draußen hat. Im schlimmsten Fall verlierst du ein paar Privilegien.«

Philipp dachte nach. Geheuer war ihm die Sache nicht.

»Du würdest mir einen großen Gefallen tun. Außerdem ist es nicht für lange. Sobald die meine Zelle durchsucht haben, nehme ich es zurück. Es ist nur für ein paar Tage, versprochen.«

Philipp war nicht überzeugt.

»Hey, du kannst in der Zeit damit telefonieren, wenn

du willst. Hast du niemanden draußen, mit dem du reden willst?«

»Doch«, gab er zu. Die Vorstellung, jeden Abend mit seiner Mutter und seiner Schwester telefonieren zu können, gab den Ausschlag.

»Gut, ich mach's«, versprach er.

»Du bist ein echter Kumpel«, sagte Tom und lächelte. »Dass du ein anständiger Kerl bist, auf den man sich verlassen kann, wusste ich gleich, als ich dich zum ersten Mal gesehen hab. Es gibt nicht viele anständige Jungs hier drin, auf die man sich verlassen kann.

»Kein Thema«, antwortete Philipp geschmeichelt. »Wann gibst du es mir?«

»Morgen«, sagte Tom und lächelte.

Am Samstagabend war das »Waidhaus« bis auf den letzten Platz gefüllt. In der Küche arbeiteten sie im Akkord, um der Flut der Bestellungen Herr zu werden. Nachdem der erste Ansturm vorüber war, entspannte sich die Lage. Gerade als Jo seine Runde durchs Lokal machen wollte, kam Claudia, eine seiner Bedienungen, in die Küche. Sie machte einen aufgeregten Eindruck.

»An Tisch drei sitzt ein Kerl, der mich dreimal auf Philipp angesprochen hat. Wollte mich in ein Gespräch verwickeln, ob ich ihn kenne und was er für ein Mensch ist. Das kam mir komisch vor. Kannst du mal nach dem Rechten sehen?«

Jo nickte, legte das Messer beiseite, mit dem er gerade dabei gewesen war, den Sauerbraten aufzuschneiden, und folgte Claudia in den Gastraum. Auf den ersten Blick erkannte er Dieter Klein vom »Mainzer Express«. Er hatte seine Lederjacke mit einem dunklen Cordjackett getauscht, das er über einem karierten Hemd trug.

Als er Jo bemerkte, winkte er ihn zu sich. Er hatte nur einen heißen Apfelstrudel gegessen, lobte aber die Küche über den grünen Klee. Er bat Jo, sich zu ihm zu setzen, und tat so, als wolle er übers Essen fachsimpeln. Nach einiger Zeit lenkte er das Gespräch in Richtung Ausbildung und fragte, ob sie im »Waidhaus« einen Lehrling beschäftigten. Nachdem Jo ihm bis dahin ruhig zugehört hatte, wurde ihm die gespielte Freundlichkeit des jungen Reporters endgültig zu viel.

»Warum sagen Sie nicht direkt, was Sie von mir wollen, Herr Klein?«, meinte er kühl.

Der Reporter ließ sich nichts anmerken. Er schien jedenfalls nicht überrascht darüber zu sein, dass Jo wusste, wer er war.

»Keine Angst, ich bin nicht als Restauranttester unterwegs«, erklärte er und lachte. »Ich war zufällig in der Nähe und habe nur Gutes über Ihr Restaurant gehört. Da habe ich mir gedacht, ich schau mal rein«, versuchte er den Schein zu wahren.

»Ich habe Ihren Artikel gelesen. Die Art, wie Sie Menschen vorverurteilen, finde ich widerlich. Sie sollten sich schämen«, erwiderte Jo, ohne eine Miene zu verziehen.

Klein sah ein, dass es keinen Sinn machte, weiter die Rolle des jovialen Biedermannes zu spielen.

»Wir haben geschrieben, was die Staatsanwaltschaft bekannt gegeben hat. Dafür können Sie uns nicht verantwortlich machen. Es ist unsere Pflicht als freie und unabhängige Presse, unseren Lesern die Schattenseiten unserer Gesellschaft zu vermitteln.«

Jo wurde fast übel von so viel Scheinheiligkeit.

»Außerdem bin ich hierhergekommen, um die andere Seite der Geschichte zu beleuchten. Wenn Philipp Meissner nichts mit dem Mord zu tun hat, bin ich gern bereit, darüber zu berichten. Am besten erzählen Sie mir über ihn.«

Er zückte ein Notizbuch und sah Jo erwartungsvoll an.

Für wie dämlich hielt Klein ihn eigentlich?

»Philipp Meissner ist unschuldig. Das sollten Sie in Ihrer Zeitung schreiben.«

»Seit wann ist er bei Ihnen beschäftigt?«, wollte Klein wissen. Er machte ein betont harmloses Gesicht.

»Als Arbeitgeber bin ich zu solchen Auskünften nicht berechtigt«, antwortete Jo kühl. »Das sollten Sie als Reporter wissen.«

»Sie brauchen sich keine Sorgen zu machen, ich werde Sie nicht zitieren«, erklärte Klein großzügig.

Er hatte Jo offensichtlich gründlich missverstanden.

»Ich darf und werde Ihnen darüber nichts sagen. Wenn Sie essen wollen, sind Sie im ›Waidhaus‹ jederzeit willkommen. Wenn Sie gekommen sind, um mich oder einen meiner Mitarbeiter auszuhorchen, sind Sie an der falschen Adresse.«

»Es wirft kein gutes Licht auf Ihr Restaurant, wenn Sie so stur sind«, sagte der Reporter und grinste süffisant. »Da könnten unsere Leser leicht einen schlechten Eindruck von Ihnen bekommen.«

Die Drohung schwang unverhohlen in seinen Worten mit. Jo musste sich beherrschen, um Klein nicht direkt vor die Tür zu setzen. Er stand wortlos auf und ließ den Reporter einfach sitzen.

»Die Öffentlichkeit hat ein Recht darauf, die Wahrheit zu erfahren«, rief Klein ihm hinterher.

Jo wies die Bedienungen an, den Journalisten höflich zu behandeln, aber ihm keinerlei Fragen zu beantworten.

Eine Viertelstunde später meldete Claudia ihm, dass Klein abgezogen war. Offensichtlich hatte er eingesehen, dass es für ihn nichts zu erfahren gab. Eines hatte die Episode Jo deutlich gemacht:

Der Fall Kronlechner hatte das »Waidhaus« eingeholt.

KAPITEL 9

Der Sonntag brachte für Jo nicht den erhofften Stimmungsumschwung. Er erwischte einen rabenschwarzen Tag und verlor seine beiden Schachpartien an Brett eins sang- und klanglos. Seine Schachkameraden bemühten sich zwar redlich, die Scharte wettzumachen, letztlich aber ohne Erfolg. Sie verloren dieses Duell genauso kläglich wie das letzte.

Am Montag konnte Jo endlich wieder einmal ausschlafen und stand erst gegen zehn Uhr auf. Als er die Fensterläden schwungvoll öffnete, strahlte ihm die Sonne entgegen. Es roch herrlich frisch nach Frühling, und das Rheintal lag majestätisch vor ihm. Er atmete tief ein und beschloss, sich den Tag von nichts und niemandem verderben zu lassen. Er fuhr hinunter nach Oberwesel zu seinem Lieblingsbäcker und holte sich frische Croissants und ein paar Zeitungen. Wieder zu Hause, setzte er sich auf einen der bequemen Holzstühle auf seiner sonnenüberfluteten Terrasse, legte die Beine hoch und machte sich über seine Croissants her. Er hatte sie mit Butter und Utes leckerer, selbst gemachter Erdbeermarmelade bestrichen.

Manchmal brauchte es nur wenig, um glücklich zu sein.

Er fand weder im »Rheinischen Tagblatt« noch in den Wiesbadener und Mainzer Blättern etwas Neues zu dem Fall. Zum Schluss schlug er den »Mainzer Express« auf. Eigentlich hatte er dafür kein Geld ausgeben wollen, aber er war neugierig gewesen, ob Klein etwas geschrieben hatte.

Auf Seite drei war das »Waidhaus« abgebildet. Ein riesiger roter Pfeil deutete darauf, und darüber prangte die Überschrift »Hier arbeitete der Todeskoch«.

Klein beschrieb ausführlich das Innere der Gaststube, lobte die gediegene Atmosphäre des Hauses, die Freundlichkeit des Personals und die erlesene Qualität der Speisen, um dann fortzufahren: »Das alles mag Dr. Kronlechner dazu bewogen haben, dieses rheinische Traditionshaus zu seinem Stammlokal zu machen. War dies sein entscheidender Fehler? Lauerten in diesen Mauern Neid und Missgunst, die dem Unternehmer zum Verhängnis wurden? Beneidete der junge Koch den erfolgreichen Manager so sehr, dass er beschloss, ihn zu töten? Wir wissen es nicht. Die Polizei hüllt sich über das Motiv des Todeskochs in Schweigen, und so bleiben uns nur Mutmaßungen, was diesen unseligen jungen Mann zu seiner Tat getrieben haben mag.«

Klein hatte Glück, dass er in diesem Moment nicht auf Jos Terrasse stand, sonst hätte er selbst Bekanntschaft mit einem Todeskoch machen können!

Die Zornesröte stieg Jo siedend heiß ins Gesicht. Am liebsten wäre er auf der Stelle nach Mainz gefahren, um Klein von Angesicht zu Angesicht zur Rede zu stellen. Stattdessen zwang er sich, ruhig und tief durchzuatmen. Schließlich hatte er sich vorgenommen, sich den Tag nicht verderben zu lassen, schon gar nicht von jemandem wie Klein.

Nach ein paar Minuten konnte er die Geschichte fast mit Humor sehen. Er malte sich genüsslich aus, wie er Klein um die Ecke bringen würde. Das hätte eine gute Schlagzeile gegeben: »Chef des Todeskochs erschlägt Reporter mit Kochlöffel.«

Nachdem er sich beruhigt hatte, legte er sich für eine

Weile in die Sonne und dachte nach, wie er es dem Reporter heimzahlen konnte. Leider fiel ihm nichts Gescheites ein. Journalisten wie Klein konnten offensichtlich machen, was sie wollten, ohne dass es dagegen eine Handhabe gab. Er hoffte, dass sich der Artikel nicht allzu stark auf das Geschäft auswirken würde. Das »Waidhaus« war drauf und dran, sich als eine der ersten Adressen am Mittelrhein zu etablieren. Eine negative Berichterstattung konnten sie da überhaupt nicht gebrauchen. Wer wollte schließlich in einem Restaurant essen, wo ein »Todeskoch« hinter dem Herd stand? Er tröstete sich damit, dass von seinen Gästen bestimmt kaum einer so ein Revolverblättchen wie den »Mainzer Express« las und dass der Artikel keine größeren Auswirkungen haben würde.

Ein Irrtum, wie sich in den nächsten Tagen zeigen sollte. Der »Mainzer Express« wurde offensichtlich von sehr vielen Menschen gelesen. Allerdings führte der Artikel zu einer völlig anderen Reaktion, als Jo erwartet hatte. Die Gäste blieben nicht etwa aus, das Gegenteil war der Fall. Das »Waidhaus« konnte sich vor Reservierungsanfragen gar nicht retten. Das Telefon klingelte ununterbrochen, und die Bedienungen maulten, dass sie deswegen kaum mehr zu ihrer eigentlichen Arbeit kämen. Jo wusste nicht, ob er darüber lachen oder weinen sollte. Einerseits freute es ihn, dass das »Waidhaus« so begehrt war, andererseits ließ es ihn am Verstand der Menschheit zweifeln. Man konnte jahrelang erstklassige Arbeit liefern und kam nur mühselig voran. Ein reißerischer Artikel in einer Boulevardzeitung, ein Hauch von Sensation garniert mit einer Prise Mord und Totschlag – und plötzlich rannten einem die Leute die Bude ein.

Davon ahnte Jo aber nichts, als er ruhig auf seiner Terrasse saß. Nachdem er seine Croissants bis auf den letzten Krümel aufgegessen und sich faul in der Sonne geaalt hatte, wurde es Zeit, in seine neue Rolle zu schlüpfen. Er las einige der Artikel, die er sich aus dem Internet ausgedruckt hatte. Ein ums andere Mal schüttelte er den Kopf. Wenn man die Bilder von den oftmals grausamen Tierversuchen sah, musste man sich fragen, was das mit Wissenschaft zu tun hatte und wofür derartige Experimente überhaupt nötig waren. Andererseits fand er, dass man den Tierschutz entschieden zu weit treiben konnte. Dass manche Menschen es ablehnten, Milch zu trinken, weil sie die Kühe nicht ausbeuten wollten, hielt er für lächerlich.

Jo achtete bei seinen Lieferanten darauf, dass die Tiere gesund ernährt und artgerecht gehalten wurden. So war gewährleistet, dass das Fleisch von erstklassiger Qualität war. Mastbetriebe, die ihre Tiere in engen Verschlägen hielten und mit Wachstumshormonen und Medikamenten vollpumpten, waren ihm ein Gräuel. Klar, wenn man daran dachte, dass Lebewesen nur dafür auf die Welt gebracht und aufgezogen wurden, um sie danach zu verspeisen, konnte man sicherlich ein schlechtes Gewissen bekommen. Andererseits, wenn man einem Koch Fisch, Fleisch und Meeresfrüchte wegnahm, war das so, als würde man einem Architekten den Beton verbieten. Der konnte zwar weiterhin bauen, aber nicht mehr sehr hoch. Nur Gemüse war auf die Dauer langweilig – jedenfalls nach Jos Meinung –, selbst wenn die vegetarische Küche in den letzten Jahren deutlich aufgeholt hatte. Eines durfte man zudem nicht vergessen, obwohl inzwischen sehr viel über vegetarische und vegane Gerichte gesprochen und geschrieben wurde: Letztlich blieb das eine Minderheit. Die Mehrheit seiner Gäste wollte weiter Fleisch essen.

Er sinnierte darüber und fand eine einfache Lösung für sein moralisches Dilemma: Tiere selbst hatten keine Hemmungen, andere Lebewesen zu verspeisen. Letzten Endes war der Mensch ein höher entwickelter Primat. Warum sollte er sich anders verhalten? Froh, dass er sich damit einen bequemen Ausweg gebastelt hatte, beendete er sein Schnellstudium über den Tierschutz.

Gegen 16 Uhr machte er sich auf den Weg in Richtung Frankfurt. Auf dem Rhein herrschte reger Schiffsverkehr. Drei große Containerschiffe bahnten sich hintereinander ihren Weg. Jo waren die alten Frachtschiffe lieber. Die riesigen Containerschiffe mochten den Transport von Gütern auf dem Wasserweg erheblich erleichtern und beschleunigen, ein schöner Anblick waren sie nicht. Meist saß das Führerhäuschen wie eine überdimensionale Spinne auf einem langen, dünnen Pfosten, von dem aus der Schiffsführer einen guten Überblick hatte. Eine praktische Lösung, deren Nutzwert in Jos Augen jedoch in keinem adäquaten Verhältnis zu ihrer monströsen Hässlichkeit stand. Er fand es schade, dass dadurch die traditionellen Frachtschiffe, wie sein Freund Otto eines sein Eigen nannte, immer mehr verdrängt wurden.

Dank der Wegbeschreibung, die der Mann ihm am Telefon gegeben hatte, fand er in Frankfurt schnell das gewünschte Ziel. Der Verein »Pro Tierschutz e.V.« war in einem alten, heruntergekommenen Backsteinhaus im Stadtteil Höchst untergebracht. Nicht weit entfernt von Kronlechners Firmengelände, auf dem die Geburtstagsfeier stattgefunden hatte. Die Fassade war verwittert und mit einem schmutzigen Grauschleier überzogen, der sich nahtlos in die Trostlosigkeit des umliegenden Industrieviertels einfügte. Außer den Tierschützern residierten der »Arbeitskreis für eine Welt«, die »Initiative Frauenförderung« und der »Altenpflegeverband Humanitas 1952 e.V.« in dem Gebäude. Im Flur lag ein modriger Geruch in der Luft, der in eigenartigem Kontrast zu den bunten Wegweisern stand, die auf die jeweiligen Büros verwiesen. Vor einer grauen Tür, an der ein großes Schild mit zwei jungen Hunden angebracht war, die ihn mit treuherzigem Blick ansahen, blieb er stehen und klopfte.

Eine tiefe Männerstimme rief Herein. Jo öffnete die Tür. Drinnen war es unerwartet gemütlich. In der Mitte des Raumes thronte ein großer, alter Holzschreibtisch, auf dem sich Berge von Papier stapelten. In der Ecke brodelte eine Kaffeemaschine munter vor sich hin, und an den Wänden hingen Fotos, die verschiedene Aktionen der Initiative zeigten. Auf dem Fensterbrett standen einige Pflanzen in bunten Töpfen. Direkt neben dem Eingang gab es eine zweite Tür, die in einen angrenzenden Raum führte. Hinter dem Schreibtisch saß ein Mann, der aussah, als wäre er aus den 1970er-Jahren übrig geblieben. Er hatte dunkle, zerzauste Haare, die an einigen Stellen grau zu werden begannen, und einen Vollbart, der jedem kubanischen Revolutionär Ehre gemacht hätte. Bereits im Sitzen konnte man sehen, dass er ein Bär von einem Mann war. Als er sich erhob, um Jo zu begrüßen, überragte er diesen um Haupteslänge.

»Du bist der Reporter stimmt's?«, fragte er mit einer tiefen Bassstimme und schüttelte Jo kräftig die Hand.

»Ich bin der Gerd. Setz dich«, forderte er Jo auf und

machte eine einladende Handbewegung in Richtung eines alten Sessels, der vor dem Schreibtisch stand. Obwohl er nicht so aussah, war er erstaunlich bequem.

»Willst du was trinken?«

Jo nickte, und kurz darauf hatte er einen Riesenpott dampfenden Kaffees vor sich.

Das ging hier ja familiär zu, dachte er. Jedenfalls war der Einstieg einfacher, als er befürchtet hatte. Er stellte sich und seine angebliche Zeitung vor. Sein Gegenüber hörte aufmerksam zu und gab ihm anschließend ein paar Grunddaten über den Verein. Gerd Rieger, so war sein voller Name, war der Vorsitzende und hatte den »Pro Tierschutz e.V.« mit ein paar Gleichgesinnten vor fünf Jahren gegründet. Der Verein bestand aus rund 50 Mitgliedern.

»In welche Richtung geht dein Artikel?«, wollte Rieger wissen.

»In erster Linie bin ich an dem Thema Tierversuche interessiert, da seid ihr besonders aktiv, oder?«

»Stimmt. Wir haben in Frankfurt ein paar Firmen, vor allem im Pharmabereich und in der Kosmetik, die Tierversuche durchführen, obwohl es dafür längst Alternativen gäbe.«

»Kannst du mir Beispiele nennen?«

»Mehr als genug. Wir hatten zwei Kosmetikhersteller, die vor ein paar Jahren noch umfangreiche Tierversuche gemacht haben. Die haben wir gut in den Griff bekommen«, erklärte er stolz und grinste breit. »Macht sich nicht gut, wenn die Frauen mitbekommen, wie die Tiere leiden müssen, damit es ein neues Duftwässerchen gibt. Ich glaube, die haben durch uns erhebliche Einbußen erlitten. Manchmal führt die Einsicht eben über den Geldbeutel.«

Er grinste wieder.

»Wer uns weiter viel Ärger macht, ist Pro Health Pharma. Der Kronlechner, das ist der Chef von dem Laden, ist ein harter Hund. Das heißt, er war ein harter Hund, muss ich wohl sagen. Der hat vorletzte Woche den Löffel abgegeben.«

Rieger hielt inne.

»Kann nicht sagen, dass es mir um den leidtut. Was der den Tieren angetan hat, war schlimm. Da könnte ich dir Geschichten erzählen …«

Jo war überrascht. Das ging gleich richtig zur Sache. Just in dem Moment steckte eine junge Frau mit wuscheligen Haaren und einem um zwei Nummern zu groß geratenen Snoopy-T-Shirt den Kopf herein.

»Gerd, kommst du bitte mal, ich hab ein Telefonat für dich in der Leitung.«

»Muss das sein, ich hab die Presse da.«

»Es ist dringend«, beharrte sie und warf Jo einen seltsamen Blick zu.

»Na gut, ich komme«, brummte Rieger unwillig und erhob sich. »Nimm dir noch einen Kaffee, wenn du magst«, sagte er zu Jo gewandt, bevor er im Nebenzimmer verschwand. Zu ärgerlich, dachte Jo. Gerade, als es spannend wurde, musste diese dumme Kuh auftauchen! Die Tür zum Nebenzimmer war nur angelehnt, und er konnte undeutliches Murmeln hören. In einem Regal hinter dem Schreibtisch standen mehrere Ordner, die sauber nebeneinander aufgereiht waren. Jo beugte sich hinüber und sah, dass sie mit verschiedenen Firmennamen beschriftet waren. Auf einem davon stand »Pro Health Pharma«. Der Ordner war prall gefüllt. Jo hätte zu gern gewusst, was er enthielt. Strategien? Pläne? Namen von Tierschutzaktivisten, die sich an Aktionen gegen Kronlechners Firma beteiligt hatten?

Er lauschte auf die Geräusche im Nebenzimmer. Das Palaver schien munter weiterzugehen. Sollte er es riskieren – einen kurzen Blick? Er sah sich zur Tür um. Für einen Moment war er unschlüssig. Schließlich siegte seine Neugierde. Er brauchte unbedingt Informationen, Philipps Zukunft stand auf dem Spiel! Er beugte sich über den Tisch und zog mit einem schnellen Griff den Ordner heraus.

Es gab kein Inhaltsverzeichnis, und er konnte auf den ersten Blick keine Systematik erkennen. Es gab allgemeines Informationsmaterial über Pro Health Pharma, Zeitungsberichte und Bilder. Hastig blätterte er die Seiten durch.

Auf einmal stoppte er. Eine Seite hatte ihn elektrisiert: die Skizze eines Grundstücks. Dazu gab es verschiedene Fotos. Hans Kronlechner beim Verlassen seiner Villa, beim Öffnen der Garage, beim Einsteigen in den Wagen. Worauf war er da gestoßen? Hatten die Tierschützer den Unternehmer systematisch observiert? Und wenn ja, zu welchem Zweck? Als er sich über die Skizze beugte, um sie genauer anzusehen, spürte er hinter sich eine Bewegung. Er fuhr herum und zuckte zusammen. Vor ihm stand Gerd Rieger, die Zornesröte im Gesicht.

»Was soll das?«, brüllte er wütend. Jo wich einen Schritt zurück. Rieger kam bedrohlich näher. Jede Freundlichkeit war aus seinem Gesicht gewichen. Panisch sah Jo sich nach einer Fluchtmöglichkeit um. Der Weg zur Tür war ihm versperrt.

Gerd Rieger war fast bei ihm.

Und sein Gesicht war wutverzerrt …

»Freizeit«, sagte der Justizbeamte und stieß die Tür zu Philipps Zelle weit auf.

Dieser sah nur kurz hoch. Er hatte seine Unterlagen für die Lehrlingsprüfung um sich herum auf dem Bett liegen und wollte ein Kapitel zu Ende lesen. Er war so darin vertieft, dass er nicht bemerkte, wie jemand den Raum betrat.

Plötzlich spürte er die Anwesenheit einer Person. Vielleicht hatte er ihn auch aus den Augenwinkeln bemerkt. Erschrocken fuhr er hoch und war mit einem Satz auf den Beinen. Unwillkürlich hatte er eine Abwehrhaltung eingenommen.

»Hey, alles cool, Kleiner. Ich tu dir nichts«, sagte der Neuankömmling und hob beschwichtigend die Hände.

Es war Tom.

»Man darf nicht in die Zelle eines Mitgefangenen«, erklärte Philipp alarmiert. »Was, wenn die Wärter uns erwischen?«

Der Mann mit der Narbe lachte.

»Du solltest nicht alles so ernst nehmen, was die Schließer sagen.«

Schnell sah Tom sich um und vergewisserte sich, dass sie allein waren.

»Gilt unser Deal noch?«

»Selbstverständlich.«

Tom zog ein Mobiltelefon aus der Tasche und hielt es Philipp hin.

Zögerlich nahm er es in die Hand. Er war aufgeregt. Aber er vertraute darauf, dass Tom recht hatte und sie seine Zelle nicht gleich wieder durchsuchen würden.

»Wie lange soll ich drauf aufpassen?«

Tom zuckte mit den Schultern.

»Ein paar Tage. Bis sie bei mir waren. Dann nehme ich es wieder zurück.«

Philipp grinste schief. Auch wenn er Angst hatte, erwischt zu werden, gab es ihm irgendwie einen Kick, etwas Verbotenes zu tun.

»Darf ich wirklich damit telefonieren?«

»Klar«, erwiderte Tom großzügig. »Ich hab 'ne Flatrate. Aber lass dich nicht erwischen.«

»Nein, natürlich nicht«, versicherte Philipp.

»Am besten wartest du, bis die Schließer ihren Abendrundgang beendet haben. Dreh dich von der Tür weg, zieh dir die Decke halb über den Kopf, als würdest du mehr Ruhe für dich haben wollen, und sprich leise. Dann erwischen sie dich nicht, selbst wenn sie durch das Guckloch nach dir sehen.«

Philipp nickte.

»Wo soll ich es verstecken?«, fragte er und blickte sich ratlos in seiner Zelle um.

»Mach dir darüber keinen Kopf. Für ein kompliziertes Versteck ist ohnehin keine Zeit. Dafür braucht man Gerätschaften, um etwas auszuhöhlen oder eine Abdeckung zu basteln. Am besten schiebst du es in der Schreibtischschublade nach hinten.«

Philipp nickte wieder, trat auf den Schreibtisch zu und verstaute das Mobiltelefon in der Schublade. Als er hochsah, stutzte er. Tom hatte auf einmal etwas in der Hand.

Ein Päckchen.

Es war in braunes Packpapier eingewickelt und kunstvoll zusammengeschnürt.

»Was ist das?«, fragte Philipp misstrauisch.

»Och, nur 'ne Kleinigkeit, die du für mich verwahren sollst.«

Tom machte ein betont unschuldiges Gesicht.

»Sind das Drogen?«, wollte Philipp wissen.

Schlagartig waren jede Heiterkeit und Nonchalance aus Toms Gesicht gewichen.

»Mach dir keinen Kopf darüber. Steck es einfach zu dem Mobiltelefon in den Schreibtisch und denk nicht darüber nach. In ein paar Tagen hole ich alles wieder bei dir ab.«

Philipp biss sich auf die Lippen. Die Gedanken rasten durch seinen Kopf. Er wollte den Mann mit der Narbe keinesfalls enttäuschen – aber Drogen?

Er straffte die Schultern.

»Sorry, Tom. Ich würde dir gern helfen. Aber mit Drogen will ich nichts zu tun haben.«

Tom sah ihn mit einem unbestimmbaren Blick an. Seine Gesichtszüge verhärteten sich.

»Das verstehst du also unter Loyalität«, zischte er Philipp wütend an. »Ich riskiere für dich meinen verdammten Arsch, und was ist der Dank dafür? Ich bitte dich um einen Gefallen, und du lässt mich im Stich.«

»Das Handy nehme ich gern«, versuchte Philipp ihn zu beschwichtigen. »Aber keine Drogen.«

»So funktioniert das nicht, Kleiner«, sagte Tom. Seine Stimme war deutlich leiser und beherrschter. Trotzdem schwang darin ein bedrohlicher Unterton mit. »Entweder bist du für mich oder nicht. Halbe Sachen bringen mir nichts.«

Obwohl Philipp am liebsten auf den Boden gesehen hätte, hielt er Toms durchdringendem und einschüchterndem Blick stand.

Mit einem Satz war Tom am Schreibtisch, riss die Schublade auf, wühlte das Handy heraus, steckte es ein, machte wortlos kehrt und war ihm nächsten Moment aus der Zelle verschwunden.

Langsam ließ Philipp sich auf dem Bett nieder.

Sein Magen krampfte sich zusammen, und er hatte einen Kloß im Hals.

Er hatte seinen einzigen Freund im Gefängnis verloren. Am liebsten hätte er sich aufs Bett gelegt und geheult.

Würde er je wieder aus dieser schrecklichen Welt entkommen?

»Wer hat dich geschickt?«, brüllte Rieger.

Jo spürte, wie er rot wurde. Was hatte er sich nur dabei gedacht!

»Was ist? Soll ich die Polizei rufen und dich wegen versuchten Diebstahls anzeigen?«, rief Rieger wütend.

Jo hatte sich immer noch nicht von dem Schreck erholt.

»Mein Name ist Jo Weidinger«, stammelte er.

»Und für wen arbeitest du?«

»Für niemanden. Ich bin Koch.«

»Koch?«, fragte Rieger verblüfft. »Warum gibst du dich dann als Journalist aus?«

Eine gute Frage.

»Der junge Mann, der Kronlechner umgebracht haben soll, ist mein Lehrling. Ich bin davon überzeugt, dass er unschuldig ist. Deshalb bin ich auf der Suche nach Informationen.«

»Und was willst du von uns?«

Rieger wirkte weiterhin aufgebracht, hatte sich aber etwas beruhigt. Misstrauisch beäugte er Jo. Dieser überlegte fieberhaft, was er darauf antworten sollte.

»Ich wollte mehr über Kronlechner herausfinden. Um ein umfassendes Bild zu bekommen, fragt man am besten seine Gegner.«

»So, so. Und wieso tischst du mir die Räuberpistole auf, dass du Journalist bist, statt einfach direkt zu fragen?«

»Ich dachte, so könnte ich am ehesten etwas herausbekommen.« Er sah Rieger gerade in die Augen. »Das war dumm von mir, aber ich dachte, wenn ich die Wahrheit sage, würdet ihr nicht mit mir sprechen. Für meinen Mitarbeiter steht viel auf dem Spiel. Wenn er Pech hat, geht er lebenslang ins Gefängnis.«

Rieger musterte ihn eindringlich. Er schien zu überlegen, ob er ihm diesmal glauben konnte.

»Kannst du dich ausweisen?«, fragte er eine Spur freundlicher.

Jo kramte nach seinem Ausweis und zeigte ihn Rieger. Der warf einen gründlichen Blick darauf. Zur Bestätigung reichte Jo ihm eine seiner Geschäftskarten. Auf der Vorderseite war er mit seiner Küchenmannschaft vor dem »Waidhaus« abgebildet, auf der Rückseite gab es eine Anfahrtsskizze. Rieger sah sie sich sorgfältig an. Dann trat er auf seinen Schreibtisch zu und suchte nach dem Internetauftritt des »Waidhauses«. Dort klickte er sich durch verschiedene Seiten. Schließlich nickte er.

»Nach deinem verlogenen Auftritt sollte ich dich eigentlich rauswerfen«, brummte er. »Das mit deinem Mitarbeiter tut mir leid. Ist er das?«

Rieger deutete auf das Bild von Philipp auf der Internetseite.

Jo nickte.

»Das ist ja ein ganz junger Kerl. Wie alt ist dein Lehrling?«

»18.«

Rieger dachte nach.

»Was willst du wissen?«, fragte er schließlich.

»Wie gut kannten Sie Kronlechner?«

Unbewusst war Jo in das formellere »Sie« zurückgefallen.

»Gut genug, um zu wissen, dass er ein Verbrecher war.«

»Sie meinen, er war in illegale Geschäfte verwickelt?«

»Leuten wie Kronlechner kann man selten etwas nachweisen. Dafür ist diese Sorte Mensch zu gerissen. So wie er seine Versuchslabore geführt hat, war das ein klarer Verstoß gegen das Tierschutzgesetz.«

Rieger machte eine Pause.

»Wenn einer viele Arbeitsplätze schafft, drücken die zuständigen Behörden beide Augen zu«, meinte er verbittert. »Wir haben zig Anzeigen gegen Kronlechner und seine Firma eingereicht. Meinst du, die hätten nur einmal jemanden unangemeldet zur Kontrolle vorbeigeschickt?«

Rieger warf Jo einen trotzigen Blick zu.

»Wenn wir dagegen mal eine Aktion gemacht haben, war die Polizei schneller da, als man bis drei zählen konnte.«

»Hatte er Feinde?«

Rieger zuckte mit den Schultern.

»Wenn er sich im Geschäftsleben genauso verhalten hat wie bei den Tieren – bestimmt.«

»Glauben Sie, dass er bei Tierschützern Feinde hatte?«

Rieger lachte laut.

»Du glaubst, jemand von uns hat ihn umgebracht?«

Der Gedanke schien ihn zu amüsieren. Aber schnell wurde er wieder ernst und schüttelte den Kopf.

»Wenn du hierhergekommen bist, weil du glaubst, du kannst bei uns seinen Mörder finden, bist du auf dem falschen Dampfer.«

»Ich habe gehört, es wurde in Labore eingebrochen und dabei ein Wachmann verletzt!«

»Blödsinn! Das ist eine der Lügen, die Kronlechner verbreitet hat. Niemand wurde verletzt. Ein Wachmann hat ein paar junge Leute überrascht, die dabei waren, Tiere freizulassen. Beim Versuch, sie festzuhalten, ist er hingefallen und hat sich eine Beule am Kopf geholt. So jedenfalls habe *ich* die Geschichte gehört«, beeilte Rieger sich hinzuzufügen. »Glaub mir, die meisten Tierschützer sind Idealisten, die Gewalt total ablehnen. Das Märchen vom gewaltbereiten Ökoterroristen ist von Leuten wie Kronlechner erfunden worden, um uns zu diskreditieren und von seinen eigenen Schweinereien abzulenken. Er hat sogar einmal versucht, einen Spitzel bei uns einzuschleusen.«

»Einen Spitzel?«

»Der Kerl ist so etwas wie ein Privatdetektiv. Aber einer von der Sorte, die mit allen Tricks arbeiten. Der scheut selbst vor illegalen Methoden nicht zurück. Der hat heimlich eine Kamera installiert, hier, in diesem Büro! Kannst du dir so was vorstellen?«

Jo zog es vor, die Frage unbeantwortet zu lassen.

»Deswegen war ich vorhin so wütend. Ich dachte, die hätten wieder jemanden auf uns angesetzt.«

»Woher wissen Sie, dass der Mann für Kronlechner gearbeitet hat?«

»Der kam mir gleich verdächtig vor. Der hat öfters in seinem Wagen vor unserem Gebäude gesessen. Wir haben uns umgehört. Der Typ ist in der Szene bestens bekannt. Er war so etwas wie Kronlechners Mann fürs Grobe. Mit dem hatten andere Umweltschutzgruppen ebenfalls Ärger.«

Er machte erneut eine Pause.

»Wir haben ihn angezeigt, konnten ihm aber nichts nachweisen, weil ihn keiner dabei gesehen hat, wie er die Kamera installiert hat. Er hat alles abgestritten. Die Polizei hat auch nicht ernsthaft ermittelt. Die ermitteln lieber gegen uns.«

Da war er wieder, der bittere Unterton.

»Wissen Sie, wie der Privatdetektiv heißt?«

Jo war neugierig geworden. Wenn es ihm gelang, an den Mann heranzukommen, konnte er möglicherweise etwas über Kronlechners weniger strahlende Seite erfahren.

»Strohm oder so ähnlich. Ich kann nachsehen, wenn es dich interessiert.«

Er griff zu dem Ordner, der Jo in eine so peinliche Lage gebracht hatte, und blätterte darin. Nach einer Weile wurde er fündig.

»Ah hier, Olaf Strohm, so heißt er. Er hat eine Ein-Mann-Detektei, in der Nähe von Ingelheim, glaube ich.«

Als Jo im Wagen saß, atmete er tief durch. Sein Debüt als Hobbydetektiv war gründlich schiefgegangen. Er konnte von Glück reden, dass Rieger nicht die Polizei gerufen hatte. Zumindest mit dem Ergebnis seiner misslungenen Aktion konnte er jedoch zufrieden sein. Jedenfalls hatte er einen eindeutigen Hinweis, dass Kronlechner nicht der saubere Unternehmer war, den er nach außen hin gespielt hatte. Er musste unbedingt herausfinden, ob es stimmte, was Rieger ihm erzählt hatte. Trotzdem blieben die Umweltschützer für Jo verdächtig. Rieger hatte zwar einen ehrlichen Eindruck auf ihn gemacht, aber die Skizze von Kronlechners Grundstück und die Fotos von seiner Villa, die er in dem Ordner gefunden hatte, gaben ihm zu denken. Rieger und seine Truppe hatten Kronlechner ausgespäht! Zu welchem Zweck?

Er ließ den Motor an und fuhr zurück in Richtung Rheintal. Während der Fahrt dachte er darüber nach, was er als Nächstes tun sollte. Wenn es stimmte, dass Kronlechner vor illegalen Methoden nicht zurückgeschreckt war und sich dabei dieses Olaf Strohm bedient hatte, war das ein wichtiger Anknüpfungspunkt. Vielleicht hatte Kronlechner sich mit seinen Machenschaften im Geschäftsleben Feinde gemacht. Er musste sich etwas einfallen lassen, um mit diesem Privatdetektiv in Kontakt zu kommen, dachte er. Beim nächsten Mal musste er allerdings vorsichtiger sein. Außerdem musste er unbedingt an Informationen über Kronlechners privates Umfeld kommen – sowohl über seine geschiedene als auch seine jetzige Frau. Am besten war es, wenn er bei Hartmann nachhörte. Sein Angebot, eine Partie Schach zusammen zu spielen, bot dafür einen erstklassigen Vorwand.

Wie er an den Detektiv herankommen sollte, hatte er allerdings keine Idee. Wenn der Mann in illegale Aktionen verwickelt war, würde er mit Sicherheit nicht darüber reden. Erst recht nicht mit einem Unbekannten.

Auch Kronlechners Testament spukte ihm weiter durch den Hinterkopf. Wie konnte er da herankommen? Ging das über ein Nachlassgericht und wurde damit öffentlich, oder war es eine reine Privatangelegenheit? Am besten fragte er Onkel Max. Als Notar würde er so etwas bestimmt wissen.

Blieben die Umweltschützer. Er musste jemanden finden, der sich in dem Milieu bewegte und ihm eine Einschätzung geben konnte, wie gewaltbereit diese Gruppen tatsächlich waren. Vielleicht kannte Pedro jemanden, der sich für den Umweltschutz engagierte.

Obwohl er bei seiner ersten Undercover-Ermittlung gleich aufgeflogen war und er bislang kaum Fortschritte verzeichnen konnte, machte ihm das Detektivspielen Spaß. Wenigstens hatte er ein paar Anhaltspunkte gefunden, denen er nachgehen konnte. Das war auf jeden Fall besser als tatenlos dazusitzen und auf die Polizei zu hoffen.

Zu Hause angekommen, rief er bei Hartmann an. Er ließ es einige Male klingeln und wollte fast wieder auflegen, als sein Mannschaftskamerad abhob.

Er schien überrascht, dass Jo sich wegen der Schachpartie so schnell meldete.

»Wenn du kurzfristig jemanden zum Spielen brauchst, können wir uns heute Abend treffen. Allerdings müsstest du zu mir kommen«, sagte er. »Meine Frau geht am Montag zum Sport, und ich darf auf die Kinder aufpassen. Um neun Uhr müssen die Kurzen in die Falle. Meine Frau geht danach meist mit ihren Freundinnen etwas trinken, die kommt bestimmt nicht vor elf. Dazwischen wäre ich verfügbar.«

Da Jo noch nie bei ihm zu Hause gewesen war, ließ er sich eine Wegbeschreibung geben. Zu seiner Überraschung zeigte die Uhr fast halb acht. Er ging in die Küche und machte sich ein Schinkenbrot mit Käse. Den Teller nahm er mit ins Wohnzimmer und schaltete den Fernseher ein. Ohne große Begeisterung knipste er zwischen den Programmen hin und her. Normalerweise hatte er um diese Zeit keine Möglichkeit, fernzusehen und war froh darüber, denn es kam nur Unsinn. Gegen 20 Uhr schaltete er auf die Nachrichten um. Es war offensichtlich nichts Wichtiges in der Welt passiert, denn die meisten Berichte drehten sich um den üblichen innenpolitischen Hickhack. Dafür entschädigte ihn der Wetterbericht: Ein stabiles Hoch hatte sich über die Mitte Deutschlands gelegt und verhieß für die nächsten Tage sonniges Wetter.

Er überlegte, ob er bei Onkel Max anrufen sollte, bevor ihm einfiel, dass heute Montag war. Am Montagabend ging Onkel Max seit Urzeiten zu seinem Stammtisch, bei dem er sich mit Freunden zum Kartenspielen traf. Da ihm genügend Zeit bis zum Treffen mit Hartmann blieb, entschied er sich, mit dem Rad zu fahren. Er zog sich um und ging nach unten, um sein Fahrrad aus dem Schuppen zu holen.

Hartmann wohnte in einem Einfamilienhaus, das im schmucklosen Stil der 50er-Jahre errichtet, aber mit viel Liebe zum Detail umgebaut und modernisiert worden war. Der Garten vor dem Haus war mit lila Krokussen, gelben Narzissen und weißen Tulpen bepflanzt. In den Fenstern hingen Windspiele und von der Eingangstür strahlte ihm eine selbst gebastelte Sonne entgegen. Er kettete sein Fahrrad am Gartenzaun fest und klingelte. Fast im gleichen Moment öffnete ihm der Hausherr die Tür.

»Komm rein«, begrüßte er ihn und schüttelte ihm die Hand. »Die Kinder sind Gott sei Dank im Bett. Das ist jedes Mal ein Kampf. Sei froh, dass du keine hast!«, sagte er und lachte. »Das sind manchmal richtige kleine Monster. Geh doch schon mal ins Wohnzimmer, ich komme gleich nach.«

Auf einem modernen Glastisch hatte Hartmann das Schachspiel aufgebaut. Das Wohnzimmer war hell und freundlich eingerichtet: moderner Landhausstil.

Jo setzte sich in einen der Korbstühle und sah sich um. Die vielen Details, hier ein getrockneter Blumenstrauß, da ein Bild mit einer Frühlingslandschaft, zeigten deutlich die Handschrift einer Frau. Hartmann kam mit einem Tablett herein.

»Ich wusste nicht, ob du mit dem Auto kommst, deswegen habe ich vorsichtshalber Tee gekocht, aber wir können gern eine Flasche Wein aufmachen.«

»Tee ist fein.«

Hartmann setzte sich und goss ihm eine Tasse ein. Großzügig überließ er Jo die weißen Figuren. Dieser entschied sich für eine Variante der sizilianischen Verteidigung. Während Jo eher einen aggressiven Stil bevorzugte und seine Züge schnell ausführte, spielte Hartmann ruhig und bedächtig. Dabei ließ er sich viel Zeit.

Da sie ohne Zeitlimit spielten, profitierte Jo nicht von seiner höheren Geschwindigkeit. Es ging ihm dabei um den Trainingseffekt. Jo versuchte immer unter Turnierbedingungen zu spielen.

Nebenher unterhielten sie sich und ließen die gestrige Niederlage Revue passieren. Jo ärgerte sich über sich selbst, weil er mit seinem schwachen Auftritt ihr erneutes Waterloo in die Wege geleitet hatte. Von Hartmann musste er allerdings keine Vorwürfe befürchten: Er hatte seine beiden Partien ebenfalls glatt abgegeben.

Nach einer Weile leitete Jo geschickt auf die Arbeit über:

»Wie kommst du mit der täglichen Pendelei nach Frankfurt zurecht? Ist die Fahrerei nicht nervig?«

Sein Vereinskollege zuckte mit den Schultern.

»Ich fahr meist mit dem Zug. Wenn die liebe Bahn nicht wieder mal Verspätung hat, geht's. Aber klar – ein Arbeitsplatz in der Nähe wäre mir lieber. Gute Stellen sind in der Gegend leider rar gesät. In Frankfurt wird im Pharmabereich dagegen händeringend gesucht. Deswegen wird dort auch besser bezahlt.«

»Könntest du dir vorstellen, wieder bei Pro Health Pharma zu arbeiten?«

Hartmann ließ sich Zeit mit einer Antwort. Er war inzwischen unter Druck geraten. Jo hatte seinen Königsflügel aufgerissen und rückte mit seiner Dame vor. Hartmann hatte zwei Bauern und einen Läufer bei dem Versuch verloren, seinen König zu schützen. Damit war er deutlich im Hintertreffen. Er startete einen halbherzigen Entlastungsangriff, in dem er seinen linken Turm ins Spiel brachte. Schließlich kam er zurück auf die Frage:

»Im Moment weiß keiner, wie es weitergehen wird. Es herrscht große Unruhe unter der Belegschaft. Kronlechner hat die Führung des Unternehmens fast vollständig auf sich selbst zugeschnitten. Die anderen im Vorstand sind bessere Laufburschen. Ich habe erst gestern mit einem Freund gesprochen, der da arbeitet. Es gibt Gerüchte, das Unternehmen könnte verkauft werden.«

»Echt?« Jo war überrascht. »Wem gehört es jetzt?«

»Keine Ahnung. Vermutlich erbt die schöne Witwe alles«, sagte Hartmann und grinste.

»Hatte Kronlechner Kinder?«

Hartmann schüttelte den Kopf.

»Es wurde im Unternehmen gemunkelt, dass er sich von seiner ersten Frau unter anderem deswegen getrennt hat. Er wollte unbedingt einen Erben. Nachdem sie keine Kinder bekam, hat er sie sitzen lassen.«

»Nicht gerade die feine englische Art!«

Hartmann zuckte mit den Schultern.

»Sie soll bei der Scheidung einen dicken Batzen Geld bekommen haben und lebt angeblich an der Cote d'Azur. Hatte wahrscheinlich keine große Lust, hier wohnen zu bleiben und das neue Glück ihres Alten aus der Nähe zu bewundern.«

»Meinst du wirklich, dass alles verkauft wird?«

»Ich denke, die Leute machen sich unnötig verrückt. Der Alte ist noch nicht einmal unter der Erde. Jetzt muss man erst einmal abwarten, wer den Laden tatsächlich bekommt. Es ging in der Vergangenheit mehrfach das Gerücht um, dass Großunternehmen an Pro Health Pharma Interesse gezeigt hätten. Da wurden hohe Summen genannt – bestimmt ein paar Hundert Millionen. Aber der Alte hätte nie verkauft. Für den war das Unternehmen sein Leben. Er besaß einige Patente für Medikamente, die sehr gefragt sind. Der oder die neuen Eigentümer sind möglicherweise aufgeschlossener für einen Verkauf. Davor haben die Leute Angst, denn bei einer Übernahme gehen oft Arbeitsplätze den Bach runter.«

Hartmanns Entlastungsangriff war ins Leere gelaufen, und seine Lage wurde zunehmend aussichtsloser. Er bemühte sich eine Weile redlich, ein Remis zu retten. Schließlich seufzte er resignierend und kippte seinen König um.

Sie hatten fast zwei Stunden gespielt, und Jo ließ durchblicken, dass es Zeit für ihn wurde, nach Hause zu fahren. Hartmann gähnte ebenfalls kräftig, denn er musste morgens früh aufstehen. Jo erhob sich, und Hartmann brachte ihn zur Tür. Er bedankte sich für die Partie und meinte, dass sie das bald einmal wiederholen sollten.

Auf dem Weg nach Hause dachte Jo darüber nach, was Hartmann ihm erzählt hatte.

Wenn Kronlechners erste Frau den Kontakt abgebrochen hatte und inzwischen in Südfrankreich lebte, schied sie als Täterin aus. Denn dass die Exfrau einen bezahlten Mörder engagierte, erschien ihm unwahrscheinlich.

Warum hätte sie dafür Jahre warten sollen? Ein Profikiller hätte Kronlechner wahrscheinlich auch einfach erschossen und nicht den komplizierten Weg über eine Vergiftung gewählt. Irgendwie schien er sich im Kreis zu drehen. Egal, in welche Richtung er dachte, er landete immer in einer Sackgasse. Trotzdem musste er mehr über die erste und die jetzige Frau in Erfahrung bringen. Wenn sie wirklich die Haupterbin war, hatte sie definitiv ein Motiv.

KAPITEL 10

Am nächsten Morgen musste er einige seiner Lieferanten abklappern, denn nicht alle lieferten frei Haus. Er wollte diese Woche ein paar Fischgerichte zusätzlich auf die Karte nehmen und brauchte dafür frische Forellen, Barsche und Karpfen. Jos Fischlieferant war ein eigenartiger Kauz, der in einer alten, dunklen Holzhütte direkt bei seinen geliebten Weihern hauste. Er war ein Eigenbrötler und ging den Menschen so weit wie möglich aus dem Weg. Was auch umgekehrt der Fall war, denn er war in der Gegend für sein jähzorniges Temperament bekannt und gefürchtet. Trotz seines Rufs war Jo bisher gut mit ihm ausgekommen. So recht wurde er aus dem Mann allerdings nicht schlau. Oft war er abweisend und mürrisch, aber an manchen Tagen regelrecht aufgekratzt. Dann erzählte er voller Begeisterung über seine Forellen, über eine neue Futterkombination, die er ausprobiert hatte oder über ausgewählte Fischrezepte, die er von seiner verstorbenen Mutter geerbt hatte. Und eines musste man Erich Sattler lassen: Seine Fische waren die mit Abstand besten in der Gegend.

Sie verhandelten über den Preis, und Jo nannte Sattler die Anzahl der Fische, die er die Woche über benötigen würde.

Wieder zu Hause, machte er seine Wochenplanung und überlegte, welche Gerichte er anbieten wollte. Als er fertig war und sich die Karte durchlas, war er mit sich sehr zufrieden. Für Mittwoch entschied er sich als Tagesgericht für gebratene Filets vom Barsch auf Frühlingsgemüse an Limonenschaum. Am Donnerstag sollte es geröstete Forelle und Langustine mit Ingwer und Gewürzblättern geben, und am Freitag standen Filets vom Flusskarpfen Provençale mit Champagnersoße und Vanillekarotten auf der Karte. Als krönenden Abschluss plante er für den Sonntag Rheinischen Barsch mit kross gebratener Haut auf feinem Ragout von Artischockenböden und französischer Rotweinbutter.

Ute kam früher als sonst. Von ihr erfuhr Jo, dass Philipps Verhaftung inzwischen Stadtgespräch war. Obwohl die meisten ihn kaum kannten, stand für die Mehrheit fest, dass er es getan hatte. Nur über sein Motiv gab es unterschiedliche Meinungen. Einige fanden, dass er verschlossen und unnahbar gewirkt habe, und solche Menschen neigten bekanntlich zu jähzornigen Ausbrüchen. Andere vermuteten, dass der mittellose Koch neidisch auf den Reichtum des Unternehmers gewesen sei und ihn deswegen umgebracht hatte. Zudem kursierte das Gerücht, Philipp sei psychisch labil und deswegen in Koblenz in Behandlung gewesen.

Jo konnte darüber nur den Kopf schütteln. Mochte die Mehrheit den Stab über Philipp gebrochen haben, die Mannschaft des »Waidhauses« stand unerschütterlich zu ihrem Lehrling. Da sie Philipp nicht besuchen konnten, hatten sie sich untereinander abgesprochen und schickten ihm abwechselnd Briefe ins Gefängnis: Was es Neues im Restaurant gab, welche besonderen Speisen sie gerade anboten und was sich sonst so tat in der Welt. Inzwischen waren die ersten Antwortbriefe von Philipp eingetroffen. Da alle Briefe erst von der Gefängnisverwaltung gelesen und geprüft wurden, dauerte es jedes Mal eine Weile. Philipp freute sich über den regen Zuspruch und schilderte Einzelheiten aus seinem Gefängnisalltag. Er war in einer Einzelzelle untergebracht und verbrachte den größten Teil des Tages alleine.

Eine Stunde am Tag durfte er hinaus auf den Gefängnishof, um sich die Beine zu vertreten, und eine Stunde gab es sogenannte »Freizeit«, in der die Zellen aufgeschlossen waren und die Gefangenen sich frei auf der Etage bewegen konnten. Die restliche Zeit las er oder widmete sich einem ausgeklügelten Sportprogramm, das er sich für seine Zelle ausgedacht hatte.

Als Untersuchungshäftling war er von den normalen Gefängnisaktivitäten weitgehend ausgeschlossen, was ihm nicht unrecht war. Wie er schrieb, sei er lieber allein, als seine Zeit mit anderen Gefangenen zu verbringen. Trotzdem schien er gut beschäftigt zu sein. Da seine Mutter und seine Schwester ihm ebenfalls regelmäßig Briefe schickten und er den Ehrgeiz hatte, so schnell wie möglich zu antworten, nahm allein die Korrespondenz jeden Tag mindestens zwei Stunden in Anspruch. Denn Briefe schreiben war nicht gerade Philipps Paradedisziplin. Die Polizei war ein paar Mal gekommen und hatte ihn verhört, dabei war allerdings nicht sehr viel herausgekommen. Die einzige echte Abwechslung waren für ihn die Besuche von Dr. Frank, der wenigstens alle paar Tage versuchte, bei ihm vorbeizuschauen. Alles in allem schien Philipp mit der Situation gut zurechtzukommen, jedenfalls erheblich besser, als Jo gedacht hätte. Zumindest behauptete er das. Jo war diesbezüglich allerdings skeptisch. Denn er selbst wäre wahrscheinlich wahnsinnig geworden, wenn er 22 Stunden am Tag auf wenigen Quadratmetern eingesperrt gewesen wäre.

Philipp versuchte dagegen das Beste aus seiner Situation zu machen. Er hatte sich seine Ausbildungsunterlagen von Ute ins Gefängnis schicken lassen und hatte nun, wie er mit ironischem Unterton schrieb, endlich ausreichend Zeit, sich auf seine Prüfungen vorzubereiten.

Um zwei Uhr rief Horst Baumann im »Waidhaus« an. Horst leitete die Werkskantine von Pro Health Pharma in Frankfurt. Jo hatte ihn bei der Vorbereitung zu Kronlechners Festbankett kennengelernt. Wie die meisten Köche, die in einem Gourmet-Restaurant arbeiteten, konnte Jo einen gewissen Standesdünkel gegenüber den Kollegen nicht verbergen, die in einer Großküche beschäftigt waren. Jeden Tag anspruchslose Einheitsküche mit umfangreicher Sättigungsbeilage – da graute es Jo, wenn er nur daran dachte.

Die Zusammenarbeit mit Horst Baumann belehrte ihn jedoch eines Besseren. Obwohl er nur ein paar Jahre mehr als Jo auf dem Buckel hatte, war Baumann viel herumgekommen. Einige Zeit hatte er sogar in einem Sterne-Restaurant gearbeitet und hatte damit Jos Vorurteil, dass sich nur zweit- und drittklassige Köche in einer Werkskantine tummelten, gründlich widerlegt.

»Hallo, Jo«, begrüßte er ihn fröhlich. »Die Polizei hat eine Kiste bei mir abgeliefert. Ich glaube, die gehört dir. Kann mich jedenfalls nicht erinnern, dass wir hier so edles Equipment herumliegen hatten. Ich wüsste auch gar nicht, was wir damit anfangen sollten, bei dem anspruchslosen Zeug, das wir hier jeden Tag auf die Teller schaufeln.«

Jo musste über die Frotzelei lachen. Geschah ihm recht, denn er hatte Baumann ein paar Mal damit aufgezogen, dass er als Leiter einer Werkskantine im Grunde nichts anderes war als der Chef einer Schnitzelbratbude.

»Am besten holst du deinen Kram so schnell wie möglich ab, sonst kann ich nicht garantieren, dass er morgen noch da ist. Hier ist in letzter Zeit einiges geklaut worden«, bekannte er unverblümt.

Jo sah auf die Uhr.

»Wie lange bist du heute da?«, wollte er wissen.

»Bestimmt bis fünf. Komm einfach vorbei, wenn es dir passt. Ich melde dich am Empfang an.«

Jo ärgerte sich über die Polizei. Wieso konnten sie ihm seine Gerätschaften nicht direkt vorbeibringen? Jetzt musste er deswegen extra nach Frankfurt fahren!

Nachdem die Küche aufgeräumt war, ging er nach oben und zog sich um.

Ab und zu tat es gut, wenn man nicht den ganzen Tag in einer Kochmontur herumlief.

Die Sonne strahlte am Himmel. Im Rheintal herrschte reger Verkehr. Jo blieb nichts anderes übrig, als sich in gemächlichem Tempo hinter den zahlreichen Ausflüglern einzureihen. Als er am Tor von Pro Health Pharma in Frankfurt-Höchst ankam, wurde er vom Werkschutz angehalten. Nachdem der Wachmann einen Blick auf seinen Ausweis geworfen hatte, durfte er passieren. Jo parkte vor dem großen Verwaltungsgebäude, in dem die Kantine untergebracht war. Horst Baumann freute sich sichtlich, ihn zu sehen. Er führte Jo in einen Nebenraum, in dem seine Kiste abgestellt war.

»Sieh nach, ob alles da ist. Wie gesagt, wir haben in letzter Zeit ein Problem mit einem Langfinger.«

»Was wurde geklaut?«, fragte Jo und fing an, die Kiste gründlich zu überprüfen.

»Alles! Lebensmittel, Küchenmaschinen, Handtücher …, wenn du mich fragst, klaut jemand gezielt für eine Gaststätte.«

»Was sagt die Polizei dazu?«

»Polizei? Wo denkst du hin! Kronlechner regelt so etwas lieber selbst. Er hat den Werkschutz drangesetzt«, erwiderte Horst und schnitt eine Grimasse. »Unser Sicherheitschef hat mich zweimal in die Mangel genommen. Er meint, als Küchenchef müsse ich wissen, was vorgeht. Ich soll jeden meiner Leute im Auge behalten.«

Er schüttelte den Kopf.

»Ich weiß nicht, wie er sich das vorstellt. Ich bin für 2.000 Essen am Tag verantwortlich. Da kann ich nicht nebenbei darauf achten, ob jemand einen Löffel einsteckt. Das habe ich ihm genau so gesagt!«

»Wie hat er reagiert?«

»Hat mich ordentlich angepfiffen. Ich glaube, er hat gehörig Druck von oben bekommen. Er wollte sogar eine versteckte Kamera installieren. Aber der Betriebrat hat davon Wind bekommen und sich auf die Hinterbeine gestellt. Die Betriebsräte waren der Meinung, dass die Diebstähle ein Vorwand sind und damit in Wirklichkeit die Arbeitsleistung des Küchenpersonals überwacht werden soll. Deswegen haben sie die Zustimmung verweigert. Mertens war stocksauer. Zumal Kronlechner zusätzlich einen Privatdetektiv drangesetzt hat.«

»Einen Privatdetektiv?«

»Ja, ein schmieriger Typ, sag ich dir. Der hat hier eine Weile herumgeschnüffelt, konnte aber auch nichts finden. Na ja, Mertens hat die Sache tierisch gewurmt. Ging wohl gegen seine Ehre als Sicherheitschef. Zumal er früher bei der Kripo war.«

»Weißt du zufällig, wie der Detektiv heißt?«

»Wieso, wird bei dir auch geklaut?«, fragte Horst und grinste.

»Nö, man weiß nie, vielleicht braucht man mal einen«, sagte Jo und grinste zurück.

»So einen schmierigen Typen würde ich nicht engagieren. Ich glaube, er hieß Strohm oder so ähnlich.«

Inzwischen war Jo mit seiner Inspektion fertig.

»Alles da«, sagte er und nickte Baumann zu.

»Ich helfe dir beim Tragen«, bot dieser an.

Als sie beim Auto angelangt waren und die Kiste im Kofferraum verstaut hatten, bedankte Jo sich für die Hilfe.

»Keine Ursache!«, meinte Baumann und wischte sich den Schweiß von der Stirn. Es war warm geworden.

»Arbeitest du gern in einer Kantine?«, fragte Jo unvermittelt.

»Geht so«, antwortete Horst und zuckte mit den Schultern. »Früher hätte ich mir so etwas nie vorstellen können. Aber inzwischen finde ich es okay. Ich habe feste Arbeitszeiten und bin jeden Abend um 18 Uhr zu Hause. Außerdem bekomme ich regelmäßig mein Geld. Das ist in der Gastronomie ja nicht überall der Fall, wie du weißt. Ist jedenfalls das erste Mal, dass ich nicht einen Teil meines Gehalts schwarz ausbezahlt bekomme«, fügte er hinzu.

Jo kannte das Problem. So sparten viele Restaurantbesitzer Sozialleistungen ein, was gut für den Betrieb war, nicht aber für die Angestellten, denn auf die Art und Weise bekamen sie später eine deutlich niedrigere Rente.

»Ich zahle meine Leuten pünktlich, und Schwarzgeld gibt es bei mir nicht«, erklärte Jo.

»Tja, dann sollte ich vielleicht bei dir anheuern«, erwiderte Baumann und grinste.

»Könntest du dir das vorstellen?«, wollte Jo wissen.

»Warum, suchst du jemanden?«

»Ich überlege, ob ich mich vergrößern soll. Das ›Waidhaus‹ hat sich gut etabliert, und wir könnten um einige Tische aufstocken. Platz genug hätte ich jedenfalls.«

Baumann machte ein nachdenkliches Gesicht.

»Würde mir bestimmt Spaß machen, wieder in einer richtigen Küche zu arbeiten. Die Anerkennung der Gäste geht einem mit der Zeit echt ab. Ich schaue regelmäßig, ob es den Leuten schmeckt. Ich meine, wir geben uns wirklich Mühe, für das Budget etwas Gutes auf den Teller zu zaubern. Das Frustrierende ist, dass die meisten gar nicht merken, was sie in sich reinschaufeln. Wenn wir Fertiggerichte holen würden, sie aufwärmen und ein wenig nett anrichten, würden sie es genauso ohne Murren herunterschlingen.«

Er zuckte mit den Schultern.

»Hauptsache, heiß und große Portionen, das ist das Wichtigste.«

»Du kannst es dir ja mal überlegen, und wenn es bei mir etwas wird mit der Erweiterung, melde ich mich bei dir«, schlug Jo vor.

»Kannst du gern machen. Wenn ich ehrlich bin, ist es allerdings nicht sehr wahrscheinlich, dass es für mich in Frage kommt.«

Baumann hielt einen Augenblick inne.

»Nicht, dass ich nicht gern bei dir arbeiten würde«, fügte er eilig hinzu, »aber ich glaube, meine Frau würde mich kreuzigen, wenn ich in die normale Gastronomie zurückwechsle. Jeden Abend spät, an Sonn- und Feiertagen arbeiten … Wenn man mal Familie hat, weiß man einen geregelten Alltag zu schätzen.«

Jo nickte. Gastronomie, zumal auf Spitzenniveau, war ein hartes Pflaster. Wer nicht bereit war, Opfer zu bringen, wurde auf Dauer nicht glücklich.

Auf dem Weg zurück zum »Waidhaus« beschäftigte ihn allerdings ein anderes Thema: wieder dieser Detektiv! Interessant, dass Kronlechner so viel mit diesem Strohm gearbeitet hatte. Als er zu Hause angekommen war, bemerkte er, dass der Anrufbeantworter blinkte. Dr. Frank hatte ihm eine Nachricht hinterlassen.

Er hatte für Jo eine Besuchserlaubnis im Gefängnis organisiert, was diesen sehr freute. Jo rief die Nummer an, die Dr. Frank ihm auf den Anrufbeantworter gesprochen hatte. Nach zweimaligem Klingeln war das Gefängnis in der Leitung. Die Frau war unerwartet nett, und er einigte sich mit ihr auf den übernächsten Montag als den ersten Besuchstermin.

Die nächsten beiden Tage vergingen wie im Flug. Er hatte eine Gruppe Japaner im Restaurant, die von einem ihrer deutschen Geschäftspartner ins »Waidhaus« eingeladen worden waren. Rüdiger Meynert, so hieß der Geschäftsmann, war einer von Jos Stammgästen. Er betrieb eine Elektronikfirma, die auf die Entwicklung von Computerchips spezialisiert war. Das Geschäft schien gut zu laufen. Er verkaufte einen großen Teil seiner Produktion nach Japan und in die USA. Meynert hatte Jo einmal erklärt, wie genau diese Chips hergestellt wurden, und ihn eingeladen, sich die Fertigung anzusehen. Jo hatte sich über die Einladung gefreut, bislang dafür allerdings keine Zeit gefunden.

Trotz seines Erfolges – wenn er ohne Kunden kam, fuhr er im Ferrari vor – war Meynert ein bodenständiger Typ, der nicht viel Aufhebens um seine Person machte. Die Japaner knipsten voller Begeisterung die Inneneinrichtung des »Waidhauses«. Es hatte Jo viel Mühe gekostet, das Haus in seinen ursprünglichen Zustand zu versetzen. Umso mehr erfüllte es ihn mit Stolz, wenn seine Gäste das zu schätzen wussten. Wie ein aufgeregter Bienenschwarm schwirrten die Japaner in jede Ecke und fotografierten aus allen denkbaren Winkeln. Jo war erstaunt, mit welch kindlicher Freude sich Japaner auf alles stürzten, was alt aussah. Die übrigen Gäste nahmen den Enthusiasmus der Japaner mit Humor. Meynert zwinkerte Jo zu und zuckte bedauernd mit den Schultern. Die Japaner bestellten die ungewöhnlichsten Zusammenstellungen und hatten eine Reihe von Sonderwünschen, die der Küche alles abverlangten.

Am nächsten Abend kam eine Gruppe Amerikaner, die sich von Jos Weinkeller so begeistert zeigte, dass sie bis spät in die Nacht eine Flasche nach der anderen leerte und sturzbetrunken von dannen wankte. Das war zwar gut für den Umsatz, er kam dadurch aber erst sehr spät ins Bett.

Daher fand er erst am Freitagmorgen Zeit, sich an den Computer zu setzen und im Internet nach dem Detektiv zu suchen. Zu seinem Bedauern unterhielt Strohm keine Internetseite. Also versuchte er es auf traditionellem Weg und warf einen Blick in die gelben Seiten, aber auch dort konnte er den Namen Strohm nicht finden.

Schließlich quälte er sich mühselig durch das normale Telefonbuch. Er wusste nicht genau, wo der Detektiv wohnte und arbeitete sich von Ingelheim ausgehend durch die umliegenden Ortschaften. Nachdem er eine Dreiviertelstunde vergeblich gesucht hatte und drauf und dran war aufzugeben, wurde er fündig.

In Großwinternheim gab es einen Olaf Strohm: »Privatdetektei – Ermittlungen aller Art«. Er schrieb sich die Adresse und die Telefonnummer auf, legte sie aber erst einmal in seine Schreibtischschublade.

Er hatte bisher keine Idee, wie er vorgehen sollte. Strohm würde bestimmt nicht auf irgendeine fadenscheinige Geschichte hereinfallen. Wenn es stimmte, dass er bei seinen Fällen hart am Rande der Legalität oder sogar darüber hinaus agierte, würde er bestimmt sehr vorsichtig sein.

Er beschloss, Klaus Sandner anzurufen und sich über den letzten Stand zu informieren. Er landete zuerst im Sekretariat, wurde aber sofort zum stellvertretenden Chefredakteur durchgestellt. Sie sprachen über die Niederlage vom Wochenende. Sandner hatte eine Partie gewonnen und ein Remis geholt. An ihm hatte es nicht gelegen, dass sie verloren hatten. Schließlich wechselte Jo das Thema und kam zum eigentlichen Grund seines Anrufs.

»Ich bräuchte noch einmal deine Hilfe.«

»Worum geht's?«, wollte der Journalist wissen.

»Kannst du mir Informationen über Kronlechners erste und seine jetzige Frau besorgen?«

»Willst du Detektiv spielen?«, fragte der Journalist in amüsiertem Ton.

»Ich versuche nur, ein paar Informationen zusammenzutragen, die Philipp helfen könnten.«

»Wieso überlässt du das nicht der Polizei? Wenn die herausfinden, dass du auf eigene Faust herumschnüffelst, kannst du Ärger bekommen.«

»Wieso? Das ist nicht verboten!«

»Du verrennst dich da in etwas. Es ist aller Ehren wert, dass du dich so für Philipp einsetzt. Aber wenn du in Kronlechners Umfeld herumschnüffelst, kommt vielleicht der eine oder andere auf den Gedanken, dass du mehr mit der Sache zu tun hast.«

Jo hielt inne. Aus dem Blickwinkel hatte er die Sache noch gar nicht betrachtet.

»Unsinn«, erwiderte er knapp.

»Die Reichen und Mächtigen mögen es nicht, wenn man sich mit ihren Angelegenheiten beschäftigt. Da kann ich aus eigener Erfahrung ein Lied von singen«, fuhr Sandner fort.

Jo dachte darüber nach.

»Es glauben sowieso alle, dass Philipp schuldig ist«, sagte er schließlich, »kannst du nicht verstehen, dass ich dem Jungen helfen will?«

Sandner seufzte.

»Gut, ich höre mich um. Klatsch ist zwar nicht unser Metier, aber ein Freund von mir ist bei einem dieser bunten Blättchen gelandet, das auf die Schönen und Reichen spezialisiert ist. Den kann ich fragen. Aber erhoff dir nicht zu viel davon. Möglicherweise musst du dich mit dem Gedanken anfreunden, dass Philipp es wirklich gewesen ist.«

Jo schluckte. Für einen Augenblick schwiegen beide.

»Für den Fall, dass er es nicht war und du etwas anderes herausfindest, sind wir gern bereit, die Geschichte zu bringen«, durchbrach Sandner die Stille.

»Wenn ich etwas herausfinde, erfährst du es als Erster«, versprach Jo.

Als Nächstes rief Jo bei Onkel Max an.

»Josef, schön, dass du mal wieder anrufst. Wie geht's dir, mein Junge?«

Jo hatte ein schlechtes Gewissen, dass er sich so lange nicht mehr bei Tante Traudl und Onkel Max gemeldet hatte. Daher freute er sich aufrichtig, mit seinem Onkel zu sprechen. Er war der Einzige, der ihn konsequent »Josef« nannte. Tante Traudl bearbeitete ihn immer wieder, dass er endlich akzeptieren möge, dass dem Jungen »Jo« besser gefiel, aber Onkel Max blieb standhaft bei Jos Geburtsnamen, wahrscheinlich weil er sein Taufpate war. Obwohl Jo mehr als zehn Jahre von zu Hause weg war und man bei ihm sonst kaum einen bayerischen Einschlag hörte, fiel er augenblicklich in seinen heimischen Dialekt.

Sie plauderten fast 20 Minuten und brachten sich gegenseitig auf den neuesten Stand. Onkel Max hatte wieder Ischiasbeschwerden gehabt und war zwei Wochen außer Gefecht gewesen. Jetzt wollte er endlich eine Kur machen, zu der Tante Traudl ihn seit Jahren drängte. Jo erzählte, was es im »Waidhaus« Neues gab und dass sie sich vor lauter Reservierungen kaum retten konnten.

Die Geschichte mit Philipp behielt er wohlweislich für sich. Bestimmt hätten Onkel Max und Tante Traudl alles stehen und liegen gelassen und wären ihm zu Hilfe gekommen. Er wollte aber nicht, dass sie sich Sorgen machten.

Schließlich kam Jo auf den Grund seines Anrufes zu sprechen.

»Ich hab eine Fachfrage an dich.«

»Tatsächlich? Schieß los, mein Junge.«

»Kann man ein Testament einsehen, wenn man nicht mit dem Verstorbenen verwandt ist?«

»Normalerweise nicht. Das ist eine Privatangelegenheit«, erklärte Onkel Max. »Außer, wenn man Begünstigter ist. Also wenn zum Beispiel jemand seiner langjährigen Haushälterin ein paar Tausend Euro hinterlässt, hat sie selbstverständlich das Recht, sich darüber zu informieren. Normalerweise erfährt sie das automatisch, denn der Testamentsvollstrecker benachrichtigt alle Begünstigten und lädt sie zur Testamentseröffnung ein.«

»Die ist nicht öffentlich, oder?«

»Nein, das wäre auch noch schöner. Dann wären die Nachbarn die Ersten, die da wären«, meinte Onkel Max und lachte. »Warum interessierst du dich dafür? Hast du Aussicht auf ein Erbe, von dem ich nichts weiß?«

»Nein, es ist für einen Freund.«

Jo hatte ein schlechtes Gewissen, dass er Onkel Max anflunkerte. Wobei, irgendwie stimmte es sogar.

Sie plauderten weiter, und Jo lud die beiden ein, ihn wieder einmal zu besuchen. Onkel Max und Tante Traudl kamen nicht sehr oft ins Rheintal, da es eine weite Strecke zu fahren war. Seit er einmal unverschuldet in einen schweren Unfall verwickelt worden war, fuhr Onkel Max nicht mehr gern Auto, und mit dem Zug war es etwas beschwerlich. Trotzdem freute er sich aufrichtig über die Einladung und meinte, dass Tante Traudl ihm seit einiger Zeit in den Ohren läge, dass sie Jo längst besuchen müssten.

Kaum hatte Jo den Hörer aufgelegt, klingelte das Telefon. Es war Klaus Sandner. Von einer seiner Quellen hatte er gehört, dass die Polizei die Untersuchung des Leichnams von Hans Kronlechner abgeschlossen hatte und die Beerdigung für Dienstagnachmittag angesetzt worden war. Die Beisetzung sollte auf Wunsch der Witwe im engsten Verwandten- und Freundeskreis stattfinden. Jo schüttelte den Kopf. Er wäre zu gern bei der Beerdigung dabei gewesen. Vielleicht gab es eine Möglichkeit, sich heimlich einzuschleichen? In einem Buch hatte er einmal gelesen, dass die Polizei bei ungeklärten Morden manchmal die Teilnehmer der Beerdigung fotografieren ließ. Es kam vor, dass der Mörder an der Beerdigung teilnahm und sich unter die Trauernden mischte. Manche Täter gingen sogar so weit, dass sie sich der Polizei als Zeugen anboten. Wohl in der Hoffnung, damit jeden Verdacht von sich abzulenken.

Womit sie allerdings meist genau das Gegenteil bewirkten und die Polizei überhaupt erst auf ihre Spur brachten. Sandner wusste sogar, auf welchem Friedhof der Unternehmer beigesetzt werden sollte, und meinte beiläufig, dass der Friedhof für die Beerdigung abgesperrt werden würde. Nicht, dass Jo das abgeschreckt hätte. Wenn man findig genug war, gab es immer eine Möglichkeit.

Am Samstag hatte sich das Wetter eingetrübt. Die Wolken hingen drohend über dem Rheintal und hüllten die Loreley in einen grauen Schleier, aus dem der schroffe Felsen düster und geheimnisvoll emporragte.

Nach dem Stress der letzten Wochen war Jo froh darüber, dass wenigstens die Tische auf der Terrasse frei blieben. So konnten sie ein wenig durchschnaufen. Philipp hatte geschrieben, dass er zur Hälfte mit dem Stoff für die Prüfungen durch sei und gut vorankomme. Er bemühte sich erkennbar, optimistisch zu klingen, aber zwischen den Zeilen konnte man herauslesen, wie sehr der Gefängnisaufenthalt ihn belastete.

KAPITEL 11

Am Sonntagnachmittag kam überraschend Klaus Sandner vorbei. Zum Glück waren sie mit dem Aufräumen fertig, sodass Jo Zeit für ihn hatte.

»Wieso bist du nicht zum Essen gekommen? Ich hätte dich eingeladen«, sagte er vorwurfsvoll.

»Na, ob das bei meiner Frau so gut angekommen wäre, wenn ich ihren Sonntagsbraten verschmäht hätte?«, meinte Sandner und lachte.

»Ich hab dir ein paar Unterlagen mitgebracht«, erklärte er und hielt einen weißen Umschlag hoch.

»Am besten gehen wir in mein Büro«, schlug Jo vor.

Dort sahen sie das Material zusammen durch. Es war nicht sehr umfangreich. Der Freund, von dem Sandner gesprochen hatte, wusste nicht viel über die beiden Ehefrauen zu berichten. Immerhin konnte er bestätigen, dass Kronlechners erste Frau tatsächlich in Südfrankreich lebte. Sie hatte sich eine Wohnung an der Prachtpromenade in Cannes gekauft und verkehrte in den ersten Kreisen. Ab und an tauchte sie auf einer der zahlreichen Partys auf, bei denen sich die Schönen und Reichen die Langeweile vertrieben. Nachdem sie längere Zeit solo gewesen war, gab es seit gut einem Jahr einen neuen Mann an ihrer Seite: einen Sprudelfabrikanten aus der Eifel, der das halbe Jahr in Südfrankreich zubrachte. Während ihrer langjährigen Ehe mit Hans Kronlechner war sie gesellschaftlich kaum in Erscheinung getreten. Der Unternehmer schien eine ausgeprägte

Abneigung gegen die seichte Welt der Stars und Sternchen gehabt zu haben und bewegte sich in erster Linie in der abgeschirmten Welt von Wirtschaftsführern und Politikern. Seine erste Frau stammte selbst aus wohlhabender Familie und erhielt nach der Scheidung eine hohe Abfindung. Nach allem, was man sich über sie erzählte, war sie finanziell unabhängig und lebte mit allen Annehmlichkeiten, aber ohne den übertriebenen Luxus, den vor allem die Neureichen gern und oft in Cannes zur Schau stellten.

Über Kronlechners zweite Frau wusste der Freund noch weniger. Sie stammte offensichtlich aus einfachen Verhältnissen und hatte sich mit Fleiß, Ehrgeiz und Hartnäckigkeit nach oben gearbeitet. Nach einem Abschluss in Medizin absolvierte sie ein pharmakologisches Aufbaustudium. Pro Health Pharma war ihre erste Arbeitsstelle gewesen. Sie musste Kronlechner schnell aufgefallen sein. Zwei Jahre nach ihrem Eintritt ins Unternehmen verließ er seine Frau und zog mit ihr zusammen. Nachdem seine Scheidung rechtskräftig geworden war, heirateten die beiden zügig. Auch nach der Hochzeit blieb die neue Ehefrau im Unternehmen tätig. Sie stieg zur stellvertretenden Leiterin der Forschungsabteilung auf, gab den Posten aber bald danach auf. Da sie wie ihr Mann nicht viel auf Partys und Empfängen auftauchte, wusste der Freund nichts weiter über sie zu berichten.

Jo hatte sich mehr erhofft und war enttäuscht. Zumindest schien Ehefrau Nummer eins endgültig als Täterin auszuscheiden. Wenn sie aus wohlhabender Familie stammte und durch die Scheidung zusätzlich eine große Summe erhalten hatte, schied Geld als Motiv aus – zumal sie wahrscheinlich nicht in Kronlechners Testament bedacht sein würde. Wenn es stimmte, dass es einen neuen Mann in ihrem Leben gab, konnte man das Thema Eifersucht ebenfalls abhaken.

Sandner hatte sich selbst umgehört, aber keine seiner Quellen konnte ihm etwas Näheres zu Kronlechners Testament sagen. Kronlechner war ein Einzelkind. Seine engsten Verwandten waren Cousins und Cousinen, zu denen nach Sandners Informationen jedoch kaum Kontakt bestand. Insoweit war die allgemeine Überzeugung, dass Silvia Kronlechner die Alleinerbin war.

Jo hätte Sandner gern zum Abendessen eingeladen, aber seine Frau wartete bei Freunden in der Nähe, mit denen sie abends in Wiesbaden in die Oper gehen wollten. Nachdem Sandner sich verabschiedet hatte, dachte Jo nach. Wenn man Kronlechners erste Frau von der Liste der Verdächtigen strich, blieb nur Silvia Kronlechner übrig. Er dachte über die junge Frau nach. Hatte sie ihren Mann ermordet, um an sein Vermögen zu kommen? Aber warum hätte sie das tun sollen? Allem Anschein nach war sie mit Kronlechner sehr glücklich gewesen. Und im Fall einer Scheidung hätte sie vermutlich ebenfalls eine erhebliche Abfindung bekommen. Warum hätte sie das Risiko eingehen und ihren Mann ermorden sollen? Außerdem durfte er nicht vergessen, dass es ein Mann gewesen war, der Philipp aus der Küche gelockt hatte. Wenn Silvia Kronlechner in den Mord verwickelt war, musste sie einen Komplizen haben.

Er überlegte, wer ihm mehr über die Ehe der Kronlechners sagen konnte. Dummerweise fiel ihm niemand ein.

Am Montag schlief Jo aus. Es hatte die ganze Nacht über kräftig geregnet. Am Morgen lockerte sich die Bewölkung auf, und es sah so aus, als würde in Kürze die Sonne herauskommen. Jo verspürte den Drang, sich zu bewegen, und schwang sich auf sein Fahrrad. Er radelte bis nach Bingen und machte dort in der Eisdiele am Marktplatz eine ausgiebige Pause. Die dunklen, grauen Wolken hatten weißen Schäfchenwolken Platz gemacht, die gemächlich am Himmel entlang zogen.

Er hatte einen der letzten freien Plätze ergattert, bevor gegen Mittag ein großer Andrang einsetzte. Viele Schüler wollten sich eine Stärkung holen, ehe sie sich auf den Nachhauseweg machten. Jo bestellte sich einen Früchtebecher. Die Eisdiele glänzte mit der mit Abstand schönsten und größten Eiskarte der Gegend. Die Eisbecher waren aufwendig dekoriert, sodass einem vom bloßen Hinsehen das Wasser im Munde zusammenlief.

Am Nebentisch saß eine Familie mit vier Kindern, deren fröhliches Lärmen Jo zum Schmunzeln brachte. Die Kinder waren hin- und hergerissen, ob sie sich für »Pinocchio«, »Biene Maja« oder lieber für ein »Pizza-Eis« entscheiden sollten.

Nachdem er seinen Früchtebecher viel zu schnell leer gelöffelt hatte, bestellte Jo sich einen Cappuccino, der allerdings geschmacklich nicht mithalten konnte.

Trotzdem machte er sich zufrieden auf den Rückweg. Kurz vor Oberwesel entschied er sich für einen steilen Anstieg durch die Weinberge. Schließlich musste die Kalorienbombe, die er sich gegönnt hatte, abgearbeitet werden! Nicht, dass Jo Probleme mit seinem Gewicht gehabt hätte, aber es war ein guter Grund, sich zu verausgaben.

Den Nachmittag verbrachte er faul auf seiner Terrasse. Die Wolken hatten sich weitgehend verzogen, und das herrliche Panorama des Rheintals lag prachtvoll vor ihm. Er sah eine Weile den Schiffen zu. Dann wurde er schläfrig und döste eine Stunde vor sich hin. Um wach zu werden, bereitete er sich einen Eiskaffee zu.

Nach wie vor war er unschlüssig, wie er an Olaf Strohm, den geheimnisvollen Privatdetektiv, herankommen sollte. Sollte er sich erneut als Journalist ausgeben und versuchen, ihm mit Geld Informationen zu entlocken? Wenn er viel für Kronlechner gearbeitet hatte, suchte er sicherlich nach neuen Einnahmequellen. Zumal er auf den Verstorbenen keine Rücksicht mehr zu nehmen brauchte.

Jo ging in sein Büro und suchte die Nummer des Detektivs heraus. Nach dreimaligem Klingeln meldete sich der Anrufbeantworter. Er hörte sich die Ansage an und legte auf. Es war besser, wenn er persönlich mit Strohm sprach.

Außerdem wollte er keine Telefonnummer hinterlassen, anhand derer der Detektiv ihn hätte überprüfen können. Er fand es eigenartig, dass es in einer Detektei keine Sekretärin gab. Er nahm sich vor, es in den nächsten Tagen erneut zu versuchen.

Dienstag früh machte er seine übliche Runde bei einigen Lieferanten und war rechtzeitig im »Waidhaus« zurück, bevor Anton und Karl-Heinz eintrafen.

Nachdem Pedro und Ute eingetrudelt waren, sagte er ihnen, dass er heute etwas früher wegmüsse. Pedro nuschelte etwas in seinen nicht vorhandenen Bart, dass sich das in letzter Zeit häufen würde, ließ sich aber dennoch von Jo dazu breitschlagen, sich ums Aufräumen zu kümmern und abzuschließen. Jo fühlte sich unwohl dabei. Da Philipp abwesend war, mussten alle ohnehin mehr als sonst arbeiten. Wenn der Chef zusätzlich alle Nase lang einen halben Tag frei nahm, war es kein Wunder, dass seine Leute zu meutern begannen. Zum Glück hatten sich die meisten Gäste für zwölf Uhr angesagt, sodass gegen 13 Uhr das Gros der Mittagessen abgearbeitet war. Gegen 13 Uhr schlüpfte Jo aus der Küche und ging hinauf in seine Wohnung.

Obwohl es draußen sehr warm war, zog er eine schwarze Stoffhose und ein dunkles Hemd an. Er schraubte ein Teleobjektiv auf seine Spiegelreflexkamera und packte sie in eine unauffällige Umhängetasche, die er vor Jahren von einer Freundin geschenkt bekommen hatte. Bevor er sich auf den Weg machte, steckte er den Kopf in die Küche, um nach dem Rechten zu sehen.

»Gehst du auf eine Beerdigung, oder was?«, flachste Pedro, als er seinen Chef statt in gewohntem Weiß komplett in Schwarz sah, und traf damit den Nagel auf den Kopf. Ute sah ihn nachdenklich an und konnte sich ein Lächeln nicht verkneifen. Vermutlich ahnte sie, was er vorhatte. Jo zwinkerte ihr verschwörerisch zu und machte sich aus dem Staub.

Die Beerdigung war für 15 Uhr angesetzt, sodass er gut eineinhalb Stunden vorher am Friedhof sein würde. Das sollte ausreichen, um problemlos hineinzukommen.

Als er am Friedhof entlangfuhr, musste er feststellen, dass er sich geirrt hatte. Am Tor standen Wachleute, die gelangweilt in die Gegend schauten. An der Kirche parkte zusätzlich ein Streifenwagen, an dem zwei Polizisten lehnten.

Jo fuhr weiter und stellte seinen Wagen in einer Nebenstraße ab.

Er kramte einen weißen Kragen aus der Tasche und steckte ihn an. Für den Notfall brauchte man einen Plan B, dachte er und grinste. Dann nahm er seine Tasche mit der Kamera und marschierte los.

Die zwei Wachmänner am Hintereingang machten bereitwillig Platz, als ein junger Priester mit einer dunklen Tasche gemächlich auf sie zu schlenderte und sie freundlich grüßte.

Jo lächelte zufrieden. Vor zwei Jahren war er im Karneval als katholischer Geistlicher aufgetreten. Das Kostüm erwies sich als voller Erfolg. Vor allem bei den Frauen.

Auch wenn im rheinischen Karneval ohnehin viel geflirtet wurde, hatten sich die Frauen regelrecht auf ihn gestürzt. Obwohl ihnen klar gewesen sein musste, dass er nicht wirklich ein Priester war, genügte anscheinend der Reiz des Verbotenen, um die Frauen scharenweise anzulocken. Sobald er um die Ecke gebogen war und sich außerhalb der Sichtweite der Wachmänner befand, nahm er den unbequemen Kragen ab und krempelte die Ärmel hoch. Die Maskerade hatte ihre Schuldigkeit getan! Nach Jos Erfahrung wurde man praktisch nie mehr angehalten, sobald die erste Eintrittshürde überwunden war. Er wollte allerdings vermeiden, dass er dem echten Priester über den Weg lief und dadurch aufflog.

Der Friedhof lag hinter der Kirche und war erstaunlich groß. Die Gräber drängten sich dicht an dicht. Wie im Leben gab es auch im Tod eine genau festgelegte Rangordnung. Im hinteren Teil befanden sich die einfachen Gräber, die ein Kreuz oder einen schmucklosen Grabstein aufwiesen, aber größtenteils bunt und mit viel Liebe zum Detail bepflanzt waren. Zur Friedhofsmauer hin, dort wo es ruhiger war, wurden die Gräber breiter. Wuchtige Grabsteine aus Marmor oder blank poliertem Granit mit ausladenden Inschriften dominierten die Grabreihen. Die üppigen Blumengestecke und teuren Edelpflanzen beeindruckten auf den ersten Blick, waren aber von einer monotonen

Einfallslosigkeit, welche die Handschrift ein und derselben Friedhofsgärtnerei trugen. An der Seite, fast an der grauen Steinmauer, die den Friedhof umfasste, lagen – von alten Linden und Erlen überragt – die Gruften der wohlhabendsten Familien. Mit ihren kolossalen Aufbauten und den teilweise kitschigen Marmorfiguren wirkten sie seltsam deplaziert und schienen der stillen Würde des Ortes nicht angemessen.

An dem breiten Aushub unter einer alten Linde war unschwer zu erkennen, dass Hans Kronlechner hier seine letzte Ruhestätte finden würde.

Jo sah sich nach einem geeigneten Versteck um, von dem aus er unbemerkt die Beerdigung verfolgen konnte. Sein Blick fiel auf eine Kapelle, die sich am anderen Ende des Gräberfelds an die Friedhofsmauer duckte. Er sah sich aufmerksam um und schlängelte sich dann zwischen den Gräbern hindurch in Richtung Kapelle.

Die Tür war unverschlossen und gab den Blick auf einen schmucklosen Raum frei. An den Wänden erinnerten große Steintafeln voller Namen an die Gefallenen der beiden Weltkriege. Von einem der beiden Fenster aus hatte Jo freie Sicht auf den Friedhof. Er nahm seine Kamera heraus und spähte durch sein Teleobjektiv. Trotz der leicht milchigen Färbung der Fensterscheiben konnte er jedes Detail erkennen. Zufrieden lehnte er sich an die Wand und wartete.

Nach einer halben Stunde bemerkte er eine Bewegung zwischen den Gräbern.

Ein Mann sah sich suchend um und kam geradewegs auf die Kapelle zu.

Das hatte ihm gerade noch gefehlt! Hastig riss er seine Tasche auf und stopfte seine Kamera hinein. Mit fahrigen Bewegungen versuchte er die Tasche zuzumachen. Um ein

Haar hätte er dabei den Verschluss abgerissen. Er fluchte. Seine Hoffnung, ungesehen aus der Kapelle zu schlüpfen, löste sich in Luft auf: Der Mann war nur noch einige Meter von der Kapelle entfernt! Jo duckte sich zur Seite, um nicht gesehen zu werden. Er unterdrückte seinen natürlichen Fluchtimpuls, straffte die Schultern und tat so, als würde er die Sterbetafeln studieren. Er hielt den Atem an und wartete gebannt auf das Knarren der Tür. Die Zeit schien sich endlos in die Länge zu ziehen, doch in seinem Rücken blieb es stumm. Nachdem sich fast eine Minute nichts getan hatte, entspannte er sich und riskierte einen Blick nach draußen.

Der Unbekannte schien es sich anders überlegt zu haben und war einige Meter weiter vorne abgebogen. Jetzt kauerte er hinter einem Grabstein und beugte sich über einen metallisch glänzenden Koffer, aus dem er einen dunklen Gegenstand herauszog. Gebannt verfolgte Jo jede seiner Bewegungen. Als der Mann seinen Kopf zur Seite drehte und eine Kamera aus dem Koffer herausnahm, erkannte Jo ihn. Es war Dieter Klein, der Reporter vom »Mainzer Express«. In aller Seelenruhe begann er, ein Stativ aufzubauen, an dem er seinen Fotoapparat festschraubte. Er trug seine alte, abgeschabte Lederjacke, die Jo vor Schreck gar nicht erkannt hatte. Wahrscheinlich war er ebenfalls auf die Idee verfallen, in der Kapelle Quartier zu beziehen, hatte sich jedoch anders entschieden. Vielleicht waren ihm die milchigen Fensterscheiben aufgefallen. Im Gegensatz zu Jo brauchte er Bilder, die gut genug waren, damit er sie in seiner Zeitung abdrucken konnte.

Jo schickte ein Dankesgebet zum Himmel. Klein hätte ihm wohl kaum abgenommen, dass er sich zufällig in der Kapelle aufhielt. Und was er am wenigsten gebrauchen konnte, war ein zweiter Artikel über die Verwicklung des »Waidhauses« in den Fall Kronlechner!

Klein hatte inzwischen seine Vorbereitungen abgeschlossen. Durch die dünnen Scheiben konnte Jo das Klicken des Fotoapparats hören, als der Reporter ein paar Probeaufnahmen machte. Vorsichtig spähte er hinaus. Doch er musste sich keine Sorgen machen! Kleins gesamte Aufmerksamkeit war auf die andere Seite des Friedhofs gerichtet.

Die Glocken läuteten, aber der Friedhof lag weiter friedlich und still vor ihnen. Klein hatte es sich auf dem Boden bequem gemacht, ließ die Kirche allerdings keine Sekunde aus den Augen.

Jo langweilte sich. Er fragte sich, ob es eine gute Idee gewesen war, zur Beerdigung zu gehen. Jetzt blieb ihm keine andere Möglichkeit mehr. Er musste warten, bis die Zeremonie vorüber war und Klein sich aus dem Staub gemacht hatte. Er vertrieb sich die Zeit damit, im Kopf die Menüplanung für die kommende Woche durchzugehen.

Nach einer weiteren Viertelstunde tat sich endlich etwas. Die Kirchenpforte öffnete sich, und zwei Ministranten traten heraus. Sie hielten die Türen für den Trauerzug auf.

An der Spitze schritt ein älterer, weißhaariger Priester in feierlichem Gewand und mit ernster Miene. Rechts und links neben ihm marschierten Ministranten, die brennende Kerzen in ihren Händen hielten. Dahinter folgten zwei weitere Messdiener, von denen der eine ein Weihrauchfässchen schwang und der andere den Weihwasserkübel trug. Hinter ihnen gingen sechs Männer in dunklen, schlecht sitzenden Anzügen, die den Sarg, der über und über mit Kränzen und Blumengebinden bedeckt war, auf ihren Schultern trugen. Die Anstrengung war ihnen ins Gesicht geschrieben. Obwohl ein laues Lüftchen über die

Gräber strich, rann den Trägern nach wenigen Metern der Schweiß von der Stirn.

Dicht dahinter folgte Silvia Kronlechner, den Kopf starr auf den Sarg gerichtet. Sie trug ein eng anliegendes, schwarzes Kleid und einen eleganten Hut, der ihr blasses Gesicht halb verdeckte. Ihre Hände waren ineinander verkrampft. Trotz der Entfernung konnte man sehen, dass sie geweint hatte. In gebührendem Abstand zur Witwe folgten die übrigen Trauergäste. Obwohl der Weg von der Kirche bis zum Grab nicht weit war, dauerte es eine Weile, bis der Zug an seiner letzten Station angekommen war.

Die rund 30 Trauergäste versammelten sich stumm hinter der Witwe, die einsam und verloren am Grab ihres Mannes stand. Die Männer stellten den Sarg ab und blickten zu dem Priester. Dieser verharrte einen Moment. Dann fing er an zu sprechen. Er redete so leise, dass Jo nicht verstehen konnte, was er sagte.

Vor ihm hörte er munter die Kamera des Reporters klicken. Jo wagte nicht, selbst Fotos zu machen, da er befürchtete, Klein könnte ihn bemerken. So blieb ihm nichts anderes übrig, als die Trauergemeinde heranzuzoomen und die einzelnen Gesichter zu betrachten. Am längsten blieb er am Gesicht von Silvia Kronlechner hängen. Sie wirkte blasser als sonst und sah zerbrechlich aus. Sie schien die Worte des Geistlichen nicht wahrzunehmen. Jedenfalls ging ihr Blick ins Leere. Nachdem die abschließenden Gebete gesprochen waren, nickte der Priester den Trägern zu, und diese ließen den Sarg vorsichtig in die Gruft hinab.

Der Pfarrer nahm den Wedel aus dem Weihwasserkübel und besprengte die offene Grube. Danach schüttelte er der jungen Frau die Hand und sprach ihr sein Beileid aus. Nach und nach taten es ihm die übrigen Trauergäste gleich.

Mit ernsten, betretenen und manchmal auch nur verlegenen Gesichtern leisteten sie ihre Beileidsbekundungen. Nachdem die Zeremonie beendet war, blieb Silvia Kronlechner alleine zurück. Minutenlang blickte sie in das dunkle Grab.

Was mochte in ihr vorgehen? Jo verspürte Mitleid mit der jungen Frau.

Während er in ihr Gesicht sah, bemerkte er, dass es vor ihm unruhig wurde. Klein hatte offensichtlich genug Bilder vom Begräbnis und packte seinen Fotoapparat ein. Eilig klappte er den Koffer zu und stahl sich zwischen den Gräbern davon. Jo duckte sich, damit Klein ihn nicht sah. Silvia Kronlechner stand weiter stumm am Grab. Sie hatte den Reporter nicht bemerkt.

Jo beschloss, sich ebenfalls auf den Weg zu machen. Er wusste nicht, was genau er sich vom Besuch der Beerdigung erhofft hatte, aber bei seiner Suche nach einem Mörder war er dadurch nicht vorangekommen. Obwohl er jedem einzelnen Trauergast durch sein Teleobjektiv in die Augen gesehen hatte, war ihm niemand besonders aufgefallen: kein Ausdruck von verstecktem Triumph oder unterdrückten Schuldgefühlen. Nur das übliche Unbehangen in den Gesichtern, das man oft bei Beerdigungen sehen konnte – eine Mischung aus peinlichem Berührtsein über den Tod, den man lieber verdrängte, und einer gewissen Ratlosigkeit, wie man der Trauer der Hinterbliebenen begegnen sollte.

Jo fühlte sich Silvia Kronlechner gegenüber schuldig, dass er sie verdächtigt hatte. Sie schien vom Tod ihres Mannes tief getroffen zu sein. Er hatte nicht das Gefühl, dass ihre Trauer gespielt war.

Ratlos schüttelte er den Kopf: wieder ein Schlag ins Wasser! Jo war so mit seinen Gedanken beschäftigt, dass er beinahe den Mann übersehen hätte, der an der Ecke zur

Kirche stand und wartete. Seine Augen waren auf Silvia Kronlechner gerichtet.

Jo duckte sich hinter einen Grabstein. Aus seinem Versteck heraus musterte er den Mann. Er war mittelgroß, dunkelhaarig und hatte ein markantes Gesicht. Jo schätzte ihn auf Mitte 40. Er war sich nicht sicher, meinte aber, dass er den Mann auf dem Festbankett gesehen hatte.

Nach ein paar Minuten hörte Jo die Schritte einer Frau. Er wagte es nicht, einen Blick zu riskieren, und duckte sich tiefer in sein Versteck. Als die Schritte fast auf seiner Höhe waren, kamen sie abrupt zum Stillstand. Jo blieb fast das Herz stehen. War er entdeckt worden? Seine Sorge erwies sich jedoch als unbegründet. Die Frau war nicht seinetwegen stehen geblieben.

»Was willst du hier?«, zischte sie den Mann an. »Du weißt genau, dass es nicht gut ist, wenn man uns zusammen sieht!«

»Wieso, ich bin ein guter Freund der Familie. Da ist es selbstverständlich, wenn ich mich um dich kümmere«, erwiderte der Angesprochene in ironischem Ton.

Seine dunkle Stimme klang selbstbewusst.

»Wir hatten vereinbart, dass wir uns vorerst nicht treffen!«, sagte sie in scharfem Ton.

»Ich hatte Lust, dich zu sehen. Was ist so schlimm daran?«

»Das weißt du genau!«

Obwohl sie sich bemühte, leise und beherrscht zu sprechen, konnte man hören, wie wütend sie war.

»Wir müssen reden«, erklärte der Mann bestimmt. Der ironische Ton war aus seiner Stimme gewichen. Silvia Kronlechner schien zu überlegen.

»Gut, ich rufe dich an«, gab sie nach.

»Lass mich nicht zu lange warten. Das habe ich nicht gern.«

Die Drohung in seinen Worten war unüberhörbar.

Am Klang ihrer Schritte konnte Jo erkennen, dass sich die beiden entfernten, und riskierte einen Blick. Silvia Kronlechner und ihr unerwünschter Begleiter verschwanden um die Ecke. Jo erhob sich und klopfte seine Hose ab. Gedankenverloren starrte er auf die Stelle, an der eben zwei Menschen gestanden und sich ein kurzes, aber heftiges Wortgefecht geliefert hatten.

Doch gut, dass er zur Beerdigung gegangen war, dachte er. Offensichtlich war Silvia Kronlechner keineswegs so von Gram und Trauer gebeugt, wie sie alle hatte glauben machen wollen. Dabei hätte Jo sie nach ihrem bühnenreifen Auftritt am Grab ihres verstorbenen Mannes fast von der Liste der Verdächtigen gestrichen.

Nun bot sich ihm ein gänzlich neues Bild. Wer war der Mann? Und was hatte der Streit zwischen den beiden zu bedeuten?

KAPITEL 12

Jo wartete, bis die letzten Trauergäste verschwunden waren, und machte sich dann auf den Weg zu seinem Wagen. Das Gespräch, das er belauscht hatte, ging ihm nicht aus dem Kopf. Zu gern hätte er gewusst, wer der Unbekannte war. Wenn es sich um einen Freund der Familie handelte, sollte es nicht allzu schwierig sein, seinen Namen herauszufinden. Zu dumm, dass er wegen Klein keine Fotos hatte machen können.

Jo sah das blasse Gesicht von Silvia Kronlechner vor seinem inneren Auge. Er musste an ihre eisblauen Augen denken. Wenn sie ihren Mann vergiftet hatte, musste sie enorm kaltblütig sein. Und sie musste einen Helfer gehabt haben, der Philipp für sie aus der Küche gelockt hatte. Handelte es sich dabei um den Mann vom Friedhof? War er ihr Liebhaber? Jo schüttelte den Kopf. Wenn Silvia Kronlechner tatsächlich die Täterin war, musste sie den Mord genau geplant haben. Außerdem musste sie über die Auseinandersetzung ihres Mannes mit Philipps Familie Bescheid gewusst haben. Sonst hätte es keinen Sinn gemacht, Philipp die Tat in die Schuhe zu schieben. Schließlich hatte die Polizei keine Fingerabdrücke von Philipp auf dem Giftfläschchen gefunden. Ohne Motiv hätte es keinen Grund gegeben, an seiner Aussage zu zweifeln, dass er die Küche verlassen und ihm in der Zeit jemand das Fläschchen untergeschoben hatte. Zwangsläufig wären die Ermittlungen der Polizei in eine andere Richtung gegangen. Als mutmaßliche

Erbin wäre Silvia Kronlechner sofort ins Visier der Polizei geraten. So aber gab es keinen Grund, einen Verdacht gegen sie zu hegen.

Jo versuchte sich zu erinnern, ob die junge Frau während des Banketts die Tafel verlassen hatte. So sehr er sich den Kopf darüber zerbrach – er hätte es nicht mit Bestimmtheit sagen können. Da sich das Bankett über mehr als zwei Stunden hingezogen hatte, war es durchaus vorstellbar. Die Waschräume und die Toilette lagen im Inneren des Gebäudes. Es wäre kaum aufgefallen, wenn sie sich entschuldigt hätte, um sich frisch zu machen.

Je mehr er darüber nachdachte, umso aufgeregter wurde er. Er musste Philipp unbedingt fragen, ob er mit jemanden über seine Familiengeschichte gesprochen hatte. Denn seine Theorie stand und fiel mit der Frage, ob Silvia Kronlechner gewusst hatte, wer Philipp war.

Als er im »Waidhaus« ankam, herrschte in der Küche der übliche Vorbereitungstrubel. Er zog sich um und stürzte sich auf die Arbeit. Das schlechte Gewissen, dass er seine Leute in letzter Zeit so viel alleine ließ, nagte an ihm. Als Ausgleich half er dabei, Gemüse zu waschen und zu schneiden. Eine Arbeit, für die sich ein Chefkoch normalerweise zu schade war. Als sie mit der Küche fertig waren und sich der Reihe nach alle auf den Heimweg machten, bat er Ute zu bleiben. Als sie alleine waren, sah sie ihn gespannt an.

»Wie war es auf der Beerdigung?«, fragte sie und lächelte verschmitzt.

Jo grinste verlegen.

»Wieso glaubst du, dass ich auf der Beerdigung war?«

»Weil du justament genau zu dem Zeitpunkt einen wichtigen Termin hattest.«

»Woher weißt du das?«, fragte er überrascht.

»Ich hab da so meine Quellen«, meinte sie geheimnisvoll.

Jo sah sie verdutzt an. Langsam dämmerte ihm etwas.

»Sag bloß, du kennst jemanden, der über die Kronlechners gut Bescheid weiß!«

»Vielleicht.«

Wieder lächelte sie verschmitzt.

»Sag schon«, drängte Jo sie.

»Warum schnüffelst du in der Sache rum? Warum überlässt du das nicht der Polizei?«

»Weil die überhaupt nicht nach Entlastungsmaterial suchen. Für die steht fest, dass Philipp es war. Wenn wir nichts finden, was für einen anderen Täter spricht, wird er wahrscheinlich verurteilt. Das willst du doch nicht, oder?«

»Nein, natürlich nicht«, verwahrte Ute sich.

»Ich versuche gegenwärtig herauszufinden, wie gut die Ehe der Kronlechners gewesen ist. Meinst du, deine Quelle könnte mir dazu etwas sagen?«

»Bestimmt. Eine gute Freundin von mir arbeitet seit fast 15 Jahren bei den Kronlechners als Haushälterin.«

Jo starrte sie fassungslos an.

»Und das sagst du mir erst jetzt?«

Ute zuckte mit den Schultern.

»Ich wusste nicht, dass du neben deinem Restaurant als Hobbydetektiv arbeitest.«

»Meinst du, sie würde mit mir reden?«, rief er aufgeregt.

»Ich kann sie fragen.«

Es machte ihr offensichtlich Spaß zu sehen, wie Jo den Mund vor lauter Überraschung kaum zubekam.

»Wenn du willst, lade ich sie am Sonntag zu einem Kaffeeplausch ein. Komm einfach mit dazu. Wir sind zusammen zur Schule gegangen und kennen uns seit fast 50 Jahren.«

Am nächsten Morgen fuhr Jo nach Oberwesel hinunter und kaufte sich den »Mainzer Express«. Er war neugierig, was Dieter Klein über die Beerdigung geschrieben hatte. Rasch blätterte er die Zeitung durch. Auf Seite drei stieß er auf den entsprechenden Artikel. Der Beitrag war mit einem großen Foto von Silvia Kronlechner illustriert, das sie am Grab zeigte. Darüber prangte in großen Lettern die Überschrift: »Die Trauer zerreißt ihr das Herz – Unternehmerwitwe bricht am Grab zusammen!« Jo schüttelte den Kopf. An einen Zusammenbruch konnte er sich beim besten Willen nicht erinnern. Was ihn allerdings sehr viel mehr interessierte als Dieter Kleins Einlassungen war ein Bild weiter unten. Klein hatte seine Behauptung mit einem zweiten Foto illustriert, das zeigte, wie ein Mann Silvia Kronlechner begleitete, als sie vom Friedhof kam. Darunter stand zur Erläuterung. »Ein enger Freund musste die schwer getroffene Unternehmergattin stützen.«

Auf dem Foto war, gut erkennbar, der Mann abgebildet, der auf dem Friedhof auf Silvia Kronlechner gewartet hatte. Sorgfältig trennte Jo die Seite heraus und steckte sie in seine Tasche.

Ein Justizbeamter schloss Philipps Zelle für die Freizeit auf. Unschlüssig blickte er auf die offene Tür. Seit ihrem Streit hatte Tom kein Wort mehr mit ihm gewechselt. Er behandelte Philipp, als wäre er Luft. Das hatte ihn so verunsichert, dass er zweimal den Hofgang hatte ausfallen lassen. Die Vorstellung, allein und ohne Hilfe auf Sven zu treffen, machte ihm zu schaffen und verängstigte ihn.

Allerdings konnte es auf Dauer nicht so weitergehen. Er musste unbedingt an die frische Luft und sich die Beine vertreten. Sonst würde er hier drin verrückt werden! Ein Schatten fiel auf den Boden. Philipp sah hoch. Es war Tom.

»Na, Kleiner, keine Lust auf Gesellschaft?«

Philipp zuckte mit den Schultern. Für einen Moment schwiegen beide.

»Ich hab mich über dich umgehört«, sagte Tom.

»Was?«

Philipp sah ihn fragend an.

»Du bist wegen Mordes hier, stimmt's?«

Philipp schluckte.

Bei seiner Aufnahme hatten ihm die Beamten dringend geraten, mit niemandem über seine Tat zu sprechen.

»Du sollst einen millionenschweren Unternehmer umgebracht haben. Reife Leistung.«

»Ich war's nicht«, entfuhr es Philipp.

Tom lachte.

»So ist das bei uns allen. Jeder von uns ist ein unschuldiges Justizopfer«, meinte er spöttisch.

Philipp machte ein verschlossenes Gesicht. Er war nicht gewillt, Tom gegenüber ein weiteres Wort über die Tatvorwürfe gegen sich zu verlieren.

»Das Lustige daran ist, dass es bei dir wirklich zu stimmen scheint.«

Entgeistert starrte Philipp den Mann mit der Narbe an.

Dieser zeigte ein undurchdringliches Pokerface.

»Ich hab ein paar Kontakte spielen lassen. Du weißt ja, dass ich ungestört nach draußen telefonieren kann.«

Tom machte eine Pause.

»Wie ich gehört habe, bist du gelinkt worden. Sollst als Sündenbock für jemand anderen herhalten.«

»Woher weißt du das?«

Die Frage von Philipp kam wie aus der Pistole geschossen.

Tom zuckte mit den Schultern.

»Ich hab meine Quellen«, erwiderte er geheimnisvoll.

»Wenn du was weißt, müssen wir zur Polizei gehen!«, rief Philipp.

»Ich muss gar nichts«, erklärte Tom kühl.

Philipp fühlte sich wie vor den Kopf geschlagen. Er dachte nach.

»Warum erzählst du mir das alles?«, wollte er wissen.

»Weil du mir leidtust. Und weil du es nicht verdienst, hier zu sein.«

»Na, gut, dann gehen wir zur Anstaltsleitung, und du erzählst denen, was du gehört hast.«

Tom lachte wieder.

»So läuft das nicht, Kleiner. Im Knast gibt es nichts für nichts. Wenn ich dir mit deinem Fall helfen soll, musst du im Gegenzug etwas für mich tun.«

»Woher weiß ich, dass du mich nicht verarschst?«

»Weil ich so was nicht mache.«

»Dann sag mir, was du gehört hast.«

»Es handelt sich um ein Komplott. Die wollten diesen Kronlechner loswerden und haben einen Profikiller angeheuert.«

»Wer?«

»Das weiß ich nicht. Ich hab nur den Namen von dem Typen, der den Job übernommen hat.«

Philipp schluckte.

»Gib mir den Namen. Bitte! Du musst ihn mir geben. Das könnte meine Freiheit bedeuten!«

Tom schüttelte den Kopf.

»Erst tust du was für mich, dann tue ich was für dich.«

Philipp schwieg und dachte nach. Tausend Gedanken rasten durch seinen Kopf.

»Also gut, ich mach's«, sagte er schließlich.

»Sehr schön«, meinte Tom und lächelte. »Ich bring dir alles morgen vorbei.«

Er machte auf dem Absatz kehrt und verschwand aus Philipps Zelle.

Als Jo nach dem Mittagsservice, wie vereinbart, bei Ute eintraf, war ihre Freundin bereits da. Ute hatte Apfelkuchen gebacken, der die Küche mit seinem herrlichen Duft füllte.

Emma Liebig war eine freundliche, ältere Frau mit wachen Augen und einer gesunden Gesichtsfarbe. Sie war Jo bei der Beerdigung aufgefallen, weil sie eine dunkel karierte Jacke trug, die aus dem Einheitsschwarz um sie herum hervorgestochen hatte. Irgendwie sah sie nicht wie eine Haushälterin aus, weswegen er sie für eine ältere Verwandte gehalten hatte. Wie Ute plauderte sie für ihr Leben gern, und nach kurzer Zeit waren die drei in ein munteres Gespräch vertieft. Nachdem sie sich eine Weile über Kuchenrezepte und das herrliche Wetter unterhalten hatten, leitete Ute das Gespräch auf Kronlechner über. Sie tat das ganz zwanglos, aber es war offensichtlich, dass die beiden Frauen sich abgesprochen hatten.

»Wie lange bist du bei Kronlechners beschäftigt?«, fragte Ute ihre Freundin.

»Im letzten Herbst waren es 16 Jahre«, antwortete diese stolz.

»So lange!«, rief Ute aus. »Das hätte ich nicht gedacht!«

»Als mein Sohn von zu Hause ausgezogen ist, war ich

froh, dass ich bei Familie Kronlechner anfangen konnte. Es hat mir sehr viel Spaß gemacht.«

Sie machte eine Pause.

»In den letzten beiden Jahren war es allerdings nicht mehr so schön.«

»Sie meinen, weil Herr Kronlechner sich hat scheiden lassen?«

Sie nickte.

»Kannten Sie seine erste Frau?«

»Sie hat mich eingestellt. Eine feine Frau. Gebildet, kultiviert und immer freundlich. Dazu vielseitig interessiert.«

»Hat sie im Unternehmen gearbeitet?«

»Oh nein. Damit hatte sie gar nichts zu tun. Sie hat sich in erster Linie um das Haus gekümmert und viele gesellschaftliche Kontakte gepflegt. Sie war Mitglied im Förderverein der Oper in Wiesbaden und hat sich für verschiedene karitative Einrichtungen engagiert. Ich glaube, Dr. Kronlechner wollte das so. Es wäre ihm nicht recht gewesen, wenn seine Frau eine Stelle im Unternehmen angenommen hätte.«

»Hatten sie Kinder?«

»Leider nein. Obwohl Frau Kronlechner Kinder sehr mochte. Einer der Vereine, den sie besonders unterstützt hat, kümmert sich um benachteiligte Kinder. Ich bin ein paar Mal dabei gewesen, wenn sie dort mitgeholfen hat. Da ist sie regelrecht aufgeblüht.«

Für einen Moment blickte Emma Liebig gedankenverloren in die Ferne.

»Sie hat so gehofft, dass sie schwanger wird, aber leider hat es nicht geklappt. Wirklich schade, sie wäre sicher eine gute Mutter gewesen.«

Sie seufzte.

»So ist es manchmal im Leben, man kann es sich nicht aussuchen.«

Jo nickte.

»Wollte Hans Kronlechner Kinder?«

»Oh ja. Er war regelrecht versessen darauf. Er wollte unbedingt einen Erben. Deswegen hat er so rasch wieder geheiratet. Obwohl es ja nicht notwendigerweise an der Frau liegt, wenn keine Kinder kommen«, fügte sie mit spitzem Unterton hinzu.

»Die Trennung muss für seine erste Frau sehr schwer gewesen sein«, meinte Jo, ohne auf die letzte Bemerkung einzugehen.

»Sie war am Boden zerstört. Als sie Dr. Kronlechner geheiratet hat, war sie sehr jung. Er war sozusagen der Mann ihres Lebens.«

Sie hielt einen Moment inne.

»Er ist von heute auf morgen ausgezogen, einfach so, ohne zu erklären, warum. Erst um zwei Ecken herum hat sie erfahren, dass er eine Geliebte hat. Das hat sie hart getroffen. Sie ist schließlich aus der Villa ausgezogen.«

Emma Liebig schüttelte missbilligend den Kopf.

»Obwohl Dr. Kronlechner sonst nicht so großzügig war, hat sie, soweit ich weiß, eine gute Abfindung bekommen. Er wollte wohl so schnell wie möglich frei sein«, fügte sie hinzu.

»Nicht, dass seine Frau das Geld nötig gehabt hätte. Sie stammt selbst aus gutem Hause. Aber ich fand es richtig, dass er ordentlich zahlen musste. Schließlich hat sie ihm fast 18 Jahre den Rücken freigehalten und ihn bei all seinen Aktivitäten unterstützt.«

»Wissen Sie, was sie danach gemacht hat?«

»Oh ja. Sie wollte das Ganze hinter sich lassen und ist nach Südfrankreich gezogen. Sie hat mich gefragt, ob ich mitkommen möchte«, sagte die Haushälterin und strahlte vor Stolz. »Aber das ging leider nicht. Mein Sohn wohnt mit seiner Familie in der Nähe. Die Kinder hätten mir zu sehr gefehlt.«

»Was war Dr. Kronlechner für ein Mensch?«, wechselte Jo das Thema.

»Dazu kann ich nicht viel sagen«, antwortete Emma Liebig. »Da ich nur unter der Woche da war, hatte ich nicht viel mit ihm zu tun. Dr. Kronlechner ging morgens früh aus dem Haus und kam meist erst spät abends zurück. Beim Frühstück war er nie sehr gesprächig und las lieber die Zeitung. Das Essen wurde abends für ihn warm gestellt, da nie klar war, wann er aus der Firma kommt. Er war sehr anspruchsvoll und hatte von allem sehr genaue Vorstellungen. Das machte es nicht leicht mit ihm.«

»Und wie ist seine zweite Frau?«

Der Gesichtsausdruck der Haushälterin sprach Bände.

»Viel zu jung für ihn«, erklärte sie missbilligend. »Ein Mann, der auf die 50 zu geht und eine Frau Ende 20. Das passt nicht zusammen!«

Sie schüttelte den Kopf.

»Wo haben die beiden sich kennengelernt?«

»In der Firma. Sie arbeitete dort in der Forschungsabteilung. Auch noch einige Zeit, als sie verheiratet waren. Dr. Kronlechner gefiel das überhaupt nicht. Er war der Meinung, dass eine Ehefrau zu Hause bleiben und sich um die schönen Dinge des Lebens kümmern sollte. Darüber haben sie sich oft gestritten. Einmal gab es einen so heftigen Krach, dass sie anschließend tagelang nicht miteinander geredet haben. Danach hat sie ihre Position in der Firma aufgegeben.«

»Tatsächlich? War ihr das auf Dauer nicht zu langweilig?«

Emma Liebig zuckte mit den Schultern.

»Anfangs vielleicht. Später war sie viel unterwegs.«

»Bestimmt hatte sie viele Freunde.«

»Sicher. Durch Dr. Kronlechner erhielt sie Zugang zu den besseren Kreisen. Da gibt es viele Ehefrauen, die freie Zeit haben. Sie spielte außerdem viel Tennis.«

Irgendetwas an der Art, wie sie den letzten Satz gesagt hatte, machte Jo stutzig.

»Mit jemandem Bestimmten?«, wollte er wissen.

»Es gab einige Spielpartner. Besonders viel spielte sie mit Dr. Raue. Das ist der Forschungschef aus der Firma. Der hat sie sogar ein paar Mal in seiner Mittagspause abgeholt.«

»Er spielte in seiner Mittagspause mit ihr Tennis?«, fragte Jo erstaunt.

»Sie hatten jedenfalls ihre Tennissachen mit«, antwortete Emma Liebig spitz.

Jo zögerte.

»Glauben Sie, die beiden hatten ein Verhältnis?«

Die Haushälterin zuckte mit den Schultern.

»Sie schienen sich jedenfalls sehr gut zu kennen«, sagte sie boshaft. »Aber das muss nichts zu bedeuten haben«, beeilte sie sich hinzuzufügen.

»Wie war Silvia Kronlechner sonst?«

»Das bleibt doch unter uns?«, wollte Emma Liebig wissen und sah hinüber zu Ute, die ihr beruhigend zunickte.

»Wenn ich ehrlich bin, mag ich sie nicht besonders. Nach außen gibt sie sich freundlich und charmant, aber wenn Sie mich fragen, ist sie eine kalte und berechnende Frau. Sie kann sogar eine richtige Furie sein, wenn sie wütend ist. Einmal hat sie Alfred, unserem Gärtner, eine Riesenszene gemacht. Die erste Frau Kronlechner liebte Blumen über alles und hatte ein wunderschönes Rosenbeet angelegt. Als Silvia Kronlechner erfuhr, dass es von ihrer Vorgängerin stammt, wollte sie, dass Alfred die Rosen herausreißt und dafür Wilden Wein pflanzt. Wilder Wein! Können Sie sich so etwas vorstellen? Als Alfred zu bedenken gegeben hat, dass es schade um die schönen Rosen sei, hat sie ihn wüst beschimpft. Fast hätte er deswegen seine Stelle verloren.«

»Glauben Sie, dass sie ihren Mann geliebt hat?«

Sie runzelte nachdenklich die Stirn.

»Wenn Sie mich fragen, hat sie ihn nur geheiratet, weil er ein erfolgreicher Unternehmer war. Sie selbst stammt aus einfachen Verhältnissen. Am Ende war es bestimmt mehr eine Zweckgemeinschaft als eine Ehe. Sie wollte gesellschaftlich aufsteigen und er eine junge, hübsche Frau, mit der er angeben konnte und von der er Kinder wollte. Er war ja nicht mehr der Jüngste.«

»Ich habe sie ein paar Mal zusammen gesehen, da wirkten sie sehr harmonisch«, wandte Jo ein.

»In der Öffentlichkeit vielleicht, aber sie haben sich in letzter Zeit viel gestritten. Sie wurde nicht schwanger, obwohl sie bereits zwei Jahre verheiratet waren. Das hat ihn sehr gestört. Manchmal hatte ich den Eindruck, Dr. Kronlechner behandelt sie mehr wie eine Angestellte als wie seine Frau.«

»Wissen Sie, wer das Unternehmen erbt?«

Die alles entscheidende Frage hatte Jo sich bis zum Schluss aufgehoben.

Sie zuckte mit den Schultern.

»Darüber wurde nie gesprochen. Ich nehme an, dass sie das meiste bekommt. Dr. Kronlechner hatte keine Geschwister, nur ein paar Cousins und Cousinen, zu denen er kein sehr enges Verhältnis pflegte. Sie tut jedenfalls so, als würde alles ihr gehören«, fügte sie spitz hinzu.

»Sobald sie es offiziell hat, wird sie mich bestimmt entlassen. Sie hat mich nie gemocht. Ich glaube, sie wusste, dass mich Dr. Kronlechners erste Frau eingestellt hat. Das war ihr ein Dorn im Auge. Nun ja, ich bin nicht traurig darüber. Ich hätte sowieso keine Lust, für diese Frau zu arbeiten«, sagte sie. »Nach 16 Jahren gibt man eine Arbeitstelle aber auch nicht einfach so auf.«

Jo zog den Artikel aus dem »Mainzer Express« heraus und legte ihn vor Emma Liebig auf den Tisch. Ute blickte neugierig darauf. Ihre Freundin nestelte an ihrer Tasche und zog eine altmodische Lesebrille hervor. Sie beugte sich über das Foto.

»Kennen Sie den Mann?«, fragte Jo.

»Ja«, erwiderte Emma Liebig. »Das ist Dr. Raue.«

KAPITEL 13

Am nächsten Tag war Jo früh auf den Beinen. Nachdem er geduscht und sich angezogen hatte, setzte er sich auf seine Terrasse und genoss die wärmende Sonne. Die Vögel zwitscherten, und wohin man blickte, blühte alles.

Er brühte sich eine Tasse Kaffee auf und nahm den Obstsalat aus dem Kühlschrank, der vom Vortag übrig geblieben war. Er holte sich Block und Bleistift und machte sich daran, Stichpunkte zu notieren. Er schrieb auf, was er bislang herausgefunden hatte, und brachte es in eine chronologische Ordnung.

Es passte alles sehr gut zusammen. Silvia Kronlechner heiratete, um durch ihren Mann ein neues Leben anzufangen, das ihr sonst verschlossen geblieben wäre.

Hans Kronlechner schien sie, wenn man Emma Liebigs Worten glaubte, in erster Linie geheiratet zu haben, um Kinder zu bekommen. Aber ebenso wie seine erste Ehe bleibt auch diese kinderlos. Die Eheleute geraten darüber in Streit, ihr Verhältnis kühlt sich ab. Silvia Kronlechner muss befürchten, dass ihr Mann sie verlassen wird. Sie flüchtet sich in die Arme eines anderen, ihres ehemaligen Chefs in der Forschungsabteilung, Dr. Raue. Gemeinsam schmieden sie den Plan, Kronlechner zu töten. Da Raue in der Forschungsabteilung arbeitet, hat er Zugang zu allen möglichen Giften. Irgendwie erfährt Silvia Kronlechner von Philipps Familiengeschichte und ersinnt einen teuflischen Plan. Sie beauftragt Jo mit der Ausrichtung eines

Festbanketts zu Ehren ihres Mannes und sorgt dafür, dass Philipp mit von der Partie ist.

Jo konnte sich gut daran erinnern, wie überrascht er gewesen war, als Silvia Kronlechner ausgerechnet ihm den Auftrag gegeben hatte. Sicher, sie und ihr Mann waren ein paar Mal bei ihm zum Essen gewesen, aber deswegen vergab man nicht einen derart großen und wichtigen Auftrag an ein so kleines Restaurant wie das »Waidhaus«. Seine anfänglichen Bedenken hatte sie beiseite gewischt. Sie erzählte Jo, dass ihr Mann wochenlang von der leckeren Eistorte geschwärmt habe, die er im »Waidhaus« gegessen habe, und dass sie ihrem Mann damit eine besondere Freude bereiten wolle. Auf Jos Einwand, dass es unmöglich sei, bei einer Gartenparty Eistorte für 300 Personen zuzubereiten, entgegnete sie, dass diese ohnehin nur für ihren Mann bestimmt sei. Quasi als spezielles Highlight für ihn.

Sehr schlau ausgedacht.

So muss sie nur das Gift in die Torte mischen und kann sicher sein, dass es ihren Mann treffen wird. Da es aus logistischen Gründen nicht möglich ist, die Torte draußen im Freien zuzubereiten, schlägt sie vor, dafür auf die Küche der Kantine auszuweichen. Sie besteht darauf, dass Philipp die Torte anfertigt und sie auch serviert. Das ist Teil der Überraschung für ihren Mann. Sie kann sich ausrechnen, dass Jo bei all dem Trubel und der Hektik im Garten kaum Zeit bleibt, sich um Philipp und die Eistorte zu kümmern.

Raue lockt Philipp aus der Küche. Silvia Kronlechner, die nebenan wartet, schlüpft hinein und mischt das Gift in das Eis. Anschließend steckt sie das Fläschchen in Philipps Jacke, die in der Küche hängt, und begibt sich zurück in den Garten.

Sie setzt sich neben ihren Mann an den Tisch und sieht in aller Seelenruhe dabei zu, wie er mit jedem Bissen dem Tod ein Stück näher kommt.

Nun muss sie lediglich die tief erschütterte, völlig aufgelöste Gattin spielen, welcher der Tod ihres Mannes über alle Maßen zusetzt. Dass sie so etwas kann, hat sie bei der Beerdigung bewiesen.

Eine abenteuerliche Theorie, gewiss! Aber trotzdem schlüssig. Blieben nur zwei Fragen offen: Wie hatte Silvia Kronlechner von Philipps Familiengeschichte erfahren? Und noch wichtiger: Wie sollte er seine Theorie beweisen?

Jo überlegte, ob er zur Polizei gehen sollte. Wahrscheinlich würde Hauptkommissar Milde ihn für verrückt erklären, wenn er ihm Silvia Kronlechner als mutmaßliche Täterin präsentierte. Und was dieser aufgeblasene Staatsanwalt dazu sagen würde, wollte er sich gar nicht ausmalen. Selbst wenn sich alles tatsächlich genau so abgespielt hatte, wie er es sich vorstellte, gab es dafür keinerlei Beweise. Solange Silvia Kronlechner und ihr mutmaßlicher Helfershelfer dichthielten, würde es schwer, wenn nicht gar unmöglich werden, ihnen den Mord nachzuweisen.

Jo war so in Gedanken versunken, dass er fast seinen Besuchstermin bei Philipp vergessen hätte. Alarmiert sah er auf die Uhr: fast Mittag! Wenn er um 14 Uhr an der Haftanstalt in Frankfurt-Preungesheim sein wollte, musste er sich demnächst auf den Weg machen.

Er saß eine Weile in der Sonne und durchdachte seine Theorie. Doch so sehr er sich den Kopf darüber zerbrach, er fand keinen Ansatzpunkt, wie er sie beweisen konnte. Vielleicht war Silvia Kronlechner etwas gelungen, was wenige Täter zustande brachten: ein perfekter Mord! Er grübelte eine Weile weiter hin und her, bevor er schließlich ins Haus ging und sich umzog. Obwohl er wegen des warmen Wetters am liebsten eine kurze Hose und ein T-Shirt getragen hätte, entschied er sich für eine lange Sommerhose und ein kurzärmliges, blaues Hemd. Das erschien ihm für einen Gefängnisbesuch angemessener.

Die Fahrt über schwankte er, ob er Philipp von seinem Verdacht erzählen sollte. Das wäre für den Jungen sicherlich ein Lichtblick gewesen. Andererseits wollte er ihm keine falsche Hoffnung machen. Außerdem wusste er nicht, ob sie sich im Gefängnis ungestört unterhalten konnten.

Die Justizvollzugsanstalt Frankfurt-Preungesheim war ein hässlicher Bau mitten in der Stadt. Von außen sah das Gebäude gar nicht wie ein Gefängnis aus. Wären nicht die hohen, stacheldrahtbewehrten Mauern gewesen, hätte man es leicht mit einem großen Industriekomplex verwechseln können.

Er parkte seinen Wagen in der Nähe und machte sich auf den Weg zum Haupttor. An der Pforte saß, hinter einer dicken Panzerglasscheibe verschanzt, ein Justizvollzugsbeamter in Uniform. Über die Sprechanlage nannte Jo seinen Namen und erklärte, dass er Philipp Meissner besuchen wolle. Der Beamte sah auf einer Liste nach und nickte. Jo musste seinen Ausweis abgeben und bekam eine rote Besucherkarte, die er offen tragen musste. Der Beamte drückte auf einen Knopf, und die Tür vor ihm öffnete sich. Drinnen wurde er von einem anderen Beamten durchsucht und musste alle metallischen Gegenstände abgeben, die in einem Spind weggeschlossen wurden. Man konnte fast das Gefühl bekommen, dass man kein Besucher, sondern ebenfalls ein Gefangener war. Er schüttelte den Gedanken ab und folgte dem Beamten. Zusammen mit zwei weiteren Besuchern, einer älteren Frau mit verhärmtem Gesichtsausdruck und einer blonden, auffällig geschminkten jungen Dame, die einen knappen Minirock trug, ging es durch eine Reihe von dicken Stahltüren, die vor ihnen aufgeschlossen wurden und hinter ihnen krachend ins Schloss fielen.

Schließlich gelangten sie in einen kahlen Raum, in dem einfache Tische und Stühle standen. Einige waren bereits besetzt. Jo hatte erwartet, dass sie mit einer Glasscheibe von den Gefangenen getrennt sein würden. Es überraschte ihn, dass sich die Häftlinge und ihre Angehörigen direkt gegenübersaßen. Er nahm an einem wackeligen Tisch Platz, der ihm zugewiesen wurde. Ein Wärter, der in der Nähe der Tür Posten bezogen hatte, beaufsichtigte den Raum. Kurz darauf ging die Tür auf, und ein Gefangener wurde hereingeführt. Er trug Anstaltskleidung, hatte ein grobschlächtiges Gesicht und tätowierte Unterarme. Als die junge Frau mit dem Minirock ihn sah, ging ein Strahlen über ihr Gesicht.

Als sich die Tür das nächste Mal öffnete, wurde Philipp hereingebracht. Er war nicht so blass, wie Jo ihn zuletzt gesehen hatte. Im Gegensatz zu den anderen Gefangenen trug er seine normale Bekleidung – eine abgewetzte Jeans und einen Sweater. Als er Jo bemerkte, grinste er fröhlich. Philipp schüttelte ihm die Hand und setzte sich. Der Wärter hatte sie währenddessen genau beobachtet.

»Wie geht's?«, fragte Jo.

»Könnte schlimmer sein«, antwortete Philipp und grinste. »Hier komme ich endlich mal zum Lernen. Ist auch was wert. Wenn ich rauskomme, lege ich bestimmt eine super Gesellenprüfung hin.«

Er grinste wieder.

»Außerdem gucke ich viel Fernsehen und höre Musik.

Man darf nur für eine Stunde raus auf den Hof. Da wird es einem manchmal langweilig. Aber auf dem Hof muss man aufpassen. Es gibt hier ein paar finstere Gesellen, denen man besser aus dem Weg geht.«

Er schnitt eine lustige Grimasse.

»Was besonders blöd ist, dass es ein paar Verrückte gibt, die nachts herumschreien. Da konnte ich zuerst nicht gut schlafen. Aber inzwischen geht es.«

Obwohl er sich bemühte, cool und überlegen zu wirken, wurde Jo das Gefühl nicht los, dass Philipps Gelassenheit aufgesetzt war. 22 Stunden am Tag hinter Gittern zu verbringen, musste schrecklich sein.

»Man muss sich einen Tagesplan machen. Sonst wird man verrückt. Nach dem Frühstück lerne ich zwei oder drei Stunden. Danach mache ich Zellensport.«

Er grinste schief.

»Was man so machen kann: Liegestütze und Kniebeugen. Geht ganz gut. Dann gibt es Mittagessen, anschließend dürfen wir raus. Danach mache ich meistens ein Mittagsschläfchen, bevor ich wieder lerne. Außerdem kriege ich viel Post – von meiner Mutter und von meiner Schwester. Und natürlich aus dem ›Waidhaus‹! Die schreiben mir sehr viel, das finde ich total stark!«

Ein Strahlen ging über sein Gesicht.

»Mit den Antworten habe ich gut zu tun.«

Jo hatte selbst zwei Briefe geschrieben und freute sich, dass sie für Philipp eine Hilfe zu sein schienen.

»Klasse, dass Sie mich besuchen kommen, Chef«, sagte Philipp unvermittelt.

»Meine Mutter und meine Schwester dürfen nur alle zwei Wochen kommen. Da ist es schön, wenn man zusätzlich Besuch bekommt.«

»Kein Thema«, erwiderte Jo verlegen.

»Ute hat ebenfalls einen Besucherantrag gestellt«, sagte Philipp und lächelte.

Davon hatte sie Jo gar nichts erzählt!

Unvermittelt spähte Philipp nach dem Wärter, der gelangweilt an der Tür stand. Philipp dämpfte seine Stimme und sagte leise:

»Dr. Frank kommt einmal die Woche. Er hat mir erklärt, dass es schlecht für mich aussieht. Wenn ich Pech habe, werde ich verurteilt.«

Er schielte in Richtung des Wärters.

»Dr. Frank meint, wenn ich alles zugebe und sage, dass ich mich von Kindheit an rächen wollte und dass ich nicht mehr genau gewusst habe, was ich da mache, kann es sein, dass ich nach Jugendstrafrecht verurteilt werde und nur ein paar Jahre kriege.«

Er schüttelte den Kopf.

»Das ist doch Wahnsinn. Ich soll etwas zugeben, das ich nicht gemacht habe, nur damit ich früher rauskomme!«

Jo schüttelte den Kopf.

»Mach dir keine Sorgen«, erwiderte er leise. »Ich glaube dir!«

Philipp runzelte die Stirn.

»Mit den Drohbriefen habe ich mich ordentlich reingeritten, was?«, sagte er und kratzte sich am Kopf. »Ich wollte, dass dieses Schwein wenigstens Angst hat. Es war eine Riesensauerei, was er meinen Eltern angetan hat.«

Für einen Moment blitzte sein alter Kampfgeist auf.

»Ich hatte überlegt, ihm ein Abführmittel ins Essen zu tun. Dann hätte er bei seiner sauberen Geburtstagsfeier alle fünf Minuten aufs Klo rennen müssen.«

Philipp lächelte böse.

»Aber ich hab es letztlich nicht gemacht. Wäre ja auf das ›Waidhaus‹ zurückgefallen, und das wollte ich nicht.«

Jo lächelte.

»Ich hätte nicht gedacht, dass die Polizei mir draufkommt. Ich hab extra Handschuhe angezogen und die Wörter aus der Zeitung ausgeschnitten. Aber einmal habe ich wohl eine Briefmarke mit der Zunge abgeschleckt. Sie haben so einen blöden Gentest gemacht und festgestellt, dass die Spucke von mir stammt.«

Er schüttelte den Kopf.

»Dabei wollte ich die Briefe gar nicht schicken. Ich dachte, wenn ich sie dem Kronlechner persönlich vor die Tür lege, wirkt das bedrohlicher. Aber nachdem ich beim vierten Brief fast erwischt worden bin, habe ich sie lieber mit der Post geschickt.«

An der Stelle wurde Jo hellhörig. Nun war er es, der in Richtung Wärter schielte. Der döste weiter an der Tür.

»Wer hätte dich fast erwischt?«, wollte er wissen. Er hatte Mühe, sich seine Aufregung nicht anmerken zu lassen.

»Frau Kronlechner. Die kam mit ihrem Wagen angerauscht, als ich einen Brief vor die Tür gelegt habe. Ich hab's gerade noch geschafft, mich zu verstecken. Da ist mir die Düse gegangen. Die kannte mich ja von dem einen Besuch, als ihr Alter mich hat antanzen lassen, weil ihm meine Eistorte so gut geschmeckt hat.«

Philipp konnte selbst jetzt nicht von der Szene sprechen, ohne ein verächtliches Gesicht zu machen.

»Bist du sicher, dass sie dich nicht gesehen hat?«, flüsterte Jo aufgeregt.

»Ich glaube nicht. Natürlich habe ich in den nächsten Tagen wie auf glühenden Kohlen gesessen. Meine Mutter hätte mir den Kopf abgerissen, wenn sie davon erfahren hätte. Aber nachdem sich nichts getan hat, habe ich mir gedacht, dass ich Glück gehabt habe. Ich meine, wenn sie mich gesehen hätte, wäre sie ja wohl zur Polizei gegangen, oder?«, fügte er hinzu.

Außer, wenn ihr das sehr gelegen gekommen war, dachte Jo. Sie hatte den Jungen bemerkt, hatte es jedoch für sich behalten. Für einen Privatdetektiv war es vermutlich nicht allzu schwer, Philipps familiären Hintergrund zu durchleuchten und alles über die Auseinandersetzungen mit Kronlechner herauszufinden – trotz der Namensänderung. Sicher hatte sie von den Drohbriefen gegen ihren Mann gewusst. Das musste für sie wie ein Geschenk des Himmels gewesen sein!

»Ich muss Sie was fragen, Chef.«

»Ja?«

Unauffällig blickte sich Philipp nach dem Justizbeamten um, der die Besuchergruppe überwachte. Er schien ihnen keine besondere Aufmerksamkeit zu schenken. Philipp beugte sich noch ein Stück mehr zu Jo hinüber und begann, ihm in gedämpfter Stimme von Tom und seinem Angebot zu erzählen.

Je länger er redete, umso unruhiger wurde Jo.

»Das ist ein Märchen. Der will dich nur dazu bringen, Drogen für ihn zu verwahren«, warnte er, als Philipp mit seiner Geschichte zu Ende war.

»Woher wissen Sie das? Vielleicht hat er wirklich etwas aus dem Milieu gehört.«

»Du glaubst ein Profikiller erzählt rum, wen er gerade kaltgemacht hat?«

»Keine Ahnung. Vielleicht will er Werbung für sich machen oder angeben.«

Jo schüttelte den Kopf.

»Lass die Finger davon. Das ist eine Finte.«

»Wie können Sie da so sicher sein?«

»Weil ich es weiß. Glaub mir. Es gibt kein Komplott. Jedenfalls keines, in das ein Profikiller involviert ist.«

Philipp sah seinen Chef verblüfft an.

»Ich bin da an was dran«, sagte Jo. »Ich kann dir nichts versprechen, aber vielleicht hab ich eine Idee, wer es war.«

»Sie?«

Philipp machte ein ungläubiges Gesicht.

»Ja, ich. Glaubst du, ich lass dich hier drin versauern? Wer auch immer das Gift in die Torte getan hat, hat sich mit uns beiden angelegt. Ich hol dich aus dem Gefängnis raus, versprochen.«

Noch während er es sagte, wusste Jo, dass es ein Fehler war. Wie konnte er dem Jungen so etwas versprechen? Er hatte bisher nicht den Hauch eines Beweises! Nur eine schöne Theorie.

»Sie führen eigene Nachforschungen durch?«

Philipp schien völlig überwältigt zu sein.

Widerstrebend nickte Jo.

»Ich weiß nicht, was ich sagen soll«, meinte Philipp. »Das finde ich so großartig. Und Sie haben tatsächlich eine Spur?«

Wieder nickte Jo.

»Du darfst keine Dummheiten machen«, beschwor er seinen Lehrling. »Halt dich aus jedem Ärger raus und nimm vor allem keine Drogen für diesen Kerl in Verwahrung, hast du mich verstanden?«

»Ja, Chef«, erklärte Philipp im Brustton der Überzeugung.

Jo wechselte schnell das Thema. Um den Jungen auf andere Gedanken zu bringen, erzählte er ein paar Geschichten aus dem »Waidhaus«. Obwohl es nur alltägliche Banalitäten waren, sog Philipp sie auf wie ein trockener Schwamm. Die halbe Stunde, die Jo bleiben durfte, verging viel zu schnell. Philipp machte ein langes Gesicht, als ein anderer Beamter hereinkam und ihnen bedeutete, dass Jos Besuchszeit vorbei sei. Obwohl es nicht erlaubt war, umarmte Jo den Jungen zum Abschied. Dafür fing er sich einen bösen Blick von einem der Wärter ein, der es aber dabei bewenden ließ.

Als sich das Gefängnistor hinter ihm schloss, atmete Jo tief durch.

Die bedrückende Atmosphäre der Haftanstalt hatte ihm mehr zu schaffen gemacht, als er sich eingestehen wollte. Außerdem hatte er Philipp gegenüber ein schlechtes Gewissen. Wie hatte er dem Jungen nur versprechen können, dass er ihn aus dem Gefängnis holen würde? Aber wie hätte er ihn sonst davon abhalten sollen, diesem Tom und seinen Lügen zu vertrauen? Jo schüttelte den Kopf. Da hatte er sich etwas Schönes eingebrockt. Damit hatte er keine andere Wahl mehr. Er musste den Fall unbedingt aufklären und Philipp aus dem Gefängnis holen. Koste es, was es wolle!

Auf dem Heimweg durchdachte er nochmals alles, was er bisher herausgefunden hatte. Das Puzzle fügte sich Stück für Stück zusammen. Silvia Kronlechner musste den Mord über Monate geplant haben. Augenscheinlich hatte sie an alles gedacht. Es würde verdammt schwer werden, ihr den Mord nachzuweisen. Aber er musste es schaffen!

Hoffentlich hielt Philipp sich an sein Versprechen, keine Dummheiten zu machen, die ihn noch tiefer in die Bredouille brachten. Mit sorgenvoller Miene setzte Jo sich hinter das Steuer seines Wagens und startete den Motor.

KAPITEL 14

Als er zurück im »Waidhaus« war, rief er bei Klaus Sandner an.

»Und, hast du den wahren Täter gefunden?«, fragte der Journalist launig.

»Kann sein, dass ich auf etwas gestoßen bin«, meinte Jo vorsichtig.

»Ernsthaft?«

Sandner klang plötzlich sehr interessiert.

»Ist nur eine vage Theorie. Leider habe ich keine Beweise dafür.«

»Dann schieß mal los.«

»Besser nicht. Ich möchte mich nicht lächerlich machen.«

»Ich verspreche, dass ich ernst bleibe und nicht lache«, erklärte Sandner trocken.

»Sobald ich mehr weiß, erzähle ich dir alles, okay?«

Eher widerwillig stimmte der Journalist zu.

»Ich bräuchte nochmals deine Hilfe. Kannst du etwas über einen Dr. Raue herausfinden? Er ist der Forschungschef bei Pro Health Pharma.«

»Du denkst, er könnte etwas mit dem Tod von Kronlechner zu tun haben?«, fragte Sandner.

»Wäre möglich«, erwiderte Jo zurückhaltend. »Er sollte jedenfalls nichts von euren Nachforschungen erfahren.«

»Wir sind doch keine Anfänger«, verwahrte Sandner sich und klang beleidigt.

»So war es nicht gemeint«, beschwichtigte Jo ihn.

»Schon okay! Sobald ich etwas habe, melde ich mich. Aber du denkst an uns, wenn bei deinen Nachforschungen etwas Verwertbares herauskommt!«

»Versprochen!«

Als Nächstes wollte Jo es erneut bei diesem Privatdetektiv versuchen. Er kramte in dem Stapel an Papieren, der sich auf seinem Schreibtisch angesammelt hatte. Höchste Zeit, dass er sich mit der Ablage beschäftigte, dachte Jo schuldbewusst, als er die vielen Rechnungen sah. Schließlich erinnerte er sich daran, dass er den Zettel mit der Telefonnummer in die Schublade gelegt hatte. Entschlossen griff er zum Hörer. Diesmal meldete sich Olaf Strohm nach dem ersten Klingeln. Er schien auf einen anderen Anruf gewartet zu haben und war kurz angebunden. Jo meldete sich unter dem Namen Norbert Schaller und sagte, er habe einen Auftrag für ihn.

»Worum geht es?«, fragte der Privatdetektiv unfreundlich.

»Das würde ich Ihnen lieber in einem persönlichen Gespräch erläutern«, antwortete Jo.

»Ich bin zurzeit sehr beschäftigt«, knurrte Strohm.

Wenn er immer so mit seinen Klienten umging, war es kein Wunder, dass er sich keine Sekretärin leisten konnte, dachte Jo.

»Ich brauche dringend jemanden. Am Geld soll es nicht scheitern«, warf Jo einen Köder aus. Am anderen Ende der Leitung blieb es für einen Moment ruhig.

»Wie kommen Sie überhaupt auf mich?«, wollte Strohm wissen.

»Sie sind mir empfohlen worden«, erwiderte Jo. »Ein gemeinsamer Freund hat mir gesagt, dass Sie für bestimmte *Spezialaufträge* genau der richtige Mann sind.«

»Wie heißt dieser gemeinsame Bekannte?«, fragte Strohm misstrauisch. Das Wort »Spezialaufträge« schien ihn alarmiert zu haben.

»Das besprechen wir besser bei einem persönlichen Treffen. Es wird sich für Sie auf jeden Fall lohnen.«

»Gut, am besten kommen Sie bei mir vorbei«, gab Strohm nach. »Es geht allerdings frühestens in zwei Wochen. Ich habe im Moment einen anderen wichtigen Auftrag.«

Sie verabredeten sich für den Montag in zwei Wochen. Strohm legte auf, ohne sich zu verabschieden. Ein echter Sympathieträger, dachte Jo und schnitt eine Grimasse.

So wie sich der Privatdetektiv angehört hatte, würde es nicht einfach werden, etwas aus ihm herauszubekommen. Wenn überhaupt, ging es vermutlich nur mit Geld.

Jo wusste selbst nicht so genau, was er von Strohm zu erfahren hoffte. Die Idee, dass Silvia Kronlechner Philipp mittels eines Privatdetektivs ausgeforscht hatte, schwirrte ihm im Hinterkopf herum. Aber bestimmt wäre sie nicht so leichtsinnig gewesen, dafür jemanden zu engagieren, der für ihren Mann arbeitete. Oder doch?

Eine Weile saß er ruhig da und dachte darüber nach, was er als Nächstes tun sollte.

Er spielte mit dem Gedanken, Silvia Kronlechner auf den Zahn zu fühlen. Die Rechnung für das Festbankett war noch nicht bezahlt – ein guter Vorwand, um ihr einen Besuch abzustatten. Größere Rechnungen übergab er meistens persönlich, denn so konnte er nochmals mit dem Auftraggeber sprechen und hören, ob alles zu dessen Zufriedenheit verlaufen war.

Die Versuchung war groß. Jo hätte ihr zu gern ins Gesicht geblickt, wenn er die eine oder andere Andeutung fallen ließ. Doch das war natürlich Unsinn. Solange er außer ein paar vagen Vermutungen nichts in der Hand hatte, wäre es dumm gewesen, sie aufzuschrecken.

Um auf andere Gedanken zu kommen, lud er sein Schachprogramm. Nach seinem wenig überzeugenden Spiel der letzten Wochen hoffte er, endlich wieder ein Erfolgserlebnis zu haben. Doch irgendwie schien es ihm an der nötigen Konzentration zu fehlen, denn er gab beide Partien sang- und klanglos ab.

Die nächsten zwei Tage verliefen weitgehend ereignislos. Ein Gast beschwerte sich über ein Steak, das seines Erachtens nicht ordentlich durchgebraten war, obwohl er es »medium« bestellt hatte. Ein anderer Gast wollte einen Korkschmecker entdeckt haben, wo definitiv keiner war – die üblichen Widrigkeiten des Restaurantalltags. Am Mittwochnachmittag meldete sich Klaus Sandner. Er hatte Heiko Raue durchleuchtet, aber dabei nichts Auffälliges gefunden. Er war 45 Jahre alt, geschieden ohne Kinder und nach allem, was man wusste, alleinlebend. Er arbeitete seit fast 15 Jahren bei Pro Health Pharma und hatte sich im Lauf der Zeit bis in den Vorstand hochgearbeitet, wo er für das Ressort Forschung verantwortlich zeichnete. In Fachkreisen erfreute er sich eines erstklassigen Rufs und leistete mit seinem Team einen maßgeblichen Beitrag zum Erfolg des Unternehmens.

Jo war enttäuscht. Er hatte gehofft, mehr über Raue zu erfahren. Es war frustrierend. Nachdem er das Gefühl gehabt hatte, endlich einen Durchbruch erzielt zu haben, schienen alle Spuren im Sand zu verlaufen. Er überlegte, ob er Dr. Frank über seinen Verdacht gegen Silvia Kronlechner informieren sollte. Vielleicht hatte der Anwalt eine Idee, wo man ansetzen könnte. Aber nachdem er sich über Jos Vorschlag, auf eigene Faust zu ermitteln, nicht gerade begeistert gezeigt hatte, war es wohl besser, ihn vorläufig außen vor zu lassen. Zumal er mit seiner Voraussage, dass ein Einzelner in so einem Fall kaum etwas erreichen konnte, auf deprimierende Weise recht behalten hatte.

Wieder und wieder ging Jo die einzelnen Punkte durch, aber je mehr er darüber nachdachte, umso weniger schien es eine Lösung zu geben. Er fühlte sich, als sei er inmitten eines dunklen Waldes, umgeben von einem undurchdringlichen Dickicht, das jeden Ausgang versperrte. Dazu kam, dass sich das Wetter eingetrübt hatte. Dunkle Wolken hingen über dem Rheintal und sorgten für eine unangenehme Schwüle, die bleiern auf seine Stimmung drückte. Trotz des schlechten Wetters fuhr er viel Rad: Ein leidlich erfolgreicher Versuch, seine Frustration in Bewegung umzusetzen.

Am Samstag folgte endlich der erlösende Regen. Es war, als hätte der Himmel alle Schleusen geöffnet. Das Wasser prasselte in Strömen auf den trockenen Boden herab. Im Restaurant blieb es ruhig. Viele Gäste zogen es vor, den Abend zu Hause zu verbringen, statt sich dem nasskalten Wetter auszusetzen. Jo war davon nicht angetan. Er hätte lieber viel gearbeitet, um sich von seinen trüben Gedanken abzulenken.

Am Sonntag blieb er fast bis neun Uhr im Bett. Am liebsten hätte er sich die Decke über den Kopf gezogen und wäre den ganzen Tag liegen geblieben. Aber das ging natürlich nicht. Er musste nach unten ins Restaurant, um den Mittagsservice vorzubereiten. Der Regen hatte nachgelassen, am Nachmittag kam sogar die Sonne heraus. Wenigstens beim Schach hatte er ein Erfolgserlebnis. Er gewann seine beiden Partien an Brett zwei, und sie siegten überlegen mit neun zu sechs Punkten.

Um den Kopf freizubekommen, beschloss er, am Montag einen Ausflug an die Mosel zu machen. Er plante seit Längerem, ein paar seiner Lieblingswinzer abzuklappern, um seinen Weinvorrat aufzustocken.

Gerade, als er sich einen Picknickkorb gepackt hatte und ins Auto bringen wollte, klingelte das Telefon. Er war unschlüssig, ob er das Telefonat annehmen sollte, aber seine Neugier siegte.

Es war Klaus Sandner. Der Journalist klang atemlos.

»Heiko Raue ist tot!«, platzte er heraus.

»Was?«, fragte Jo ungläubig.

»Er ist heute früh tot in seiner Wohnung aufgefunden worden.«

Jo war wie vor den Kopf geschlagen.

»Bist du sicher?«

»Seine Putzfrau hat ihn gefunden. So wie es aussieht, ist er in der Nacht von Freitag auf Samstag gestorben.«

»Steht die Todesursache fest?«

»Herzinfarkt, vermutlich. Er hatte seit längerer Zeit Probleme mit dem Herzen. Vor zwei Jahren musste er sich sogar einer Operation unterziehen.«

Beide schwiegen.

»Normalerweise wäre uns das nicht einmal eine Meldung wert. Aber nachdem du mich erst vor ein paar Tagen nach ihm gefragt hast, kam mir sein plötzlicher Tod komisch vor«, sagte Sandner.

»Wie hast du davon erfahren?«, fragte Jo.

»Berufsgeheimnis«, meinte Sandner trocken.

»Wird es eine Autopsie geben?«, wollte Jo wissen.

»Herzinfarkt bei einem gestressten Manager? Kann ich mir nicht vorstellen, dass es da weitergehende Untersuchungen gibt.«

Nach dem ersten Schock hatte Jo sich gefangen. Seine Zweifel der letzten Tage waren wie weggeblasen. Herzprobleme hin, Herzprobleme her – das konnte unmöglich ein Zufall sein! Immerhin hatte sich Heiko Raue mit Silvia Kronlechner auf dem Friedhof ein heftiges Wortgefecht geliefert. Und hatten seine letzten Worte nicht wie eine Drohung geklungen? Was, wenn er sie erpresst hatte und sie sich entschieden hatte, ihn zu beseitigen?

»Hallo, bist du noch dran?«, fragte Sandner.

»Ja.«

»Willst du mir nicht endlich sagen, gegen wen sich dein Verdacht richtet? Wenn Raues Tod etwas mit der Ermordung von Kronlechner zu tun hat, musst du zur Polizei gehen.«

Sandner hatte recht. Aber selbst, wenn sich Belege fanden, dass Raue ermordet worden war, was würde es Philipp helfen? Solange es keine Beweise dafür gab, dass die beiden ein Verhältnis miteinander hatten, gab es keine Verbindung zum Mord an ihrem Mann.

Allerdings – wenn sie Raue aus dem Weg geräumt hatte, wog sie sich vielleicht in Sicherheit. Er durfte sie keinesfalls zu früh aufschrecken.

»Sobald ich etwas Konkretes habe, gehe ich zur Polizei.«

Sandner zögerte.

»Gut, aber versprich mir, dass du vorsichtig bist.«

»Bin ich immer«, erwiderte Jo großspurig.

Nachdem sie ihr Telefonat beendet hatten, dachte er gründlich darüber nach. Vor einiger Zeit hatte er einen interessanten Artikel über Rechtsmedizin gelesen. Darin behauptete ein Rechtsmediziner, dass es sehr leicht sei, einen Mord zu begehen, ohne dabei erwischt zu werden. Die meisten Hausärzte verfügten seiner Ansicht nach nicht über eine ausreichende Qualifikation, um Vergiftungen oder andere verdeckte Tötungsarten zu erkennen. Speziell, wenn es sich um ältere Menschen handelte, wurde schnell ein Totenschein ausgestellt, ohne dass eine gründliche Untersuchung oder gar Autopsie vorgenommen wurde. Der Hausarzt war ja meistens gut mit der Familie des Verstorbenen bekannt und scheute sich daher, einen Verdacht zu äußern. Laut dem Rechtsmediziner gab es eine Reihe von Medikamenten, die zum Herzstillstand führen konnte. Silvia Kronlechner war selbst Ärztin. Vermutlich wusste sie genau, wie sie so etwas bewerkstelligen konnte. Da Raue bereits in der Vergangenheit Herzprobleme gehabt hatte, lag es nahe anzunehmen, dass ein zweiter Infarkt zu seinem Tod geführt hatte. Zumal er beruflich anscheinend nicht kürzergetreten war. In dem Artikel hatte er zudem gelesen, dass es eine Reihe von Giften gab, die nur mit ausgefeilten Analysemethoden nachzuweisen war. Wenn man nicht gezielt danach suchte, konnten Anzeichen für eine Vergiftung leicht übersehen werden.

Alles passte perfekt zusammen. Raue war der Geliebte von Silvia Kronlechner und hatte ihr bei der Ermordung ihres Mannes geholfen. Dafür erwartete er eine entsprechende Gegenleistung – vielleicht Geld, vielleicht aber auch, dass sie ihn heiratete und er so Mitbesitzer des Unternehmens wurde. Möglich, dass sie von Beginn an geplant hatte, ihn ebenfalls zu beseitigen. Oder er hatte sie unter Druck gesetzt, ja, sie vielleicht sogar erpresst? Hatte Raue nicht darauf bestanden, sich mit ihr zu treffen?

Jo konnte die Szene fast bildlich vor Augen sehen.

Silvia Kronlechner beschließt, den lästigen Mitwisser aus dem Weg zu räumen. Sie besorgt sich ein entsprechendes Gift und fährt zu ihm in seine Wohnung. Beide trinken etwas zusammen und unterhalten sich. Raue stellt seine Forderungen. Sie gibt scheinbar nach. In einem unbeobachteten Moment mixt sie ihm das Gift in sein Getränk. Nach einigen Minuten beginnt das Mittel zu wirken. Raue fasst sich an sein Herz und versucht, zum Telefon zu kommen, aber es ist zu spät. Sie wartet ab, bis er tot ist. Anschließend spült sie das Glas aus und füllt es wieder auf. Sie wischt alle Gegenstände ab, die sie berührt haben könnte, und durchsucht die Wohnung. Sie beseitigt alle Spuren, die sie mit Raue in Verbindung bringen könnten. Danach verschwindet sie ebenso lautlos, wie sie gekommen ist. Nun muss sie nur in aller Ruhe abwarten, bis der Tote aufgefunden wird.

Das einzige Risiko ist, dass sie jemand auf dem Weg in seine Wohnung gesehen hat. Aber auch dieses Problem lässt sich lösen. Er wird Verständnis dafür haben, wenn sie erst spät nachts kommt, denn ihre Beziehung muss unter allen Umständen geheim bleiben. Wenigstens vorläufig noch. Falls sie beim Kommen von jemandem gesehen wird, kann sie den Plan auf einen anderen Tag verschieben. Als sie die Wohnung verlässt, ist es früher Morgen. Niemand bemerkt, wie sie aus dem Haus schlüpft und verschwindet.

Wenn sie Glück hat, wird der Arzt nicht bemerken, dass Raue keines natürlichen Todes gestorben ist. Aber selbst wenn jemand Verdacht schöpfen sollte – niemand kann sie mit dem Toten in Verbindung bringen.

Ein weiteres perfektes Verbrechen. Aber diesmal hatte sie die Rechnung ohne den Wirt gemacht. Jos Stimmung verbesserte sich schlagartig. Wenn sich nachweisen ließ, dass Raue vergiftet worden war, gab es einen konkreten Beweis für seine Theorie. Und dann kam vielleicht neue Bewegung in den Fall Kronlechner.

So oder so: Es war Zeit zu handeln!

KAPITEL 15

Hauptkommissar Milde saß an seinem Schreibtisch und blätterte in dem Bericht, der vor ihm lag. Die Ermittlungen im Fall Kronlechner waren praktisch abgeschlossen.

Seine anfänglichen Zweifel an der Schuld des jungen Mannes waren ausgeräumt. Sicher, es gab ein paar Punkte, die Fragen aufwarfen, aber obwohl sie gründlich allen Spuren nachgegangen waren, die den jungen Mann hätten entlasten können, waren sie nicht fündig geworden. Seine Behauptung, dass er im entscheidenden Moment nicht in der Küche gewesen sei und jemand anderes die Gelegenheit genutzt habe, die Torte zu vergiften, ließ sich nicht belegen.

Es gab keine Zeugen, die ihn beim Verlassen der Küche gesehen hatten, geschweige denn jemanden, der bestätigen konnte, dass in dieser Zeit eine andere Person die Werkskantine betreten hatte. Staatsanwalt Höhne wartete ungeduldig darauf, dass Milde die Ermittlung beendete und er die Anklageerhebung in die Wege leiten konnte.

Der Telefonapparat auf seinem Schreibtisch klingelte. Er hob den Hörer ab.

Eine heisere Stimme fragte:

»Hauptkommissar Milde?«

»Am Apparat.«

»Sie ermitteln im Fall Kronlechner, stimmt's?«

»Das ist richtig. Mit wem spreche ich?«

»Tut nichts zur Sache«, krächzte der Unbekannte. Der Mann versuchte offensichtlich, seine Stimme zu verstellen.

Geistesgegenwärtig drückte Milde einen Knopf an seinem Telefon, mit dem er Gespräche aufzeichnen konnte.

»Hinter dem Tod von Kronlechner steckt mehr, als Sie glauben. Freitagnacht hat man seinen Forschungschef ermordet.«

»Woher wissen Sie das?«, fragte Milde alarmiert.

»Der Mord wurde als Herzinfarkt getarnt. Machen Sie eine gründliche Autopsie, dann werden Sie es sehen.«

Es knackte, und die Leitung war tot. Hauptkommissar Milde war unschlüssig, was er von dem seltsamen Anruf halten sollte. Er war nicht sicher, meinte aber Verkehrsgeräusche im Hintergrund gehört zu haben. Vermutlich war der Anruf aus einer Telefonzelle gekommen. Sie erhielten immer wieder Anrufe von Verwirrten und Spinnern, die vermeintliche Verbrechen meldeten. Meist handelte es sich nur um den Versuch, einen Nachbarn anzuschwärzen oder die Polizei zu ärgern.

Der Name Kronlechner hatte bei ihm jedoch die Alarmglocken schrillen lassen. Er griff zum Hörer, rief seinen Assistenten an und gab ihm den Auftrag, die Angelegenheit zu überprüfen. Nach einer halben Stunde klopfte es an seiner Tür, und Ebling steckte den Kopf herein.

»Ich habe bei den Kollegen in Mainz nachgehört, Chef. Ein Dr. Heiko Raue, Vorstand bei Pro Health Pharma, ist tatsächlich tot in seiner Wohnung aufgefunden worden. Die Kollegen vom Kriminaldauerdienst haben jedoch keine Hinweise auf eine Fremdeinwirkung gefunden. Laut der Unterlagen, die sie mir gefaxt haben, sieht alles nach einem Herzinfarkt aus: Manager, Mitte 40, hatte vor zwei Jahren Herzprobleme. Der Fall scheint eindeutig zu sein.«

»Ist die Öffentlichkeit informiert worden?«

»Bisher nicht.«

Milde überlegte.

»Ich möchte, dass eine gründliche Autopsie gemacht wird«, ordnete er an. »Rufen Sie bei der Staatsanwaltschaft an, damit eine entsprechende Anordnung ergeht. Und informieren Sie vorsorglich den Leiter der Rechtsmedizin in Mainz. Richten Sie ihm einen schönen Gruß von mir aus. Er soll sich persönlich darum kümmern. Sagen Sie ihm, dass der Herzstillstand möglicherweise künstlich herbeigeführt worden ist.«

»Künstlich – Sie meinen, er wurde umgebracht?«, fragte Ebling erstaunt.

Milde zuckte mit den Schultern.

»Die sollen sich beeilen.«

Sein Assistent nickte und verschwand.

Als Nächstes rief Milde seinen Stellvertreter zu sich.

»Es gibt etwas Neues im Fall Kronlechner«, sagte er, als Holger Arnold sich am Schreibtisch vor ihm niedergelassen hatte.

»Ich dachte, die Ermittlungen sind abgeschlossen«, antwortete Arnold überrascht.

»Hör dir das an«, erwiderte Milde und drückte den Wiedergabeknopf. Nachdem er die Aufzeichnung zweimal hatte laufen lassen, sah er seinen Stellvertreter gespannt an.

»Und?«, wollte er wissen.

»Ich denke, wir sollten eine gründliche Autopsie durchführen lassen. Dann sehen wir, ob etwas dran ist.«

Milde nickte zufrieden. Wenn sie auf einen Spinner hereinfielen, war er wenigstens nicht allein.

»Und wenn es stimmt?«, fragte er.

Arnold zuckte mit den Schultern.

»Wüsste nicht, was es mit dem Mord an Kronlechner zu tun haben sollte.«

»Zwei Morde an zwei Managern der gleichen Firma in so einem kurzen Abstand?«

»Vielleicht will uns jemand auf eine falsche Spur lenken.«

Arnold hatte recht. Sie mussten auf der Hut sein. Aber es gab einen weiteren auffälligen Zusammenhang. Der Mitarbeiter von Pro Health Pharma, der Philipp Meissner wiederholt in der Nähe des Werkes gesehen haben wollte und sie damit überhaupt erst auf die Spur des jungen Kochs gebracht hatte, war Heiko Raue. Der Mann, der tot in seiner Wohnung aufgefunden worden war. Konnte das Zufall sein? Hauptkommissar Milde kam ins Grübeln. Der Fall Kronlechner, der praktisch gelöst schien, warf neue Fragen auf. Obwohl er sich nicht viel davon versprach, gab er Arnold die Anweisung, den Anruf zurückzuverfolgen. Möglicherweise ergab sich daraus ein Rückschluss auf den unbekannten Anrufer.

Jo war mit sich zufrieden. Er hatte an der Stimme des Hauptkommissars hören können, dass er angebissen hatte. Jo hoffte, dass er ihn neugierig genug gemacht hatte, um der Sache nachzugehen. Er war extra bis Bingen gefahren, um sich eine Telefonzelle zu suchen, denn er war nicht sicher, ob die Polizei auch kurze Telefonate zurückverfolgen konnte. Er hatte Handschuhe angezogen und den Telefonhörer nach dem Gespräch gründlich mit einem Reinigungstuch abgewischt. Nicht, dass es ihm am Ende wie Philipp mit seinen Drohbriefen ging. Denn was er jetzt am wenigsten gebrauchen konnte, war, dass die Polizei bei ihm auftauchte und von ihm wissen wollte, wie er darauf gekommen sei, dass Heiko Raue ermordet worden war.

Die nächsten beiden Tage brachten keine neuen Erkenntnisse. Jo hatte sich dazu aufgerafft, den Papierkram zu erledigen, und entging damit zwei weiteren Mahnungen, die in Kürze fällig gewesen wären. Der Strom an Reservierungswünschen ebbte nicht ab. Sie waren auf Monate ausgebucht. Jo hatte diesbezüglich gemischte Gefühle. Einerseits war er froh, andererseits wollte er seinen Stammgästen nur ungern erst einen Tisch in einigen Monaten anbieten.

Am Donnerstag meldete sich Klaus Sandner – mit aufregenden Neuigkeiten.

»Gerade hat mich einer meiner Informanten angerufen.«

Sandner legte eine Kunstpause ein.

»Und?«

»Heiko Raue ist keines natürlichen Todes gestorben. So viel steht fest. Sie haben in seinem Körper ein Gift gefunden, das innerhalb von Minuten zum Herzstillstand führt. Die Polizei ist dabei, die näheren Umstände zu untersuchen.«

Jo war sprachlos.

»Bist du sicher?«, fragte er.

»Es gibt keine offizielle Bestätigung, wenn du das meinst. Die Polizei hat eine strikte Nachrichtensperre verhängt. Deswegen können wir im Moment nichts bringen. Ich will meine Quelle nicht verbrennen. Außer, du kannst mir etwas mehr darüber erzählen.«

»Ich?«, tat Jo erstaunt. »Woher sollte ich etwas darüber wissen?«

»Nun tu nicht so! Du bittest mich, etwas über den Mann herauszufinden, und zwei Tage später liegt er tot in seiner Wohnung. Anscheinend ermordet. Erzähl mir nicht, dass das ein Zufall ist.«

»Du denkst, ich habe ihn umgebracht?«, fragte Jo launig.

»Unsinn, du weißt genau, wie ich es meine.«

»Ich stochere selbst im Nebel. Du würdest mich auslachen, wenn ich dir sage, wen ich im Verdacht habe und warum.«

»Käme auf einen Versuch an«, erwiderte Sandner.

»Ich bin noch nicht so weit.«

Sandner schüttelte unwillig den Kopf.

»Das finde ich nicht fair. Ich helfe dir dauernd – und was bekomme ich als Gegenleistung?«

»Ich will die Person, die ich im Verdacht habe, keinesfalls zu früh aufschrecken. Dafür hast du hoffentlich Verständnis. Ich muss erst ein paar Dingen nachgehen.«

»Hm. Aber du denkst an dein Versprechen – ich kriege die Geschichte exklusiv.«

Jo wusste, dass er Sandners Geduld nicht ewig strapazieren konnte.

»Sobald ich etwas Konkretes habe, erfährst du es als Erster.«

Das Versprechen fiel ihm nicht leicht. Denn am liebsten wäre ihm gewesen, wenn über die Geschichte so wenig wie möglich berichtet worden wäre. Er hatte keinerlei Verlangen nach zusätzlicher Aufmerksamkeit für das »Waidhaus«.

Davon hatte er nach Kleins Artikel im »Mainzer Express« mehr als genug gehabt.

Nachdem sie das Telefonat beendet hatten, schob Jo den Papierkram beiseite.

Seine Zuversicht, dass es ihm gelingen würde, Philipp freizubekommen, war deutlich gestiegen. Trotzdem hatte er nichts Konkretes in der Hand, um seinen Verdacht gegen Silvia Kronlechner zu untermauern.

Jo wurde das unbestimmte Gefühl nicht los, dass er etwas übersah. Er ging einmal mehr Punkt für Punkt die Liste durch, was er bislang herausgefunden hatte. Aber so sehr er sich den Kopf zermarterte, es wollte ihm nichts einfallen. Schließlich schüttelte er den Gedanken ab und beschäftigte sich mit seinen Belegen und Rechnungen. Vielleicht musste er nur an etwas anderes denken, damit sich die Blockade von selbst löste.

KAPITEL 16

Am folgenden Tag, es war Freitag, stand er früh auf und schwang sich auf sein Fahrrad. Es war gegen halb sieben, als er sich auf den Weg machte. Die Luft roch frisch, und die Sonne spitzte über die Hänge. Er hatte sich eine anspruchsvolle Tour überlegt: hinunter ins Tal, um anschließend einen besonders steilen Weinbergsweg hinauf zum »Waidhaus« zu radeln. Er fuhr zuerst über einen Feldweg bis Urbar und bog dort auf die Straße ein, die in Richtung Oberwesel führte. Oberhalb der Stadt kam er auf einen asphaltierten Weinbergsweg, der in Serpentinen nach unten führte.

Es gab ihm einen besonderen Kick, sich mit Karacho in die engen Kurven zu legen. So mussten sich die tollkühnen Fahrradhelden fühlen, wenn sie sich bei der Tour de France mit atemberaubendem Tempo die steilen Abfahrten des Col de la Madeleine oder des Mount Ventoux hinabstürzten!

In der steilsten Passage gab es eine scharfe Linkskurve, bei der man höllisch aufpassen musste, dass man nicht zu weit nach außen getragen wurde. Der Fahrtwind pfiff ihm ins Gesicht. Für einen Augenblick kämpfte er mit der Versuchung, das Rad ungebremst laufen zu lassen. Zu seinem Glück behielt seine Vernunft die Oberhand. Als er um die Kurve geschossen kam, stand plötzlich ein Pulk von Fahrzeugen vor ihm. Jo sah Blaulichter und trat heftig auf die Bremse. Er kam ins Rutschen und wäre um ein Haar in eines der Polizeifahrzeuge gekracht, das rechts am Fahrbahnrand stand. Er riss den Lenker zur Seite und konnte sich gerade noch abfangen. Sein Herz pochte heftig, seine Hände pulsierten. Er wischte sich den Schweiß von der Stirn.

Bei den modernen Rennmaschinen war das Problem nicht, dass man nicht gut genug bremsen konnte – im Gegenteil: Die Bremsen packten so kraftvoll zu, dass man aufpassen musste, sich bei einer Vollbremsung nicht zu überschlagen.

Es hatte nicht viel gefehlt und er wäre gestürzt. Der Schreck war ihm so in die Glieder gefahren, dass er erst jetzt Zeit fand, sich umzusehen. Die Strecke war um diese Uhrzeit normalerweise kaum befahren.

Er rollte langsam an den Autos vorbei und sah, dass in der Kurve zwei Gerätewagen der Feuerwehr und ein Krankenwagen standen. Ein Polizist versuchte mit einer Kelle, die Autos an der Stelle vorbeizuwinken, war jedoch nur mäßig erfolgreich in seinem Bemühen. Zwei Autos hatten angehalten, und die Fahrer waren ausgestiegen. Sie blickten neugierig in die Tiefe. Jo bemerkte, dass die Büsche an der Kurve herausgerissen waren.

Er stellte sein Fahrrad an der Seite ab und trat auf die Gruppe zu.

»Was ist passiert?«, fragte er einen älteren Mann mit grauen Haaren. Dieser warf ihm einen abschätzigen Blick zu und blickte dann wieder nach unten.

»Unfall. Ein Auto ist abgestürzt. Was für ein Leichtsinn, hier so herunterzurasen«, sagte er kopfschüttelnd. Der andere Mann nickte zustimmend. Er war jünger und hatte auffällig blonde Haare. Jo, der gerade selbst fast in ein Auto geknallt wäre, zog es vor, dazu keinen Kommentar abzugeben.

Als er nach unten blickte, sah er das ganze Ausmaß der Verwüstung, die der Wagen bei seinem Sturz in die Tiefe hinterlassen hatte. Der Hang fiel an der Stelle scharf ab. Der Wagen musste sich mehrfach überschlagen haben und war völlig zerstört. Die Scheiben waren zerborsten, die Spiegel abgerissen und das Dach war eingedrückt. Auf seinem Weg nach unten hatte das Fahrzeug Büsche und Sträucher mitgerissen und eine breite Schneise in den Hang geschlagen. Auf einem Geländeabsatz war er hängen geblieben.

Jo schätzte, dass es bis zu dem Wrack fast 70 Meter waren. Unten standen Feuerwehrleute und Polizisten und blickten sich ratlos an. Zwei Sanitäter und ein Arzt knieten am Boden. Jo konnte nicht erkennen, ob sie sich um einen Verletzten bemühten, aber der ältere Mann klärte ihn auf:

»Da ist nichts mehr zu machen. Ist bestimmt in der Nacht passiert. So wie das Auto aussieht, hat das keiner überlebt.«

Der andere Mann nickte zustimmend.

»Reiner Selbstmord ist das, hier so runterzurasen«, schimpfte der Grauhaarige weiter. »Da kann man froh sein, dass es keine Unbeteiligten getroffen hat.«

Unten kam Bewegung auf. Der Arzt hatte seine Untersuchung abgeschlossen und erhob sich. Er trat auf einen der Polizisten zu und sprach mit ihm. Man konnte nicht hören, was er sagte, aber seine Gesten waren auch so zu verstehen. Ein Sanitäter legte eine Decke über das Unfallopfer. Danach hoben sie den Toten mit vereinten Kräften auf die mitgebrachte Trage.

Die Männer standen schräg im Hang und sahen mit wenig Zuversicht nach oben. Schließlich machten sie sich an den Aufstieg. Der Hang war so steil, dass drei Feuerwehrmänner und die beiden Sanitäter nötig waren, um die Trage nach oben zu hieven. Die Männer schwitzten und kämpften darum, nicht den Stand zu verlieren. Immer wieder mussten sie anhalten, wenn einer von ihnen abzurutschen drohte. Nach einer halben Stunde hatten sie es geschafft.

Oben angekommen, stellten sie die Trage ab und wischten sich den Schweiß von der Stirn. Inzwischen waren der Notarzt und einer der Polizisten ebenfalls nach oben geklettert. Der Beamte war älter und schnaufte kräftig.

»Wie sieht es aus?«, fragte ihn einer seiner jüngeren Kollegen, die den Verkehr regeln sollten, aber genauso neugierig die Bergung des Toten verfolgt hatten.

»Exitus«, erwiderte der Gefragte trocken. »Ist vermutlich seit Stunden tot, muss gestern am späten Abend passiert sein.«

»Alkohol oder Geschwindigkeit?«, fragte der jüngere Polizist lakonisch.

»Das Auto hat nach Wodka gestunken. Wenn du mich fragst, war der Typ sturzbetrunken.«

Er sah hinunter zum Wagen, an dem sich zwei Feuerwehrleute zu schaffen machten.

»Ruf mal in der Zentrale durch«, wies er den Jüngeren an, »ohne Kran kriegen wir die Kiste nicht hoch. Außerdem brauchen wir einen Leichenwagen.«

»Habt ihr ihn identifiziert?«, wollte der jüngere Beamte wissen.

Sein älterer Kollege zog ein Dokument aus der Tasche und warf einen Blick darauf.

»Laut dieser Lizenz ist es eine Art Kollege«, meinte er und grinste. »Olaf Strohm, Privatdetektiv, wohnhaft in Großwinternheim«, las er vor.

»Hoffentlich muss ich nicht die Frau informieren«, fügte er trocken hinzu. »Geht mir immer an die Nieren.«

Jo war schlagartig blass geworden.

»Geht es Ihnen nicht gut?«, wollte der blonde Mann neben ihm besorgt wissen.

Er schüttelte den Kopf.

»Schrecklich, so ein Unfall, was?«, meinte der Mann mitfühlend.

Jo hörte gar nicht zu. Er wollte nur weg.

Er schwang sich auf sein Fahrrad und machte sich aus dem Staub.

Später wusste er nicht mehr, wie er nach Hause gekommen war. Der Unfall hatte ihn völlig durcheinandergebracht. Für einen Moment glaubte er, der Mord an Raue und der Unfalltod von Strohm könnten etwas mit seinen Ermittlungen zu tun haben. Waren nicht beide Männer, kurz nachdem er angefangen hatte, sich für sie zu interessieren, auf mysteriöse Art ums Leben gekommen?

Als er sich beruhigt hatte, setzte sein gesunder Menschenverstand wieder ein. Der Tod der beiden konnte auf keinen Fall etwas mit ihm zu tun haben.

Außer Klaus Sandner und vielleicht Ute wusste niemand etwas von seinen Nachforschungen. Trotzdem war ihm die Geschichte unheimlich. Strohm hatte für Kronlechner gearbeitet, so viel stand fest. Konnte es Zufall sein, dass ausgerechnet dieser Mann bei einem Verkehrsunfall ums Leben kam? Oder hatte jemand Strohm auf diese Weise aus dem Weg geräumt?

Doch was sollte der Grund dafür sein? Wusste Strohm zu viel?

Er schüttelte den Kopf. Vielleicht bildete er sich alles nur ein! Der Polizist schien sich sicher gewesen zu sein, dass Alkohol im Spiel war. Jo hatte dennoch ein schlechtes Gefühl bei der Sache. Er grübelte den ganzen Vormittag darüber nach, wie er den Tod von Strohm einordnen sollte. Wenn er davon ausging, dass der Unfall nur fingiert war, mussten Profis am Werk sein. Wie bei Raue sollte der Anschein eines »natürlichen« Todes erweckt werden. Hätte er nicht mit seinem anonymen Anruf Milde zu weitergehenden Ermittlungen veranlasst, wäre der Mord an Raue wahrscheinlich gar nicht entdeckt worden. Doch wenn Profis am Werk waren, was war ihr Motiv? Was für ein Geheimnis verband die drei Toten? Und wie passte Silvia Kronlechner ins Bild?

Jo verlor sich in den abenteuerlichsten Mutmaßungen und war froh, dass die Küche nach ihm verlangte. Das bot ihm die Gelegenheit, seine Gedanken auf etwas anderes zu konzentrieren. Allerdings war er nicht bei der Sache. Um ein Haar hätte er bei der Gänselebersauce vergessen, einen Schuss Cognac dazuzugeben, und beim Wenden des Frühlingsgemüses für ein Rehbockrückenfilet wäre ihm fast die Pfanne heruntergefallen, was für allgemeine Erheiterung in der Küche sorgte. Nach dem Mittagessen wollte sich Jo gerade auf den Weg hinaus auf seine Terrasse begeben, um seine Pause zu machen, als es an der Tür läutete. Er öffnete, und im gleichen Moment fiel ihm siedend heiß ein, dass er vergessen hatte, dass heute einer seiner Weinlieferanten kommen wollte. Obwohl er lieber draußen in der Sonne gesessen und sich weiter den Kopf über den immer mysteriöser werdenden Fall zerbrochen hätte, konnte er den Termin nicht absagen.

Freddie Wouters war Holländer, lebte aber seit Langem in Deutschland. Aus einer Laune heraus hatte er vor einigen Jahren seinen sicheren Job bei einer Bank aufgegeben, um sich seiner wahren Leidenschaft zu widmen – dem Wein.

Er war ein bunter Vogel, immer gut gelaunt und zu einem Spaß aufgelegt. Nach und nach hatte sich der Holländer einen guten Ruf bei französischen und spanischen Weinen erworben, und galt als ein hervorragender Kenner der Weinbaugebiete im Burgund und in Bordeaux. Jo war kein großer Anhänger des spanischen Weins, aber Freddie versuchte hartnäckig, ihn für Rioja und Ribera del Duero zu begeistern. Nachdem sie sich auf einen französischen Weißwein aus dem Graves und einen Bordeaux aus Margaux geeinigt hatten, feilschten sie fast eine Stunde über Mengen und Preise, bevor sie sich einig wurden.

Erst als am Abend die letzten Gäste gegangen waren, fand Jo Zeit, sich mit dem unerwarteten Ereignis des Morgens zu beschäftigen. Er setzte sich in seinen Sessel am Fenster und sah hinunter zum Rhein, der dunkel im Mondschein glänzte.

Er überlegte, was Strohm mit den beiden anderen Toten verbunden haben mochte.

War es möglich, dass Silvia Kronlechner doch nicht hinter allem steckte, sondern ein Komplott? Hatte Strohm medizinische Patente für Kronlechner gestohlen, und eine betroffene Firma wollte sich an ihm und dem Unternehmer rächen? Aber warum hätten sie Heiko Raue töten sollen? Und warum in so einem Fall nicht einfach vor Gericht ziehen und auf Schadenersatz klagen?

Je mehr er darüber nachdachte, umso weniger wahrscheinlich erschien ihm ein geschäftlicher Hintergrund.

Dafür sah er immer wieder das Bild von Silvia Kronlechner vor sich – ihre stahlblauen Augen und die Aura der kühlen Berechnung, die sie umgab. Welche Verbindung bestand zwischen ihr und diesem Privatdetektiv? Hatte sie am Ende doch Strohm damit beauftragt, Philipp zu überprüfen, nachdem sie ihn dabei gesehen hatte, wie er einen Drohbrief vor die Tür legte? Hatte der Detektiv nach dem Tod des Unternehmers zwei und zwei zusammengezählt und Silvia Kronlechner erpresst?

So, wie ihm Strohm beschrieben worden war, wäre ihm das durchaus zuzutrauen gewesen. Aber nachdem er eine Weile darüber gebrütet hatte, verwarf er den Gedanken wieder. Es war nicht logisch!

Silvia Kronlechner hatte sicher gewusst, dass Strohm für ihren Mann arbeitete. Sie wäre bestimmt nie so unvorsichtig gewesen, ausgerechnet ihn mit Nachforschungen über Philipp zu beauftragen. Schließlich gab es in Deutschland Hunderte von Privatdetekteien, die in der Lage waren, so einen Auftrag zu übernehmen. Warum sollte sie ausgerechnet auf jemanden zurückgreifen, bei dem sie befürchten musste, dass er ihren Mann über die Nachforschungen unterrichtete?

Und selbst wenn es eine Verbindung zwischen den beiden gab – wie sollte sie den Verkehrsunfall bewerkstelligt haben?

Es war zum Haareraufen – nachdem er geglaubt hatte, der Lösung des Falles so nah zu sein, schien sie wieder in weite Ferne gerückt.

Nach wie vor nagte das Gefühl an ihm, dass er etwas übersehen hatte. Etwas, das mit dem Privatdetektiv und Silvia Kronlechner zu tun hatte. Er dachte angestrengt nach, aber es wollte ihm nicht einfallen.

Nach einer Weile gab er auf, ging hinüber ins Wohnzimmer und schaltete den Fernseher ein. Er wollte sich berieseln lassen, um auf andere Gedanken zu kommen. Er knipste lustlos auf seiner Fernbedienung hin und her und blieb schließlich bei einem Regionalsender hängen.

Sie wiederholten eine uralte Schimanski-Folge. Jo hatte sie vor Ewigkeiten einmal gesehen. Das musste noch als Jugendlicher gewesen sein. Damals fand er den rebellischen Kommissar mit der ausgewaschenen Jacke cool. Heute musste er darüber schmunzeln. Schimanski war gut in Fahrt. Die junge, gut aussehende Tochter einer Exfreundin, für die er eine Zeit lang als Ersatzvater fungiert hatte, brauchte seine Hilfe. Sie arbeitete in einem Nachtclub und war an üble Burschen geraten. Schimanski wäre nicht Schimanski gewesen, wenn er nicht versucht hätte, sie da herauszuholen. Sie wollte sich aber nicht helfen lassen, und Schimanski kam selbst ordentlich in die Bredouille. Es gab einige wüste Schlägereien und wilde Verfolgungsjagden, die schließlich im Höhepunkt des Films gipfelten: Einige dunkle Gestalten aus dem Drogen- und Zuhältermilieu hatten Schimanski eine Falle gestellt, in die er prompt hineintappte. Statt ihn allerdings gleich zu erledigen, verfielen seine Widersacher auf einen anderen Plan. Nachdem sie ihn verprügelt hatten, wurde er von zwei Schurken festgehalten, und der Anführer spritzte ihm einen Drogencocktail in den Arm. Nachdem Schimanski zugedröhnt war, füllten sie ihn zusätzlich mit Alkohol ab und setzten ihn in einen VW Golf. Völlig benebelt bretterte »Schimmi« durch die Stadt, wurde in mehrere haarsträubende Beinahekarambolagen verwickelt und stürzte schließlich in einem spektakulären Stunt von einer Brücke auf einen fahrenden Zug – ohne sich dabei den geringsten Kratzer einzufangen.

Jo musste grinsen. Wenn man sich das heute ansah, war es hanebüchen.

Wieso sollte man Schimanski mit Alkohol abfüllen und in einen Wagen setzen, wenn man ihn einfach erschießen und die Leiche verschwinden lassen konnte?

Während er den Gedanken zu Ende dachte, spürte er, wie es in seinem Kopf klick machte. Es war, als wäre ein Schalter umgelegt worden. Mit einem Mal griffen alle Teile, die bis eben verstreut und ohne Zusammenhang vor ihm gelegen hatten, ineinander. Das winzige Stück Information, welches die ganze Zeit in seinem Unterbewusstsein geschlummert hatte, lag auf einmal wie auf einem Präsentierteller vor ihm.

Jemand hatte etwas gesagt, dem er keine Bedeutung beigemessen hatte. Ein winziges Detail, das auf den ersten Blick mit dem Fall überhaupt nichts zu tun zu haben schien.

Die Idee war so verrückt, dass er im ersten Moment nicht glauben konnte, dass die Lösung so einfach war. Dennoch fügte sich dieses Puzzlestück nahtlos in das Gesamtbild ein. Es erklärte, welche Verbindung zwischen Silvia Kronlechner und Olaf Strohm bestand und warum sie ihn unbedingt loswerden musste: Der Detektiv war im Besitz eines Beweises, mit dem man ihr den Mord an ihrem Mann nachweisen konnte!

Vermutlich hatte er sie erpresst. Das war Strohm zum Verhängnis geworden. Wenn Jo Pech hatte, war der Beweis inzwischen vernichtet worden. Aber es gab trotzdem eine Möglichkeit, wie er Silvia Kronlechner überführen konnte. Allerdings eine sehr riskante. Es gab eine Sache, die sie nicht sicher wissen konnte. Selbst wenn sie alle Spuren verwischt hatte. An dem Punkt musste er ansetzen! Dazu war es nötig, vorher etwas zu überprüfen. Keine leichte Aufgabe, aber er hatte eine Idee, wie er es bewerkstelligen konnte.

Jo war so aufgeregt, dass er am liebsten sofort losgelegt hätte. Doch im Moment konnte er nichts tun. Er musste den nächsten Morgen abwarten. Um sich zu beruhigen, machte er eine Flasche Riesling auf und genehmigte sich drei volle Gläser. Nach einer Weile begann der Wein zu wirken.

Er schaltete den Fernseher aus, legte sich hin und schlief sofort ein.

KAPITEL 17

Am nächsten Morgen erwachte Jo voller Tatendrang. Er duschte, machte sich einen Kaffee und suchte eine Nummer aus seinem Telefonverzeichnis. Nach dem siebten Klingeln meldete sich eine verschlafene Stimme:

»Bülow.«

»Hallo, Mark, hier ist Jo.«

»Wer ist da?« Mark war noch nicht richtig wach.

»Wach auf, du alte Schlafmütze! Morgenstund hat Gold im Mund.«

»Sag mal, weißt du, wie spät es ist?«, meinte Mark vorwurfsvoll. »Ich hatte gestern Spätdienst und bin erst um zwei Uhr ins Bett gekommen.«

Jetzt hatte Jo doch ein schlechtes Gewissen, dass er Mark so früh aus dem Bett geklingelt hatte. Sie kannten sich aus gemeinsamen Schiffstagen. Jo hatte für einige Jahre als Koch auf einem großen Kreuzfahrtschiff gearbeitet, zuletzt als stellvertretender Küchenchef. Mark war zur gleichen Zeit als Schiffsarzt an Bord gewesen. Sie hatten sich vom ersten Tag an gut verstanden und waren im Lauf der Zeit Freunde geworden. Mark hatte ein Jahr nach ihm abgeheuert und arbeitete in einem Krankenhaus in der Nähe von Köln.

»Ich hätte nicht angerufen, wenn es nicht dringend wäre«, entschuldigte sich Jo. »Ich brauche deine Hilfe.«

»Schon gut«, brummte Mark, »jetzt bin ich ja wach. Worum geht's?«

»Wenn du jemand, der nicht bei Bewusstsein ist, mit

Alkohol abfüllen willst, aber so, dass es nicht auffällt, wie würdest du es machen?«

»Willst du mich auf den Arm nehmen?«, fragte der junge Arzt ungläubig. »Du klingelst mich mitten in der Nacht aus meinem wohlverdienten Schlaf, um mir so eine bescheuerte Frage zu stellen?«

»Bitte Mark, es ist wichtig«, sagte Jo eindringlich.

Der Arzt schien unschlüssig, wie er die seltsame Frage seines Freundes einordnen sollte.

»Wenn er bewusstlos ist? Schwierig. Du könntest einen Trichter nehmen und ihm die Nase zuhalten, aber wenn du Pech hast, verschluckt er sich und muss sich übergeben. Wenn du es schnell und sauber machen willst, müsstest du den Alkohol direkt in die Blutbahn spritzen.«

Jo nickte zufrieden. Das hatte er vermutet.

»Wie lange würde es dauern, bis die Wirkung einsetzt?«, fragte er weiter.

»Ein paar Minuten. Der Alkohol wäre praktisch sofort im Blut.«

»Könnte man bei einer Überprüfung feststellen, dass der Alkohol gespritzt worden ist?«

»Alkohol ist Alkohol. Es macht keinen Unterschied, wie du ihn zu dir nimmst.«

»Und an der Einstichstelle?«

»Je nachdem, wie gut jemand mit einer Spritze umgehen kann, würde man auf der Haut einen roten Punkt oder einen kleinen bis mittleren blauen Fleck sehen. In etwa so, als wenn man sich dort gestoßen hätte.«

»Was wäre die beste Stelle dafür?«

»Da gibt es viele Möglichkeiten. Am einfachsten ist es da, wo eine breite Ader verläuft, also zum Beispiel an den Unterarmen oder an den Oberschenkeln.«

»Würde das bei einer Autopsie auffallen?«, wollte Jo wissen.

»Wahrscheinlich nicht. Wenn man nicht einen konkreten Verdacht hätte, würde man es für eine normale Einstichstelle halten. Es könnte eine Spritze gegen alles Mögliche gewesen sein.«

Für einen Moment herrschte Stille.

»Du hast aber nicht vor, jemanden umzubringen, hoffe ich«, sagte Mark trocken.

»Keine Sorge«, erwiderte Jo.

»Worum geht es?«

»Kann ich im Moment nicht sagen. Vielleicht später.«

»Na, da bin ich gespannt.«

Jo wusste nicht, ob er im umgekehrten Fall genauso cool reagiert hätte wie sein Freund. Aber das hatte er an Mark Bülow immer geschätzt, seine ruhige und zurückhaltende Art.

Nachdem er das Telefonat beendet hatte, fühlte sich Jo zumindest in diesem Punkt bestärkt. So konnte es gewesen sein: Silvia Kronlechner hatte es irgendwie geschafft, Strohm zu betäuben. Anschließend spritzte sie ihm Alkohol ins Blut und fuhr mit ihm in seinem Wagen hoch an das steile Kurvenstück, legte den Gang ein und ließ den Wagen in die Tiefe stürzen.

Riskant? Sicher. Aber machbar.

Sie musste in einer verzweifelten Lage gewesen sein. Da waren ihr nicht viele Möglichkeiten geblieben. So, wie es aussah, wäre sie ohne Jo damit durchgekommen.

Sein Gefühl sagte ihm, dass es an der Zeit war, die Polizei einzuschalten. Das Dumme war, dass er zwar eine wunderschöne Theorie hatte, sie aber nicht beweisen konnte. Silvia Kronlechner hatte alle Mitwisser beseitigt und vermutlich die Beweise vernichtet. Milde würde ihn für verrückt erklären, wenn er mit dieser Geschichte ankam. Es blieb ihm keine andere Wahl: Er musste den Fall selbst lösen!

Gegen zehn Uhr rief er bei Klaus Sandner an.

»Ich bräuchte noch mal deine Hilfe«, erklärte er entschuldigend.

»Ist mal was Neues«, antwortete der Journalist. »Womit können wir dir diesmal zu Diensten sein?«

»Wohin wird jemand gebracht, der bei uns in der Gegend bei einem Verkehrsunfall ums Leben kommt?«, fragte Jo, ohne auf Sandners ironischen Ton einzugehen.

»In den meisten Fällen in die Rechtsmedizin nach Koblenz. Dort wird die genaue Todesursache ermittelt.«

»Auch bei Alkoholverdacht?«

»Dann auf jeden Fall.«

»Weißt du, ob man in die Rechtsmedizin einfach so hineinkommt?«

»Nein, natürlich nicht. Da lassen sie niemanden rein.«

»Warst du mal dort?«

»Ja, ich habe ein Interview mit einem Rechtsmediziner gemacht. Ist aber eine Weile her.«

»Kannst du mich da reinbringen?«

»Wieso? Ermittelst du jetzt bei Verkehrsunfällen?«

»Ich würde dich nicht fragen, wenn es nicht wichtig wäre.«

»Das sagst du dauernd und lässt mich völlig im Unklaren, worum es geht.«

Jo konnte es dem Journalisten nicht verdenken, dass er verstimmt war.

»Selbst wenn ich wollte, es geht nicht«, fuhr Sandner fort.

»Was soll ich denen erzählen? Dass ich einen verrückten Freund habe, der sich gern Leichen anschaut? Also entweder sagst du mir, worum es geht, oder ich kann nichts für dich tun.«

Jo überlegte, ob er den Journalisten einweihen sollte.

»Ich würde gern«, erklärte er schließlich. »Aber es geht echt nicht.« In das, was er vorhatte, wollte er den Journalisten nicht mit hineinziehen.

»Tja, ich fürchte, dann kann ich nichts für dich tun.«

Das klang endgültig.

»Beschreib mir wenigstens, wie es in der Rechtsmedizin aussieht«, bat Jo.

»Ich verstehe nicht, was das alles soll«, brummte Sandner unwillig, »hast du vor, dort einzubrechen?«

Jo schwieg. Sandner schüttelte den Kopf und seufzte. Schließlich ließ er sich erweichen und gab Jo eine detaillierte Beschreibung. Dieser fühlte sich unwohl dabei, seine Bekanntschaft mit dem Journalisten derart zu strapazieren, ihm blieb jedoch keine andere Wahl.

Danach setzte er sich an den Computer und recherchierte im Internet. Am liebsten hätte er sofort losgelegt. Aber er musste bis Montag warten.

Trotz der Tatenlosigkeit, zu der Jo verdammt war, ging das Wochenende erstaunlich schnell vorbei. Er musste einige Vorbereitungen treffen, die ihn voll in Anspruch nahmen. In der Nacht von Sonntag auf Montag war er bis in die frühen Morgenstunden unterwegs und fiel danach todmüde ins Bett. Er schlief bis fast zwölf Uhr und verbrachte anschließend zwei Stunden damit, sich seinen Plan nochmals durch den Kopf gehen zu lassen. Wenn dieser schiefging, konnte er in Teufels Küche kommen.

Am frühen Nachmittag fuhr er mit seinem Volvo nach Koblenz und parkte in der Nähe des Justizgebäudes, in dem die Rechtsmedizin untergebracht war. Er wusste nicht genau, wie er hineinkommen sollte. Wahrscheinlich würde er improvisieren müssen. Um sich ein Bild der Lage zu verschaffen, schlenderte er gemütlich auf der gegenüberliegenden Straßenseite entlang und warf einen unauffälligen Blick auf die Sicherheitsvorkehrungen. Über eine Drehtür gelangte man in das Gebäudeinnere. Bereits von außen konnte er erkennen, dass es kaum möglich sein würde, unbemerkt am Pförtner vorbeizukommen. Er überlegte, ob er dennoch versuchen sollte, in einem unbeobachteten Moment durchzuschlüpfen, verwarf den Gedanken jedoch. Das Risiko, erwischt zu werden, war zu groß.

Gemächlich schlenderte er weiter. Erfahrungsgemäß gab es immer mehrere Wege in ein Gebäude. Unerwartet schnell wurde er fündig. Ein Stück weiter vorne gab es ein Tor für den Lieferverkehr. Dort saß ebenfalls ein Pförtner hinter einer großen Scheibe, der die Einfahrt überwachte. Sobald ein Auto hineinwollte, kam er aus seinem Häuschen heraus und kontrollierte die Papiere. Fiel die Überprüfung zu seiner Zufriedenheit aus, trat er zurück in das Kabuff, drückte auf einen Knopf und öffnete die Schranke. Jo beobachtete den Mann eine Weile und prägte sich den Ablauf ein. Wenn der richtige Moment da war, musste es fix gehen.

Ihm blieb nichts anderes übrig als zu warten. Zuerst kam ein roter Golf, danach folgten ein klappriger Ford und ein beigefarbener Honda. Der Pförtner hielt sich mit stoischer Gelassenheit an den immer gleichen Ablauf. Manchmal wechselte er mit den Ankömmlingen ein paar Worte, meist winkte er sie jedoch nur durch. Nachdem zwei weitere Personenwagen in rascher Folge aufgelaufen waren, blieb es eine Weile ruhig. Jo wurde ungeduldig. Er hatte sich etwas weiter vorn gegen die Hauswand gelehnt, wo der Pförtner ihn nicht sehen konnte.

Nachdem er fast eine halbe Stunde gewartet hatte, war es endlich so weit. Ein dunkelblauer Lieferwagen mit der Aufschrift einer Wäscherei näherte sich und setzte den Blinker. Genau in dem Moment, als der Lieferwagen vor der Schranke anhielt und der Fahrer das Fenster herunterkurbelte, um dem Pförtner seinen Ausweis zu zeigen, setzte Jo sich in Bewegung. Hastig bog er um die Ecke und blieb neben dem Lieferwagen stehen. Als dieser wieder anfuhr, lief er am hinteren Ende des kastenartigen Aufbaus ein paar Meter nebenher. Gleich hinter der Toreinfahrt sprang er zur Seite und versteckte sich hinter einem geparkten Wagen.

Sein Herz schlug heftig. Mit bangem Gefühl wartete er darauf, ob sein Eindringen bemerkt worden war.

Im Grunde war der Trick einfach. Der Pförtner konnte einen hinter dem Lieferwagen nicht sehen. Sowohl der Fahrer als auch der Pförtner waren abgelenkt, sodass sich einem die Chance bot, unbemerkt hineinzuschlüpfen. Die Schwierigkeit dabei war, dass man genau im Fluss bleiben und aufpassen musste, dass man den toten Winkel des Seitenspiegels nicht verließ. Sonst bestand die Gefahr, dass der Fahrer aus dem Augenwinkel eine Bewegung bemerkte und vor Schreck auf die Bremse trat.

Der Lieferwagen stoppte, und Jo duckte sich hinter einem in der Nähe geparkten Auto. Der Wäschereifahrer, ein untersetzter, ungepflegter Mann in einem blauen Overall, stieg aus und machte sich an der Hintertür seines Fahrzeugs zu schaffen. Er verschwand im Wagen, tauchte aber gleich wieder auf und lud ein Wägelchen ab, auf das er weiße Handtuchrollen packte.

Nachdem er seinen Wagen vollgeladen hatte, schob er ihn an die Hintertür und klingelte. Die Gegensprechanlage knackte, er sagte nur »Firma Limpia, Handtuchtausch«, und schon hörte Jo das Geräusch des Türsummers.

Er wartete den Bruchteil einer Sekunde, sprang auf, spurtete auf die Tür zu und erwischte sie gerade noch vor dem Zuschnappen. Er verharrte kurz und schlüpfte hinein.

Der Handtuchmann war mit seinem Wagen um die Ecke gebogen. Jo fand sich allein in einem dunklen, schlecht beleuchteten Gang wieder. Er grinste zufrieden. Auch wenn er so etwas lange nicht mehr gemacht hatte, war er gut in Form. Er brauchte eine Weile, um sich im Gebäude zu orientieren. Schließlich fand er, wonach er gesucht hatte: den Treppenabgang zum Keller. Unten angekommen, stieß er auf zwei weiße Schwingtüren mit runden Fenstern. Er spähte vorsichtig hindurch. Dahinter befand sich ein langer, breiter Flur, der durch große Deckenlampen hell erleuchtet wurde.

Niemand war zu sehen.

Leise stieß er die Tür auf und ging zügig den Flur entlang, wobei er aufmerksam auf die Schilder blickte, die neben den Türen angebracht waren. Vor einer blieb er stehen und lauschte. Er konnte absolut nichts hören. Schnell trat er ein und vergewisserte sich, dass die Toilette leer war. Er begab sich zurück nach draußen und näherte sich einem Kästchen, das er an der Wand entdeckt hatte.

Er zögerte. Wenn er den nächsten Schritt machte, konnte er nicht mehr zurück.

Jo atmete tief durch, drückte die Scheibe des Kästchens ein und betätigte den schwarzen Knopf. Mit ohrenbetäubender Lautstärke ging der Feueralarm los. Mit ein, zwei Schritten war Jo in seinem Versteck auf der Toilette verschwunden. Jetzt konnte er nur warten und hoffen. Draußen auf dem Flur wurde es lebhaft. Er konnte Stimmen und Schritte hören.

Es herrschte einige Verwirrung, ob es sich um einen Probealarm handelte oder nicht.

Schließlich rief jemand, alle sollten sich so schnell wie möglich zum Ausgang begeben.

Gerade, als Jo sein Versteck verlassen wollte, hörte er Schritte. Die Tür zum Toilettenvorraum wurde aufgestoßen. Er erstarrte. Ein Mann rief mit kräftiger Stimme: »Hallo, ist jemand hier drin? Feueralarm!«

Der Mann lauschte in den Raum und ließ die Tür zufallen. Jo konnte hören, wie er in den anderen Räumen nachsah, ob alle der Aufforderung, das Gebäude zu verlassen, gefolgt waren. Schließlich verebbten seine Schritte in der Ferne.

Jetzt musste es schnell gehen!

Jo rechnete, dass er kaum mehr als zehn Minuten Zeit haben würde, bevor die Feuerwehr eintraf oder die Angestellten zurückkehrten, wenn ihnen klar wurde, dass es nicht brannte. Sandners Beschreibung war erstaunlich gut, sodass er sich rasch zurechtfand. Er stieß eine Tür auf und stand mitten im Sektionssaal. Im matten Neonlicht des fensterlosen Raumes glänzten zwei Leichentische. Sie waren leer. Jo atmete auf. Er wusste nicht, wie er reagiert hätte, wenn er auf eine Leiche mit geöffnetem Schädel gestoßen wäre. Allein der Gedanke daran ließ ihn erschauern. Der Raum roch nach Reinigungsmitteln und wirkte unnatürlich aufgeräumt. Jo beschlich ein mulmiges Gefühl, als er einen Blick auf die Metalltüren warf, die in die Wand eingelassen waren. Besser, wenn er erst einmal nach den Unterlagen suchte. Hoffentlich war die Autopsie von Strohm noch nicht abgeschlossen. Denn dann wäre der ganze Aufwand vergebens gewesen.

Voll banger Erwartung machte er sich auf die Suche. Es gab zwei Schreibtische, auf denen verschiedene Ordner lagen. Schnell wühlte er sie durch. Zum Glück waren sie ordentlich beschriftet. Nachdem er fast aufgeben wollte, wurde er fündig. Auf einem Stapel mit Papieren fand er einen Hängeordner mit der Aufschrift O. Strohm.

Er klappte ihn auf und zog eine Handakte heraus. Jo hatte keine Ahnung von Medizin. Obwohl er in der Schule Latein gehabt hatte, konnte er mit den meisten Ausdrücken nichts anfangen. Ganz oben lag ein dreiseitiger Untersuchungsbericht, dahinter kamen Laborberichte und einige Fotos. Durch den Unfall war Strohm übel zugerichtet worden. Jo überblätterte die Bilder hastig. Obwohl es in dem Raum eiskalt war, begann er zu schwitzen. Worauf hatte er sich nur eingelassen!

Mit einem Ohr lauschte er in Richtung Flur. Hoffentlich reichte die Zeit, fuhr es ihm durch den Kopf. Nicht hektisch werden, beschwor er sich selbst. Du musst dich auf das Wesentliche konzentrieren, hämmerte er sich ein.

Schnell schlug er die Zusammenfassung auf und überflog sie. Das meiste war für ihn unverständliches Fachchinesisch. Innerlich verfluchte er die Ärzte. Hätte er nur eine Kamera mitgenommen. Dann hätte er die Seiten abfotografieren und Mark fragen können. Er fuhr hoch. War da ein Geräusch gewesen?

Er hielt den Atem an und lauschte.

Doch außer dem Alarm, der gedämpft von draußen hereindrang, hörte er nichts weiter. Er machte sich wieder an die Arbeit. Auf der dritten Seite der Zusammenfassung fand er das Ergebnis der Untersuchung. Es war auch für einen Laien halbwegs verständlich. Die Labortests zeigten, dass Strohm ein starkes Beruhigungsmittel genommen hatte und danach sehr viel Alkohol konsumiert haben musste. Sein Blut wies einen Wert von fast 1,6 Promille auf. Der Rechtsmediziner kam zu dem Schluss: Sowohl die starken Beruhigungsmittel als auch der hohe Alkoholspiegel wären jeweils alleine ausreichend gewesen, eine erheblich eingeschränkte Fahrtüchtigkeit herbeizuführen. In Kombination hatte sich die Wirkung jedoch potenziert. Die Todesursache waren schwere Kopfverletzungen, die unmittelbar zum Tod geführt hatten. Offenbar war Strohm nicht angeschnallt gewesen und war herausgeschleudert worden, als sein Wagen den Abhang hinunterstürzte. Der Bericht des Rechtsmediziners schloss: »Tod durch ein schweres Schädelhirntrauma. Fahrtüchtigkeit war zum fraglichen Zeitpunkt nicht gegeben.«

So weit, so gut, dachte Jo. Doch das schwierigste Stück Arbeit stand ihm noch bevor.

Er warf einen Blick auf seine Uhr. Es waren knapp zehn Minuten vergangen.

Er musste sich beeilen. Hastig schob er die Akte in den Ordner zurück und legte ihn wieder auf den Stapel.

Draußen schien es weiter ruhig zu sein.

Unsicher trat er auf die grauen Stählkästen zu, die in die Wand eingelassen waren.

Er hatte ein flaues Gefühl im Magen. Hatte er nicht genug herausgefunden?

Er zögerte. Schließlich gab er sich einen Ruck. Er musste wissen, ob er recht hatte.

Rasch trat er auf den ersten Kasten zu und zog ihn auf.

Er wurde kreidebleich. Auf der Bahre lag ein totes Kind. Augenblicklich schlug er den Kasten wieder zu.

Kalter Schweiß stand ihm auf der Stirn. Er lehnte sich an die Wand. Nur mühsam kämpfte er den Impuls nieder wegzulaufen. Ein weiterer Kasten war leer, im dritten lag ein alter Mann. Beim vierten Versuch wurde er fündig. Obwohl er in der Akte ein Foto gesehen hatte, erwies sich die Realität als um ein Vielfaches schlimmer. Strohms Gesicht war entsetzlich verunstaltet. Die Nase schien völlig deformiert, die halbe Stirn war weggerissen.

Angewidert wandte Jo den Blick ab.

Das Gefühl, sich gleich übergeben zu müssen, wurde stärker. Er holte tief Luft und atmete langsam ein und aus. Es fiel ihm schwer, sich auf seine Aufgabe zu konzentrieren. Obwohl er nicht mehr nach oben sah, wusste er, dass das halb zerfetzte Gesicht von Strohm ihn über Wochen verfolgen würde. Der Körper war mit Abschürfungen und blauen Flecken übersäht, sah aber nicht so schlimm aus wie der Kopf. Er konzentrierte sich auf die Arme, die vergleichsweise wenig abbekommen zu haben schienen.

Am rechten Unterarm, genau wie Mark es vermutet hatte, wurde er fündig. Eine Einstichstelle, um die sich ein blauer Fleck gebildet hatte. Angesichts der vielen Wunden des Toten war sie kaum zu sehen und fiel bestimmt nicht auf, wenn man nicht danach suchte.

Jo trat zur Seite und schob die Lade wieder zu.

Er brauchte unbedingt frische Luft. In dem Moment wurde der Alarm abgeschaltet.

Bestimmt war die Feuerwehr auf dem Weg nach unten, durchfuhr es ihn.

Mit einem Satz war er an der Tür und spähte hinaus auf den Flur.

Niemand war zu sehen.

Er rannte auf die weißen Schwingtüren zu, stieß sie auf und glitt in die dunkle Ecke unter dem Treppenabsatz. Dort war er nicht zu sehen. Jo hatte sich seinen Fluchtweg vorher genau eingeprägt. Sein Herz pochte ihm bis zum Hals.

Keine Sekunde zu früh. Mit lautem Poltern kam ein Trupp Feuerwehrleute nach unten gestampft. Jo hörte, wie sie die Türen aufrissen und nach dem Brandherd suchten. Die Minuten zogen sich hin. Schließlich kamen zwei Feuerwehrmänner wieder heraus und gingen nach oben. Noch auf der Treppe rief einer von beiden:

»Fred, du hattest recht, es war ein Fehlalarm. Irgendein Spaßvogel hat den Feuermelder eingedrückt! Wir haben ihn deaktiviert.«

Nach einigen weiteren Minuten hörte er viele Schritte. Die Rechtsmediziner kehrten an ihre Arbeitsplätze im Keller zurück. Ihre Gespräche drehten sich um den Aufreger des Nachmittags und um die Frage, wer wohl den Feueralarm ausgelöst haben mochte.

Jo wartete eine weitere Viertelstunde ab, bevor er sein Versteck verließ und sich über die Treppe nach oben wagte. Als er die Halle betrat, straffte er die Schultern.

Er fühlte sich hundeelend, hoffte aber, dass wenigstens ein bisschen von seiner Gesichtsfarbe zurückgekehrt war. Ruhig, den Blick gerade nach vorne gerichtet, schritt er auf den Ausgang zu. Als er auf Höhe der Pforte angelangt war, grüßte er und ging zügig vorbei. Der Pförtner erwiderte seinen Gruß mechanisch, wobei er nicht einmal von seiner Zeitung aufblickte.

Als Jo auf der Straße war, sog er begierig die frische Luft ein. Mein Gott, hatte Strohm schlimm ausgesehen! Jo lief es eiskalt den Rücken hinunter, als er daran dachte.

Auf dem Weg zurück zu seinem Auto wurde er von drei Einsatzfahrzeugen überholt.

Die Feuerwehr rückte ab. Jo hoffte inständig, dass nie herauskam, was er sich heute in der Rechtsmedizin geleistet hatte. Wahrscheinlich wäre eine Anzeige wegen Hausfriedensbruch und groben Unfugs das Mindeste gewesen.

Er grinste unsicher. Wenigstens hatte er den Rechtsmedizinern eine Abwechslung verschafft.

Er blickte auf die Uhr.

Es war Zeit, sich auf den Weg zu seinem zweiten Termin an diesem Nachmittag zu machen. Der versprach wesentlich weniger aufregend zu werden. Über das Internet hatte er eine Firma herausgesucht, die moderne Überwachungstechnik anbot. Ihr Sitz lag in einem schmucklosen grauen Gebäude im Gewerbegebiet. Dort ließ er sich ausführlich beraten.

Gleich nebenan gab es ein Geschäft, das Fenster und Türen verkaufte. Er gab vor, dass er ein älteres Haus renovieren wolle, und ließ sich eine Reihe moderner Fenster vorführen und genau erklären. Der Verkäufer witterte ein größeres Geschäft und gab sich alle erdenkliche Mühe, machte allerdings ein langes Gesicht, als Jo sich am Ende artig für die gute Beratung bedankte, jedoch meinte, er müsse sich das Ganze in Ruhe überlegen.

Als er sich schließlich auf den Heimweg machte, war er sehr zufrieden. Alles, was er noch tun musste, war, ein Mosaiksteinchen in seinem Bild zu überprüfen. Wenn er damit richtig lag, konnte er zum Angriff übergehen.

Nachdem er zu Hause etwas gegessen hatte, ging er in den Schuppen hinüber, in dem sich sein Hobbyraum befand. Eine gute halbe Stunde bohrte, hämmerte und schraubte er an einem Hilfsmittel, das er für seinen nächsten Schritt brauchte. Als er fertig war, begutachtete er sein Werk und prüfte, ob es über ausreichend Stabilität verfügte. Es sah nicht sehr professionell aus, würde aber seinen Zweck erfüllen. Zumindest hoffte er das.

Gegen 22 Uhr packte er einige Sachen ins Auto und machte sich auf den Weg zu einer weiteren nächtlichen Tour, von der er erst in den frühen Morgenstunden zurückkehrte. Durchgefroren, hundemüde und trotzdem zufrieden mit sich ging er zu Bett. Wenn alles glattging, würde sein Coup in der folgenden Nacht steigen.

KAPITEL 18

Obwohl der Wecker gestellt war, hätte er am nächsten Morgen fast verschlafen.

Die nächtlichen Touren gingen ihm an die Substanz. Ute brachte Nachrichten von Philipp. Sie hatte ihn im Gefängnis besucht. Sie machte sich Sorgen um den Jungen. Obwohl er ihr erklärt hatte, dass er ganz gut zurechtkäme, glaubte sie ihm kein Wort. Er sei noch dünner geworden und schrecklich blass gewesen, meinte Ute und schüttelte den Kopf. Am liebsten wäre sie dageblieben und hätte ihm einen Apfelstrudel gebacken. Jo stellte sich vor, wie Ute das Kommando in der Gefängnisküche übernahm, und musste grinsen.

Er wurde aber gleich wieder ernst.

Ute hatte völlig recht. Es war höchste Zeit, dass sie Philipp freibekamen.

Nach dem Mittagessen rief er bei Horst Baumann an und fragte ihn, ob er am Nachmittag vorbeikommen könne. Er erzählte ihm, dass er seit dem Bankett eines seiner Messer vermisse, und fragte, ob er nachsehen dürfe, ob es in der Kantine auffindbar sei. Horst erwiderte, das sei kein Problem. Köche waren sehr eigen mit ihrem Küchenwerkzeug, weswegen Horst Baumann sich nicht wunderte, dass Jo bereit war, bis nach Frankfurt zu fahren, um nach einem Messer zu suchen.

Wie beim ersten Besuch kam er problemlos hinein. Horst hatte ihn am Tor angemeldet, und als er seinen Namen nannte, wurde er bereitwillig vom Wachmann durchgewinkt. Horst wartete bereits auf ihn.

»Gut, dass du kommst, ich hab nämlich seit zehn Minuten Feierabend.«

Er grinste.

»Wie sieht es aus, dein Messer?«

Jo beschrieb ihm sein Lieblingsmesser. Es war ein Hocho, ein hochwertiges japanisches Messer, das traditionell von Hand gefertigt wurde und unglaublich scharf war. Das Geheimnis der unvergleichlichen Schärfe dieser Unikate lag in einem harten Karbonstahlkern, um den ein oder zwei Eisenlagen schmiedeverschweißt wurden. Jo war sich allerdings sicher, dass sie es nicht finden würden, denn es lag blank geputzt und frisch geschliffen bei ihm zu Hause in der Küche.

Horst bot bereitwillig seine Hilfe bei der Suche an.

»Ich will dich nicht entmutigen, aber ich glaube, ein Hocho wäre mir aufgefallen. Solche teuren Messer haben wir hier nicht«, sagte Baumann.

Nachdem sie eine Weile erfolglos gesucht hatten, gaben sie auf.

»Hier scheint es nicht zu sein«, bedauerte Baumann. »Ich fürchte, wenn du es bei uns vergessen hast, taucht es sowieso nicht mehr auf. Du weißt ja, dass ich ein Langfingerproblem habe.«

»Kann man nichts machen«, erwiderte Jo und machte ein enttäuschtes Gesicht. »Trotzdem vielen Dank!«

»Dafür nicht, ist doch selbstverständlich.«

»Kann ich schnell um die Ecke verschwinden und mir die Hände waschen?«, fragte Jo.

Horst Baumann nickte verständnisvoll und grinste.

»Zweite Tür auf der linken Seite. Ich warte vorne in der Halle auf dich.«

Nachdem Jo die Tür zur Toilette hinter sich geschlossen hatte, überprüfte er, ob er alleine war. Dann öffnete er das Fenster.

Die Toilette lag auf der rückwärtigen Seite des Gebäudes, sodass man einen freien Blick auf die Büsche hatte, die direkt an das weitläufige Werksgelände angrenzten. Das Gebäude war auf einem rund 50 Zentimeter hohen Sockel aufgesetzt. Trotzdem lag das Fenster nicht mehr als eineinhalb Meter über dem Rasen.

Nachdem er sich vergewissert hatte, dass er nicht von draußen beobachtet wurde, zog Jo einen Schraubenzieher aus seiner Tasche, schraubte die Metallschienen für die Schließvorrichtung vom Rahmen ab und legte sie aufs Fensterbrett.

Die Schrauben steckte er sorgfältig in eine Schachtel, die er mitgebracht hatte.

Anschließend zog er drei Streifen Doppelklebeband heraus und klebte die Metallschienen vorsichtig fest. Dabei achtete er darauf, dass sie sich genau an der richtigen Stelle befanden. Moderne Fenster waren erstaunlich einfach konstruiert. Er hatte sich am Vortag eine Reihe von unterschiedlichen Modellen angesehen und festgestellt, dass sie alle dem gleichen Prinzip folgten. Die Metallhalterung am Fensterrahmen funktionierte wie eine Schiene. Am unteren Ende war sie unterbrochen und ließ eine Öffnung frei. Am Fenster gab es ein entsprechendes Gegenstück, das sich in die Schiene einpasste. Wurde der Fenstergriff gedreht, glitt ein Stift an der Schiene entlang nach unten bis zur Öffnung, und man konnte das Fenster aufmachen.

Nachdem er überprüft hatte, ob die Halterungen richtig saßen, schloss er das Fenster und drehte den Fenstergriff vorsichtig zu.

Er war zufrieden. Die Aktion hatte keine fünf Minuten gedauert. Er hatte am Vorabend zu Hause mehrfach an einem Fenster geübt, bis er schnell genug war. Die Schachtel und den Schraubenzieher steckte er ein.

Horst Baumann hatte geduldig in der Halle auf ihn gewartet. Sie verabschiedeten sich, und Jo machte sich auf den Heimweg.

Den ganzen Abend über war er fahrig und hätte beinahe die Suppe versalzen. Pedro schüttelte den Kopf. Hinter Jos Rücken sah er fragend zu Karl-Heinz und Ute, aber die beiden wussten auch nicht, was mit ihrem Chef los war.

In letzter Zeit wirkte er oft abwesend und war regelrecht nachlässig. So kannten sie ihn nicht. Denn was seine Arbeit anging, war er ein ausgesprochener Perfektionist.

Jo war tatsächlich nicht bei der Sache. Sein geplanter nächtlicher Ausflug lag ihm schwer im Magen. Am liebsten hätte er das Ganze sofort hinter sich gebracht.

Der Abend schien sich endlos hinzuziehen, aber schließlich verabschiedeten sich die letzten Gäste. Die Bedienungen deckten rasch die Tische für den nächsten Tag. Dann kehrte Ruhe im »Waidhaus« ein.

Jo ging nach oben in seine Wohnung und zog sich um. Er tauschte seine weiße Kochmontur gegen eine schwarze Jeans und einen dunklen Rollkragenpullover.

Dazu hatte er sich schwarze Turnschuhe und eine dunkle Skimütze gekauft. Das heißt, eigentlich war es gar keine Skimütze, sondern eine Haube, die man unter den Motorradhelm anziehen konnte. Er holte eine Werkzeugtasche mit verschiedenen Schraubenziehern und einer Kombizange aus seinem Hobbyraum. Außerdem legte er sich eine Taschenlampe und einen dunklen Rucksack zurecht, den er einmal als Werbegeschenk bekommen hatte. Der

Vertreter hätte bestimmt gestaunt, wenn er gewusst hätte, wofür der Rucksack in Einsatz kommen würde, dachte Jo und grinste unsicher.

Er selbst allerdings auch nicht.

Zum Schluss holte er sein Nachtfernglas aus dem Schrank. Er hatte es ursprünglich gekauft, um Tiere zu beobachten, kam aber selten dazu. Die letzten beiden Nächte hatte es ihm wertvolle Dienste geleistet. Er überprüfte, ob er nichts vergessen hatte, und verstaute die Ausrüstung im Rucksack. Anschließend ging er nach unten, legte den Rucksack in den Wagen und holte die Spezialkonstruktion aus dem Hobbyraum, die er am Tag zuvor gebastelt hatte.

Kritisch beäugte er sie. Hoffentlich hielt sie der Anforderung stand.

Als Letztes verstaute er eine Aluminiumleiter im Wagen, an die er ein rund zwei Meter langes Seil geknotet hatte. Die Leiter hatte nur zwei Stufen und war primär für den Einsatz in der Wohnung gedacht, zum Beispiel beim Auswechseln einer Glühbirne.

Um kurz nach zwölf rollte der Volvo knirschend über die Schotterausfahrt des »Waidhauses« und verschwand in der Nacht.

Jo hatte es sich so gut es ging in seinem Versteck gemütlich gemacht. Ab und zu spähte er durch sein Fernglas. Er befand sich wenige Meter von dem Metallzaun entfernt, der im fahlen Mondlicht silbern glänzte. Es war eine sternenklare Nacht. Sobald die Augen sich an die Dunkelheit gewöhnt hatten, konnte man ganz gut sehen. Zumindest würde er nicht über jede Bodenunebenheit stolpern, dachte er zufrieden. Mit dem Rucksack, der Leiter und den beiden mit Scharnieren zusammengehaltenen Brettern war ihm der Weg durch das dichte Gebüsch schwergefallen. Er hatte den Wagen rund 500 Meter entfernt an einem Weg geparkt und sich anschließend quer durchs Gebüsch geschlagen. Mehrfach wäre er fast gestolpert, konnte sich aber jedes Mal abfangen.

Jetzt lag er auf der Lauer und beobachtete die beiden Wachleute, die hinter der großen Scheibe in dem hell erleuchteten Pförtnerhäuschen saßen und sich angeregt unterhielten. Er hatte sie die letzten beiden Nächte beobachtet und wusste daher, dass sie einem genauen Zeitplan folgten. Alle zwei Stunden, mit einer Abweichung von maximal zehn Minuten, ging einer von beiden auf Patrouille. Er machte, mit einer großen Taschenlampe bewaffnet, erst eine Runde um das dunkle Verwaltungsgebäude. Danach verschwand er im Gebäudeinneren. Der Kegel der Taschenlampe tauchte nach und nach in den einzelnen Büros und in der Kantine auf: zuerst im Erdgeschoss, dann im ersten Stock und schließlich im zweiten Stock. Offensichtlich gab es für die Wachleute die Anweisung, nicht das Licht im Gebäude einzuschalten.

Nach einer guten halben Stunde war der Kontrollgang beendet, und der Wachmann marschierte zurück zum Pförtnerhäuschen. Dort unterhielten die beiden sich, blätterten in der Zeitung oder sahen fern.

Jo hatte sich entschieden, das Zeitfenster zwischen zwei und vier Uhr morgens zu nutzen. Er schätzte, dass er mindestens eine Stunde Zeit haben würde, um in Ruhe nach dem Versteck zu suchen. Irgendwie konnte er selbst nicht glauben, was er hier tat: Er war drauf und dran, einen Einbruch zu begehen!

Gegen zwei Uhr machte sich einer der beiden Wachleute, wie erwartet, auf den Weg zu seinem Kontrollgang.

Jo war nervös und warf alle zwei Minuten einen Blick auf seine Uhr. Die Zeit verstrich quälend langsam. Schließlich tauchte der Mann wieder auf und verschwand im Pförtnerhäuschen.

Jo wartete fünf Minuten, dann erhob er sich aus seinem Versteck, schnallte sich den Rucksack um, streifte seine Sturmhaube über und zog seine Handschuhe an.

Für einige Augenblicke verharrte er im Schatten der mannshohen Büsche.

Die letzte Gelegenheit, es sich anders zu überlegen.

Er gab sich einen Ruck. Er hatte so viel Zeit und Mühe in die Vorbereitungen investiert!

Während er stundenlang in seinem Versteck gelegen hatte, war er wieder und wieder den Ablauf durchgegangen. Jeder Handgriff musste sitzen. Er hatte sich eine Stelle ausgesucht, an welcher das Gebüsch bis auf zwei Meter an den Zaun um das Werksgelände heranreichte. Der Zaun bestand aus dünnen Metallpfosten, die am oberen Ende nach innen gebogen und mit drei Reihen Stacheldraht bewehrt waren.

Zum Glück schien das Verwaltungsgebäude nicht so gut gesichert zu sein wie die Forschungsanlagen, die hell ausgeleuchtet und rundherum mit Kameras überwacht wurden. Hier gab es, soweit er sehen konnte, keine Kameras und nur einige wenige, weit auseinanderstehende Lampen, die das Gelände notdürftig erhellten.

Zwischen seinem Versteck und dem Pförtnerhäuschen gab es einige Büsche, die er als Sichtschutz nutzen konnte. Er schätzte, dass er bis zur Rückseite des Gebäudes mindestens 100 Meter zurücklegen musste.

Der Zaun war fast so groß wie Jo. Deswegen hatte er die Leiter mitgebracht. Er stellte sie auf den Boden, stieg nach oben und legte seine selbst gebastelte Bretterkonstruktion über einen der Pfosten. Er hatte zwei rund 30 Zentimeter breite und ebenso lange Bretter mit drei Scharnieren so zusammengeschraubt, dass man sie wie ein flexibles Dach nutzen konnte. Das Ganze sah arg wackelig aus. Er hoffte inständig, dass er mit seinem Gewicht nicht den Stacheldraht herausriss und sich beim Herunterfallen darin verfing. Er griff nach dem Seil, das er an der Leiter befestigt hatte, holte tief Luft und stieg langsam mit einem Bein über den Zaun. Vorsichtig setzte er sich auf die beiden Bretter, die ihn vor dem Stacheldraht schützen sollten. Es knirschte gewaltig, als die spitzen Haken des Stacheldrahtes daran kratzten. Der Draht spannte sich unter seinem Gewicht und knarzte verdächtig. Mit dem linken Fuß stand er auf der obersten Leitersprosse. Jetzt kam der schwierigste Teil. Vorsichtig stieß er sich mit dem Fuß ab und saß auf seinem Bretterdach. Er versuchte sich mit dem Bein am Zaun abzustützen, um nicht das Gleichgewicht zu verlieren. Der Draht unter ihm ächzte bedenklich, als er die Leiter vorsichtig an dem Seil nach oben zog. Er musste höllisch aufpassen, nicht den Halt zu verlieren. Mühsam balancierte er hin und her. Nachdem er die Leiter hochgezogen hatte, schob er sie vor sich über den Zaun und ließ sie an der anderen Seite wieder hinunter. Er hatte sie festgestellt, sodass sie unten wieder aufgeklappt zum Stehen kam. Er musste sie noch etwas nach links ziehen, was sich auf dem wackeligen Brett als schwierig erwies. Um ein Haar wäre er abgerutscht, konnte sich aber abfangen.

Er fluchte.

Schließlich hatte er die Leiter in die richtige Position bugsiert, setzte den rechten Fuß sachte auf und schwang das andere Bein über den Zaun. Geschafft! Unter der warmen Haube lief ihm der Schweiß den Nacken hinunter. Er nahm sein Klappbrett vom Zaun und legte es zusammen mit der Leiter hinter einen Busch in der Nähe.

Vorsichtig sah er sich um und sondierte die Lage. Obwohl er endlos lange gebraucht hatte, schienen die Wachleute nichts bemerkt zu haben. Er schlug einen Bogen in die entgegengesetzte Richtung und schlich sich vorsichtig an das Gebäude heran, das schemenhaft vor ihm lag. So gut es ging, nutzte er Büsche und Sträucher als Sichtschutz.

Die Kantine lag im hinteren Teil des Gebäudes. Er hatte bei seinem letzten Besuch die Fensterfront genau abgezählt, damit er im Dunklen das präparierte Fenster finden konnte. Leise pirschte er sich an und lauschte erneut, ob er ein Geräusch hören konnte. Dann drückte er vorsichtig gegen das Fenster. Nichts tat sich. Es blieb fest geschlossen. Er versuchte es ein zweites Mal – wieder ohne Erfolg.

Seine ohnehin strapazierten Nerven waren zum Zerreißen gespannt. Für den Bruchteil einer Sekunde befürchtete er, dass seine Manipulation an dem Fenster entdeckt worden war. Verzweifelt drückte er dagegen. Plötzlich gab es mit dumpfen Ratschen nach. In selben Moment löste sich eines der Scharniere vom Rahmen und fiel mit lautem Scheppern auf den Fliesenboden im Inneren. Jo erstarrte vor Schreck. Er lauschte gebannt in Richtung des Pförtnerhäuschens. Das Blut rauschte in seinen Ohren.

Worauf hatte er sich nur eingelassen?

Bereit, beim geringsten Laut sofort die Flucht zu ergreifen, verharrte er vor dem offenen Fenster. Entgegen seiner Befürchtungen blieb es ruhig. Schließlich wagte er sich an den Einstieg. Mehrmals versuchte er sich am Rahmen hochzuziehen, rutschte aber immer wieder ab. Er wurde ungeduldig und nahm am Ende so viel Schwung, dass er kopfüber durchs Fenster nach innen fiel und fast in der offenen Toilettenschüssel gelandet wäre. Er rappelte sich auf und sah sich um. Dann zog er die Taschenlampe aus seinem Rucksack, knipste sie an und suchte das Fensterscharnier, das auf den Boden gefallen war.

Danach zog er das Kästchen mit den Schrauben und einen Schraubenzieher aus dem Rucksack und machte sich daran, die Scharniere zu befestigen. Das war gar nicht so einfach, denn er brauchte beide Hände und konnte deswegen die Lampe nicht mehr benutzen. Mühselig musste er sich an die richtige Stelle tasten und die Schrauben festdrehen. Nach einigen Minuten hatte er es geschafft.

Er machte das Fenster zu, schlich zur Tür, öffnete sie leise und lauschte hinaus auf den Flur. Sein Herz schlug ihm bis zum Hals. Er spürte, wie seine Hände pulsierten. Jetzt, da er im Gebäude war, sollte er sicher sein, versuchte er sich zu beruhigen. Der nächste Kontrollgang der Wachleute stand frühestens in einer Stunde an.

In der Kantine angekommen, schaltete er seine Taschenlampe ein und sah sich um.

Er hatte sich in dem Geschäft für Sicherheitstechnik ausführlich beraten lassen.

Dem Verkäufer hatte er erzählt, dass er Küchenchef in einer Kantine sei und sie Probleme mit einem Dieb hätten. Deswegen sei er am Überlegen, ob er nicht heimlich eine Überwachungskamera installieren solle. Der Verkäufer zeigte ihm daraufhin eine Auswahl seiner Kameras. Jo war erstaunt, wie kompakt diese Geräte inzwischen geworden waren. Das kleinste, aber auch teuerste Gerät hätte man gut in einer Streichholzschachtel verstecken können. Selbst mit einer Batterie, die zwei Wochen im Dauerbetrieb hielt, waren die Geräte nicht viel größer als ein normales Handy. Man musste sich auch nicht mehr mit Kabeln und Aufzeichnungsgeräten herumschlagen. Die Kameras waren mit einem Funksender ausgerüstet, der die Bilder bis zu zwei Kilometer weit übertragen konnte.

Dort musste man nur einen Computer an den Empfänger anschließen und konnte die Übertragung direkt aufzeichnen und danach auf einen Speicherstick ziehen.

Alles, was man brauchte, war ein unauffälliges Versteck für die Kamera.

Jo hatte dem Verkäufer eine Skizze der Kantine von Pro Health Pharma gegeben und hatte gefragt, wo man die Kamera am besten verstecken könnte. Der Mann erwärmte sich sichtlich für die Aufgabe und schilderte ihm ausführlich, welche zahlreichen Möglichkeiten es gab, unauffällig eine Überwachungskamera zu installieren. Dabei musste man allerdings darauf achten, dass das Sichtfeld ausreichend groß war und der Raum so gut wie möglich erfasst wurde.

Der Verkäufer empfahl, die Kamera oben an der Decke in einer der Ecken zu platzieren. Von da aus könne man den größten Teil des Raumes überwachen.

Jo hielt seine Taschenlampe nach oben und leuchtete die Decke ab. Es gab eine Sichtblende, die allerdings nicht ausreichend Platz für ein Versteck bot. Zuerst inspizierte er die Ecken, dann leuchtete er die Leiste ab – nichts. Als Nächstes sah er auf den Schränken nach, die in der Ecke standen. Dazu musste er auf einen Stuhl steigen. Aber auch dort wurde er nicht fündig.

Ratlos blickte er sich in dem Raum um. Wo konnte Strohm eine Überwachungskamera versteckt haben? Mit zunehmender Ungeduld sah er noch einmal in jede Ecke und überprüfte jedes mögliche Versteck, welches der Verkäufer ihm genannt hatte. Doch so sehr er sich bemühte, er konnte nichts finden. Wütend stampfte er auf den Boden. Die Kamera musste einfach da sein! Sonst machte seine Theorie keinen Sinn!

Als er drauf und dran war aufzugeben, fiel sein Blick auf eine der hässlichen, weißen Lampen, die rundherum an der Wand hingen. Sie waren halbhoch befestigt und erinnerten ihn an Bullaugen auf einem Schiff. Jo fragte sich, wieso jemand derart hässliche Lampen in einer Kantine anbrachte. Sie waren kreisrund, fast zehn Zentimeter hoch und hatten eine undurchdringliche Milchglasfärbung, sodass sie wahrscheinlich kaum Licht gaben. Die typische Idee eines Innenarchitekten, der von der Arbeit in einer Küche keine Ahnung hatte, dachte Jo. Wenn man mit einer rasiermesserscharfen Klinge hantierte, wollte man genau sehen, was man gerade machte, und brauchte deswegen helle Strahler.

Er trat an die nächstgelegene Lampe heran und untersuchte sie gründlich.

Bei der dritten wurde er fündig. In der Mitte, direkt neben der Schraube, mit der man den weißen Glaskörper abmontieren konnte, entdeckte er ein unscheinbares Loch. Er holte einen Schraubenzieher aus seinem Rucksack und machte sich daran, die Lampe aufzuschrauben. Nachdem er die Schraube gelöst hatte, hob er den Glaskörper ab und legte ihn auf den Boden. Am unteren Rand gab es eine 40-Watt-Glühbirne in einer Metallfassung. Jo hatte jedoch nur Augen für die Minikamera, die in der Mitte mit einer Halterung befestigt war. Es war alles da: eine Batterie, eine Sendeantenne und die Kamera selbst.

Ehrfurchtsvoll betrachtete Jo seine Entdeckung. Am liebsten hätte er einen Luftsprung gemacht.

Jo sah vor seinem inneren Auge, wie sich das Ganze abgespielt haben musste. Nachdem der Werkschutz bei der Suche nach dem Dieb in der Kantine keine Erfolge vorweisen konnte und die Überwachungskamera am Einspruch des Betriebsrats gescheitert war, hatte Kronlechner Strohm den Auftrag geben, heimlich eine Kamera zu installieren. Den Dieb hatte Strohm damit nicht gefangen. Aber er hatte etwas anderes aufgenommen. Etwas sehr viel Schwerwiegenderes. Die Kamera hatte einen Mord gefilmt!

Vermutlich war Strohm nach Philipps Festnahme auf die Idee gekommen, er könne die Aufzeichnung an einen Fernsehsender verkaufen. Wie groß musste seine Überraschung gewesen sein, als er sich die Aufzeichnung ansah und feststellte, von wem das Gift in die Eistorte gemischt worden war. Strohm musste sofort klar gewesen sein, auf welche Goldader er gestoßen war. Statt zur Polizei zu gehen, beschloss er, Silvia Kronlechner zu erpressen. Dabei hatte er die junge Frau offensichtlich unterschätzt. Ein Umstand, der ihn das Leben gekostet hatte.

Jo hätte zu gerne gewusst, wie viele Kopien es von der Aufzeichnung gab und ob es Silvia Kronlechner gelungen war, sie alle zu finden und zu vernichten. So oder so, sie konnte nicht sicher sein, dachte er und lächelte. Er schraubte den Glaskörper der Lampe wieder fest und verstaute den Schraubenzieher in seinem Rucksack.

Unvermittelt ging draußen das Licht an. Jo konnte den Schimmer durch den Spalt unter der Tür sehen. Er hörte Schritte, die im Flur widerhallten.

Er war starr vor Schreck.

Die Schritte kamen rasch näher und hielten vor der Tür zur Kantine an.

Im letzten Moment schaffte Jo es, sich hinter der Anrichte in der Mitte des Raumes abzuducken. Die Tür wurde aufgerissen, jemand knipste das Licht an.

Die Kantine war hell erleuchtet.

Der Unbekannte machte einige Schritte in den Raum hinein und kam zielgerichtet auf die Anrichte zu. Panisch sah Jo sich nach einem Fluchtweg um. Sollte er versuchen zum Fenster zu kommen, es aufreißen und hinausspringen?

Sollte er auf den Mann zustürzen, das Überraschungsmoment nutzen und an ihm vorbei durch die Tür entkommen?

Was aber, wenn der Mann bewaffnet war? Oder wenn der zweite Wachmann draußen auf dem Flur absicherte? Die Gedanken rasten durch Jos Kopf.

Er war so sicher gewesen, dass die Wachmänner ihn nicht gesehen hatten!

Hatten sie doch das Scheppern der Metallschiene auf dem Fliesenboden gehört und die Polizei gerufen?

Die Schritte kamen näher und näher. Jos Lage wurde immer verzweifelter. Es konnte sich nur noch um Sekunden handeln, bevor der Wachmann ihn entdeckte! Instinktiv spannte er die Muskeln an und machte sich bereit zum Kampf. Gerade, als er drauf und dran war, sich auf den Unbekannten zu stürzen, hörte er jemanden rufen.

Der Mann blieb stehen.

Die Tür wurde geöffnet, und ein zweiter Mann steckte den Kopf herein.

»Du kannst aufhören zu suchen, Jürgen. Ich hab's gefunden.«

»Wo war's denn?«

»Vorne, in der Halle. Muss mir wohl aus der Tasche gefallen sein, als ich die Tür zum Garten kontrolliert habe.«

»Was musst du auch immer dein blödes Smartphone mit dir herumschleppen?«, knurrte der zweite Wachmann und ging zur Tür.

»Na, wenigstens können wir uns den Kontrollgang sparen«, meinte sein Kollege versöhnlich.

Das Licht wurde gelöscht, und die Tür fiel hinter den Männern ins Schloss. Dann war Jo allein. Er spürte, dass ihm seine Hand wehtat. Sie hatte sich so fest um den Griff der Taschenlampe verkrampft, dass es ihm schwerfiel, locker zu lassen. Sein Herz pochte so laut, dass er meinte, man müsse es im ganzen Raum hören. Er versuchte ruhig und gleichmäßig zu atmen, um seine Nerven in den Griff zu bekommen.

Nachdem er eine Viertelstunde im Dunklen ausgeharrt hatte, wagte er sich aus seinem Versteck und schlich zur Tür. Er lauschte, ob er etwas hören konnte, aber das Gebäude lag in nächtlicher Ruhe da.

Nachdem er sich vorsichtig heruntergelassen hatte, zog Jo das Toilettenfenster so gut es ging hinter sich zu. Er hoffte, dass am nächsten Morgen niemandem auffallen würde, dass es nur angelehnt war.

Er lauschte in Richtung des Pförtnerhäuschens. Alles ruhig. Er atmete tief durch und verschwand unbemerkt auf dem gleichen Weg, wie er gekommen war. Als er alles im Wagen verstaut hatte, setzte er sich ein paar Minuten hinter das Steuer und lehnte sich zurück. Er war fix und fertig.

Als er zu Hause ankam, war er so erschöpft, dass er sofort in einen tiefen Schlaf fiel und erst aufwachte, als er die Mädchen vom Service unten in der Gaststube rumoren hörte.

KAPITEL 19

Am nächsten Tag ließ er sich alles in Ruhe durch den Kopf gehen.

Für ihn bestand kein Zweifel mehr daran, dass Silvia Kronlechner drei Morde begangen hatte. Trotzdem fehlte nach wie vor ein konkreter Beweis, mit dem man sie überführen konnte. Alles, was er hatte, waren Indizien und eine schlüssige Theorie. Würde das reichen, um Philipp freizubekommen?

Insgeheim musste er den Hut vor Silvia Kronlechner ziehen. Sie hatte es geschafft, nicht nur ihren Mann, sondern auch ihren Komplizen und Liebhaber sowie einen Erpresser ins Jenseits zu befördern, ohne dabei einen Beweis zu hinterlassen, der sie mit den Verbrechen in Verbindung bringen konnte. Wirklich clever. Wäre nicht die Kamera gewesen, von der sie nichts wissen konnte, hätte es keine Möglichkeit gegeben, ihr den Mord an ihrem Mann nachzuweisen.

Jo fragte sich, warum sie ihn getötet hatte. Ging es ihr nur darum, an sein Millionenerbe zu kommen? Oder gab es andere Gründe?

Er schüttelte den Kopf. Für ihn war es unbegreiflich, wie ein Mensch für Geld töten konnte. Er überlegte hin und her, was er als Nächstes tun sollte. Eigentlich hätte er die Polizei einschalten müssen. Aber was sollte er Milde erzählen? Dass er bei Pro Health Pharma eingebrochen war und eine Überwachungskamera entdeckt hatte? Dass

Olaf Strohm, ein dubioser Privatermittler, nicht bei einem selbst verschuldeten Verkehrsunfall, sondern durch einen gezielt gespritzten Alkohol- und Beruhigungsmittelcocktail bewusstlos gemacht und dann mit seinem Wagen einen steilen Hang hinuntergeschoben worden war? Oder dass Silvia Kronlechner ihren mutmaßlichen Liebhaber, der ihr bei der Ermordung ihres Mannes geholfen hatte, mittels eines künstlich herbeigeführten Herzstillstands aus dem Weg geräumt hatte? Hauptkommissar Milde würde ihn wahrscheinlich in die nächstgelegene Psychiatrie einweisen lassen.

Nein, damit würde er Philipp nicht helfen! Er musste Silvia Kronlechner selbst überführen. Da sie die Aufzeichnung, die sie in der Kantine zeigte, inzwischen höchstwahrscheinlich vernichtet hatte, blieb ihm nur eine Möglichkeit: ein Bluff.

Entschlossen griff er zum Hörer.

Sie kam gerade aus dem Garten, als das Telefon klingelte.

»Spreche ich mit Silvia Kronlechner?«, fragte eine ihr unbekannte Männerstimme.

»Ja.«

»Ich habe eine Kopie der Aufzeichnung.«

Silvia Kronlechner stockte der Atem. Hatte dieser Alptraum nie ein Ende? Sie fühlte Panik in sich aufsteigen. Mit eiserner Disziplin zwang sie sich, ruhig und überlegen zu klingen.

»Ich weiß nicht, wovon Sie sprechen«, erwiderte sie kühl. »Wer sind Sie überhaupt?«

»Ich bin ein stiller Teilhaber von Olaf Strohm«, sagte der Unbekannte. Seine Stimme klang eigenartig flach. Wenn Silvia Kronlechner noch einen Funken Hoffnung gehabt hatte, dass es sich um einen schlechten Scherz handelte, war er schlagartig erstorben.

»Ich kenne niemanden, der so heißt«, behauptete sie ohne große Überzeugungskraft.

»Spielen Sie kein Spiel mit mir!« Die Stimme klang auf einmal sehr bedrohlich. »Ich weiß, was Sie in der Küche getan haben.«

»Ich habe keine Ahnung, wovon Sie sprechen«, sagte sie tonlos.

»Sie wissen genau, was ich meine«, zischte die Stimme böse.

»Wenn Sie nicht wollen, dass die Aufzeichnung an die Polizei geht, sollten Sie mit mir sprechen.«

Die Drohung war unverhohlen. Ihre Gedanken rasten. Woher konnte der Mann davon wissen? Sie hatte alle Aufzeichnungen vernichtet und den Speicher gelöscht! Das durfte nicht sein, schrie es in ihr. Sie fühlte, wie ihr die Situation zu entgleiten drohte. Ihre Hände verkrampften sich. Ruhig blieben, hämmerte sie sich ein. Du musst ruhig bleiben!

»Was wollen Sie?«, fragte sie mit schwacher Stimme.

»Schon besser«, antwortete der Mann zufrieden. »Was ich Ihnen zu sagen habe, sollten wir besser persönlich besprechen. Kennen Sie den Rastplatz an der B 420 zwischen Wörrstadt und Nierstein?«

Sie bejahte.

»Kommen Sie heute Abend um neun Uhr dorthin. Seien Sie pünktlich, ich warte nicht gerne.«

»Wie erkenne ich Sie?«, fragte sie.

»Sie werden es wissen, wenn Sie mich sehen«, erklärte der Unbekannte geheimnisvoll. Dann legte er auf.

Silvia Kronlechner setzte sich langsam hin und ließ den Hörer aus der Hand gleiten.

Sie fühlte sich leer, fast wie in Trance. Nachdem sie gedacht hatte, sie habe endlich alles hinter sich gelassen, kehrte der Alptraum zurück.

Sie spürte, wie der dunkle Sog sie nach unten zog. Wie eine Schlafwandlerin führten sie ihre Schritte ins Badezimmer. Die weißen Kacheln tanzten vor ihren Augen.

Sie zog eines der Schubfächer heraus und nahm eine Pille aus der Schachtel.

Sie sah harmlos aus.

So klein und unscheinbar.

Man konnte ihr Gewicht kaum spüren, wenn man sie in der Hand hielt.

Sie musste sie nur von der Hand in den Mund wandern lassen.

Eine winzige Handbewegung …

Und dann wäre sie alle Sorgen los – für immer.

Sie betrachtete ihr Gesicht im Spiegel. Eine blonde Strähne fiel ihr in die Stirn.

Wer war diese blasse Frau mit dem leeren Gesichtsausdruck und den glanzlosen blauen Augen?

Auf einmal hörte sie wieder seine Stimme. Er verhöhnte sie und lachte sie aus.

Sie würde es nie zu etwas bringen! Sie war schwach – wie ihre Mutter. Immer wieder hatte ihr Vater ihr das eingetrichtert. Sie war zwölf Jahre alt, als ihre Mutter starb. Die Zeit war schrecklich für sie. Mit ihrer Mutter verschwand der letzte Rest Freude aus ihrem Leben. Sie vermisste sie unsagbar und weinte viel. Doch statt sie zu trösten, schrie ihr Vater sie an, sie solle mit der ewigen Flennerei aufhören und sich um den Haushalt kümmern. Da hatte sie aufgehört zu weinen. Sie versuchte, es ihrem Vater recht zu machen, aber egal, was sie tat, er war nie zufrieden. Sie bemühte sich verzweifelt, seine Liebe oder wenigstens seine Anerkennung zu gewinnen. Aber so sehr sie sich auch anstrengte, mehr als Hohn und Spott hatte er nie für sie übrig.

Besonders schlimm war es, wenn er betrunken war. Und er war oft betrunken.

Unwillkürlich fröstelte sie.

Sie versuchte, die lähmenden Gedanken abzuschütteln. Er hatte es nicht geschafft, sie kleinzukriegen. Je mehr er sie verhöhnte, umso mehr spornte es sie an. Sie wurde Klassenbeste und brachte nur Einsen nach Hause. Die Anerkennung, die er ihr versagte, versuchte sie sich woanders zu holen. Sie kämpfte darum, sich seinem negativen Einfluss zu entziehen. Je älter sie wurde, umso mehr sah sie, was für eine armselige Kreatur er selbst war. Aus Furcht und Erniedrigung wurde Verachtung.

Sie verachtete ihn für das, was er war und wie er lebte. Mit der Zeit begann sie ihn zu hassen. Sie hasste ihn dafür, was er ihrer Mutter angetan hatte, und sie hasste ihn dafür, was er ihr antat. Statt sich um sie zu kümmern und sie zu unterstützen, versuchte er sie nach unten zu ziehen. Nach unten in diese schmutzige Welt aus Bier, fettigem Essen und stumpfsinnigem Fernsehen.

Sie führte ihm weiter den Haushalt, aber heimlich bereitete sie ihre Flucht vor.

Sie übersprang sogar eine Klasse, nur um die Schule mit 18 Jahren abschließen zu können. Sie hatte sich hinter seinem Rücken um ein Stipendium beworben, das sie mit einem Schlag von ihm unabhängig machen würde.

Sie fieberte dem Tag entgegen, an dem sie volljährig wurde und ihn endlich für immer verlassen konnte. Sie schloss das Abitur als Jahrgangsbeste ab, aber er bekam es nicht einmal mit. In der Schule log sie, ihr Vater sei auf

Montage und könne deswegen nicht bei der Abiturfeier dabei sein.

Sie hatte sich nie um Freundschaften bemüht. Sie schämte sich viel zu sehr für ihren Vater, als dass sie jemanden mit nach Hause gebracht hätte. Sie war als eiskalte Streberin verschrien, aber das war ihr nur recht. Sie brauchte niemanden und war alleine stark genug.

An ihrem 18. Geburtstag vergaß er sogar, ihr zu gratulieren. Oder es war ihm egal.

Da er wieder einmal arbeitslos geworden war, verbrachte er die Zeit meistens mit seinen Saufkumpanen in irgendeiner Kneipe. Sie packte die wenigen Sachen zusammen, die ihr gehörten – ein paar Kleidungsstücke und Fotos von ihrer Mutter.

Sie legte ihm einen Zettel auf den Küchentisch. Darauf stand ein einziger Satz:

»Ich gehe weg und will dich nie wiedersehen. Silvia.«

Sie hatte die Tür hinter sich ins Schloss gezogen und Erleichterung gespürt.

Den Wohnungsschlüssel warf sie in den Briefkasten und ging davon, ohne sich ein einziges Mal umzudrehen. Der Mann, der biologisch ihr Vater war, hatte für sie aufgehört zu existieren. Doch er verfolgte sie noch Jahre später in ihren Träumen, mit seiner gehässigen Stimme und seiner boshaften Verachtung.

Voller Ehrgeiz hatte sie sich in ihr Studium der Medizin gestürzt. Immer war sie die Jüngste, immer war sie die Fleißigste, immer war sie die Beste. Zum ersten Mal in ihrem Leben erfuhr sie Anerkennung. Während ihrer Schulzeit hatte sich nie ein Junge für sie interessiert. Das änderte sich nun. Aus dem dürren blonden Mädchen mit der dicken Brille war eine hübsche junge Frau geworden.

Sie begann mehr auf ihr Äußeres zu achten und kleidete sich figurbetonter. Sie tauschte ihre alte Brille gegen Kontaktlinsen, wodurch ihre geheimnisvollen blauen Augen besser zur Geltung kamen.

Die Männer standen Schlange, um mit ihr auszugehen. Und je kühler und abweisender sie sie behandelte, umso mehr buhlten sie um ihre Gunst.

Zum ersten Mal in ihrem Leben spürte sie, wie es war, Macht zu besitzen. Sie ließ die Männer zappeln und gab ihnen nie ein eindeutiges Zeichen. Auf mehr als eine oberflächliche Beziehung ließ sie sich ohnehin mit niemandem ein. Ihr Studium stand an erster Stelle. Dabei verlor sie nie ihr Ziel aus den Augen: Sie brannte darauf, so schnell wie möglich zu Geld zu kommen. Sie wollte nie wieder in ihrem Leben von einem Mann abhängig sein.

Als sie ihr Studium als Jahrgangsbeste abgeschlossen hatte, standen ihr alle Türen offen. Die Arbeitgeber rissen sich um sie, und sie konnte aus einer Fülle von Angeboten auswählen. Sie entschied sich, in die Forschung zu gehen. In dem Bereich wurde nicht nur am besten bezahlt, er verhieß auch die schnellsten Aufstiegschancen.

Ihren aktuellen Freund ließ sie zusammen mit ihrer Studienstadt Hamburg hinter sich und zog an den Rhein, um eine Stelle bei Pro Health Pharma anzutreten. Sie arbeitete wie besessen und stieg bald zur Abteilungsleiterin auf. Zwei Jahre später brachte sie es sogar zur stellvertretenden Forschungschefin. Sie war 28 Jahre alt, schön, geheimnisvoll und überaus intelligent. Es war nur eine Frage der Zeit, bis Hans Kronlechner auf den neuen Star seiner Forschungsabteilung aufmerksam wurde.

Schon bei ihrer ersten Begegnung war der erfolgreiche Unternehmer von der jungen Frau fasziniert. Er begann ihr den Hof zu machen. In bewährter Manier ließ sie ihn zuerst abblitzen, was ihn umso mehr anspornte. Kronlechner war zu dieser Zeit Mitte 40, ein attraktiver und erfolgreicher Geschäftsmann, der sein Unternehmen mit eiserner Hand führte. Trotzdem konnte er charmant plaudern und strahlte eine Weltläufigkeit aus, die ihre Wirkung auf die junge Frau nicht verfehlte. Zum ersten Mal in ihrem Leben war sie einem Mann begegnet, der ihr ebenbürtig erschien. Und zum ersten Mal verliebte sie sich.

Kronlechner war Feuer und Flamme. Er überschüttete sie mit Geschenken und nahm sie mit auf seine Reisen, um sie seinen Geschäftspartnern zu präsentieren. Er trennte sich von seiner Frau und zog mit ihr zusammen. Ein Jahr später, nachdem seine Scheidung abgeschlossen war, heirateten die beiden.

Silvia Kronlechner war zum ersten Mal in ihrem Leben rundum glücklich.

Doch das junge Glück bekam bald Risse. Nachdem sie anfangs weiter in der Forschungsabteilung gearbeitet hatte, drängte Kronlechner darauf, dass sie aus dem Unternehmen ausscheiden solle. Davon war vor ihrer Ehe nie die Rede gewesen.

Seit sie zwölf Jahre alt war, hatte sie hart gearbeitet und wusste gar nicht, was sie mit ihrer Zeit hätte anfangen sollen. Doch Kronlechners Drängen wurde stärker. Schließlich gab sie widerwillig nach.

Die erste Zeit war schrecklich für sie. Kronlechner war den ganzen Tag weg und sie alleine zu Hause. Erst nach und nach bekam sie über ihren Mann Zugang zu den gesellschaftlichen Kreisen, in denen er als führender Unternehmer verkehrte.

Sie lernte Geld auszugeben und ein luxuriöses Leben zu führen. Die Menschen in ihrer Umgebung hofierten sie. Sie fand Gefallen an der Rolle, die ihr Mann ihr zugedacht hatte. Doch bald gab es neue Probleme: Kronlechner wollte unbedingt Kinder. Auch das war für sie eine böse Überraschung. In der trostlosen Vorstadtsiedlung, in der sie aufgewachsen war, hatte sie gesehen, wie Frauen durch ihre Kinder abhängig wurden. Die Männer brachten das Geld nach Hause und kontrollierten damit das Leben der Familien. Die Frauen mussten den Haushalt führen und um jeden Cent Haushaltsgeld kämpfen. Sie hatte sich geschworen, nie selbst Kinder zu bekommen. Kronlechner ließ jedoch nicht locker. Er setzte sie massiv unter Druck. Deswegen gab es oft Streit zwischen ihnen.

Schließlich gab sie scheinbar nach, nahm aber heimlich weiterhin die Pille.

Als sie nach einem Jahr noch nicht schwanger war, wurde Kronlechner gehässiger. Er ließ die Maske des charmanten Mannes von Welt fallen und zeigte sein wahres Gesicht, für das er im Unternehmen berüchtigt und gefürchtet war – das des tyrannischen Despoten.

Nach außen spielten sie weiter das perfekte Traumpaar, in Wirklichkeit wurde ihre Ehe jeden Tag mehr zur Hölle für sie. Kronlechner begann, wie früher ihr Vater, sie zu beschimpfen und zu verhöhnen. Er bezeichnete sie als nutzloses Luxusweib, das nicht einmal zum Kinderkriegen tauge, und drohte ihr damit, sie vor die Tür zu setzen.

Ihre anfängliche Bewunderung für ihn schlug in Abneigung und schließlich in blanken Hass um. Ihn einfach zu verlassen, kam für sie nicht in Frage. Kronlechner hatte beim Abschluss der Ehe auf einen Ehevertrag bestanden, der ihr im Fall der Scheidung nur für einige Monate

Unterhalt garantierte. Danach wäre sie auf sich allein gestellt gewesen. Ihre Karriere, die so glänzend begonnen hatte, war durch ihn zerstört. Sie hätte woanders von vorn anfangen müssen. Dazu kam, dass sie sich an das gesellschaftliche Ansehen und das angenehme Leben an der Seite eines erfolgreichen Unternehmers gewöhnt hatte.

In dieser Zeit wurde ihr ehemaliger Chef, Heiko Raue, eine echte Stütze für sie. Bereits, als sie noch im Unternehmen arbeitete, hatte er aus seinem Interesse für sie keinen Hehl gemacht. Schnell kamen sie sich näher. Über ihre Beziehung hinaus einte sie ein gemeinsames Ziel: Beide wollten Hans Kronlechner loswerden.

Heiko Raue hasste ihren Mann fast genauso wie sie selbst. Er war zu dem Zeitpunkt fast 20 Jahre bei Pro Health Pharma beschäftigt und hatte sich von ganz unten bis an die Spitze der Forschungsabteilung hochgearbeitet. Viele der Patente, mit denen das Unternehmen gutes Geld verdiente, gingen auf seine Arbeit zurück. Kronlechner hatte ihm mehrfach in Aussicht gestellt, ihn eines Tages für seine Verdienste am Unternehmen zu beteiligen. Aber die Jahre vergingen, und Kronlechner hielt ihn hin. Gleichzeitig stellte er immer höhere Anforderungen. Raue arbeitete Tag und Nacht, bis an den Rand der Erschöpfung und darüber hinaus. Die Quittung für diesen Raubbau an seiner Gesundheit war ein Herzinfarkt, der ihn fast das Leben gekostet hätte. Statt auf seine gesundheitlichen Probleme Rücksicht zu nehmen, setzte Kronlechner ihn weiter unter Druck. Er drohte sogar, ihn zu entlassen, wenn er nicht wie bisher vollen Einsatz brächte. Von einer Beteiligung am Unternehmen war nicht mehr die Rede.

Silvia Kronlechner hätte nicht sagen können, wer von ihnen beiden als Erster damit angefangen hatte. Auf einmal war er da: der Gedanke, Hans Kronlechner zu töten.

Zuerst waren sie selbst darüber erschrocken, aber je konkreter sie sich damit beschäftigten, umso mehr verlor der Gedanke seinen Schrecken. Das Tabu war gebrochen. Mord wurde zu einer realen Option. Sie entwickelten zahlreiche Pläne, wie sie ihn umbringen konnten, verwarfen sie aber immer wieder. Jeder gewaltsame Tod hätte den Verdacht sofort auf die Witwe und Haupterbin gelenkt. Ein Herzinfarkt wäre ebenfalls verdächtig gewesen, denn Kronlechner war kerngesund und ließ sich regelmäßig untersuchen.

Silvia Kronlechner war fast so weit, sich vom Plan, ihren Mann zu töten, zu verabschieden, als ihr die Lösung völlig unerwartet in den Schoß fiel.

Sie hatte mitbekommen, dass ihr Mann seit einiger Zeit Drohbriefe erhielt.

Das war an und für sich nichts Ungewöhnliches, denn er war in der Wahl seiner Mittel nicht zimperlich. Im Lauf der Jahre wurde er immer wieder bedroht.

Diesmal war es jedoch anders, denn die Briefe kamen nicht per Post, sondern wurden vor der Haustür ihrer Villa in Ingelheim abgelegt. Manchmal klemmten sie an der Scheibe von Kronlechners Wagen. Die Nähe des anonymen Schreibers empfand Silvia Kronlechner als bedrohlich. Ihr Mann lachte dagegen darüber und lehnte es ab, die Polizei einzuschalten, obwohl sein Sicherheitschef darauf drängte.

Eines Tages kam sie früher als sonst vom Tennisspielen zurück und sah einen jungen Mann ums Hauseck verschwinden. Obwohl sie nur einen Blick auf ihn erhaschte, erkannte sie ihn sofort wieder. Sein blasses, sommersprossiges Gesicht und seine roten Haare waren ihr in Erinnerung geblieben – von einem Besuch in einem Restaurant in der Nähe, in dem der junge Bursche in der Küche arbeitete.

Hans Kronlechner hatte ihn einmal an den Tisch kommen lassen, um ihm ein großzügiges Trinkgeld zu geben, weil ihm die Eistorte, die der junge Mann zubereitet hatte, so gut schmeckte.

Als sie ausstieg, bemerkte sie, dass ein weiterer Drohbrief vor der Haustür lag.

Im ersten Moment war sie so erstaunt darüber, dass sie glaubte, sie habe sich getäuscht. Warum sollte ein Jugendlicher, der kaum 18 sein konnte, ihrem Mann Drohbriefe vor die Türe legen?

Statt ihren Mann darüber zu informieren, beauftragte sie eine Privatdetektei, Erkundigungen über den jungen Mann einzuziehen. Die Nachforschungen förderten eine alte Geschichte zutage, bei der Hans Kronlechner mit gewohnter Skrupellosigkeit vorgegangen war und offensichtlich eine Familie um ihr Weingut gebracht hatte.

Es war wie ein Wink des Schicksals: Die Chance, auf die sie so lange gewartet hatte, schien gekommen.

Der 50. Geburtstag ihres Mannes bot dafür die ideale Gelegenheit. Sie beauftragte das Restaurant, in dem der junge Mann arbeitete, das Geburtstagsbankett zu organisieren. Das erwies sich als gar nicht so einfach. Im »Waidhaus« war nur eine Handvoll Köche beschäftigt, und der Chef des Jungen wollte den Auftrag erst nicht annehmen. Sie musste ihren ganzen Charme einsetzen und ihn mit einem lukrativen Angebot locken.

Sie schmeichelte seinem Ego, dass sie genau jemanden wie ihn gesucht habe, um für dieses besondere Ereignis zu kochen. Geschickt brachte sie die Episode ins Spiel, dass ihr Mann tagelang von der Eistorte geschwärmt habe, und bestand darauf, dass derselbe Koch die Eistorte zubereiten und als Dessert-Überraschung für ihren Mann servieren sollte.

Ihr war klar, dass es nicht möglich sein würde, für 300 Gäste Eistorte aufzufahren. Wie von ihr vorhergesehen, schlug Jo Weidinger von sich aus vor, nur für ihren Mann eine Eistorte und für die restlichen Gäste ein anderes Dessert zuzubereiten. Auch dass sie das Bankett ins Freie verlegte und die Speisen draußen vor den Gästen gekocht wurden, war ein wichtiger Bestandteil ihres Plans. So hatte sie freie Bahn, um das Gift in die Torte zu mischen.

Weidinger sträubte sich zuerst, da er die Abläufe für zu kompliziert und aufwendig hielt. Schließlich fügte er sich. Sie hatte sich das Rezept für die Eistorte besorgt und wusste daher genau, dass sie nur in der Küche im Gebäudeinneren zubereitet werden konnte, da es draußen dafür zu warm gewesen wäre. Um sicherzustellen, dass der junge Mann allein sein würde, engagierte sie fünf Köche weniger als mit Weidinger vereinbart. Alles klappte wie am Schnürchen: Aufgrund der knappen Personalausstattung stand Weidinger so unter Druck, dass er keine Minute Luft hatte, um nach seinem Jungkoch in der Kantine zu sehen.

Zusammen mit Heiko Raue setzte sie ihren Plan um. Ursprünglich hatte sie ihn nicht einweihen wollen, aber er hätte sofort gewusst, dass sie ihre Finger im Spiel gehabt hatte. Deswegen machte sie ihn zu ihrem Komplizen. Er besorgte auf einer seiner Dienstreisen nach Osteuropa nicht nur das Gift, er lockte Philipp Meissner auch aus der Küche. Damit war der Weg für sie frei.

Raue sollte zudem den Verdacht auf den jungen Mann lenken. Alles lief nach Plan: Schnell fand die Polizei das

Giftfläschchen in seiner Jackentasche, und er wurde verhaftet. Niemand hegte den leisesten Verdacht gegen die trauernde Witwe. Alles hätte perfekt sein können, doch dann begannen die Dinge aus dem Ruder zu laufen. Heiko Raue stellte Forderungen. Er wollte, dass sie ihm so schnell wie möglich die Leitung des Unternehmens übertrug und ihn an der Firma beteiligte. Außerdem redete er dauernd von einer gemeinsamen Zukunft. Sogar das Wort Ehe fiel. Sie hatten vorher vereinbart, sich für eine gewisse Zeit nicht zu treffen, aber Raue hielt sich nicht daran. Er setzte sie ständig unter Druck und bestand darauf, sie jederzeit sehen zu können, obwohl ihre Beziehung unter keinen Umständen öffentlich werden durfte.

Ihr wurde klar, dass er sie nicht loslassen würde. Er wollte sie besitzen und sie in die gleiche Abhängigkeit zwingen wie Hans Kronlechner. Ihr blieb keine andere Wahl: Sie musste ihn ebenfalls aus dem Weg räumen.

Vordergründig gab sie seinem Drängen nach und versprach ihm, sich mit ihm in seiner Wohnung bei Ingelheim zu treffen. Allerdings erst spät in der Nacht, damit sie nicht gesehen würde. Heiko Raue war in aufgekratzter Stimmung und sah sich bereits als neuer Chef von Pro Health Pharma. Zusammen als Paar würden sie das Unternehmen auf eine neue Basis stellen, schwärmte er und trug ihr kühne Expansionspläne vor. Was sie wollte und was ihre Pläne waren, interessierte ihn überhaupt nicht.

Es war ein Leichtes, ihm das Mittel in seinen Whiskey zu schütten. Seine Ärzte hatten ihn wiederholt davor gewarnt, ein erneuter Herzinfarkt sei nur eine Frage der Zeit, wenn er nicht kürzerträte. Doch Raue hielt sich nicht an ihren Rat und arbeitete weiter wie besessen. Das spielte ihr in die Hände: Niemand würde daran zweifeln, dass er einem stressbedingten Herzinfarkt zum Opfer gefallen war.

Einige Minuten später zuckte er zusammen, fasste sich an seine Brust und fiel zu Boden. Er konnte noch sprechen und flehte sie um Hilfe an. Ungerührt verfolgte sie sein verzweifeltes Bemühen, zum Telefon zu kriechen. Er kam nicht einmal einen Meter. Wie beim Tod ihres Mannes verspürte sie keinerlei Mitleid. Nur eine kalte Befriedigung.

Ein weiterer Mann, der geglaubt hatte, er könne sie beherrschen und ihr seinen Willen aufzwingen. Endlich war sie frei. Nie wieder würde sie von jemandem abhängig sein!

Umso größer war der Schock, als sie einige Tage später einen Speicherstick erhielt, auf der außen auf der Hülle lediglich ein Satz stand.

»Ich weiß, was Du getan hast.«

Sie wusste sofort, dass es etwas mit dem Tod ihres Mannes zu tun hatte.

Mit fahrigen Bewegungen hatte sie den Stick in den Computer gesteckt, die Datei geöffnet und war kalkweiß geworden.

Sie war in der Küche gefilmt worden! Wie war das möglich?

Sie verfiel in Panik. Ihr erster Impuls war, die Koffer zu packen und ins Ausland zu flüchten. Doch nach dem ersten Schock setzte ihr Verstand ein.

Ihr wurde klar, worauf es der Unbekannte abgesehen hatte: Erpressung.

Er ließ sie zwei Tage zappeln, dann stand er vor ihrer Tür.

Als sie ihn sah, wusste sie sofort, dass er es war.

Sie kannte den Mann flüchtig. Es handelte sich um einen Privatdetektiv, der ab und zu für ihren Mann arbeitete.

Bereits bei ihrer ersten Begegnung hatte er einen dubiosen Eindruck auf sie gemacht. Sie konnte nicht verstehen, dass ihr Mann, ein erfolgreicher Unternehmer, mit so einem Menschen verkehrte. Aber nach einiger Zeit war ihr klar geworden, warum: Er erledigte für Hans Kronlechner die Schmutzarbeit.

Erst jetzt fiel ihr ein, dass ihr Mann erwähnt hatte, in der Kantine würde gestohlen und dass Mertens nicht in der Lage sei, den Dieb zu fassen.

Offensichtlich hatte Strohm, so hieß der Detektiv, im Auftrag ihres Mannes in der Kantine eine Überwachungskamera installiert. Wahrscheinlich hatte er sich nicht träumen lassen, welchen Fang er damit machen würde.

Strohm forderte eine unfassbare Summe für sein Schweigen: fünf Millionen Euro.

Sie erklärte ihm, dass sie unmöglich so viel Geld aufbringen könne, aber er lachte sie aus und erwiderte, sie könne selbstverständlich in Raten bezahlen, er sei ja kein Unmensch.

Ihr war klar, dass es nicht bei den fünf Millionen bleiben würde. Strohm hätte sie bis an ihr Lebensende erpresst. Damit ließ er ihr keine andere Wahl, als ihn zu töten. Sie hatte keinerlei Skrupel, was Strohm betraf. Er war ein verkommenes Subjekt. Sie würde der Gesellschaft einen Dienst erweisen, wenn sie ihn auslöschte.

Sie vereinbarten, sich spät abends an einer einsamen Stelle in den Weinbergen für die Übergabe der ersten »Rate« zu treffen. Strohm war vorsichtig. Aber nicht vorsichtig genug. Als er den Koffer mit dem Geld öffnete, übermannte ihn für einen Augenblick die Gier. Er beugte sich nach unten, um das Geld zu zählen. Darauf hatte sie gewartet. Sie betäubte ihn mit einer Impfpistole, wie sie in den Versuchslaboren für die Tiere benutzt wurde. Man musste sie nur an der richtigen Stelle an der Vene am Hals ansetzen, eine Nadel schoss heraus, und das Beruhigungsmittel wurde mit Druck injiziert. Sie hatte einen K.o.-Cocktail zusammengemischt, der fast augenblicklich Wirkung zeigte. Strohm schaffte es zwar, sich umzudrehen und auf sie zuzutaumeln, aber dann sackte er zusammen. Sie war sich sicher, dass die Einstichstelle niemandem auffallen würde.

Mühsam schleppte sie ihn zu seinem Wagen und setzte ihn auf die Beifahrerseite.

Den Treffpunkt hatte sie mit Bedacht ausgewählt. Seit sie nicht mehr arbeitete, blieb ihr viel Zeit, und sie fuhr oft ziellos mit ihrem Cabrio durch die Gegend. Dabei lernte sie die Umgebung immer besser kennen. Die schmale Straße durch den Weinberg wurde abends praktisch nicht genutzt. Die Gefahr, entdeckt zu werden, war sehr gering.

Strohm hatte sich zuerst mit ihr in einer Kneipe treffen wollen, aber das lehnte sie ab. Sie sagte ihm, sie wolle auf keinem Fall mit ihm zusammen gesehen werden, um nicht irgendwelchen Verdacht aufkommen zu lassen. Das Argument überzeugte Strohm. Nachdem sie überprüft hatte, dass er bewusstlos war, fuhr sie mit ihm zu der Stelle, die sie ausgewählt hatte. Sie stieg aus, zog ihn auf den Fahrersitz und nahm seinen Wohnungsschlüssel an sich. Dann spritzte sie ihm Alkohol ins Blut. Sie legte eine halb volle Wodkaflasche sowie zwei Schachteln mit Medikamenten, in denen die Wirkstoffe enthalten waren, mit denen sie ihn betäubt hatte, in den Wagen. Nachdem sie sich vergewissert hatte, dass sie alleine waren, löste sie die Handbremse und ließ den Wagen die abschüssige Strecke nach unten rollen. An der Kurve schoss der Wagen über die Fahrbahn hinaus und verschwand in der Tiefe. Auf dem Weg nach unten überschlug er sich mehrfach und riss eine breite Schneise in den Hang. Sie wartete ab, ob jemand den Unfall bemerkt hatte. Als es ruhig blieb, machte sie sich auf den Weg nach unten und vergewisserte sich, dass Strohm tot war. Er hatte sich einen Schädelbasisbruch zugezogen, der gesamte Schädel war aufgerissen. Angewidert wandte sie sich ab.

Strohm lebte allein, sodass sie nicht befürchten musste, auf eine Frau oder Freundin zu treffen. Sie fuhr zu seiner Wohnung, durchsuchte sie und löschte die entsprechenden Dateien von seinem Computer. Die Kopien, die er gemacht hatte, nahm sie an sich und zerstörte sie später. Es kostete sie fast die halbe Nacht, seine Wohnung zu durchsuchen. Dummerweise konnte sie nicht restlos sicher sein, ob er nicht woanders eine zusätzliche Kopie versteckt hatte. Aber dieses Risiko musste sie eingehen.

Auf dem Rückweg fuhr sie an der Unfallstelle vorbei. Es war fast vier Uhr morgens. Der Unfall war bis dahin noch nicht entdeckt worden. Das machte es einfacher. Sie stieg zu dem Toten hinunter und steckte die Wohnungsschlüssel wieder in seine Tasche.

Sie hatte gehofft, dass sie nun endlich frei sein würde. Aber ihre Hoffnung hatte sie getrogen. Während sie ihr blasses Gesicht im Spiegel betrachtete, kehrte ihr Wille zu kämpfen zurück. Ihr Vater hatte unrecht! Sie war nicht schwach! Und sie würde nicht aufgeben. Nicht nachdem, was sie durchgemacht hatte.

Sie schob die Pille zurück in die Schachtel und sah auf die Uhr. Es blieb ausreichend Zeit. Sie musste sicherstellen, dass es keine weiteren Mitwisser gab. Ein Plan formte sich in ihrem Kopf. Ein schmales Lächeln umspielte ihre Lippen.

Diesmal würde die Lösung endgültig sein.

KAPITEL 20

Jo stand auf dem Rastplatz und wartete. Es dämmerte. Die Umrisse der Bäume um ihn herum begannen mit dem aufziehenden Nachthimmel zu verschmelzen. Weiter hinten standen einige Müllcontainer. Trotzdem lagen leere Safttüten und eingedrückte Bierdosen herum, achtlos auf den Boden geworfen von Parkern, denen selbst die paar Meter zu weit erschienen.

Der Rastplatz grenzte an ein Waldstück. Zur Straße hin wuchs eine dichte Hecke mit Büschen, sodass man Jo von der Fahrbahn aus nicht sehen konnte.

Nicht, dass es viel Unterschied gemacht hätte. Um diese Zeit fuhr hier oben ohnehin kaum jemand entlang. Immer wieder blickte er ungeduldig auf die Uhr. Zwei Minuten vor neun. Würde sie kommen?

Er hörte ein Knacken im Wald hinter sich und fuhr erschrocken herum. Gespannt lauschte er in Richtung der dunklen Bäume, aber es war nichts weiter zu hören.

Er überlegte, ob er sich in den Volvo setzen sollte. Plötzlich hörte er Motorgeräusche. Ein paar helle Scheinwerfer kamen rasch näher. Ein Mercedes-Cabrio bog auf den Rastplatz ein. Einige Meter hinter Jos Wagen kam es zum Stehen. Die Lichter erloschen. Eine dunkel gekleidete Gestalt stieg aus und kam zögernd näher. Als sie fast auf seiner Höhe war, trat er hinter seinem Wagen hervor und machte einen Schritt auf sie zu.

Silvia Kronlechner erkannte ihn sofort.

»Sie?«, rief sie überrascht aus.

»Ja, ich.«

»Was tun Sie hier?«, fragte sie verwirrt.

»Wir haben eine Verabredung«, entgegnete er süffisant.

Sie zögerte.

»Woher kennen Sie Olaf Strohm?«, wollte sie wissen.

»Wir waren gute Freunde«, log Jo. »Wir sind einige Jahre zusammen auf einem Kreuzfahrtschiff gefahren, bevor er abgeheuert hat und Detektiv geworden ist. Er hat mir den Tipp gegeben, hier im Rheintal mein Restaurant zu eröffnen.«

Sie sah ihn misstrauisch an.

»Was wollen Sie?«, fragte sie.

Jo wich ihrem Blick aus.

»Tja«, meinte er, »ich will ehrlich zu Ihnen sein. Ich brauche Geld. Mein Restaurant läuft nicht gut. Die schlechte Wirtschaftslage merken wir leider in der Spitzengastronomie immer zuerst.«

Er sah sie listig an.

»Und dann ist da diese dumme Geschichte mit meinem Lehrling. Seit sich herumgesprochen hat, dass er ihren Mann ermordet haben soll, sind die Reservierungen regelrecht eingebrochen.«

Traurig schüttelte er den Kopf.

»Ich weiß bald nicht mehr, wie ich meine Mitarbeiter bezahlen soll.«

Wieder sah er sie mit unschuldigem Gesichtsausdruck an.

»Was geht das mich an?«, antwortete sie und warf ihm einen abfälligen Blick zu.

Jo räusperte sich.

»Ich dachte, dass Sie mir finanziell unter die Arme greifen könnten.«

»Sie sind verrückt? Warum sollte ich das tun?«

»Weil Sie Ihren Mann ermordet haben und es meinem Lehrling in die Schuhe schieben wollen. Dadurch bin ich erst in diesen Schlamassel geraten.«

»Ich weiß nicht, wovon Sie sprechen«, erwiderte sie kühl. »Ich glaube, ich werde die Polizei rufen.«

»Ha!«, rief Jo aus. »Die werden sich freuen, wenn ich Ihnen die Aufzeichnung zeige.«

»Was für eine Aufzeichnung?«

»Na die, auf der zu sehen ist, was Sie in der Kantine getan haben«, stieß Jo hervor. »Das Video, das beweist, dass Sie eine Mörderin sind.«

»Sie haben gar nichts in der Hand. Das ist alles ein Bluff.«

Sie sah ihn herausfordernd an. Diese Frau war clever, dachte er. Jetzt durfte er keinen Fehler machen! Er grinste selbstsicher.

»Wissen Sie, Olaf hat allerlei Geschäfte gemacht, die nicht astrein waren. Aber er war ein guter Kumpel von mir. Er hat mir ab und zu etwas zur Aufbewahrung gegeben, das er später wieder abgeholt hat.«

Er blickte ihr ins Gesicht. Sie zeigte keine Regung.

»Als er so tragisch verunglückt ist, habe ich das Paket aufgemacht und habe hineingesehen. Sie können sich vorstellen, wie überrascht ich war, als ich mir angesehen habe, was auf dem Speicherstick aufgezeichnet ist.«

»Warum sind Sie nicht zur Polizei gegangen?«

Die Frage kam hart und schnell. Jo spürte, dass sie ihn keine Sekunde aus den Augen ließ.

»Das wollte ich zuerst«, sagte er. »Aber dann hätte mir niemand den entstandenen Schaden ersetzt.«

Er schüttelte den Kopf.

»Wissen Sie, der Junge hat mich genug geärgert. Immer aufsässig und vorlaut. Arbeiten wollte er auch nicht richtig. Weiß der Himmel, wieso er Drohbriefe an Ihren Mann geschrieben hat.«

Er machte eine Pause.

»Wahrscheinlich aus Neid oder reiner Boshaftigkeit.«

Für einen Moment hielt er inne.

»Damit hat er mein Lokal in Verruf gebracht. Mir steht das Wasser bis zum Hals!«

Er zuckte mit den Schultern.

»Der Junge hat sich selbst reingeritten. Das hat nichts mit mir zu tun. Er muss selbst sehen, wie er da wieder herauskommt. Und von dem Jungen bekomme ich bestimmt nichts, wenn ich ihm das Video gebe. Bei Ihnen könnte ich mir dagegen vorstellen, dass es Ihnen etwas wert ist, wenn das Material nicht in Umlauf kommt.«

Er konnte sehen, dass sie nicht vollständig überzeugt war.

»Beschreiben Sie mir, was darauf zu sehen ist.«

Jo lächelte böse. Er hatte sie fast! Aber er musste höllisch aufpassen, dass er keinen Fehler machte. Er konnte sich nur auf seine Intuition verlassen.

»Zuerst sieht man Sie von hinten, als Sie hereingekommen sind. Aber dann kann man sie wunderbar erkennen, als Sie sich umgedreht haben, um zu schauen, ob Sie alleine sind.«

Obwohl sie äußerlich kühl zu bleiben versuchte, konnte Jo sehen, dass er einen Volltreffer gelandet hatte. Für den Bruchteil einer Sekunde leuchtete Panik in ihren Augen auf.

»Dann haben Sie ein Fläschchen herausgeholt, das Gift in die Torte gemischt und das Fläschchen in Philipps Jacke gesteckt. Übrigens clever, das mit den Handschuhen in der Handtasche.«

Auch das hatte Jo nur geraten. An ihrer Reaktion konnte er erkennen, dass er wieder ins Schwarze getroffen hatte. Ihre gespielte Selbstsicherheit brach mit einem Mal in sich zusammen.

»Wie viel Geld wollen Sie?«, fragte sie schwach.

Jo zögerte, so, als ob er nicht sicher sei. Dann sagte er: »500.000.«

»Sie sind verrückt, so viel Geld kann ich nicht aufbringen.«

Jo machte ein gönnerhaftes Gesicht.

»Ich bin kein Unmensch. Sie müssen nicht alles auf einmal zahlen.

Fürs Erste würden mir 10.000 Euro reichen. Damit könnte ich meine Bank für eine Weile ruhigstellen. Den Rest können Sie nach und nach bezahlen.«

Für einen Moment schien sie zu schwanken. Ihre Handtasche fiel zu Boden, und Jo bückte sich spontan, um sie aufzuheben. Noch während er in der Bewegung war, wusste er, dass er einen Fehler gemacht hatte. Er ahnte den Stoß mehr, als dass er ihn sah. Instinktiv ließ er sich zurückfallen, um der spitzen Nadel auszuweichen, die haarscharf an seinem rechten Auge vorbeizischte. Er fiel so unglücklich auf seinen rechten Arm, dass er einen heftigen Schmerz verspürte. Der zweite Angriff kam ebenso schnell wie der erste. Es war ein Kampf auf Leben und Tod! Obwohl er wusste, was sie getan hatte, hatte er den gleichen Fehler gemacht wie Strohm.

Er hatte sie unterschätzt!

Silvia Kronlechner war groß und sportlich. Als ihr erster Versuch fehlgegangen war, hatte sie sich auf ihn gestürzt und drückte mit ihrem Knie gegen seinen Kehlkopf.

Jo röchelte und bekam kaum Luft. Verzweifelt versuchte er mit der linken Hand die spitze Nadel aufzuhalten, die seiner Halsschlagader bedrohlich nahe kam. In ihren Augen glitzerte die blanke Mordlust! Wie besessen drang sie auf ihn ein.

Das Knie schnürte ihm die Kehle weiter zu. Verzweifelt versuchte er sie abzuwehren. Er spürte, wie seine Kräfte schwanden. Ihm wurde fast schwarz vor Augen. Auf einmal war der Druck weg. Er bekam Luft und hustete heftig. Silvia Kronlechner war regelrecht hysterisch und schlug wild um sich.

Drei Beamte waren nötig, um sie zu Boden zu ringen und ihr Handschellen anzulegen.

Jo sah Hauptkommissar Mildes väterliches Gesicht über sich und fühlte sich unendlich erleichtert.

»Wo waren Sie so lange?«, krächzte er vorwurfsvoll. Seine Stimme war belegt.

»Sind Sie verletzt?«, wollte Milde besorgt wissen.

Er half Jo hoch, der sich an seinen schmerzenden Hals fasste.

»Es war dunkler auf dem Rastplatz als gedacht«, meinte der Hauptkommissar entschuldigend.

»Wir haben nicht richtig gesehen, dass sie Sie angegriffen hat. Es ging alles wahnsinnig schnell. Und es sind ein paar Meter zu laufen.«

Milde hatte sich mit seinen Leuten hinter den Müllcontainern versteckt. Jo war froh, dass er die Polizei informiert hatte. Der Anruf war ihm nicht leichtgefallen. Milde tobte, als er von Jos eigenmächtigem Vorgehen erfuhr. Er drohte ihm an, ihn wegen Erpressung und Behinderung der Justiz zu verhaften. Nach einer Weile beruhigte er sich und hörte sich Jos Geschichte an. Er stellte viele Fragen. Danach schwieg er für eine Weile und dachte nach.

Vor allem die Tatsache, dass sich Silvia Kronlechner nicht bei der Polizei gemeldet hatte, gab den Ausschlag. Hätte sie nichts zu verbergen gehabt, wäre sie bestimmt zur Polizei gegangen. Dem Argument konnte sich der Hauptkommissar nicht verschließen. Nachvollziehbarerweise wollte er Jo bei dem Treffen mit Silvia Kronlechner durch einen seiner Beamten ersetzen.

Aber Jo log und sagte, er habe sich ihr gegenüber bereits zu erkennen gegeben.

Er wollte die Geschichte unbedingt selbst zu Ende bringen. Er musste sich ein weiteres Donnerwetter von Milde anhören, aber letztlich sah der Hauptkommissar ein, dass sie keine andere Wahl hatten. Sie verkabelten Jo und gaben ihm genaue Anweisungen, wie er sich verhalten sollte. Außerdem hatte Milde veranlasst, dass bei Olaf Strohm eine gründliche Autopsie gemacht wurde und sein Wagen kriminaltechnisch untersucht wurde.

Danach besorgte er einen Durchsuchungsbeschluss für Strohms Wohnung. Hätte er nicht von Beginn an Zweifel an der Schuld von Philipp Meissner gehabt, hätte er sich vermutlich nie auf den abenteuerlichen Vorschlag eingelassen. Die Aktion war auch für ihn ein großes Risiko.

Der Hauptkommissar atmete tief durch.

»Geht's wieder?«, fragte er Jo, der sich seinen schmerzenden rechten Arm hielt.

Dieser nickte.

Oberkommissar Arnold kam aus dem Wald auf sie zu. Sie hatten den Überwachungswagen hinter einigen Bäumen versteckt.

»Habt ihr alles drauf?«, wollte Milde von ihm wissen.

»Eins a«, erwiderte Arnold und grinste.

»Tolle Leistung, junger Mann«, meinte er anerkennend zu Jo.

»Hätte jemand von uns nicht besser machen können. Wenn es mit dem Restaurant mal nicht mehr klappt, können Sie sich ja bei uns bewerben.«

Das Lob von Arnold tat ihm gut. Die Anspannung fiel mit einem Mal von ihm ab.

»Wann kommt Philipp frei?«, fragte er unvermittelt.

Die beiden Beamten sahen sich an.

»Bald«, versprach der Hauptkommissar, »aber vorher müssen wir jede Menge Papierkram erledigen.«

EPILOG

Die nächsten Tage verliefen für Jo äußerst turbulent. Er löste sein Versprechen gegenüber Klaus Sandner ein: Das »Rheinische Tagblatt« hatte ihre Exklusivgeschichte!

Die Nachricht, dass Kronlechner von seiner schönen, jungen Frau ermordet worden war, schlug ein wie eine Bombe. Obwohl Sandner auf Jos Drängen seinen Namen aus dem Bericht herausließ und das Hauptaugenmerk auf die erstklassige Arbeit der Polizei legte, stand das Telefon bei Jo nicht mehr still. Heerscharen von Journalisten belagerten das »Waidhaus« und wollten mit Jo sprechen. Der ließ sich verleugnen. Der Rummel um seine Person war ihm zuwider. Für ihn war nur wichtig, dass Philipp freikam. Milde tat sein Bestes, es dauerte jedoch zwei Tage, bis alle Formalitäten geklärt waren und Philipp endlich freigelassen wurde. Staatsanwalt Höhne hatte sich in der Öffentlichkeit sehr weit aus dem Fenster gelehnt und war in argen Erklärungsnöten. Er beharrte darauf, Philipp wenigstens wegen der Drohbriefe, die er an Kronlechner geschrieben hatte, zu belangen.

Mit viel Mühe gelang es Dr. Frank und Hauptkommissar Milde mit vereinten Kräften, den Staatsanwalt zur Einstellung des Verfahrens gegen Philipp zu bewegen.

Immerhin hatte er mehr als fünf Wochen unschuldig in Untersuchungshaft gesessen.

Im Gegenzug erklärte Philipp sich bereit, auf seinen Anspruch auf Haftentschädigung zu verzichten.

Und dann war der große Tag endlich da! Die unscheinbare Tür neben dem Gefängnistor öffnete sich, und Philipp trat hinaus ins Freie. Fast die gesamte Mannschaft aus dem »Waidhaus« war gekommen, um den »verlorenen Sohn« in die Arme zu schließen. Philipp stutzte zuerst, denn er hatte nur mit seiner Mutter und seiner Schwester gerechnet. Ein Strahlen ging über sein Gesicht. Er machte triumphierend das Victory-Zeichen und grinste fröhlich. Seine Mutter und seine Schwester wollten ihn gar nicht mehr loslassen, sodass er am Ende fast verlegen zu seinen Kollegen sah und hilflos mit den Schultern zuckte.

Die Zeit im Gefängnis hatte ihre Spuren hinterlassen. Schmal war er geworden.

Sie würden den Jungen in den nächsten Wochen aufpäppeln müssen, dachte Jo und grinste. Ute würde bestimmt dafür sorgen, dass er ausgiebig mit Apfelstrudel und Streuselkuchen verwöhnt wurde, seinen Lieblingsspeisen.

Als ihm fast alle auf die Schulter geklopft hatten, war die Reihe an Jo, der sich – wie immer, wenn es emotional wurde – dezent im Hintergrund hielt.

Philipp umarmte ihn schnell und flüsterte leise:

»Das werde ich Ihnen nie im Leben vergessen, Chef.«

Dabei blickte er Jo ernst an und drückte ihm die Hand. Philipp war wie er selbst niemand, der seine Gefühle offen zeigte. Wenn er so etwas sagte, war es hundertprozentig ehrlich. Weil er nicht wusste, was er darauf antworten sollte, nickte er nur und lächelte Philipp aufmunternd an.

»Willkommen zurück«, sagte er.

An einem der nächsten Tage informierte Hauptkommissar Milde Jo darüber, was Silvia Kronlechner mit ihm vorgehabt hatte. Die Spritze, mit der sie ihn so vehement angegriffen hatte, enthielt ein starkes Betäubungsmittel, das ihn für Stunden außer Gefecht gesetzt hätte. Im Keller ihrer Villa hatte sie einen Cocktail aus verschiedenen Medikamenten vorbereitet, der nach ersten Ermittlungen dazu dienen sollte, ihn gefügig zu machen. Wie Milde ihm erläuterte, wurden ähnliche Medikamentenkombinationen von Geheimdiensten bei Verhören eingesetzt, um Verdächtige zum Sprechen zu bringen. Informationen darüber konnte man sich über das Internet beschaffen, wenn man wusste, wo man suchen musste.

Milde stockte, als er fortfuhr. Kanister, die im Keller gefunden worden waren, ließen vermuten, dass Silvia Kronlechner geplant hatte, Jo nach dem »Verhör« zu beseitigen und seine Leiche in einem Säurebad aufzulösen. Jo lief es eiskalt den Rücken hinunter, als er das hörte. Er hatte lange hin und her überlegt, ob er die Polizei überhaupt einschalten sollte, denn er befürchtete, dass sie seine Aktion verhindern würde. Am Ende hatte er allerdings kalte Füße bekommen und Hauptkommissar Milde verständigt.

Hätte er das nicht getan, wäre er wahrscheinlich tot und sein Körper dabei, sich in einem Säurebad aufzulösen. Schöne Aussichten, dachte er und schauderte.

Trotz der Fülle der Indizien stritt Silvia Kronlechner alle Vorwürfe ab. Sie behauptete, sie habe nach dem schrecklichen Tod ihres Mannes nicht mehr klar denken können und hätte sich durch Jos Erpressung bedroht gefühlt. Deswegen habe sie ihn betäuben und danach die Polizei rufen wollen. Mit dem Tod ihres Mannes und von Heiko Raue habe sie nichts zu tun. Olaf Strohm kenne sie gar nicht, geschweige denn, dass sie ihn je getroffen habe.

Vielleicht hoffte sie, halbwegs glimpflich aus der Sache herauszukommen, aber obwohl sie alles bis ins Detail geplant hatte und sehr vorsichtig zu Werk gegangen war, wurde die Beweislage immer erdrückender. Die Autopsie von Olaf Strohm ergab zweifelsfrei, dass er zuerst betäubt worden war und erst danach Alkohol in seinen Blutkreislauf gelangt war. Bei der kriminaltechnischen Untersuchung wurden sowohl in seiner Wohnung als auch in seinem Wagen Haare gefunden, die mittels einer gentechnischen Analyse Silvia Kronlechner zugeordnet werden konnten.

Ein weiterer Meilenstein bei der Aufklärung der Morde war, dass es der Polizei gelang, Heiko Raue mit dem Mord an Kronlechner in Verbindung zu bringen. Raue war oft zu Dienstreisen in Russland gewesen. Eine gründliche Überprüfung der wenigen russischen Spezialfirmen, die bestimmte, nur eingeschränkt handelbare pharmakologische und toxikologische Stoffe herstellten, ergab, dass Raue zwei Monate vor Kronlechners Tod 50 Milligramm des Giftes Sarinat erworben hatte. Als Forschungschef eines Pharmaunternehmens konnte er sich die dafür nötige Genehmigung problemlos besorgen.

Der endgültige Durchbruch in den Ermittlungen kam jedoch für alle unerwartet.

Ein Mitarbeiter einer Privatbank in Wiesbaden meldete sich und gab an, einen seiner Kunden auf einem Foto in der Zeitung erkannt zu haben. Es stellte sich heraus, dass Olaf Strohm vor einigen Jahren unter falschem Namen ein geheimes Schließfach eröffnet hatte. Darin fanden die Ermittler nicht nur Aufzeichnungen über eine Reihe dunkler Machenschaften, an denen Strohm beteiligt gewesen war, sondern auch eine große Summe Bargeld, die er im Lauf der

Jahre für »besondere Verdienste« erhalten hatte. Strohm hatte Material gegen Kronlechner gesammelt – vielleicht, um den Unternehmer eines Tages zu erpressen, vielleicht aber auch, um sich selbst abzusichern, falls Kronlechner ihn eines Tages fallen lassen wollte.

Doch was Milde und seine Mitarbeiter am meisten elektrisierte, war ein einzelner Speicherstick, der in dem Schließfach gefunden wurde. Als sie mit der Aufzeichnung konfrontiert wurde, brach Silvia Kronlechner zusammen und legte ein Geständnis ab.

Monate später fand der spektakuläre Prozess statt. Die Presse gab Silvia Kronlechner den Spitznamen »Die schwarze Witwe« und überschlug sich förmlich in der Berichterstattung. Jo musste vor Gericht aussagen und rückte für einen Moment erneut in den Mittelpunkt des öffentlichen Interesses.

Im weiteren Verlauf des Verfahrens schilderte Silvia Kronlechner tränenreich ihre schreckliche Kindheit und versuchte das Gericht milde zu stimmen. Allerdings mit wenig Erfolg. Sie wurde wegen dreifachen Mordes und Mordversuchs in einem weiteren Fall zu mehrfach lebenslang verurteilt. Frühestens in 30 Jahren würde sie die Chance bekommen, begnadigt zu werden.

Dann war sie 62 Jahre alt.

Am Abend des Tages, an dem das Gericht sein Urteil gesprochen hatte, saß Jo an seinem Lieblingsplatz und blickte hinunter auf den Rhein. Es war ein grauer Novembertag, dunkle Wolken hingen über dem Rheintal.

Obwohl er wusste, dass sie geplant hatte, ihn zu töten, empfand Jo keine Befriedigung über das Urteil. Trotz ihrer schrecklichen Taten war auch Silvia Kronlechner ein Opfer.

Ihr Vater hatte sie nicht nur um ihre Kindheit gebracht, er hatte ihre Zukunft zerstört, indem er sie zu dem Menschen gemacht hatte, der sie war.

Lange saß Jo da, sah hinunter auf den Rhein und hing seinen Gedanken nach.

Doch die innere Ruhe, die er sonst hier fand, wollte sich nicht einstellen.

ANMERKUNGEN

Die in diesem Buch enthaltenen Personen und Begebenheiten sind frei erfunden.

»Der Tod kam zum Dessert« ist das erste Buch, das ich je geschrieben habe. Es hat einige Jahre in der Schublade gelegen. Es hat mich immer gereizt, den ersten Fall von Jo Weidinger zu veröffentlichen, denn er erklärt, wie Jo überhaupt dazu gekommen ist, in Mordfällen zu ermitteln. Was mich bei den Recherchen zu diesem Fall besonders bewegt hat, sind die Gespräche mit Menschen, die einige Zeit in Untersuchungshaft verbracht haben. Insbesondere, wenn jemand unschuldig im Gefängnis sitzen muss wie Philipp, ist es bedrückend. Und ich kann Ihnen versichern, solche Fälle kommen auch im echten Leben vor!

DANKSAGUNG

Sehr herzlich danken möchte ich allen Mitarbeiterinnen und Mitarbeitern des Gmeiner-Verlags, insbesondere meiner Lektorin Claudia Senghaas für die gute Zusammenarbeit.

Die Prüfung der rechtsmedizinischen Aspekte hat wieder Dr. Dorothea Hatz vom Institut für Rechtsmedizin der Universitätsmedizin Mainz übernommen, wofür ich an dieser Stelle sehr herzlich Danke sagen möchte.

Zu allen rechtlichen Aspekten des Falles und die Abläufe im Fall einer Festnahme hat mich Peter Lindt beraten. Dafür ein herzliches Dankeschön!

Mein besonderer Dank gilt zudem Rupert für die Zeit, die er sich für mich genommen hat, und die Erkenntnisse, die ich durch ihn gewonnen habe.

DAS REZEPT

Nachfolgend finden Sie das Rezept für ein dreigängiges Menü, das Frank Aussem zusammengestellt hat. Er ist Küchenchef im Romantik Hotel Schloss Rheinfels in Sankt Goar. Es freut mich, dass es mir somit gelungen ist, diesmal einen Koch für das Rezept zu gewinnen, der im Herzen der Weltkulturerberegion Oberes Mittelrheintal arbeitet, nur wenige Kilometer von Jos Wirkungsstätte im »Waidhaus« entfernt.

Viel Spaß beim Nachkochen!

*

Vorspeise:

Spitzkohlwickel mit Frischkäse vom Bornwiesenhof auf Birnensalat

Spitzkohlwickel

Zutaten für 4 Personen:
200 g Frischkäse
2 St. Blattgelatine
Salz
Weißer Pfeffer aus der Mühle
Thymian fein gehackt
Rosmarin fein gehackt

40 ml Milch
4 St. Spitzkohlblätter

Zubereitung:

Spitzkohlblätter waschen und den Strunk entfernen.

In kochendem, gesalzenem Wasser blanchieren und im Eiswasser abschrecken.

Frischkäse mit Thymian, Rosmarin, Salz und Pfeffer würzen und unterheben.

Gelatine in etwas Wasser einweichen.

Milch erwärmen (lauwarm), die eingeweichte Gelatine ausdrücken, zur Milch geben.

Frischkäsemasse mit der aufgelösten Gelatine verarbeiten.

Blanchierte Spitzkohlblätter auf eine ca. 40 cm x 30 cm große Frischhaltefolie aneinanderlegen, etwas überlappen lassen und leicht plattieren.

Darauf die Frischkäsemasse als Wurst aufspritzen und zur Rolle aufdrehen.

Ca. 3 Stunden kalt stellen.

Birnensalat

Zutaten für 4 Personen:
3 St. Birnen
100 g Zucker
50 g Rosinen
30 g Haselnüsse gehackt
1 Zweig Rosmarin
1 Zweig Thymian
Zitronensaft

Zubereitung:

Birnen waschen, schälen und vierteln, das Kerngehäuse herausschneiden.

Birnenviertel in Spalten schneiden und mit Zitronensaft beträufeln.

Zucker in einer Pfanne langsam karamellisieren, Rosinen und Haselnüsse zugeben und weichkochen.

Rosmarin und Thymian mit in die Pfanne geben.

Zuletzt die Birnenspalten zugeben, unterheben und vom Herd nehmen.

Abkühlen lassen und anrichten.

Mit Kirschtomaten und Kräutern garnieren.

*

Hauptgang:

Hunsrücker Damwild-Nüsschen in Wildkräuter-Haselnusspanade mit Welterbe-Sauerkirschsauce, feinem Gemüse und Kartoffelnocken

Zutaten für 4 Personen:

Damwild-Nüsschen
800 g Damwildkeule pariert
150 g gehackte Haselnüsse
20 g Petersilie
20 g Sauerampfer
20 g Rosmarin
20 g Thymian
100 g Mehl
2 Eier

Kräuter waschen, klein hacken und in einem Tuch ausdrücken, mit den Haselnüssen vermischen.

Die Damwildkeule portionieren, plattieren und mit Pfeffer und Salz würzen.

In Mehl wenden, mit Ei und Wildkräuter-Haselnussmischung panieren.

Anschließend in der Pfanne bei geringer Hitze mit wenig Olivenöl ausbacken.

Mittelrhein-Sauerkirschsauce

0,025 g Zucker
200 ml Rotwein
200 ml Kirschsaft
200 ml Wildfond
150 g Sauerkirschen ohne Stein
20 g Maisstärke

Den Zucker im Topf karamellisieren, mit Rotwein ablöschen und Kirschsaft dazugeben.

Bis zur Hälfte einkochen lassen und mit Wildfond angießen, anschließend mit Maisstärke abbinden und die Sauerkirschen dazugeben.

Gemüse

1 kg Gemüse nach Wahl

Gemüse putzen und in Salzwasser blanchieren, abtropfen lassen.

In der Pfanne mit flüssiger Butter, Zucker und Salz anschwenken.

Kartoffelnocken
500 g Kartoffeln
100 g Mehl
2 Eier
Salz, Muskat, flüssige Butter mit Mehl

Zubereitung:

Kartoffeln kochen und ausdämpfen lassen, durch eine Kartoffelpresse drücken. Ei, Salz, Muskat und Mehl nach und nach zugeben, sodass ein kompakter Teig entsteht.

Teile vom Teig zu einer ca. 1 cm dicken Rolle ausrollen, mit einer Teigkarte schräg abstechen, in siedendes Salzwasser geben und für 5 Min. ziehen lassen. Auf geöltem Blech abkühlen.

In der Pfanne mit wenig klarer Butter goldgelb anbraten und den Spitzwegerich kurz hinzugeben.

Anrichten:

Alle Zutaten wie beschrieben zubereiten.

Das Gemüse auf einen Teller auf der halbrechten Seite anrichten.

Die Kartoffelnocken werden im Halbkreis um das Gemüse gelegt.

Vorne auf dem Teller die Sauce mit einem Löffel anrichten.

Das Damwild-Nüsschen aufschneiden und anrichten.

»Vorsicht, dass die Panade nicht auseinanderfällt!«

Als Garnitur die Kräuter nutzen, die in der Panade vom Damwild sind.

*

Nachspeise:

Joghurt-Beeren-Terrine

Joghurt

Zutaten für 4 Personen:
125 g Joghurt
15 g Zucker
1,5 Blattgelatine
1/4 St. Zitrone
1/4 St. Orange
100 ml Sahne

Zubereitung:

Die Zitrone und Orange auspressen, den Saft mit dem Zucker erwärmen, bis dieser sich auflöst. Die Blattgelatine in kaltem Wasser einweichen, ca. 10 Minuten, ausdrücken und in der warmen Flüssigkeit auflösen.

Den Joghurt in eine Schüssel geben und mit der Flüssigkeit glattrühren.

Sahne steif schlagen, nach und nach in die Joghurtmasse unterheben.

Eine Terrinenform mit Frischhaltefolie auslegen und mit 2/3 der Masse füllen. Kalt stellen.

Beeren-Terrine

Zutaten für 4 Personen:
200 g Beeren (Himbeeren, Johannisbeeren, Brombeeren, Heidelbeeren, Erdbeeren)
20 g Zucker
1 St. Vanilleschote
2,5 St. Blattgelatine

Zubereitung:

200 g Beeren mit Zucker aufkochen, abkühlen lassen auf ca. 75 C°.

Die Blattgelatine in kaltem Wasser einweichen, ca. 10 Minuten, ausdrücken und in der warmen Flüssigkeit auflösen.

Die restlichen Beeren unterheben.

Die gestockte Terrine mit der Beerensoße auffüllen, kalt stellen.